Secrets d'un été oublié

CARLA NEGGERS

Secrets d'un été oublié

Traduction française de
MATHILDE JANIER

HARLEQUIN

Titre original :
SECRETS OF THE LOST SUMMER

Ce roman a déjà été publié en 2013

HARPERCOLLINS FRANCE
83-85, boulevard Vincent-Auriol, 75646 PARIS CEDEX 13
Service Clients — https://www.harlequin.fr/contenu/contactez-nous
ISBN 978-2-2805-2051-5

Édité par HarperCollins France.
Composition et mise en pages Nord Compo.
Imprimé en juin 2025 par CPI Black Print (Barcelone)
en utilisant 100% d'électricité renouvelable.
Dépôt légal : juillet 2025.

MIXTE
Papier
FSC FSC® C159065

Pour limiter l'empreinte environnementale de ses livres, HarperCollins France s'engage à n'utiliser que du papier fabriqué à partir de bois provenant de forêts gérées durablement et de manière responsable.

A Jennifer et Murray McCord

1

[illegible]

Olivia Frost arrosait méticuleusement [illegible] alignées dans de minuscules pots sur le rebord de [illegible] : persil, fenouil, romarin. Sur [illegible] de son appartement [illegible] il y avait malgré tout assez de [illegible] quelques plantes.

Dommage que le [illegible] aujourd'hui, songea-t-elle [illegible] février.

Juste au moment où le [illegible] se réjouissaient [illegible] gants et leurs bottes, [illegible] milieu du mois de mars [illegible] giboulées de neige pour [illegible].

Olivia soupira [illegible]. Elle ne détestait pas [illegible] pour le printemps. [illegible] en avril, avec des agneaux [illegible] dans les champs et la perspective du joli mois [illegible] avait hâte de [illegible] par les petites routes de campagne [illegible] les paisibles collines de Knights Bridge [illegible]. Elle repiquerait ses plantes [illegible] à l'automne [illegible] quand les propriétaires [illegible]

1

Olivia Frost arrosait méticuleusement ses semis alignés dans de minuscules pots sur son rebord de fenêtre. Persil, fenouil, romarin… Sa cuisine donnait sur une ruelle, à l'arrière de son appartement du quartier de Back Bay, à Boston, mais il y avait malgré tout assez de lumière pour faire pousser quelques plantes.

Dommage que le soleil n'ait pas l'air décidé à se montrer aujourd'hui, songea-t-elle en reposant le petit arrosoir dans l'évier.

Juste au moment où les habitants de la Nouvelle-Angleterre se réjouissaient d'abandonner enfin leurs bonnets, leurs gants et leurs bottes, le froid recommençait à sévir, au beau milieu du mois de mars. La météo avait prévu de violentes giboulées de neige pour le début de l'après-midi.

Olivia soupira à la vue des jeunes pousses vert tendre. Elle ne détestait pas l'hiver, mais se sentait plus que prête pour le printemps. Dans deux semaines à peine, on serait en avril, avec des agneaux nouveau-nés dans les champs et la perspective du joli mai fleuri. Elle avait hâte de s'échapper par les petites routes de campagne vers les paisibles collines de Knights Bridge, sa ville natale à l'ouest de Boston. Elle repiquerait ses plantes dans la maison qu'elle avait achetée à l'automne sur un coup de tête. Elle avait sauté sur l'occasion quand les propriétaires, pressés de vendre, lui avaient fait une offre vraiment intéressante. Dépensant peu à Boston, où elle vivait très simplement, elle avait pu, grâce à ses économies, acquérir cette demeure ancienne du début du XIXe siècle, aussi pittoresque que la petite ville chargée d'histoire où elle se trouvait.

Le seul inconvénient, c'était l'horreur de bicoque abandonnée un peu plus haut sur le chemin, et dont il lui faudrait s'occuper un jour ou l'autre.

Mais, pour le moment, elle avait d'autres problèmes en tête.

— Pas vraiment des problèmes. Plutôt des défis à relever, murmura-t-elle.

Prête à partir pour le travail, elle avait choisi une tenue plus élégante qu'à l'ordinaire, jupe noire et pull bleu, en vue d'un déjeuner d'affaires avec un client important. Elle s'habillait de façon moins recherchée si elle devait rester toute la journée derrière son bureau.

Trop tendue pour s'asseoir, elle avait pris son petit déjeuner debout, se contentant d'avaler une tasse de café et un bol de flocons d'avoine avec quelques noix. Elle aimait bien son petit appartement, même s'il donnait sur un passage un peu sombre. Lorsqu'elle s'y était installée cinq ans plus tôt, à son arrivée à Boston, elle avait obtenu du propriétaire la permission de repeindre à son goût les murs et les boiseries. Les couleurs qu'elle avait choisies, vert tendre, rose pâle et gris bleu égayaient et illuminaient l'atmosphère. En rentrant, la veille au soir, elle avait acheté une douzaine de tulipes roses qu'elle avait disposées dans deux pichets de verre, l'un sur sa table de cuisine et l'autre sur la coiffeuse de sa chambre.

Olivia esquissa un sourire en s'arrêtant un instant sur les taches de couleur vive de ses bouquets. Elle croisa les doigts. Tout se passerait bien.

Inspirant profondément, elle se dirigea vers le salon adjacent. Le canapé et le plancher étaient encombrés de piles de livres sur le jardinage et les plantes aromatiques, avec aussi des manuels plus techniques sur la fabrication du savon artisanal, la rénovation des maisons anciennes ou la peinture sur bois. Tout au long de l'hiver, Olivia avait mûri son projet de transformer sa maison de campagne en gîte rural, pour y accueillir des mariages, des fêtes, ou des repas d'affaires, des conférences... Elle rêvait même de tenir une ou plusieurs chambres d'hôtes.

Pour l'instant, ses plans n'avaient rien de très précis — et elle se demandait parfois s'ils se concrétiseraient un jour. Cela dépendrait en partie du déroulement de son déjeuner d'affaires...

Dans le placard près de la porte d'entrée, elle sortit à contrecœur une écharpe pour accompagner son joli manteau noir en laine et cachemire, une folie qu'elle avait bien l'intention d'amortir sur plusieurs années. Mais elle laissa résolument les gants. On était à la mi-mars, elle n'avait plus envie d'en porter.

Un signal sonore de son iPhone lui indiqua un message de Marilyn Bryson, graphiste comme elle et l'une de ses meilleures amies :

Salut, Liv. Finalement, je ne pourrai pas te voir pendant mon séjour à Boston. Je suis si occupée ces temps-ci que j'ai à peine le temps de souffler ! J'adore ce que je fais. Je suis impatiente de me lever tous les matins pour aller travailler. Bisous. Marilyn.

Son amie ne proposait pas une autre date et ne prenait même pas de ses nouvelles. Chassant sa déception, Olivia lui répondit rapidement mais diplomatiquement :

Ravie de savoir que tout va bien. Bonne continuation !

Elle jeta un coup d'œil à son reflet dans le miroir qu'elle avait placé dans l'entrée après avoir lu un livre sur le feng shui. Ses cheveux bruns, qui retombaient souplement sur ses épaules, étaient encore légèrement humides de la douche. Son maquillage restait très discret malgré le soin particulier qu'elle y avait apporté. Elle ne devrait pas oublier de rajouter un peu de gloss sur ses lèvres a la fin de la matinée.

Elle redressa les épaules, descendit les marches de son

immeuble et sortit dans Marlborough Street. Les nuages gris qui s'amassaient au-dessus de la ville n'avaient pas encore crevé. Olivia essaya de se concentrer sur son rendez-vous de la mi-journée avec son plus gros client. Manifestement, quelque chose clochait, ces temps-ci, avec le cabinet Bailey Architecture and Interior Design, et elle avait arrangé ce face-à-face pour aborder les problèmes en toute clarté avant que Roger Bailey ne décide de quitter le navire.

Le vent se leva tandis qu'elle marchait en direction de l'immeuble de brique de cinq étages où elle avait son bureau, juste à côté de Copley Square. Roger, qui voulait rafraîchir l'image de sa société, avait parlé de lui confier cette tâche. C'est en décrochant un contrat auprès de ce cabinet de Boston, deux ans plus tôt, qu'Olivia avait connu ses premiers succès en tant que graphiste, et son travail très remarqué lui avait valu des distinctions honorifiques. Dès le départ, Roger et elle s'étaient merveilleusement entendus. Ce serait vraiment dommage s'ils perdaient un si bon client...

A cinquante-quatre ans, Jacqui Ackerman, mince et élégante, dirigeait seule l'agence qu'elle avait fondée, Ackerman Design, l'une des plus prestigieuses de Boston. Quand elle salua Olivia de loin avant de disparaître derrière une porte au premier étage, celle-ci s'efforça de ne pas en tirer de conclusions hâtives. Jacqui était peut-être pressée, avec un client qui l'attendait au bout du fil. Il ne fallait pas attacher trop d'importance à ce genre de détails...

Olivia entra dans son bureau et alluma son ordinateur en se débarrassant de son manteau et de son écharpe. Elle avait plusieurs petits projets en cours à terminer dans la matinée. Ensuite, elle sortirait son dossier sur le cabinet Bailey Architecture and Interior Design. En l'ayant relu juste avant sa rencontre avec Roger, elle l'aurait bien présent à l'esprit.

Trois heures plus tard, alors qu'elle se préparait à sortir pour déjeuner avec Roger, Olivia reçut un message de la secrétaire de ce dernier :

Roger a un problème inattendu à régler. Il est obligé de décommander son rendez-vous avec vous. Il s'excuse et vous appellera demain.

Olivia s'immobilisa à côté du portemanteau. Pourquoi la secrétaire ne l'avait-elle pas appelée ? Parce que ce n'était pas important ou, au contraire, parce que cette annulation de dernière minute la gênait trop ?

En d'autres temps, Roger aurait d'ailleurs décroché lui-même son téléphone.

— Ça ne va pas du tout, murmura Olivia.

Bailey Architecture and Interior Design était leur meilleur client — en d'autres termes : le plus lucratif pour l'agence. Une défection de cette importance ferait grand bruit et risquerait de sonner la débandade pour Jacqui.

Olivia se ressaisit avant de taper sa réponse :

Vous m'avez prévenue juste à temps ! Dites à Roger que je compte sur son coup de fil.

Elle glissa son iPhone dans son sac et sortit. Au moins, elle ne croisa pas Jacqui… Finalement, il valait peut-être mieux que son amie Marilyn ne soit pas disponible. Accaparée par ses propres problèmes, Olivia n'avait plus très envie de la voir. Avec son aide, Marilyn avait travaillé dur, ces derniers temps, pour donner un nouveau souffle à sa carrière de graphiste. Elle était employée dans une agence assez médiocre de Providence, où le travail et la clientèle manquaient pour qu'elle se réalise pleinement. En automne dernier, elle avait demandé conseil à Olivia, et elles avaient établi ensemble un véritable plan de campagne pour dynamiser la situation professionnelle de Marilyn.

Apparemment, cela marchait très bien pour elle, songea Olivia en se dirigeant vers Copley Square, sans trop savoir jusqu'où la porteraient ses pas. Un vent mordant soufflait, lui jetant au visage des tourbillons de neige fondue glaciale. Se cachant la tête sous son écharpe, elle rentra le menton et se faufila dans un petit groupe de piétons pour traverser Boylston Street.

De novembre à la mi-janvier, Marilyn l'avait appelée presque tous les jours, sans compter les messages qu'elle lui envoyait le soir. Concentrée sur sa réussite, déterminée, elle était décidée à se battre et acceptait toutes les critiques constructives, d'où qu'elles viennent. Olivia admirait sa ténacité et sa résistance. Leurs séances de travail duraient parfois jusqu'à des heures avancées de la nuit.

« Le succès m'apportera aussi plein de nouveaux amis », disait Marilyn en plaisantant, sans doute pour se venger de l'incertitude de ses lendemains. Elles s'étaient rencontrées peu après les débuts d'Olivia chez Ackerman Design, à l'occasion d'une conférence sur les médias à l'ère du numérique, et étaient depuis toujours restées en contact.

Non seulement Marilyn avait réussi à revitaliser sa carrière, mais elle avait ouvert sa propre agence début février, à grand renfort de matraquage et de publicité. Elle avait tout de suite touché énormément de monde, et la chance lui avait souri, lui apportant contrat sur contrat. N'ayant plus besoin ni des conseils ni du soutien moral d'Olivia, elle s'était mise à l'appeler de moins en moins souvent, négligeant même de lui répondre lorsque son amie prenait l'initiative... Ses visites à Boston et les invitations à Providence s'espacèrent, avant de cesser complètement. Début mars, prenant conscience que leur amitié était en veilleuse, pour ne pas dire en mauvaise posture, Olivia décida de se mettre en retrait pour laisser les coudées franches à Marilyn.

Plus rien ne se passa. Marilyn disparut totalement, jusqu'à ce message, l'avant-veille, annonçant qu'elle allait séjourner une semaine à Boston et lui proposant une rencontre. Puis, ce matin, ce revirement...

Olivia prit une bourrasque de plein fouet en s'engageant

dans Newbury Street. Il y a des jours où on regrette presque de ne pas se réveiller avec une bonne grippe. Au moins elle serait tranquillement restée à la maison, à semer d'autres graines. Mais cela n'aurait pas arrangé les choses... Une cinquantaine de mètres plus loin, elle arriva devant son restaurant préféré et descendit quelques marches jusqu'à une petite terrasse, toujours bondée l'été mais naturellement déserte à cette saison. On avait répandu sur le sol des poignées de sable et de sel. Beaucoup de monde se pressait néanmoins à l'intérieur. Les connaisseurs n'avaient pas hésité à braver les intempéries.

Olivia déroula son écharpe avant de pousser la porte de verre. Elle allait s'offrir un petit repas agréable en solitaire tout en réfléchissant à la manière de rebondir professionnellement si la défection de Roger se confirmait. Cela ne servait à rien de se masquer la réalité : manifestement, il prenait ses distances.

Le vent froid et humide qui s'engouffra avec elle à l'intérieur ne résista pas longtemps à l'atmosphère chaleureuse. De toute façon, Olivia ne se laissait jamais miner par le stress et la compétition. Ses projets de jardinage ou de décoration lui permettaient de juguler ses sautes d'humeur et empêchaient toujours la morosité de s'installer. D'accord, elle n'était plus tout à fait au top dans son métier, comme deux ans auparavant, mais elle jouissait encore d'une notoriété certaine. Les agences de graphisme perdaient tous les jours des clients pour en gagner d'autres. Il n'y avait pas de quoi s'affoler. Le monde des affaires avait toujours fonctionné ainsi.

Elle déboutonna son manteau, déjà réconfortée par l'idée d'une bonne assiette de pâtes, avec un verre de chianti qui achèverait de rasséréner son ego mis à mal.

Le barman, un grand gaillard brun bien bâti, lui fit bonjour de la main tout en remplissant trois verres posés devant lui sur le comptoir. La salle était très étroite, avec des petites tables alignées le long d'un mur de brique, en face d'une cloison ocre rouge décorée avec des photos de Toscane dans des cadres noirs. C'était là qu'Olivia avait fêté son arrivée à Boston cinq ans plus tôt, à la petite table tout au fond. A l'époque, elle ignorait si son contrat de six mois serait renouvelé. Depuis, elle avait fait du chemin.

La place était libre. Cependant, comme elle s'apprêtait à accrocher son manteau, un couple assis vers le milieu attira son attention.

Un bref coup d'œil lui suffit. Même si la femme lui tournait le dos, Olivia reconnut immédiatement son amie Marilyn à sa blondeur et aux gestes animés dont elle soulignait toujours ses démonstrations. L'homme était encore plus reconnaissable puisqu'elle le voyait de face, avec sa carrure massive et ses cheveux gris.

Roger Bailey.

Heureusement, ils ne l'avaient vue ni l'un ni l'autre.

Ils étaient bien trop absorbés dans leur conversation.

L'hypocrisie sociale n'était pas le fort d'Olivia. Elle se sentait absolument incapable de faire bonne figure et de les saluer comme si de rien n'était. Marmonnant une vague excuse à l'adresse du barman, elle s'enfuit littéralement en bousculant deux personnes au passage, sans même prendre le temps d'enfiler son manteau à l'intérieur. Elle monta en courant les quelques marches de la terrasse et se retrouva dans la rue, à l'abri des regards de la clientèle. Là, elle s'habilla et ajusta son écharpe tout en s'interrogeant sur la conduite à tenir. Fallait-il retourner tout de suite à son travail ? Raconter à Jacqui la scène qu'elle venait de surprendre ?

A moins que sa patronne ne soit déjà au courant...

Olivia remonta Newbury Street jusqu'au coin sans ralentir le pas, puis s'arrêta enfin pour reprendre son souffle et achever de se boutonner. Un mélange de neige et de glace la giflait au visage, et les vêtements qu'elle avait bien inutilement choisis pour son rendez-vous étaient tout trempés. Elle frissonna, les yeux mouillés de larmes — à cause du froid, et de rien d'autre. Non, cette soudaine envie de pleurer n'avait *rien à voir* avec cette gifle cinglante qu'elle venait d'essuyer. Se faire prendre un client important par un concurrent était déjà catastrophique en soi. Mais se faire doubler par une amie... ?

— Olivia !

Elle fit semblant de ne pas avoir entendu Marilyn et traversa tranquillement la rue quand le feu passa au rouge, le plus normalement possible, pour ne surtout pas avoir l'air émue ni affolée. Comme si de rien n'était.

Marilyn la rattrapa sur le trottoir d'en face. Elle était sortie sans s'habiller et paraissait frigorifiée.

— Il me semblait bien que c'était toi.

Elle esquissa un geste vers Olivia, mais sans la toucher.

— Ça va ? Tu t'es sauvée si vite...

— Je... j'ai reçu un texto d'un client, répondit Olivia en inventant un mensonge à la hâte, mensonge qui ne tromperait personne, c'était couru d'avance. Euh... cela me fait plaisir de te voir.

Elle ébaucha un sourire crispé avant d'ajouter :

— Je suis désolée, mais je dois filer. De toute façon, avec ce temps, on n'a pas très envie de rester à bavarder en pleine rue. Dépêche-toi de retourner au restaurant.

— Je déjeune avec Roger Bailey, Liv. J'aurais dû te prévenir, mais je ne savais pas comment aborder le sujet.

— C'est lui qui t'a contactée ?

C'était sorti tout seul. Le regard fuyant, Marilyn baissa la tête. Puis, se forçant à affronter Olivia, elle posa sur elle ses yeux très bleus, que les lentilles de contact colorées rendaient encore plus intenses.

— Nous voulions déjeuner ensemble. J'ai proposé le seul restaurant que je connaissais à Boston.

Peu satisfaite par cette réponse évasive, Olivia se contenta de hocher la tête.

— Transmets-lui mon bonjour.

— Je n'y manquerai pas. En tout cas je suis contente de

t'avoir vue, Liv. Tout va tellement bien pour moi en ce moment que je ne trouve pas le temps...

— Je comprends, coupa Olivia. Je suis très heureuse pour toi, Marilyn. Mais il faut vraiment que j'y aille.

— Appelle-moi quand tu veux.

Olivia s'éloigna sans rien répondre. Au bout de quelques mètres, elle se retourna, mais Marilyn avait déjà disparu. Pourquoi avait-elle choisi *justement* son restaurant préféré ? Marilyn devait bien se douter qu'elle risquait de les voir, tout de même !

Sans compter qu'un vieux bostonien comme Roger aurait pu lui conseiller une dizaine d'autres adresses...

Oh ! et puis, de toute façon, quelle importance ?

Olivia se fourra les mains dans les poches. Elle aurait mieux fait de prendre ses gants, finalement. La neige commençait à s'amonceler sur les trottoirs et les pare-brise des voitures quand elle quitta Newbury Street pour tourner dans Commonwealth Avenue.

Pense plutôt aux fleurs des champs qui vont bientôt éclore avec le printemps. Les trilles blancs et rouges, les orchidées, les arums, les géraniums...

Les jolies images qui flottaient devant ses yeux s'évanouirent lorsqu'elle faillit perdre l'équilibre en glissant sur une plaque de verglas. Son amitié avec Marilyn avait toujours été centrée sur les préoccupations de cette dernière, *son* travail, *ses* problèmes, *sa* réussite. Olivia, elle, ne ressentait pas le besoin de parler ou d'arroser ses succès. Mais le problème n'était pas là, elle s'en rendait compte un peu trop tard.

Ses difficultés professionnelles n'avaient rien à voir avec le nouveau départ fulgurant de Marilyn, songea-t-elle pour se rassurer. Toutes les carrières connaissaient des hauts et des bas, et elle était suffisamment armée pour affronter les épreuves. D'une nature introvertie, Olivia se livrait peu. Son amie Marilyn était de toute façon très égocentrique et ne lui aurait jamais vraiment prêté l'oreille, tant elle était obnubilée par son changement de cap. Elle ne pensait qu'à ça. Olivia avait bien eu quelques doutes sur la sincérité de cette amie qui la délaissait depuis qu'elle ne lui était plus utile, mais elle s'était dit qu'il ne fallait pas juger trop vite.

C'est en tout cas ce qu'elle s'était répété jusqu'à tout à l'heure. Mais la scène du restaurant l'avait durement ébranlée et remettait tout en question. Marilyn avait-elle délibérément ciblé son principal client et jeté son dévolu sur lui ?

Le vent se calma un peu dans Commonwealth, la rue préférée d'Olivia à Boston. Elle attendit au feu pour traverser la large avenue, devant une file de voitures à l'arrêt. Les phares jaunes luisaient dans la grisaille tandis que les essuie-glaces balayaient inlassablement la neige qui tombait de plus en plus dru. Seuls les bourgeons des magnolias rappelaient encore l'imminence du printemps, qui venait de subir un rude revers.

Olivia sourit intérieurement. *J'ai déjà fait mes preuves et je peux me projeter dans autre chose.*

Elle aurait peut-être dû fêter ses succès du temps où elle était encore la graphiste la plus en vogue de Boston, finalement. Qui sait si elle aurait d'autres occasions de sabler le champagne, à l'avenir ?

Eh bien, elle s'inventerait des motifs de satisfaction, par exemple les plantes qui germaient sur son rebord de fenêtre de citadine ! Cela valait bien la peine de s'offrir quelques bulles qui pétillent, non ?

Peine perdue. Elle ne réussit pas à égayer son humeur maussade. Le choc était rude. Vraiment. Elle venait de surprendre son plus gros client en train de déjeuner avec une concurrente : une de ses meilleures amies !

Impossible. Il ne pouvait pas s'agir d'un simple hasard. Sans Olivia, Marilyn n'aurait jamais connu Roger.

Ce comportement allait à l'encontre des règles d'éthique les plus élémentaires.

Si Marilyn avait attiré Roger Bailey dans son orbite, qui serait le prochain transfuge ?

Olivia ne pouvait pas continuer à nier l'évidence. Si d'autres défections suivaient celle de Roger Bailey, la spirale s'élargirait. Et sa carrière partirait en vrille.

Il fallait se secouer un peu. Pas question de se laisser aller. Elle avait un moral d'acier. Roger prenait une décision qui n'engageait que lui. A elle de l'interpréter comme elle l'entendait. Elle était solide, avec un esprit positif, non ?

Un étudiant qui vivait dans son immeuble la dépassa en courant derrière ses cinq chiens en laisse, de taille et de race variées mais frétillant tous autant de la queue. Il la salua d'un sourire, sans s'arrêter. Visiblement, le froid et les intempéries n'entamaient par sa joie de vivre !

Olivia ne put s'empêcher de rire en regardant le petit groupe s'éloigner.

Rien de tel qu'un quintette de chiens pour dissiper un instant d'aigreur ! La famille d'Olivia avait toujours eu des golden retrievers, à Knights Bridge.

Son père l'avait plusieurs fois mise en garde au sujet de Marilyn, qu'il avait rencontrée au cours d'une de ses rares visites à Boston. « Elle t'utilise, Liv », avait-il déclaré sans ambages.

Randy Frost était ainsi, perspicace et sans illusions. Il se défendait pourtant de tout cynisme et se disait simplement réaliste dans ses jugements. Olivia ne l'avait pas écouté. Elle prétendait connaître parfaitement Marilyn et le monde où elles évoluaient. L'ambition qui animait son amie était, selon elle, « plus une qualité qu'un défaut »...

En arrivant à son appartement, Olivia jeta par terre son manteau et son écharpe, se débarrassa de ses bottes et se dirigea vers sa cuisine, aussi minuscule qu'un placard. Elle avait mis des chaussettes en laine sur ses collants noirs pour avoir chaud aux pieds et se sentir à l'aise. Jamais elle n'aurait imaginé que le repas qu'elle attendait si impatiemment n'aurait pas lieu. Au contraire, après avoir travaillé sur de nouveaux concepts, elle s'était préparée à écouter attentivement Roger Bailey pour définir au plus près ses attentes et ses besoins.

Et ce déjeuner s'était déroulé sans elle, avec Marilyn...

Olivia ouvrit son frigo. Non seulement il n'y avait pas de champagne au frais, mais il n'y avait pas grand-chose à manger non plus.

De toute façon elle n'avait pas faim. Sur le rebord de sa fenêtre, ses jeunes pousses avaient l'air bien frêles et fragiles, avec ce froid. Elle passa une main nerveuse dans ses cheveux humides à cause de la pluie et de la neige. Comment pouvait-elle maintenant retourner travailler et raconter à Jacqui Ackerman ce qui s'était produit ?

En entendant la sonnerie de son iPhone, elle retourna chercher son sac dans le vestibule et jeta un coup d'œil à l'écran en espérant un message rigolo, n'importe quoi, même la dernière vidéo de Mr Bean... Mais non. Décidément, ce n'était pas son jour... Elle avait un texto de Peter Martin, un spécialiste de marketing numérique avec lequel elle était sortie l'été dernier. Il n'y avait rien eu de très sérieux entre eux, et leur relation avait pris fin en septembre lorsqu'il avait été muté à Seattle. De toute façon, il était aussi inimaginable pour Olivia d'envisager un déménagement sur la côte Ouest que de signer un contrat pour devenir astronaute à la NASA.

Elle ne put s'empêcher de lire son message :

Peux-tu m'envoyer le numéro de téléphone de Marilyn et son adresse mél ? J'aimerais lui adresser un client.

Olivia commença à répondre machinalement — avant d'effacer le message. Elle n'allait pas non plus se ridiculiser ! Elle remit le téléphone au fond de son sac, avec comme la vague impression de commettre une mauvaise action. Elle redoutait de plus en plus de retourner au bureau. Il faudrait parler à Jacqui...

Elle sortit une écharpe sèche du placard. Que s'était-il passé cet automne avec Marilyn ? Elles s'étaient vues régulièrement, elles avaient passé des soirées sympathiques avec une bonne bouteille tout en imaginant des stratégies pour relancer une carrière au point mort. Marilyn jalousait-elle Olivia ? Avait-elle décidé dès le début de lui soutirer un maximum d'informations et de lui voler tous ses contacts pour prendre sa revanche ? Avait-elle secrètement planifié de la laisser tomber quand elle l'aurait vidée de toute sa substance et de toute son énergie ?

Olivia n'était même pas certaine de vouloir des réponses à ses questions. D'ailleurs, cela n'aurait pas changé grand-chose…

« Trouve-toi une amie couturière ou institutrice », lui avait souvent conseillé son père. « Ne fréquente pas des stylistes qui sont en concurrence directe avec toi. »

Olivia ne considérait pas la créativité sous cet angle-là, mais il n'avait peut-être pas complètement tort, elle devait bien se l'avouer, à présent.

Elle aimait Boston et le petit appartement où elle habitait. Pourtant, en remettant son manteau, elle comprit brusquement que c'en était fini de cette existence. Bientôt, le printemps succéderait à l'hiver. Les magnolias de Commonwealth Avenue se couvriraient de fleurs. Tout irait bien. En tournant la clé dans la serrure, elle repensa aux jeunes pousses qui sortaient de terre. Le temps du changement était venu. Cette certitude s'ancra profondément en elle.

Il était temps de retourner chez elle, à Knights Bridge.

Olivia ne traîna pas. Elle passa la soirée à emballer ses livres et appela sa sœur pour emprunter sa fourgonnette. Dès le lendemain matin, elle donna son préavis à Jacqui, qui insista tout d'abord pour qu'elle reste, avant de se montrer finalement favorable à une collaboration plus souple, en freelance. Roger Bailey se décida enfin à téléphoner, d'abord à Olivia, puis à Jacqui, pour expliquer sa défection en faveur de Marilyn Bryson. Ce n'était « absolument pas une critique du travail d'Olivia », il insista beaucoup là-dessus. Il avait simplement besoin d'un regard neuf.

Malgré sa contrariété, Jacqui prit la chose avec philosophie.

— Ce genre de choses est monnaie courante, Liv. Dans notre milieu professionnel, la seule constante est le changement !

Ça, Olivia en avait parfaitement conscience...

Une semaine plus tard, quand Jessica Frost gara sa fourgonnette dans Marlborough Street, Olivia avait préparé tous ses cartons. Il ne restait plus qu'à les charger.

— Je me demande comment tu as pu rester aussi longtemps dans cet endroit, lui dit sa sœur en voyant une blatte détaler sur le carrelage de la cuisine.

— Il n'y a jamais eu beaucoup de cafards, répondit Olivia avec un sourire. J'ai dû déranger leurs habitudes en remuant mes affaires pour les emballer.

— Oh ! voilà qui est rassurant.

Plus jeune de dix-huit mois, incorrigiblement franche et directe, Jess alliait le pragmatisme de leur père et la gentillesse de leur mère. Elle portait une chemise en flanelle d'un bleu fané sur un jean qui paraissait beaucoup trop grand pour sa frêle silhouette. Ses cheveux, aussi bruns que ceux d'Olivia, coupés au carré au-dessous des oreilles, paraissaient toujours décoiffés et indisciplinés. Ses yeux étaient verts, contrairement à sa sœur, qui les avait noisette avec des paillettes multicolores. Elle cultivait son apparence de fille de la campagne, avec pour seule concession à la coquetterie un collier en argent avec un nœud celtique — un cadeau de Mark Flanagan, un architecte de Knights Bridge spécialisé dans la conservation et la restauration de l'habitat historique. Olivia, comme tout un chacun dans la petite ville, guettait l'apparition de la bague de fiançailles au doigt de Jessica.

C'est par l'intermédiaire de Mark qu'Olivia avait été présentée à Roger Bailey.

— Combien de temps vas-tu garder ton appartement ? demanda Jess.

— Au moins jusqu'à fin avril. Je vais travailler en freelance pendant quelque temps. De toute manière, mon propriétaire n'aura aucun problème à trouver un locataire pour me remplacer.

— Boston va te manquer, non ?

— Ce n'est pas comme si je déménageais à Tucson. Knights Bridge est seulement à deux heures de route.

Jess souleva un carton de vaisselle.

— As-tu trouvé un nom pour ton gîte ?

— Oui. « La Ferme de Carriage Hill ». Qu'en penses-tu ?

— Super.

Jess traversa la cuisine et s'immobilisa dans le salon devant une valise grande ouverte.

— Tu collectionnes les draps de lit ou quoi ? Tu en as au moins une centaine.

— Tu exagères ! Une cinquantaine tout au plus... Ce sont de très beaux draps anciens que j'ai chinés dans les marchés aux puces et les vide-greniers.

— Et que comptes-tu en faire ?

— Je ne sais pas encore, fit Olivia, mais je leur trouverai bien une utilité.

Jess haussa les épaules.

— Toi et ta fibre créative !

Après avoir rempli la fourgonnette, elles jetèrent une bâche sur le chargement et l'attachèrent du mieux qu'elles purent avec des cordes. Olivia aurait pu louer les services d'un déménageur, mais son sens de l'économie avait eu le dessus. Heureusement d'ailleurs qu'elle ne dépensait pas son argent à tort et à travers, maintenant qu'elle n'avait plus de salaire régulier. Au fond d'elle-même, elle avait toujours su qu'elle retournerait un jour dans sa ville natale pour se mettre à son compte, avec une entreprise bien à elle. Au cours de la semaine passée, elle s'était même demandé si cela n'expliquait pas la stagnation qu'elle connaissait dans sa carrière, à l'inverse de Marilyn. Mais elle ne devait pas non plus se déprécier. Il n'y a pas si longtemps, ses talents de styliste étaient unanimement reconnus et recherchés.

Comme sa sœur l'attendait en fronçant les sourcils, Olivia s'arracha à ses réflexions. Il ne servait à rien de s'enfermer dans le passé et les regrets. Il ne fallait pas non plus en vouloir à Marilyn, qui était très douée et dont le travail parlait manifestement à la sensibilité des gens. Elle ne nourrissait aucune rancune contre elle — même si, c'était vrai, son amie avait trahi sa confiance pour servir son intérêt personnel.

A l'avenir, il lui faudrait se montrer plus méfiante.

— Personne n'est là pour te dire au revoir ? demanda Jess.

— A cette heure-ci, tout le monde travaille. Et, de toute façon, je ne vais pas loin.

En ouvrant la portière côté passager, Olivia ressentit un curieux mélange d'excitation et d'incertitude devant son proche avenir. Même si, d'une certaine manière, elle fuyait l'échec et la déception, elle allait aussi au-devant de quelque chose. D'une nouvelle vie. De nouveaux défis.

— Allons-y, lança Jess en s'installant au volant.

Elle glissa un regard en direction de sa sœur.

— Tu n'as pas changé d'avis ?

— Non. Ma décision est prise.

— Il fait moins froid à Boston, tu y as pensé ? Chez nous, il y a encore beaucoup de neige.

Olivia s'assit en calant ses plantes sur ses genoux.

— Je sais, Jess. J'y étais encore il n'y a pas longtemps, je te rappelle.

— Eh bien, si tu es sûre...

Malgré tout, Jess ne semblait pas convaincue.

— Tout va bien, vraiment ?

— Vraiment.

— Liv…

Olivia coupa court.

— Pour moi, le moment est venu de prendre un nouveau départ. C'est tout.

Sa sœur agrippa le volant.

— Est-ce que Marilyn Bryson a joué un rôle dans ta décision ? Cette fille tellement égoïste et narcissique, il s'est passé quelque chose avec elle, c'est ça ? pesta-t-elle, juste avant de reprendre, un ton plus bas : Mais tu n'es pas obligée d'en parler si tu n'en as pas envie. En tout cas, je ne te harcellerai pas de questions.

Olivia resta silencieuse, à regarder le paysage urbain qui cédait peu à peu la place au moutonnement des champs et des collines.

La Ferme de Carriage Hill…

Le nom était parfait, songea-t-elle. Oui, parfait.

Il fallait quitter l'autoroute et emprunter une route de campagne sinueuse pour arriver à Knights Bridge, que les guides touristiques citaient souvent comme l'un des plus jolis villages de la Nouvelle-Angleterre. Situé en bordure du lac Quabbin et non loin du barrage, le village avait peu changé au cours du siècle dernier, en tout cas en apparence. Les repères familiers se succédèrent : d'abord l'église toute blanche à côté de la bibliothèque de brique, puis la mairie, l'épicerie-bazar, l'école et la grand-place à la pelouse soignée, bordée de demeures à l'architecture classique, dont la plus ancienne remontait à 1794 et la plus récente à 1912. Lorsque Olivia avait acheté sa maison en octobre dernier, l'idée de la convertir en gîte lui avait d'abord semblé plutôt utopique. Il fallait savoir rester réaliste. D'ailleurs, à l'époque, elle n'envisageait pas de quitter son travail et son appartement de Boston dans un futur proche.

Sans un mot, Jess dépassa le centre et tourna dans une

petite route défoncée par des nids-de-poule jusqu'à un embranchement d'où partait un chemin encore plus étroit. Olivia fit la grimace devant la maison abandonnée, juste au coin. C'était une vraie désolation. Construite en 1842, elle tomberait bientôt en ruine si on ne faisait rien. Le toit s'effondrait, les bardeaux blancs s'écaillaient, et les volets noirs étaient à moitié démolis. Le spectacle était encore pire dans la cour, envahie par les mauvaises herbes et tout un bric-à-brac de vieilleries.

C'était vraiment dommage, car l'endroit était autrefois l'un des plus beaux et des plus recherchés de Knights Bridge, avec sa pelouse en pente, ses grands arbres qui apportaient de l'ombre et de la fraîcheur, ses lilas, son laurier odorant, les bois et les champs alentour et, à l'horizon, les eaux cristallines du lac Quabbin.

Jess ralentit. On était seulement à trois kilomètres du centre du village, mais cela paraissait beaucoup plus loin, sans doute à cause du calme qui régnait là.

— Mark dit qu'on devrait démolir cette maison.

— Il faudrait au moins nettoyer la cour, qui est devenue un vrai dépotoir, soupira Olivia. Grace ne l'a pas vue, j'espère ? Elle serait consternée.

— Elle n'est pas revenue ici depuis qu'elle a déménagé.

Olivia remarqua un vieux réfrigérateur rouillé, renversé dans les ronces, sous un tas de feuilles mortes. Depuis que Grace Webster, un vieux professeur d'anglais et de latin à la retraite, avait vendu sa maison, le nouveau propriétaire laissait les lieux à l'abandon.

— Comment ce frigo est-il arrivé là ? demanda Olivia.

— Je n'en sais rien. Probablement des jeunes occupés à traîner qui ont fait n'importe quoi. Cela fait deux ans que plus personne n'habite ici. Il y a aussi une machine à laver, tu as vu ?

Olivia avait chargé son amie Maggie O'Dunn, cuisinière et traiteur, de se renseigner sur le nouveau propriétaire.

Apparemment, c'était un vieux gentleman de la côte Ouest. Probablement de Californie. Maggie ne désespérait pas d'obtenir d'autres informations par sa mère, Elly, qui était employée à la mairie. Au moins un nom et une adresse...

— Pourquoi quelqu'un qui habite en Californie a-t-il acheté une maison à Knights Bridge pour disparaître aussitôt ? interrogea Olivia.

Jess secoua la tête.

— Je n'en ai pas la moindre idée.

Les Webster s'étaient installés à Knights Bridge plus de soixante-dix ans plus tôt, quand on les avait expropriés avec tous les autres habitants des petites villes de Swift River Valley pour construire le barrage. Grace était alors une jeune fille. Par la suite, ne s'étant jamais mariée, elle avait continué à vivre seule dans la demeure familiale jusqu'à un âge avancé. Et puis, quand une résidence pour personnes âgées avait ouvert ses portes, elle s'était décidée à déménager.

La fourgonnette avança en bringuebalant jusque chez Olivia. Avec ses murs de vieilles pierres et son architecture traditionnelle, sa maison était un véritable joyau serti dans la verdure des champs. Lors de sa construction, en 1803, la route menait à un joli village maintenant englouti sous les eaux du barrage. Désormais, elle s'arrêtait devant une barrière qui marquait la limite d'une réserve naturelle, comme pour rappeler que les beautés de la nature étaient parfois créées par la main de l'homme.

Jess se gara dans l'allée recouverte de gravier.

— On attend papa et Mark ou on décharge nous-mêmes ?

— On s'est débrouillées toutes seules jusque-là. Autant continuer. A moins que tu n'aies autre chose à faire...

— Pas du tout. Je suis à ta disposition pour la journée.

— Merci, Jess.

— Cela me fait plaisir. Ton retour parmi nous me ravit.

Olivia descendit de la camionnette avec ses pots de fleurs

dans les bras, comme des bébés. Une délicieuse odeur de feuilles mouillées flottait dans la fraîcheur de l'air.

— *Home sweet home*, chuchota-t-elle, malgré une certaine panique due à l'incertitude qui s'offrait à elle.

Jess la rejoignit en quelques pas.

— C'est si tranquille, ici. Tu es tout près du village. En revanche, de ce côté...

Elle fit un geste en direction de Quabbin.

— La contrée sauvage s'étend à perte de vue, jusqu'au lac immense et au-delà.

Olivia lui sourit.

— Je sais. C'est parfait.

— Tu dis cela maintenant. Mais attends 2 heures du matin, par une nuit sans lune, quand tu seras seule avec les chauves-souris, les ours, les aigles et les couguars.

Olivia lui jeta un regard complice.

— On n'a pas encore signalé l'existence de couguars dans les environs de Quabbin.

— Oui, eh bien, à ta place, cela ne me plairait pas d'être la première à en voir un.

Elles entrèrent dans la cuisine, rustique et accueillante, ajoutée à la structure originale et très claire. Maggie avait eu la gentillesse de laisser un pique-nique dans un panier. Elle avait aussi coupé une branche de forsythia qu'elle avait mise dans un pichet, sur la vieille table de bois qu'Olivia avait trouvée chez un brocanteur et repeinte en blanc.

A la vue des fleurs jaunes, éclatantes, Olivia se détendit un peu. Dès qu'elle aurait déballé quelques cartons, elle se sentirait enfin chez elle.

Jess sortit du panier des serviettes en tissu, des cookies au chocolat et des pommes.

— On déjeune d'abord, ou on décharge tout de suite ?

Olivia trouva des sandwichs dans le frigo.

— Je meurs de faim. Toi aussi, j'imagine.

Jess lui tendit une carte glissée sous une Thermos de thé.

— Maggie t'a laissé un mot.

Olivia déchiffra l'écriture irrégulière de son amie :

« Maman a trouvé l'info concernant le propriétaire de la vieille maison de Grace Webster. »

Suivaient un nom et une adresse.

— « Dylan McCaffrey », lut Olivia à voix haute avec une moue perplexe. Cela te dit quelque chose, Jess ?

— Mmm, répondit sa sœur en croquant dans une pomme.

L'adresse était à San Diego. Terriblement loin de Knights Bridge. Olivia posa la carte contre le bouquet de forsythia. Elle se moquait éperdument de l'endroit où vivait ce Dylan McCaffrey, et peu importaient les raisons qui l'avaient amené à acheter la ruine d'à côté. Elle voulait seulement qu'il débarrasse les vieilleries qui encombraient sa cour.

2

Les mots étaient manuscrits, sur un bristol blanc, simple mais élégant, orné d'une tige de trèfle violet. Dans l'enveloppe, décorée du même motif, se trouvait une demi-douzaine de photographies en couleurs. Dylan McCaffrey repoussa sa chaise, posa ses chaussures en cuir sur son bureau et contempla San Diego de la fenêtre du vingtième étage. Par une belle journée comme celle-ci, la vue était époustouflante.

Qui diable était cette Olivia Frost et où, dans quel coin perdu du Massachusetts, pouvait bien se trouver Knights Bridge ?

Dylan relut la lettre, rédigée d'une écriture nette et lisible, très féminine, à l'encre vert foncé, probablement au stylo-plume.

« *Cher M. McCaffrey,*

» *Bien que nous ne nous soyons jamais rencontrés, je suis votre voisine de Knights Bridge. J'habite la maison de 1803 avec la cheminée centrale, un peu plus loin que la vôtre sur le même chemin.* »

Dylan marqua une pause. Qu'est-ce que c'était que cette histoire ? Il n'avait jamais entendu parler de ce trou en rase campagne !

Se frottant la nuque, il poursuivit sa lecture :

« *Vous n'en avez peut-être pas conscience, mais votre maison est en très mauvais état. La structure en elle-même ne me concerne pas. En revanche, il en va différemment de la cour, qui offre un spectacle lamentable. Elle est non seulement envahie par la végétation, mais en passe d'être transformée en dépotoir. Ainsi que vous le voyez sur les photos, on y a jeté un vieux frigo hors d'usage. »*

Il avait étalé les photos sur son bureau. Effectivement, celle la plus à gauche montrait un réfrigérateur renversé dans les ronces, à moitié recouvert par la boue et la neige. C'était un appareil ancien, datant probablement de plus de trente ans. Davantage peut-être. Il n'était pas expert en la matière.

Il reprit la carte :

« Je comprends parfaitement que vous ne soyez pas en mesure de débarrasser la cour par vos propres moyens. Aussi je vous propose de m'en occuper moi-même, avec votre permission bien entendu. Je vous décharge naturellement de toute responsabilité en cas d'accident et, si je trouvais des objets de valeur, je vous le ferais savoir.

» Ma famille possède une petite entreprise de pièces d'architecture, portes, fenêtres, manteaux de cheminée, etc. Nous sommes installés à Knights Bridge depuis plusieurs générations. Il me serait extrêmement désagréable de devoir recourir à la mairie pour régler ce problème. J'espère qu'il sera vite résolu et que j'aurai le plaisir de vous rencontrer un jour prochain.

» Merci infiniment,

Olivia Frost. »

Cette femme s'adressait à lui comme s'il était un homme âgé, manquant de vigueur et de discernement ! Ce que n'était nullement Dylan McCaffrey. En tout cas, il admirait sa manière de proposer son aide tout en menaçant de porter plainte contre lui, un étranger, auprès des services municipaux. Qu'elle se rassure : elle n'aurait pas besoin d'aller jusque-là.

Pour la bonne et simple raison qu'il ne possédait *aucune* propriété à Knights Bridge, dans le Massachusetts.

Il reposa les pieds par terre et pianota sur son clavier d'ordinateur pour situer l'endroit sur une carte. D'accord. La bourgade se trouvait au nord d'un immense lac, la plus grande étendue d'eau de ce petit Etat de la Nouvelle-Angleterre.

Il s'appuya contre le dossier de son fauteuil.

Ni Knights Bridge ni Olivia Frost n'évoquaient rien pour lui.

Il allait zoomer pour voir des détails quand Noah Kendrick entra dans le vaste bureau en coin dont la porte était toujours grande ouverte. Noah et Dylan étaient amis depuis leur première année de collège dans une banlieue de Los Angeles. Noah, le geek génial ; Dylan, l'élève médiocre mais joueur de hockey hors pair. Ils étaient maintenant associés d'affaires. Ou à peu près, parce que les choses n'étaient pas exactement aussi simples. Dylan devait sa subsistance à Noah, et peut-être même sa vie ; Noah disait la même chose de Dylan, sauf que ce n'était pas la vérité dans son cas. Ils le savaient d'ailleurs tous les deux. La société NAK, l'enfant spirituel de Noah, baptisée d'après ses initiales, Noah Andrew Kendrick, et fondée par lui-même quatre ans plus tôt, produisait des logiciels de jeux vidéo et du software high-tech avec des profits considérables. Après avoir contribué à la création de l'entreprise, Dylan veillait seulement à son maintien. Il savait se battre. Pas Noah.

— Que se passe-t-il ? demanda ce dernier.

Comme toujours, Noah portait un costume noir, pour se vieillir et paraître plus endurci. Il se moquait d'avoir l'air d'un entrepreneur de pompes funèbres. D'ailleurs, à trente-trois ans, même habillé ainsi, il paraissait beaucoup plus jeune. Blond, les traits un peu anguleux mais adoucis par son bronzage, il était très sportif malgré des apparences trompeuses, il pratiquait l'escrime et était ceinture marron de karaté.

Dylan était tout le contraire. Il faisait plus âgé que ses trente-quatre ans. Malgré l'année d'écart entre lui et Noah, ils avaient fait toutes leurs études secondaires ensemble parce que Dylan avait redoublé une classe à l'école primaire, à la demande de sa mère. La directrice avait accepté car son anniversaire tombait en septembre. A vrai dire, il n'avait jamais eu des résultats très brillants...

Il avait découvert le hockey sur glace en arrivant au lycée. C'était tout de suite devenu une passion. Après avoir passé vingt ans sur la glace et terminé dans une équipe de niveau national, il était en excellente condition physique — hormis quelques cicatrices — et pouvait se féliciter d'avoir encore toutes ses dents malgré bien des coups de crosse. Il était donc parfaitement capable de déblayer une cour, même s'il fallait remuer un gros réfrigérateur enfoui sous les broussailles.

Contrairement à Noah, Dylan portait un jean et un sweater. Il se mettait rarement en costume, et seulement quand c'était nécessaire, par exemple quand il fallait se fondre parmi les participants d'une réunion pour repérer les crétins et autres indésirables dont il devrait débarrasser Noah.

Dylan n'avait d'ailleurs pas eu à intervenir physiquement jusqu'à présent, même s'il en avait les capacités. Il avait la chance d'être doté d'un instinct infaillible, ce dont Noah était totalement dépourvu, pour gérer et neutraliser les gens à problèmes.

Il se tourna vers son ami en soupirant.

— Dis-moi, je n'aurais tout de même pas acheté une ferme dans le Massachusetts un soir que j'aurais bu trop de Guinness ?

— Pas que je me souvienne, fit Noah en riant. Tu as déjà mis les pieds là-bas ?

— Oui, enfin, à Boston, quand je jouais avec les Bruins. J'ai rendu plusieurs fois visite à Alec Wiskovich, qui était dans la même équipe que moi. C'est tout.

Noah se pencha par-dessus son épaule.

— Lance un aperçu.

Un village pittoresque, au charme vieillot, apparut sur l'écran, avec des maisons en bardeaux à l'ombre de grands arbres.

— On s'attend presque à voir des carrioles traînées par des chevaux, déclara Noah. Qui t'écrit ?

— Laura Ingalls, répondit Dylan en lui tendant la carte. En direct de *La Petite Maison dans la prairie*.

Noah émit un sifflement amusé.

— Tu n'aurais pas un grand-oncle qui s'appelle comme toi, Dylan McCaffrey ? Olivia Frost t'a peut-être confondu avec lui.

— Non.

Noah savait très bien, pourtant, que Dylan n'avait plus de famille du côté McCaffrey. Son père, fils unique, était mort deux ans plus tôt, et il n'avait plus ses grands-parents.

— Il s'agit peut-être d'un parent éloigné, poursuivit Noah en reposant la lettre à côté des photos alignées sur le bureau de Dylan. Cette Mlle Frost risque fort de débarquer pour te taper sur les doigts si tu ne te dépêches pas d'obéir. C'est quoi, au juste, « la Ferme de Carriage Hill » ?

— Comment ?

— Là, sur la carte, tu vois ?

Noah pointa son index sur les mots imprimés en lettres violettes, « La Ferme de Carriage Hill ». Le détail avait échappé à Dylan, qui fit une recherche rapide sur internet, mais sans rien trouver, même à Knights Bridge.

— On cultive sans doute la civette, dans cette ferme, ajouta Noah en montrant le dessin.

— Ce n'est pas une fleur de trèfle ?

— Non. D'ailleurs c'est plus classe, tu ne trouves pas ?

— J'avoue que je n'en sais rien.

— En tout cas, bonne chance ! lui lança Noah avec un grand sourire. Appelle-moi si tu as besoin d'aide.

— Pour débarrasser le frigo ? Ou pour découvrir comment Olivia Frost s'est imaginé que j'étais son voisin ?

— Les deux.

Noah retourna dans son bureau, de l'autre côté du hall, laissant Dylan seul dans le sien. *Le sien...* En tout cas pour le moment, car la NAK était devenue une entreprise publique depuis quelques mois, ce qui engendrerait forcément de nombreuses transformations. Ils avaient tous les deux gagné une fortune en changeant le statut juridique de la société, mais sans en mesurer pleinement toutes les conséquences. La petite équipe étroite et soudée des débuts s'étofferait.

Dylan ne savait pas encore de quelle manière ses fonctions seraient redéfinies, ni même s'il continuerait à jouer un rôle dans la nouvelle organisation. Il avait toujours été clair qu'il partirait le jour où Noah n'aurait plus besoin de lui.

Tout en admirant la vue sur sa ville d'adoption, il composa le numéro de Loretta Wrentham, sa conseillère juridique et financière.

Il travailla encore deux bonnes heures avant de regagner Coronado Island, où il habitait une maison à étage des années 1950, au crépi d'ocre rouge, face à l'océan Pacifique et avec une piscine à l'arrière. Loretta arriva une demi-heure plus tard. Après avoir jeté un coup d'œil sur le courrier d'Olivia Frost et les photos étalées sur une table basse, elle traversa le salon en direction de la terrasse. A cinquante-neuf ans, Loretta, presque aussi grande que Dylan, était d'une minceur et d'une élégance irréprochables. Les boucles argentées qui encadraient son visage soulignaient de grands yeux marron, des pommettes hautes et un menton volontaire.

— Tu as hérité cette maison de ton père, dit-elle en ouvrant les portes vitrées.

Elle portait un jean haute couture, un chemisier de soie et des talons aiguilles sur lesquels peu de femmes, même beaucoup plus jeunes, auraient osé se risquer. Elle lança un regard par-dessus son épaule.

— Je pensais que tu étais au courant.

— Pas du tout.

— Ton père ne t'en a jamais parlé ?

— Non. Il y a une hypothèque ? Un emprunt à rembourser ?

— Non. Il l'avait payée cash. Ce n'était pas exorbitant.

— Et les impôts ? L'entretien ?

— J'ai réglé la taxe foncière, qui n'est pas très élevée. Pour ce qui est de l'entretien...

Loretta fit la grimace.

— La maison était déjà inoccupée quand ton père en a fait

l'acquisition, peu de temps avant sa mort. Il y a probablement beaucoup de travaux à faire.

— A qui appartenait-elle ?

— La dernière propriétaire en date s'appelle Grace Webster. Quant au tout premier, en 1842, je crains qu'il ne soit plus problématique de le retrouver. Il est probablement mort.

— Cela t'amuse, hein ? grommela Dylan.

— Oh oui, beaucoup ! dit Loretta.

Dylan se renfonça dans les coussins du canapé. A quelques blocs du célèbre Hotel del Coronado, sa maison était artistiquement décorée, dans une harmonie apaisante et sophistiquée de beige, crème et marron. Les extérieurs avaient également été dessinés et aménagés par un professionnel. On ne risquait pas d'y entreposer des appareils ménagers hors d'usage.

— Que sait-on de cette Grace Webster ? demanda-t-il.

— Pas grand-chose. Elle a plus de quatre-vingt-dix ans.

Loretta contempla quelques instants le Pacifique, avant de se retourner vers lui.

— Son père a acheté la maison en 1938, quand l'Etat a exproprié bon nombre d'habitants de la région pour construire le barrage de Quabbin.

Probablement le lac que Dylan avait vu sur la carte.

— Quabbin, reprit Loretta, est un mot d'origine indienne qui signifie « les eaux nombreuses » ou « là où se rencontrent les eaux ». Il désigne la vallée de la Swift River, arrosée par trois bras d'un même cours d'eau et ses multiples affluents, l'endroit rêvé pour un lac de retenue.

— Loretta, l'interrompit Dylan.

Elle l'arrêta en levant une main parfaitement manucurée.

— Les ancêtres de Mlle Webster ont élu domicile dans la région au milieu du XVIIIe siècle. Deux cents ans plus tard, elle et sa famille ont été obligées de quitter les lieux, ainsi que la population des quatre villes de la vallée, afin de permettre à l'Etat de réaliser un immense projet pour alimenter en eau l'agglomération de Boston. C'est l'une des plus grosses batailles foncières de toute l'histoire des Etats-Unis. J'aurais adoré plaider en faveur de ces pauvres gens expulsés contre de maigres indemnités.

— Sans doute, souffla Dylan, complètement perdu. Comment as-tu découvert tout cela ?

— Par internet. Grace est citée dans une interview, parmi d'autres résidents de la vallée, juste avant la mise en eau. Avant sa retraite, elle était professeur d'anglais et de latin dans un établissement du secondaire. Elle ne s'est jamais mariée.

Dylan médita un instant sur ce dernier point tout en relisant la lettre d'Olivia Frost. Il n'arrivait pas à comprendre pourquoi diable son père avait acheté cette fichue maison — et encore moins pourquoi on lui demandait de débarrasser un vieux frigo encombrant.

Il rejoignit sa conseillère et amie sur la terrasse. De l'autre côté de la route, un splendide coucher de soleil illuminait le ciel et l'océan Pacifique.

— Que dois-je faire ? demanda-t-il finalement.

— C'est ta propriété, répondit Loretta en contemplant les couleurs somptueuses qui s'étalaient devant eux. Tu peux faire ce que bon te semble. Vendre, entreprendre des réparations, emménager...

— Emménager ? Pourquoi irais-je habiter là-bas ?

— Je n'en sais rien. Tu pourrais devenir bûcheron et vivre de cueillette, ça ne te tente pas ? fit-elle avec un regard complice.

Elle croisa les bras pour se protéger du vent frais qui se levait.

— On voit des buissons de mûres, sur les photos. C'est délicieux, la confiture de mûres.

Dylan s'en fichait bien, des mûres !

— Combien mon père a-t-il payé cette ruine ?

— Presque rien, assura Loretta. La maison ne vaut rien, de toute façon, mais il y a beaucoup de terrain autour, une trentaine d'hectares. Knights Bridge est un coin perdu au bout du monde à cause du barrage. Le lac n'existait pas à l'époque où le village a été créé. Jette un coup d'œil à la carte. Tu comprendras.

Dylan hocha la tête en regardant distraitement les joggeurs sur la plage. Même si le prix modique s'expliquait par la situation géographique, il ne justifiait pas pour autant un achat incompréhensible !

— Pourquoi mon père a-t-il acheté une maison à Knights Bridge, Loretta ?

Elle baissa les bras.

— C'est à toi de percer le mystère. Mais, à ta place, je ne réveillerais pas le chat qui dort. Je me contenterais d'engager quelqu'un pour tout nettoyer, avant de revendre tranquillement.

— Tu te renseigneras sur Olivia Frost, s'il te plaît ?

— D'accord, lui dit Loretta. Dès que je serai rentrée chez moi. En attendant, je vais me promener sur la plage pour profiter du soleil couchant.

Elle fit quelques pas avant de se retourner.

— Tu as peur que cette femme te fasse un procès ?

— Non, pas vraiment, marmonna Dylan.

— Bien. Tu aurais tort de t'inquiéter pour un vieux réfrigérateur hors d'usage.

— J'ai aussi aperçu une machine à laver, sur les photos...

Loretta partit d'un grand éclat de rire, descendit les marches et traversa la route, avant d'ôter ses chaussures pour marcher dans le sable. Dylan la suivit des yeux, puis referma la porte-fenêtre. Le crépuscule tombait vite. Il se rassit sur son canapé et reprit la carte avec le dessin de trêfle — ou de civette. Le coup de crayon, l'utilisation des couleurs et l'écriture dénotaient un style contemporain, très personnel et pas du tout provincial. En même temps, on avait l'impression d'une hospitalité chaleureuse, au charme rustique mais pas démodé. Il ne savait pas comment sa voisine du Massachusetts avait produit cet effet, mais c'était très efficace en tout cas.

De toute manière, peu lui importait, et là n'était pas la question. Olivia Frost lui avait écrit pour le prier, non... pour *exiger* qu'il déblaie la cour d'une maison dont il ignorait jusqu'à aujourd'hui être le propriétaire… Voilà une situation peu banale !

Il ramassa les photos et la carte et les emporta à l'étage, où il n'avait même pas ouvert les rideaux ce matin en se levant. Comme il partait de chez lui bien avant le jour, cela n'avait pas grande importance. Il passait peu de temps dans sa chambre. Quelques heures de sommeil lui suffisaient, et il n'avait plus de femme dans sa vie depuis un petit moment. Trop longtemps peut-être, mais il ne comptait pas les jours.

Pas encore, en tout cas.

Il posa l'enveloppe sur le lit et s'assit par terre devant une vieille malle aux gonds et à la serrure de métal noir. Nomade dans l'âme, son père avait laissé peu de biens derrière lui. Le jour de son cinquantième anniversaire, il avait quitté son travail de consultant d'affaires pour passer le reste de son existence, plus de vingt ans, à parcourir le monde comme aventurier et chercheur de trésors. Tantôt seul, tantôt avec l'aide d'une petite équipe de professionnels et d'amateurs chevronnés, il s'était attaqué à résoudre d'obscures et mystérieuses énigmes, jamais pour son bénéfice personnel. C'était un passe-temps et une passion plus qu'une source de revenus — il adorait courir l'aventure.

Dans les mois qui avaient suivi la mort de son père, Dylan n'avait pas eu envie d'inventorier le contenu de cette malle. En dépit de quelques disputes orageuses, il avait entretenu de bonnes relations avec ce dernier, mais sa carrière sportive puis la NAK l'avaient accaparé. Il n'avait jamais trop cherché à comprendre les choix de Duncan McCaffrey, ni à recenser les innombrables péripéties de son existence ou les pistes qu'il n'avait pas eu le temps d'explorer. Même s'il restait des trésors à découvrir, cela ne l'intéressait pas. Il avait de l'argent en abondance. Quant à apprendre quelque chose sur son père, cela paraissait bien futile maintenant qu'il était mort.

D'ailleurs, Dylan n'osait même pas imaginer combien de

temps serait nécessaire pour trier ce monceau de dossiers, de boîtes, d'enveloppes et de carnets. Des jours entiers. Même s'il avait eu le temps, la patience lui aurait manqué.

Et rien ne disait qu'il trouverait des informations sur Knights Bridge.

Il pourrait toujours envoyer Loretta là-bas pour régler les problèmes avec Olivia Frost.

Il souleva finalement le couvercle et sortit une liasse de dossiers retenus par un gros élastique.

— Cela te ressemble bien, pap', de me compliquer encore la vie maintenant que tu es mort, murmura-t-il en secouant la tête.

L'élastique se cassa quand il essaya de le retirer.

Juste à ce moment-là, le téléphone fixe sonna, et il roula sur lui-même pour décrocher, presque soulagé de cette interruption.

— Consulte tes e-mails, lui dit aussitôt Loretta à l'autre bout du fil. Je t'ai transmis quelques renseignements sur la femme qui t'a écrit.

— C'est une amie de Grace Webster ?

— Peut-être. Mais Olivia Frost n'est pas aussi vieille. Je ne t'en dis pas plus.

Loretta raccrocha en riant.

Dylan releva ses e-mails sur son BlackBerry. Loretta avait envoyé une photo de sa voisine tatillonne, prise au cours d'une cérémonie de remise de prix à Boston. La propriétaire de La Ferme de Carriage Hill était apparemment une styliste accomplie dans le domaine des arts graphiques.

L'écran trop petit du téléphone ne lui permettait pas de la voir en détail. Il redescendit au rez-de-chaussée pour allumer son ordinateur portable sur la table de la cuisine.

Olivia Frost avait de longs cheveux bruns, un teint de porcelaine et un sourire éclatant. Il ne distinguait pas bien la couleur de ses yeux. Verts, peut-être. Elle portait une petite robe noire assez stricte qui lui arrivait juste au-dessus du genou.

Sur une autre photo que Loretta avait trouvée sur Facebook, Olivia, habillée de façon plus décontractée d'une veste en jean, se tenait devant une vieille scierie. La famille Frost dirigeait une petite entreprise florissante, Frost Millworks, spécialisée dans la menuiserie et l'ébénisterie sur mesure.

Loretta donnait un lien qui renvoyait sur le site internet créé par Olivia Frost.

Dylan rappela Loretta.

— Je peux continuer mes recherches, si tu veux, lança-t-elle sans lui laisser le temps de parler.

— Je prends le relais à partir de maintenant. Merci, Loretta. Au fait, tant qu'on y est : que dit internet sur moi ?

— Que tu as démoli le goal de l'équipe de Montréal...

— Il l'avait cherché. C'était de la légitime défense.

— Et les dix points de suture ?

Dylan lui raccrocha au nez en riant. Après tout, il se moquait éperdument de ce qu'internet racontait sur lui. D'ailleurs, étant donné l'état de sa propriété, Olivia Frost n'avait sûrement pas eu ce réflexe...

Il regarda de nouveau la photo de Facebook, en plus gros plan que celle de la remise des prix. Non, ses yeux n'étaient pas verts. Plutôt noisette, avec un curieux mélange de paillettes multicolores, ambre, vert et or.

Il referma son ordinateur portable et appela sa secrétaire pour qu'elle lui réserve immédiatement un billet d'avion à destination de Boston le lendemain matin.

3

Olivia finissait de ratisser ses plates-bandes d'herbes aromatiques à l'arrière de sa maison. Le ciel nuageux et le froid ne la gênaient pas. Il restait beaucoup de plaques blanches dans les bois, mais dans son jardin la neige avait fondu. Partout, les signes avant-coureurs du printemps se multipliaient. Quel bonheur de découvrir de jeunes pousses sous le tapis détrempé de feuilles mortes ! Le travail physique donnait un regain d'énergie à Olivia. Elle était capable d'aller dans la vieille maison de Grace Webster pour commencer à déblayer la cour. Naturellement, Dylan McCaffrey n'avait pas répondu à son courrier.

Qu'avait-elle donc espéré ? Pourquoi se serait-il manifesté brusquement après être resté deux ans sans mettre le pied à Knights Bridge ?

Elly O'Dunn, qui avait retrouvé le nom et l'adresse du nouveau propriétaire, se souvenait de l'avoir rencontré dans les bureaux de la mairie. Elle l'avait dit à Maggie, qui l'avait répété à Olivia. C'était un bel homme de soixante-dix ans passés, avec d'épais cheveux blancs et des yeux d'un bleu intense. Mais elle ne lui avait pas parlé et n'avait aucune idée des raisons qui l'avaient poussé à acheter la maison de Grace Webster.

Olivia non plus, d'ailleurs. Le râteau à la main, elle se dirigea vers la cour de devant juste au moment où son père arrivait en camionnette. Elle avait presque oublié qu'elle avait invité ses parents à déjeuner, mais sa mère n'était pas venue. Grand, solidement charpenté, Randy Frost avait transformé la scierie peu rentable de son père en une florissante entreprise, tout en servant depuis son adolescence comme pompier volontaire dans la brigade de Knights Bridge.

— Ça prend forme, dit-il en s'approchant à la rencontre de sa fille.

Nu-tête et sans gants, il portait une canadienne ouverte sur un pull bleu marine.

— Oui, n'est-ce pas ? répliqua Olivia en s'appuyant sur son râteau.

Il porta son regard du côté du garage et au-delà. Avant la Seconde Guerre mondiale, c'étaient des terres cultivées, mais les arbres, principalement des sapins, avaient tout envahi depuis. Les murs de pierres sèches marquant autrefois les limites des champs quadrillaient maintenant la forêt qui s'étendait jusqu'au lac. Il y avait une vue plus dégagée derrière la maison et le long du chemin qui menait chez Grace, ou plutôt chez Dylan McCaffrey.

— La neige est presque fondue, dit le père d'Olivia.

Puis il se tourna en soupirant vers sa fille.

— Cet endroit perdu est loin de tout, Liv, même pour Knights Bridge. Tu crois vraiment que tu réussiras à attirer des gens jusqu'ici ?

— Absolument, papa. Pour moi, cela ne fait aucun doute.

— Ta sœur te servira peut-être de cobaye.

Olivia faillit en lâcher son râteau.

— Ils ont fixé une date pour leur mariage ?

— Non, elle attend toujours sa bague de fiançailles. C'est une romantique, mais Mark...

Randy Frost passa une main calleuse dans ses cheveux poivre et sel.

— Cela ne me regarde pas. Je ne veux pas me mêler de leurs affaires.

Olivia connaissait Mark depuis le lycée, où ils avaient été élèves dans la même classe de terminale. Mark dormait au fond de la salle pendant les cours d'algèbre, ce qui ne l'avait pas empêché de devenir architecte. A la fin de ses études, il avait travaillé un peu à Boston et à New York, avant de revenir s'installer à Knights Bridge l'année précédente. Définitivement. Désormais, il ne voulait plus vivre ailleurs.

— Si Jess rêvait d'un lord Byron, elle ne serait pas avec Mark Flanagan, déclara Olivia. Mais c'est un garçon très bien.

— Oui. Sans doute... Comment vont tes plantations ?

— La lavande a survécu à l'hiver. Je l'avais protégée contre le gel. Les semis sortent de terre. J'ai décidé d'organiser une petite réunion entre mères et filles à l'heure du thé, histoire de démarrer les choses avec une petite inauguration informelle, pour faire savoir que La Ferme de Carriage Hill est ouverte.

— Ta mère m'en a parlé. Elle viendra avec Jess. Tu ne demandes pas de participation financière ?

— Non, je tiendrai table ouverte.

— C'est une bonne idée. Tes invitées lanceront certainement des réservations pour te remercier.

— Je commanderai les repas chez un traiteur. Au début, en tout cas. Je proposerai d'organiser des réceptions familiales pour des baptêmes, des mariages, des anniversaires...

— Tu as l'air enthousiaste, dit son père. C'est bien.

— Je rêve d'aménager cet endroit depuis le début. Tout se passe plus vite que je ne le prévoyais, mais sans problème. Jusqu'à maintenant, en tout cas !

— Ce sera beaucoup de travail, tu t'en doutes. Quel genre de carte penses-tu offrir ?

— Une cuisine saine et simple, à base de légumes et de fruits cultivés sur place.

— Un régime végétarien, en somme ?

Olivia se mit à rire.

— Oui, mais pas seulement. Les gens pourront aussi se promener dans les jardins et dans les bois et j'aurai un choix de livres et de conférences sur différents aspects des plantes, comment les utiliser dans la cuisine, les faire sécher, purifier ou parfumer l'atmosphère avec des pots-pourris…

Elle retourna son râteau pour enlever des débris de feuilles coincés entre les dents.

— Ce ne sont pas les idées qui me manquent. Mais pour l'instant je me concentre sur le nettoyage du jardin. Tu restes déjeuner, j'espère ? Maman devait venir aussi, il me semble.

— Elle est restée à la maison pour continuer à préparer son voyage en Californie. Elle étudie la route côtière.

— Qui doit être magnifique.

— Si tu veux mon avis, ta mère ne partira jamais. Mais ne lui répète surtout pas ce que je viens de te dire.

Avec un effort visible pour se secouer mentalement, il changea de sujet.

— Comment va Buster ?

— Il m'a adoptée, répondit Olivia, soulagée de parler d'autre chose. J'ai du mal à l'empêcher de gratter la terre sous le pied de lavande. Sinon, tout va bien.

Buster était un grand berger allemand mâtiné de Dieu sait quoi, qui avait débarqué chez elle dix jours plus tôt, sans laisse ni collier, et que personne n'avait encore réclamé.

— J'aurais préféré un chien plus doux. Un golden retriever ou un labrador, peut-être. Buster est assez agressif, prêt à sauter au mollet du premier inconnu qui passe !

— Parfait. Garde-le. Cela me rassure de le savoir ici avec toi.

Son père suivit Olivia des yeux quand elle alla ranger le râteau près du garage.

— Avec ce froid, je devrais mettre des gants, dit-elle en soufflant sur ses doigts. Mes mains sont tout abîmées depuis que je vis à la campagne.

— Cela fait seulement quinze jours… As-tu assez d'argent sur ton compte en banque, Liv ? Tu ne mises pas tout sur cette maison d'hôtes, j'espère ?

— Rassure-toi. J'ai un peu de temps devant moi avant de me retrouver sur la paille.

— Des contrats en vue ?

— Plus ou moins...

Olivia n'aimait pas discuter de sa situation financière, y compris avec son père — pourtant bien intentionné. Elle se dirigea avec un sourire vers la porte de la cuisine.

— Tu veux connaître mon programme ? Du sang, de la sueur, du rire et des larmes. Jolie perspective, non ?

— Liv...

— Ne t'inquiète pas, papa. Je continue à travailler en freelance. Jacqui Ackerman me confie autant de projets qu'il m'est possible de suivre. Viens, le repas est prêt.

— Où est Buster ?

— Dans la buanderie. Tu n'as rien à craindre.

Non que son père soit inquiet, de toute façon. Olivia considéra un instant la table dressée avec trois couverts. Oui, elle se sentait déçue et frustrée par l'absence de sa mère. Si elle ne sortait même pas de chez elle pour rendre visite à sa fille, comment pourrait-elle aller un jour en Californie ? Depuis le retour d'Olivia à Knights Bridge, elle n'était pas venue une seule fois chez elle.

Son père ramassa tranquillement le couvert en trop pour le poser sur le plan de travail. Mariés depuis trente-deux ans, Randy et Louise Frost se connaissaient depuis le jardin d'enfants. Olivia avait confiance en la solidité de leur couple. Si un problème avait surgi, ils sauraient le résoudre. De toute façon, depuis son expérience malheureuse avec Marilyn, Olivia n'avait plus envie d'aider personne, et encore moins ses parents. En outre, ses deux projets professionnels l'accaparaient et ne lui laissaient guère de disponibilités.

— C'est quoi, Liv ? demanda son père en soulevant le couvercle d'une casserole qui mijotait sur le feu.

— Une soupe de panais, pommes et navets.

— Ah !

— Parfumée à la noix de muscade, précisa-t-elle, toute fière. Je vais ajouter du persil haché et du parmesan comme garniture. C'est appétissant, non ?

Il plongea une cuillère de bois dans le récipient.

— Tu m'ôtes les mots de la bouche... Tu sais que ton vieux père est prêt à tout pour toi, Liv.

— Moque-toi. J'expérimente des nouvelles recettes.

Il goûta la soupe et reposa la cuillère.

— Bon. Eh bien, nous verrons ce que ça donne avec du persil et du parmesan.

Olivia se mit à rire.

— C'est si mauvais que ça ?

D'accord... Ce n'était pas une réussite, elle dut en convenir après l'avoir elle-même goûtée. Son père se rattrapa sur le pain d'avoine, dont il se coupa deux grosses tranches — mais en refusant le confit de romarin.

— J'ai ajouté des canneberges, précisa Olivia.

— Alors, je vais en goûter un peu. Pour te faire plaisir, Liv, fit son père avec un regard compréhensif.

Elle sourit largement.

— Merci, papa. Tu es mon goûteur préféré.

— Ton cobaye, tu veux dire ! répondit-il en portant une petite cuillère à la bouche.

Il hocha la tête.

— Euh... ce n'est pas mauvais. Honnêtement. Tu devrais juste appeler cela « compotée de canneberges au romarin ». On aurait un peu moins l'impression de manger de l'herbe à une mangeoire.

— D'accord, soupira Olivia, je suivrai ton conseil.

Le dessert, en revanche, ne suscita aucune protestation. Elle avait préparé des cookies à la mélasse, selon une recette traditionnelle héritée de sa grand-mère. Son père en prit un troisième en se levant de table.

— Allons faire un tour d'inspection dans le jardin, proposa-t-il.

Il avait examiné la maison en détail à l'automne, dès que sa fille s'était montrée intéressée, mais pas depuis. Il avait tout vérifié : la cheminée centrale, l'installation électrique, la chaudière, le cumulus d'eau chaude, les traces d'humidité, bref, tout ce qui risquait de poser problème. Heureusement, les anciens propriétaires avaient effectué toutes les grosses réparations, et Olivia pouvait se concentrer sur la décoration et les quelques ajustements nécessaires avant d'ouvrir sa maison au public. Très peu de choses à régler, donc, car à la base les gens qui lui avaient vendu la maison projetaient eux aussi d'en faire un bed-and-breakfast.

Buster remua à peine lorsqu'ils traversèrent la buanderie. Olivia le laissa à l'intérieur. Son père, qui n'était pourtant pas un passionné de jardinage, la félicita sur les progrès accomplis en l'espace de deux semaines.

— C'est du beau travail, Liv. Tu n'as pas trop de dégâts à cause des animaux sauvages de la réserve de Quabbin ?

— Pas encore.

Il pointa l'index sur le vieux mur de pierre qui courait au fond de la propriété.

— Plusieurs dizaines de milliers d'hectares de terres sauvages séparent ta maison de Quabbin Reservoir. Tu n'as aucun voisin de ce côté.

— Je sais, papa. Et, de l'autre côté, mon plus proche voisin est un vieil homme de San Diego qui se désintéresse de sa propriété où il n'est pas venu une seule fois en deux ans.

Inutile de parler de sa lettre. Quand son père et elle retournèrent dans la cuisine, Buster avait renversé le paravent et s'était tranquillement installé dans le salon devant le feu de cheminée...

— Je le comprends. J'aurais fait pareil à sa place, dit finalement son père avant de repartir avec une boîte de soupe et des cookies pour sa mère.

Cette dernière appela d'ailleurs Liv pendant qu'il était sur la route.

— Ton père est toujours là ? La météo prévoit des pluies verglaçantes. *Très* dangereuses sur les routes.

— Il est déjà parti. Rassure-toi, maman, il sera probablement rentré avant qu'il se mette à pleuvoir.

— Tant mieux, soupira celle-ci, s'efforçant de contrôler son anxiété, sans doute. Votre déjeuner s'est bien passé ? Je suis désolée de l'avoir raté... Un empêchement de dernière minute. J'ai proposé à ton père de le reporter à demain, mais il... De toute façon, cela n'a pas d'importance. Vous avez bien mangé ?

Sa mère s'inquiétait encore à cause de ce bulletin météorologique, décidément..., songea Olivia.

— Papa n'a pas trop aimé ma soupe de panais.

— Bravo si tu as tout de même réussi à lui en faire goûter ! répondit sa mère en riant. Je viendrai bientôt te voir, Liv. J'ai envie de t'aider. Jess m'a raconté tout ce que tu fais. Je peux manier la bêche aussi bien que le pinceau, tu sais.

— Ne t'inquiète pas, maman. Tu es très occupée par la préparation de ton voyage...

— En Californie, oui, l'interrompit sa mère vivement, avec comme une boule dans la gorge. Il faudra que j'y aille. Coûte que coûte.

Elle parlait de ce voyage comme d'une corvée imposée... Cependant, Olivia comprenait sa mère. Personnellement, l'idée que ses parents montent dans un avion pour survoler le pays lui nouait l'estomac.

— J'ai vu des photos de la route côtière en bordure du Pacifique. C'est magnifique.

— Oui. Bien... Je te rappellerai un peu plus tard, Liv. Fais bien attention à toi, toute seule avec ce froid.

— Je te le promets, maman. Je ne suis pas si loin et j'ai Buster avec moi.

— A propos, as-tu consulté le vétérinaire ? Il a peut-être des vers...

— Tout va bien, il est en parfaite santé, je t'assure.

— Ton père ne devrait pas tarder, maintenant. Oh... je viens de jeter un coup d'œil par la fenêtre. Le pare-brise de ma voiture est complètement gelé. Quel temps épouvantable !

— Veux-tu que je reste au téléphone jusqu'à ce que papa arrive ? proposa Olivia, compréhensive.

— Non, non. Ce n'est pas la peine.

Quand sa mère raccrocha, elle avait visiblement du mal à respirer. Du coup, Olivia se sentit anxieuse et agitée elle aussi. Se levant d'un bond, elle alla dans la cuisine. Avec la pluie, il n'était plus question de travailler à l'extérieur. Tant pis. Après la vaisselle, elle se mettrait à un projet de design.

Debout devant l'évier, elle regarda par la fenêtre. Le brouillard tombait par nappes, avec les gouttes de pluie qui se figeaient en une fine couche de gelée blanche sur le sol.

La maison était très calme, tout à coup.

— Buster ? lança-t-elle. Buster, où es-tu ?

Elle retourna dans le salon, mais il n'y était plus. Elle vérifia la porte de la cave — bien fermée — et l'appela de nouveau.

Seul le silence lui répondit. En revenant vers la cuisine, elle sentit un courant d'air.

— Et zut ! marmonna-t-elle.

La buanderie était restée ouverte. Buster était parti, et elle allait être obligée de se lancer à sa recherche par ce froid glacial.

Moins d'une heure après son arrivée à Knights Bridge, Dylan McCaffrey se retrouvait enfoncé dans la boue et la neige jusqu'aux genoux, à côté d'un vieux réfrigérateur rouillé et face à un chien hargneux et menaçant.

La bête avait jailli du petit bois comme s'il guettait sa venue, manifestement prêt à attaquer l'inconnu qui surgissait à l'improviste au détour du chemin. Ses aboiements furieux se muaient maintenant en grondements sourds.

— Du calme, murmura Dylan. Doucement.

C'était sûrement le chien d'Olivia Frost, la propriétaire

de la maison la plus proche — et probablement d'ailleurs sa seule voisine à des lieues à la ronde. La pluie qui tombait gelait presque aussitôt et recouvrait tout d'une mince pellicule brillante et translucide. La vigne vierge, les aiguilles de pin, les branches des arbres dénudées, l'herbe, les feuilles mortes entassées...

— Il faut rentrer chez toi, reprit Dylan en montrant du doigt la direction de La Ferme de Carriage Hill.

Le chien aboya, gronda... mais ne bougea pas.

Dylan réfléchit en passant en revue les options qui s'offraient à lui. Visiblement, la pluie n'était pas près de s'arrêter, et il se retrouvait coincé au beau milieu de nulle part. Après un vol long mais sans histoire, il était arrivé à Boston la veille, tard dans la soirée. Il avait passé la nuit chez son ami joueur de hockey, Alec Wiskovich, un Russe devenu une vraie gloire locale en raison de ses exploits sportifs dans l'équipe des Bruins, où il jouait avant-centre. Bien qu'habitant Boston, Alec n'avait jamais entendu parler de Knights Bridge... Tout un programme. Dylan avait loué une voiture le matin même, avait tapé « Knights Bridge » sur le GPS et s'était mis en route sans tarder.

Il se sentait complètement déphasé, sans doute à cause du décalage horaire, du mauvais temps, et de ce chien enragé sorti de nulle part — ce qui était déjà pas mal —, mais aussi parce que le souvenir de son père l'assaillait, le prenant au dépourvu. S'il avait eu une once de bon sens, il aurait chargé Loretta de régler le différend avec Olivia Frost au lieu de se déplacer lui-même. Il avait assez de responsabilités et d'occupations pour ne pas se soucier en plus d'un ridicule problème de voisinage. Franchement, il aurait mieux fait de déléguer et de payer quelqu'un pour s'en charger à sa place, comme d'habitude.

— Buster !

C'était une voix de femme. Tout en continuant à surveiller l'animal du coin de l'œil, Dylan scruta le petit chemin en essayant de percer l'épais rideau de brouillard et de pluie. Mais il ne distingua pas âme qui vive.

— Buster ! Buster, où es-tu ?

Dylan se tourna vers le chien.

— Tu es Buster, j'imagine ?

La jeune femme avait des accents paniqués. A en juger par l'attitude menaçante de l'animal, elle avait de bonnes raisons de s'inquiéter ! Son fichu chien semblait prêt à mettre en pièces le premier venu. Bon, bien sûr, elle ne pouvait pas soupçonner la présence de quelqu'un dans les parages...

Malgré tout, Dylan était bel et bien là. Même s'il n'avait pas annoncé sa visite.

Une silhouette menue se matérialisa à la sortie du virage. Ce devait être Olivia Frost. Sans chapeau ni manteau, elle s'était visiblement précipitée au-dehors sans prendre la peine de s'habiller. Dylan, lui, avait au moins une veste en grosse toile doublée.

Quand elle s'écarta du chemin pour marcher sur le tapis de feuilles boueuses et détrempées, le gros chien recommença à s'agiter en montrant les dents.

Dylan se força à considérer calmement l'animal. S'il ne trouvait pas très vite le moyen de le calmer, il lui sauterait à la gorge.

En désespoir de cause, il étendit les mains devant lui dans un geste ferme et apaisant, en priant pour lui ôter ainsi l'idée de bondir sur lui.

— Buster est là, lança-t-il à la nouvelle venue.

— C'est ce que je vois, dit la jeune femme en s'approchant.

Elle avait des cristaux de glace dans les cheveux.

— Nous venons de faire connaissance, lui et moi. Il avait l'air surpris de trouver quelqu'un par ici.

Olivia Frost s'arrêta abruptement, manifestement surprise elle aussi. Finalement, elle avait bien les yeux noisette, constata Dylan. Et elle était encore plus jolie que sur les photos envoyées par Loretta. Ses yeux étaient vraiment magnifiques, avec d'étonnantes paillettes bleu, vert et or, qui ressortaient peut-être davantage à cause de la grisaille — ou parce qu'il était tout simplement content d'avoir survécu à sa première heure passée à Knights Bridge.

Elle le dévisagea en fronçant les sourcils pendant que son chien la rejoignait en trottinant.

— Vous vous êtes garé là en attendant la fin de l'averse ?

— Non, euh...

Comme Buster s'était calmé, Dylan décida qu'il n'y avait plus de danger et baissa les bras.

— Je suis votre voisin. Vous m'avez écrit pour vous plaindre des saletés qui traînaient devant chez moi.

— Vous êtes Dylan McCaffrey ? demanda-t-elle avec une expression effarée.

— En personne.

— Je suis Olivia Frost. Je...

Elle plissa les yeux avec perplexité. Etonnamment, elle ne semblait pas souffrir du froid. Pourtant, elle ne portait qu'un jean et une chemise en velours côtelé.

— Vous êtes sûr d'être le *bon* Dylan McCaffrey ? Je ne me suis pas trompée ? C'est bien vous le propriétaire de cette maison ?

— Je suis le bon McCaffrey, et cette maison m'appartient, en effet, fit Dylan.

A l'évidence, il ne correspondait pas à l'idée qu'elle se faisait de son voisin. Buster émit un grognement, mais un geste de sa maîtresse suffit à lui imposer silence. Reprenant contenance, cette dernière indiqua du menton le vieux frigo à moitié enfoui dans la boue.

— Eh bien, tant mieux. Vous pourrez nous débarrasser de cette horreur. Cette cour devenait un vrai dépotoir.

— Je ne vais pas dire le contraire, lui répondit Dylan en se retournant à demi.

La machine à laver hors d'usage était un peu plus loin sur la pente, renversée sous les broussailles. Entre les deux s'amoncelaient quelques vieux pneus, des enjoliveurs, des bouteilles de verre et en plastique, des canettes de bière et, en prime, un matelas éventré.

— On soupçonne quelques jeunes d'être venus faire la fête et d'avoir dépassé un peu les bornes.

— Drôle d'endroit pour faire la fête..., marmonna Dylan.

Sans paraître s'offusquer du commentaire, la jeune femme précisa :

— Comme je vous l'ai expliqué dans ma lettre, j'habite tout près d'ici.

— La Ferme de Carriage Hill, c'est cela ? dit-il avec un sourire, histoire de se montrer un peu plus aimable.

— Oui. Je suis en cours d'aménagement.

Elle essuya quelques gouttes de pluie sur son nez et fit un geste vers la petite route bordée d'arbres, en direction du village.

— Ma famille est installée en ville. Avec ce mauvais temps, ils vont m'appeler pour voir si tout va bien. L'endroit n'est pas aussi perdu qu'on pourrait le penser. Beaucoup de gens viennent me voir.

Elle le mettait en garde et se rassurait en même temps, se dit Dylan. Avait-elle peur de se trouver seule avec lui sur cette route isolée ? Sans vouloir se montrer susceptible, il ne pensait vraiment pas avoir l'air dangereux ou menaçant ! C'est tout de même lui qui avait failli se faire attaquer par son chien, pas le contraire.

Il fit un effort pour lui adresser un nouveau sourire charmant et inoffensif.

— Vous avez de la chance d'avoir de la famille à côté. Surtout avec ce temps effroyable.

Elle lui rendit son sourire.

— Oui, le printemps se fait vraiment attendre ! Comme je vous l'ai dit dans mon courrier, je peux vous aider, si vous voulez.

Apercevant l'Audi de location garée au bord du chemin, elle ajouta :

— Je peux aussi emprunter une camionnette.

— Merci. C'est bon à savoir.

— Je dois ramener Buster, dit-elle d'un ton hésitant. Vous n'êtes pas…

Elle attrapa son chien par le collier avant de reprendre :

— Je vous imaginais plus âgé.

— Vous vous attendiez à voir mon père, Duncan McCaffrey, je pense, expliqua Dylan en devinant à présent les raisons du malentendu. Il est mort quelques mois après avoir acheté cette maison. Avant de recevoir votre lettre, je ne savais même pas que j'en avais hérité.

— Vraiment ? fit-elle en écarquillant les yeux. Comment est-ce possible ?

— C'est une longue histoire. Mais vous risquez d'attraper froid, sans manteau. Vous voulez le mien ?

— Non merci, c'est gentil.

— Alors, rentrez au moins vous sécher à l'intérieur. Je ne vais pas pouvoir repartir tout de suite, vous savez.

— C'est très aimable à vous, mais je vais plutôt retourner chez moi. Buster n'aime pas les inconnus. Je ne veux pas vous exposer à sa mauvaise humeur.

Encore un avertissement, songea Dylan en la regardant s'éloigner avec son horrible chien. Elle avait de la boue sur les fesses et les cuisses. Dans sa précipitation, elle avait dû trébucher et tomber.

Dire qu'il faisait si beau hier à Coronado, avec une température de vingt-quatre degrés…

En tout cas, maintenant, il faudrait attendre que le temps s'améliore pour se mettre au travail. Il ne comprenait pas très bien pourquoi Olivia Frost faisait toutes ces histoires. On n'apercevait même pas sa maison à travers les arbres ! Ce n'était pas comme si elle habitait juste à côté. Il se dirigea précautionneusement vers le porche de cette demeure décrépite de la Nouvelle Angleterre dont Loretta lui avait donné les clés. Il avait déjà fait un tour rapide. A gauche de la véranda, la porte d'entrée ouvrait sur un vestibule au fond duquel un escalier recouvert d'un tapis vert menait au premier étage, avec trois petites chambres et une salle de bains. Au rez-de-chaussée, le salon et la salle à manger adjacente donnaient directement sur la cour par de grandes baies vitrées, juste en face de la décharge sauvage.

On accédait ensuite à la cuisine, où une porte permettait de sortir par-derrière et une seconde de descendre à la cave.

C'était tout.

La maison était modestement meublée, avec un canapé, une armoire, évidemment une table et des chaises, et un vieux piano. A part les livres qui remplissaient encore les rayons de la bibliothèque, il n'y avait plus d'effets personnels. Grace Webster avait dû abandonner tout ce qui ne rentrait pas dans sa nouvelle résidence ou ce dont elle ne voulait plus.

Dylan appuya sur l'interrupteur qui commandait un vieux lustre poussiéreux dans le salon.

Il n'y avait pas de courant.

Il soupira.

Pas de chance.

Naturellement, la maison n'avait pas de téléphone fixe, et son portable ne captait aucun réseau. Il jeta un coup d'œil par la fenêtre. Des stalactites s'étaient formées sur les lignes électriques.

Sa voisine était-elle également privée d'électricité ?

Devrait-il aller la voir ? Après tout, dans les petites villes, on s'entraidait entre voisins et on cultivait les bonnes relations, non ?

Ni la famille ni les amis d'Olivia Frost ne sortiraient par un temps pareil. Sûrement pas pour venir jusqu'ici, en tout cas.

Dylan boutonna sa veste et retourna dehors. Il tombait toujours de la neige fondue, ou plutôt une sorte de grêle, redoutable, qui formait sur le sol une épaisse couche de glace et le transformait en véritable patinoire.

— Quel temps pourri ! maugréa-t-il en remontant le col de sa veste avant de s'aventurer d'un pas mal assuré sur les marches glissantes.

Tant bien que mal, en s'efforçant de ne pas trop déraper, Dylan atteignit finalement La Ferme de Carriage Hill. La glace recouvrait tout, même le sable répandu sur le sol pour faciliter la circulation.

Il tendit l'oreille. Une branche craqua quelque part dans les sous-bois, puis plus rien.

Il régnait un silence étrange, presque surnaturel.

Dylan avait assez joué au hockey pour se sentir à l'aise sur la glace. Même sans patins, il avait le sens de l'équilibre. Heureusement, d'ailleurs, car s'il tombait et se cassait quelque chose, il était tout seul. Personne ne viendrait le chercher ici.

A moins que ce fichu chien ne réussisse à s'échapper encore une fois, songea-t-il d'un air renfrogné en essayant de presser le pas.

De la fumée s'échappait de la cheminée chez sa seule et unique voisine. Une petite allée soignée le conduisit jusqu'à la porte d'entrée, peinte en bleu. C'était apparemment la partie la plus ancienne de la maison au crépi clair, mais il existait une autre porte, à droite de la première, qui donnait accès à une extension de construction plus récente.

— Mlle Frost ? appela-t-il. C'est Dylan McCaffrey.

Elle ouvrit la porte presque aussitôt, les cheveux encore humides, les joues roses de froid — ou de chaud. Même de là où il se trouvait, il devinait un intérieur décoré avec goût, où régnait une chaleur agréable.

Avec son manteau dégoulinant, son pantalon et ses chaussures crottés, il se sentit un peu ridicule. Etait-il venu proposer son aide… ou en réclamer ?

— Je voulais m'assurer que tout allait bien pour vous, dit-il. Le courant est coupé chez moi.

— Ici aussi. J'ai appelé la compagnie d'électricité. C'est pareil partout en ville, et nous sommes les derniers sur la liste des techniciens.

— Ils ne vous aiment pas ?

Olivia ne sembla pas goûter la plaisanterie.

— Nous sommes sur une route isolée qui dessert très peu d'habitations, fit-elle comme si elle n'avait rien entendu.

— Nous sommes tous les deux perdus en pleine cambrousse, si je comprends bien ?

— J'ai mon chien avec moi.

— Oui, Buster. Il...

— Il dort au coin du feu. Mais il a le sommeil léger.

Le sous-entendu était on ne peut plus clair. Olivia était-elle nerveuse à cause de lui ? Ce n'était pas son intention de l'inquiéter, pourtant. C'est juste que parfois il était un peu borné... C'est du moins ce que lui disait Noah. Souvent même. Et aussi ce que lui avaient reproché ses entraîneurs de hockey, les joueurs de son équipe... ainsi que quelques femmes...

Il s'efforça de paraître aimable et détaché, pas du tout frigorifié, affamé ou désemparé.

— Si vous avez besoin de quoi que ce soit, je suis tout près d'ici, dans la nuit et le froid, reprit-il, jouant de nouveau la carte de l'humour.

— Vous n'aviez pas l'intention de passer la nuit à Knights Bridge, j'imagine ?

— Je ne m'étais pas posé la question, à vrai dire. Mais je ne m'attendais pas à une tempête de neige et de glace !

— Vous avez de quoi manger ? Il me reste de la soupe aux panais et du pain d'avoine. Si vous voulez, je peux vous en donner.

De la soupe aux panais... Une grosse goutte de pluie s'écrasa sur la nuque de Dylan.

— Merci, mais j'ai apporté quelques provisions, juste au cas où.

— Mlle Webster avait un poêle à bois. Vous avez vu si elle l'a laissé dans la maison ?

Il n'y avait pas du tout prêté attention.

— Euh… il est dans la salle à manger, je crois.

— Vérifiez que des chauves-souris ou des écureuils n'ont pas élu domicile dans la cheminée.

Olivia se pencha pour indiquer vaguement la direction du garage.

— Vous pouvez prendre quelques bûches, si vous voulez.

De toute façon, Dylan pourrait tout juste emporter de quoi se chauffer pendant quelques heures. Cela n'en valait pas la peine. Et encore, il serait peut-être mort de froid avant d'arriver chez lui…

Bon, il exagérait peut-être un peu, mais sa voisine n'insista pas beaucoup non plus…

— Merci d'être passé, dit-elle poliment avant de refermer sa porte.

Il fit le chemin en sens inverse, chemin ponctué de quelques glissades plus ou moins volontaires. A quoi pensait donc son père en achetant cette maison dans ce trou perdu ? Il n'y avait sûrement pas de trésor caché à Knights Bridge. C'était inimaginable.

Même s'il avait toujours eu le goût des défis impossibles…

A son retour, Dylan examina de plus près le fameux poêle installé dans un coin de la salle à manger. Il ressemblait plutôt à un baril d'essence… De toute manière, avec ce froid, il valait mieux essayer de se chauffer. Il trouva quelques bûches dans un cageot dans la cuisine et donna deux ou trois coups dans le tuyau de la cheminée pour avertir d'éventuels parasites, avant de craquer une allumette.

La cheminée avait peut-être besoin d'être ramonée, mais cela ne lui faisait pas peur. Au cas où un incendie se déclarerait, il aurait le temps de s'échapper. Et, si la maison brûlait, ce ne serait pas une grosse perte.

Le feu partit tout de suite. Tandis que les flammes jaunes s'élevaient gaiement, Dylan parcourut toutes les pièces pour voir s'il arrivait à se connecter sur un quelconque réseau. Quand l'écran de son portable indiqua — enfin ! — un petit signal, près de la porte de derrière, il appela Noah à San Diego.

— Cela me ferait très plaisir que tu aies besoin de moi, déclara-t-il.

— Non, ici tout va bien, lui dit son ami. Comment se passe ton séjour en Nouvelle-Angleterre ?

— Il fait un temps de cochon. Je n'ai ni chauffage ni électricité. Je me suis transformé en Davy Crockett et je campe.

— Comment est la maison ?

— Une bicoque sans intérêt.

— As-tu fait la connaissance d'Olivia Frost ?

— Oui, répondit Dylan en se remémorant ses pommettes roses et ses beaux yeux noisette. Elle est bien au chaud chez elle. Je me demande si elle a un groupe électrogène.

— Elle ne t'a pas invité à partager sa chaleur ?

Pour une fois, Noah ne manquait pas de repartie.

— Elle m'a juste proposé une bûche, alors que je me retrouve coincé par une tempête de neige !

Noah éclata de rire.

La communication fut interrompue juste au moment où Dylan apercevait une fuite, au plafond.

Il replaça le téléphone dans sa poche et baissa lentement la tête. La flaque s'agrandissait sur le plancher à vue d'œil.

— Oh non ! Il ne manquait plus que ça !

Oui, mais que faire, de toute façon ?

Pourvu seulement que Grace Webster ait eu la bonne idée de laisser un seau ou une cuvette sous l'évier de la cuisine...

4

La maison d'Olivia était équipée d'un groupe électrogène en prévision de nuits comme celle-là, mais elle ne le brancha que pour une petite heure, avant de décider d'attendre la fin de la panne. Le peu de nourriture qu'elle avait dans le frigo n'aurait pas le temps de se gâter, et les générateurs ne lui inspiraient pas trop confiance. Il y avait parfois des accidents avec des intoxications au monoxyde de carbone. Même si elle avait lu attentivement le mode d'emploi et fait un essai avec son père, elle conservait quelques inquiétudes et préférait ne pas l'utiliser plus longuement.

Tout en se pelotonnant sous un plaid en laine devant la cheminée, elle repensa à Dylan McCaffrey. C'était un homme courtois et prévenant, qui avait bravé la tempête pour s'assurer que tout allait bien chez elle.

Le vent redoubla, agitant devant la fenêtre un arbuste qui projetait des ombres étranges, un peu inquiétantes, sur les murs du salon. Des craquements sinistres retentirent dans la cour, du côté du vieil érable. Pour l'instant, les branches étaient gelées et croulaient sous le poids de la glace, mais dès que la température remonterait au-dessus de zéro le printemps redoublerait d'ardeur. Les jonquilles sortiraient bientôt de terre, avant les tulipes puis le lilas.

Par cette sombre fin d'après-midi, seule la lueur du feu éclairait la pièce, avec ses flammes jaunes et dansantes. Olivia sursauta quand un morceau de bois tomba des chenets. *Ne sois pas si stressée, voyons !* se répéta-t-elle une fois de plus. Visiblement, même après avoir vécu seule à Boston en appartement, il lui faudrait un peu de temps pour s'habituer aux bruits de cette vieille maison pleine de coins et de recoins obscurs. Surtout qu'elle avait une imagination très active et prompte à s'enflammer au moindre signal. Au début, elle avait eu besoin de son iPod pour s'endormir, avec une sélection de musiques douces, mais petit à petit elle commençait à s'aguerrir. Ses inquiétudes finiraient bien par se calmer.

Resserrant autour d'elle les pans de sa couverture, elle songea de nouveau à son voisin. Elly O'Dunn avait dû voir *Duncan* McCaffrey, le père de Dylan. En tout cas, en envoyant sa lettre, Olivia n'avait pas imaginé que son destinataire débarquerait sans prévenir, ni qu'elle le rencontrerait transi et coincé par son chien.

Elle ne s'était pas non plus représenté le nouveau propriétaire de la maison de Grace Webster sous les traits d'un homme plutôt jeune, extrêmement séduisant, doté d'un sourire sexy, de larges épaules et de beaux yeux d'un bleu profond, frangés de cils noirs.

A sa connaissance, les McCaffrey n'avaient pas d'attaches à Knights Bridge. La construction de l'énorme barrage de Quabbin avait coupé la petite ville du reste du Massachusetts en la reléguant à l'écart des grandes voies de communication. Il était quasiment impossible d'y habiter en travaillant dans une des agglomérations importantes de cet Etat de la côte Est.

Il en allait différemment avec l'université de Massachusetts Amherst, dont toutes les facultés, Mount Holyoke, Hampshire College, Smith College et Amherst College, se trouvaient à distance raisonnable de Knights Bridge. Aussi, un certain nombre d'habitants étaient professeurs de l'enseignement supérieur, ou employés des services éducatifs. Olivia ignorait la profession de Dylan McCaffrey, mais il était peut-être enseignant.

Non, se ravisa-t-elle en le revoyant debout dans la boue et la neige. Elle ne l'imaginait pas du tout en train de faire des recherches à la bibliothèque ou de bouquiner sans bouger des heures durant...

La fenêtre vibra sous une bourrasque un peu plus forte. A vrai dire, Olivia ne s'était pas posé de questions sur son voisin en lui écrivant. Elle voulait juste qu'il débarrasse ces horreurs qu'elle n'avait pas envie de voir tous les jours en passant devant chez lui. Il y avait encore tant à faire avant ce thé entre filles qui marquerait l'ouverture de sa maison d'hôtes... D'ailleurs, il fallait se mettre à rédiger la liste des préparatifs.

Pourvu que l'électricité soit rétablie avant la tombée de la nuit... Elle n'avait pas envie de rester plongée dans le noir.

Elle sursauta en entendant la sonnerie du téléphone fixe. Buster aboya mais se recoucha, sans doute épuisé par sa course dans les bois. Olivia tendit la main vers la table basse, qu'elle avait dénichée dans un marché aux puces avec l'intention de la repeindre. Encore une chose à ajouter sur sa liste, songea-t-elle en décrochant.

C'était son père.

— Tout va bien, ma fille ? La situation n'évolue guère pour l'instant, mais le pire est passé.

Il n'avait pas l'air inquiet. C'était probablement sa mère qui lui avait demandé d'appeler, songea Olivia.

— Je n'ai pas d'électricité, mais je prends mon mal en patience.

— Tu n'utilises pas le générateur ?

— Je l'ai branché un petit moment tout à l'heure. En fait, je n'en ai pas vraiment besoin. Buster et moi sommes tranquillement installés devant la cheminée.

— Très bien. N'hésite pas à téléphoner si tu as besoin de quoi que ce soit. Je me débrouillerai pour aller jusque chez toi.

Olivia n'en doutait pas.

— Mon voisin est là, annonça-t-elle après une légère hésitation.

— Ton voisin ?

— Dylan McCaffrey. Celui qui a acheté la maison de Grace Webster.

— Je croyais qu'il était mort ?

— C'était son père, en fait. Tu le connaissais ?

— Plus ou moins. Je l'avais croisé chez Hazelton il y a deux ans.

Hazelton tenait le magasin du village, une sorte d'épicerie bazar qui vendait un peu de tout.

— J'aurais dû lui demander pourquoi il s'intéressait à cette masure. Que fait son fils dans le coin ?

— Je lui ai écrit pour qu'il s'occupe de déblayer sa cour. Il habite à San Diego. Je lui proposais même de m'en charger et j'imaginais qu'il sauterait sur l'occasion, puisque personne n'est venu depuis deux ans.

Il y eut un petit silence à l'autre bout du fil.

— Eh bien, j'espère qu'il n'est pas trop frileux ! dit simplement son père.

Après avoir raccroché, Olivia sortit un carnet d'esquisses et des pastels afin de sélectionner une gamme de teintes pour sa décoration intérieure. Elle avait réduit son éventail à trois palettes. Pour chacune, elle dessina un grand rectangle, décomposé dans sa partie inférieure en carrés de différentes tailles. Elle colorierait le grand rectangle avec la couleur dominante et les cases plus petites avec des teintes secondaires ou complémentaires. Elle voulait se démarquer du style traditionnel de la Nouvelle-Angleterre, qu'elle aimait pourtant beaucoup, et préférait se rapprocher de tons plus chauds en y ajoutant une pointe de charme rustique.

Intéressée par le jeu des flammes dans la lumière, elle choisit un jaune d'or éclairci par du blanc pour le premier grand rectangle, assorti de deux nuances de bleu marine, d'un bleu pâle, d'un beige coquille d'œuf et d'une touche de rouge. Ces variations figuraient les différentes saisons de la région, avec de grands écarts de température entre les hivers rigoureux et les étés à la touffeur parfois caniculaire. Il faudrait tenir compte de l'orientation des pièces pour mettre en valeur la qualité de la lumière, douce et dorée le matin à l'est, plus violente et soutenue l'après-midi à l'ouest.

Buster roula sur le côté en s'étirant, comme pour signifier son désintérêt à Olivia, qui travaillait sans s'occuper de lui. Avec l'obscurité qui tombait, elle prenait plaisir à l'avoir auprès d'elle, plutôt que dans la cuisine ou enfermé dans la buanderie. Bientôt, il n'y eut plus d'autre clarté que celle du feu. Olivia n'avait pas allumé de bougies. Quand elle n'y vit plus assez clair, elle reposa ses crayons et son carnet.

Le courant n'était toujours pas revenu.

Les arbres se mirent à craquer et à gémir dans le vent, et un retour de flammes, dans la cheminée, jeta une ombre démesurée sur le sol et les murs. Saisie par une peur aussi soudaine qu'irrationnelle, Olivia frissonna. Elle était sûre d'avoir tourné la clé dans la serrure après le départ de Dylan McCaffrey. Toutes les autres portes de la maison étaient fermées. Mais non, personne n'était entré pour se cacher sous l'escalier...

Elle redoutait malgré tout le moment d'aller se coucher à la lueur de sa lampe de poche.

— Que t'arrive-t-il ? lança-t-elle à voix haute. Tu es ridicule. Tout est exactement comme d'habitude, sauf qu'il n'y a pas de lumière.

Tout à coup, un éclair illumina le salon, bientôt suivi par un roulement de tonnerre. *Un orage de grêle.*

Peu importait. Elle n'avait pas à sortir, ni même à bouger. Prenant un second plaid sur une chaise, Olivia l'enroula autour de ses jambes et s'allongea par terre en se rapprochant de Buster. Elle n'avait aucune raison d'avoir peur. Pourtant, son cœur bondissait dans sa poitrine chaque fois qu'elle entendait les branches cogner contre la vitre. Bien malgré elle, son esprit envisageait toutes sortes d'éventualités, plus saugrenues et effrayantes les unes que les autres.

Comment Dylan McCaffrey passait-il la soirée ? songea-t-elle. La maison de Grace était en piteux état, surtout après être restée inhabitée pendant si longtemps. En ville, les gens pensaient que le nouveau propriétaire l'avait achetée pour le terrain. En recevant la lettre d'Olivia, Dylan avait peut-être décidé de venir voir par lui-même ce bien dont il ignorait l'existence afin de l'évaluer, avant de le mettre sur le marché. Olivia aurait adoré acquérir ces trente hectares supplémentaires, mais pour l'instant elle n'avait pas l'argent nécessaire.

Le vent finit par se calmer ainsi que les éclairs et les coups de tonnerre. Le gros de la tempête était passé.

Enveloppée dans ses couvertures, elle attrapa un coussin sur le canapé et le cala sous sa tête. Grace n'avait pas dû laisser de draps ni de couvertures en partant. Restait-il au moins un lit dans sa maison ? Dylan couchait-il par terre, lui aussi ? Il n'avait probablement pas prévu de passer la nuit dans un endroit aussi inhospitalier...

Une maison délabrée avec une cour envahie par les ronces et les rebuts, une confrontation inopinée avec un chien méchant, un orage de grêle et une panne de courant, rien que ça... On pouvait dire que la première journée de Dylan McCaffrey à Knights Bridge avait plutôt mal commencé ! Olivia ferma les yeux en essayant d'imaginer ce que son voisin pensait de sa ville natale — tiendrait-il seulement vingt-quatre heures de plus ?

L'électricité revint à 2 heures du matin. La lampe du salon se ralluma brusquement, en même temps que le moteur du frigo se remettait en marche et tirait Olivia d'un profond sommeil. Trop contente d'avoir enfin de la lumière, elle n'éteignit pas la lampe, qui diffusait une lueur douce et rassurante. Elle décida de ne pas monter se coucher dans sa chambre et resta sous ses couvertures, devant la cheminée où les braises rougeoyaient encore. Buster s'étira. Puis, en se rendant compte qu'il faisait encore nuit, se roula de nouveau en boule.

Au matin, le soleil brillait, et toute la glace avait fondu. Avec un ciel aussi bleu, pur et sans nuages, c'était bien signe que l'hiver était fini et le printemps tout proche.

Olivia éteignit les lumières inutiles et monta à l'étage pour prendre une douche et se changer. Comparée à son appartement de Boston, sa maison lui semblait immense. En redescendant au rez-de-chaussée, elle prépara du café et fit griller deux tranches de pain d'avoine, sur lesquelles elle étala du beurre de cacahuète. Puis elle s'assit près de la fenêtre, face au jardin. En se souvenant des palettes de couleurs qu'elle avait esquissées la veille, elle sut immédiatement, sans avoir besoin de vérifier, lesquelles elle choisirait. Elle rejetterait les plus pâles. Il fallait des teintes claires mais chaudes et vibrantes, en accord avec le paysage.

Ses projets de décoration prenaient forme. C'était la partie la plus amusante. Ensuite, avec l'ouverture de sa maison d'hôtes viendraient les incertitudes et certainement beaucoup de travail.

Après avoir débarrassé, elle arrosa ses semis tout en se demandant si son voisin avait de quoi manger. Mais Dylan McCaffrey était parfaitement capable de prendre soin de sa personne. De toute manière, les routes étaient dégagées. Il lui suffisait de prendre sa voiture pour se rendre à Knights Bridge, où se trouvait un restaurant tenu par des amis de la famille, et qui servait un excellent petit déjeuner.

S'il avait besoin d'aide, il savait où s'adresser.

Elle emmena Buster dans la buanderie, avec des écuelles d'eau et de pâtée. Elle n'eut pas besoin de mettre le paravent. Il semblait plus calme, ce matin.

— A tout à l'heure, lui lança-t-elle avant de sortir.

L'air était encore très vif, mais le thermomètre grimperait

vite, avec ce soleil éclatant. Oui, décidément, on pourrait bientôt dire adieu à l'hiver.

Elle démarra sa voiture, une Subaru passablement cabossée, et s'engagea sur le chemin.

L'Audi de location de Dylan était toujours là. Devant la maison de Grace, l'eau de pluie avait creusé une grosse rigole dans l'allée. Sur le côté, un énorme forsythia qui avait bien besoin d'être taillé n'allait pas tarder à fleurir. Encore un signe annonciateur du printemps tout proche.

L'ouverture de sa maison d'hôtes se rapprochait aussi à grands pas. Olivia devait s'activer si elle voulait que tout soit prêt pour le jour J.

Elle fut surprise de trouver Dylan devant la boîte aux lettres de Grace, une bêche à la main. Il se redressa et s'appuya sur le manche quand Olivia freina et se pencha pour descendre la vitre côté passager.

— Bonjour, dit-il. Quelle tempête il a fait, cette nuit !

— Nous avons de la chance qu'il fasse aussi beau ce matin, répondit-elle. Tout va bien ?

— Merveilleusement. Il reste quelques cailloux sur le chemin qui n'est pas complètement raviné. Il n'y a pas eu de glissement de terrain. Dans la cuisine, la fuite s'est arrêtée. La vie est belle.

Avec une grimace sarcastique, il saisit un gobelet de café qu'il avait posé sur la boîte aux lettres rouillée.

— Je suis allé prendre mon petit déjeuner en ville, dans un endroit charmant. Vous connaissez les propriétaires, je suppose.

— Oui, les Smith. Je leur dirai que vous êtes content.

Il but une gorgée de café. Même en pleine lumière, il était aussi beau que la veille. Affolée par la disparition de son chien en pleine tempête, Olivia n'avait donc pas été victime d'une poussée d'adrénaline quand le vieux Dylan McCaffrey, âgé de plus de soixante-dix ans, lui était apparu sous les traits d'un bel inconnu. Au lieu de s'arrêter, elle aurait juste dû lui faire signe en passant. Alors pourquoi s'attardait-elle encore ?

— Vous avez trouvé une pelle, déclara-t-elle un peu sottement.

— Oui, dans la cuisine, assez curieusement. Les caniveaux et les gouttières étaient complètement obstrués par la saleté et les feuilles mortes. J'ai entrepris de les déboucher.

Il lui adressa un sourire.

— Ensuite, je m'attaquerai au reste.

— J'ai une course à faire, mais je pourrai vous aider en revenant. N'hésitez pas à fouiller dans mon garage si vous avez besoin d'outils. Il n'est pas fermé. Il y a aussi des gants de travail qui vous iront sûrement.

— C'est bon à savoir, merci.

Apparemment, il n'en avait pas emporté. Pour quelqu'un qui venait du sud de la Californie, il ne semblait pas très frileux.

Olivia réprima un frisson tandis qu'un courant d'air froid pénétrait dans sa voiture par la vitre ouverte.

— Vous n'avez pas l'intention de tout faire par vous-même ?

Il plissa les yeux pour se protéger du soleil.

— Je préférerais m'éviter cela, effectivement.

Elle devrait peut-être se mêler de ce qui la regardait...

— Bien, je vous laisse.

— Où est Buster ?

— A son poste, j'espère. C'est peut-être très imprudent de ma part, mais je lui ai confié la garde de la maison sans l'enfermer dans la buanderie comme je le fais d'habitude.

Dylan lui jeta un regard perplexe.

— C'est un avertissement ?

Olivia se mit à rire.

— Prenez-le comme vous voulez.

Elle remonta sa vitre et repartit vers le village, puis en direction de Frost Millworks, au bord d'une large rivière rocailleuse. Le bâtiment d'aspect rustique, construit dix ans plus tôt sur un à-plat au-dessus du ruisseau, se fondait parfaitement dans le paysage tout en étant très moderne à l'intérieur. Jessica habitait un appartement dans la scierie originale, qui datait du XIXe siècle et donnait sur le barrage rocheux et le bief. C'était l'une des dernières scieries parmi toutes celles qui avaient autrefois jalonné les cours d'eau de la région. Enfants, Olivia et sa sœur se baignaient souvent dans la retenue, où l'eau était toujours claire et glacée même en plein mois d'août. Elles avaient grandi à six cents mètres de là, dans la même maison où leurs parents vivaient encore.

Pendant le trajet, Olivia avait réfléchi. Elle ne connaissait rien de Dylan McCaffrey ni de ses intentions, et voilà qu'elle se surprenait à s'attarder pour discuter avec son nouveau voisin, sans compter qu'elle ne cessait de penser à lui. Mais, après tout, c'était plutôt normal, non ? Inutile de se voiler la face, il était réellement séduisant, irrésistible même. Et c'était entièrement sa faute si la présence de cet homme à Knights Bridge risquait de lui compliquer l'existence...

Assise devant son bureau à cylindre toujours en fouillis, Louise Frost accueillit sa fille avec un sourire ravi.

— La route de Carriage Hill n'est pas trop mauvaise ?

— Pleine de nids-de-poule, après un hiver aussi rude.

— Tu as un sac de sable dans ton coffre ? On ne sait jamais.

Olivia secoua la tête.

— Je compte sur toi ou papa pour me tirer d'affaire en cas de besoin.

— Ce serait quand même bien d'avoir du sable et une pelle, insista sa mère.

Cette dernière se leva. A cinquante-cinq ans, plus petite que ses filles, elle était toujours en forme. Elle portait un jean et un gilet en peau de mouton sur une chemise en lainage turquoise, et des après-ski confortables aux pieds. Elle avait les cheveux coupés court, qu'elle teignait en auburn depuis cinq ans, et de beaux yeux verts dans un visage rond, comme Jessica, alors qu'Olivia ressemblait plutôt à son père.

Olivia considéra une nouvelle photographie collée avec

du Scotch sur le vieux bureau, où on voyait des palmiers, une plage de sable et l'océan. Elle avait rejoint une douzaine d'autres photos que sa mère avait trouvées sur internet et imprimées, et qui illustraient la célèbre autoroute côtière longeant le Pacifique sur plus de cent quatre-vingts kilomètres, en Californie centrale. Monterrey, Carmel, San Siméon, Cambria, Moro Rock, les loutres marines, les couchers de soleil, les vagues qui s'écrasaient sur les falaises...

— C'est la plage de Santa Barbara, dit sa mère.

— C'est très beau.

— Nous prendrons un vol à destination de Los Angeles et passerons la nuit à Beverly Hills ou Malibu. De là, nous nous dirigerons vers Santa Barbara. Je prospecte les hôtels et les auberges. Je n'ai pas encore pris de réservations. J'aimerais bien un bed-and-breakfast, mais je ne sais pas si cela plaira à ton père.

— Tu pourrais essayer. Ce serait seulement pour deux nuits de toute façon, non ?

Sa mère hocha la tête.

— D'après les guides, conduire du sud au nord est moins impressionnant que du nord au sud, mais les gens font les deux. En allant vers le sud, on longe directement la côte et la falaise. On voit mieux le paysage, j'imagine. Mais c'est à pic. Il faut avoir le cœur bien accroché.

— Vous irez jusqu'à San Francisco ?

— Je crois. Tout dépend du temps que nous aurons devant nous.

Louise Frost abandonna les photos pour se planter devant une carte de Californie qu'elle avait épinglée au mur, en marquant avec des punaises de couleur tous les endroits où elle voulait s'arrêter. Elle resta un moment sans bouger, comme indécise. Puis, inspirant profondément, elle se tourna de nouveau vers Olivia avec un sourire contraint.

— Ce sera bien. J'ai vraiment hâte de partir.

— C'est pour quand ?

— Nous n'avons pas encore fixé de date. Cela dépendra du travail qu'il y a ici. Ton père n'a pas pris de vacances depuis si longtemps...

— Toi non plus, répliqua Olivia.

— C'est vrai. J'ai commencé à rêver de ce voyage il y a déjà quelques années, quand nous avons fabriqué des fenêtres pour une villa de Carmel. Tu te souviens, Liv ? Jamais nous n'avions eu de clients aussi éloignés. Leur famille avait habité Boston et nous connaissait de réputation. Ils nous ont envoyé des photos...

Elle s'interrompit avec un soupir.

— C'est très beau, chez nous. Je n'aimerais pas vivre ailleurs qu'en Nouvelle-Angleterre. Mais ces contacts m'ont donné envie de visiter la Californie, de voir au moins cette partie de notre immense pays.

— Tu as raison, maman. Cela te fera du bien.

— Oui. Merci.

Elle paraissait un peu émue de s'être livrée à des confidences.

On entendit quelqu'un dans le vestibule, et une minute plus tard Jess apparaissait sur le seuil.

— Je pars pour Boston voir des clients, annonça-t-elle en resserrant la ceinture de son imperméable. Je me suis juste arrêtée en passant pour dire bonjour. Tu veux venir avec moi, maman ?

— Il vaut mieux que je reste ici.

— C'est tranquille, aujourd'hui. Il n'y a rien de particulier.

— On ne sait jamais. De toute façon, je ne m'ennuierai pas.

— Cela fait des semaines que tu n'es pas allée en ville, dit Jess avec impatience. Cela te ferait du bien de sortir.

— J'ai prévu autre chose, Jess.

Leur mère ne bougerait pas. Et, si Jess insistait, elle se mettrait sur la défensive et invoquerait n'importe quel prétexte pour se dérober.

— J'ai l'intention d'aller voir Grandma, annonça Olivia. Tu m'accompagnes ?

— Vas-y toute seule, Liv, répondit sa mère en se laissant retomber sur sa chaise. Dis-lui bonjour de ma part. Nous l'avons invitée pour ce week-end. Vous serez des nôtres pour le déjeuner dominical, toutes les deux ?

— Bien sûr, maman, soupira Jess en partant.

Leur mère resta un moment les yeux dans le vague, comme indécise. Puis, à mi-voix, elle annonça qu'elle devait se mettre au travail. Elle avait du courrier à taper sur l'ordinateur... Olivia lui dit au revoir et sortit.

Elle trouva sa sœur assise sur le muret, au bord du bief.

— Il faut la secouer un peu, Liv. C'est trop facile de faire comme si de rien n'était, lui dit Jess d'un ton de reproche en fourrant les mains dans ses poches. Cela ne lui rend pas service.

Avec le dégel et la tempête de la veille, le niveau de l'eau avait beaucoup monté.

— Cela ne changera rien non plus de se disputer avec elle, objecta Olivia.

— Alors que faut-il faire ? Lui prescrire des médicaments ? Une thérapie ? Des tisanes ?

— Certaines plantes atténuent l'angoisse et l'anxiété, mais il faudrait d'abord qu'elle soit décidée à se soigner.

— Elle passe son temps à organiser un prétendu voyage qu'elle n'entreprendra jamais...

— On n'en sait rien, dit Olivia.

— Papa en est persuadé, lui. C'est terrible, Liv. Son état empire. Elle n'était pas aussi fragile, avant.

Olivia suivit des yeux une feuille morte qui flotta un instant à la surface de l'eau avant d'être engloutie dans un tourbillon.

— Elle fait des efforts, Jess.

Sa sœur ne répondit pas immédiatement. Pendant quelques secondes, on n'entendit que le bruit du torrent.

— J'ai peur que ce soit contagieux, dit-elle finalement.

— Quoi donc ?

— L'anxiété de maman, répondit Jess. Cette nuit, je me

suis réveillée en sueur et je n'arrivais plus à me rendormir. J'ai failli sauter au plafond. Il n'y avait pas d'électricité...

Elle sortit les mains de ses poches pour se passer les doigts dans les cheveux.

— J'ai allumé une lampe de poche et je suis restée assise, sans bouger, à essayer de me calmer. Tu imagines ?

— Avec la tempête de cette nuit, il y avait de quoi avoir peur, déclara Olivia.

— Oui, ces tourbillons de neige et de grêle, ce brouillard à couper au couteau, cette nuit d'encre...

Jess frissonna avant d'ajouter :

— Je me sentais horriblement oppressée. J'avais du mal à respirer.

— Nous sommes tous un peu déprimés, après ce long hiver. Mais bon, les fleurs et l'herbe seront bientôt de retour, et la bonne humeur avec. Mark ne t'a pas réconfortée ?

— Il n'était pas là. Il ne reste jamais toute la nuit. Nous sommes un peu vieux jeu de ce côté-là, avec papa et maman tout près.

Elle s'accroupit pour ramasser un caillou et le jeta dans l'eau en se relevant. Tout en regardant les ronds qui s'élargissaient jusqu'à la rive opposée, elle murmura :

— J'ai peut-être peur d'aller à Boston toute seule.

— Tu es sérieuse ?

— J'ai pensé à toutes sortes de choses...

— Qui dois-tu voir au juste à Boston ?

— Le directeur d'un petit cabinet juridique, dans le North End, qui veut refaire l'intérieur de son immeuble. Ensuite les propriétaires d'une maison à Beacon Hill. Et un libraire spécialisé dans l'histoire de la Nouvelle-Angleterre. Je dois caser les trois rendez-vous dans la journée.

— Tu es stressée, c'est normal, dit Olivia pour la rassurer.

Jess eut un petit rire étranglé.

— J'espère qu'il n'y a rien d'autre, que ce n'est pas plus grave... J'ai tellement de projets, Liv. Je ne voudrais pas rester coincée à Knights Bridge simplement par peur de partir. Et toi ? Tu es un peu pareille, non ? Tu refuses de prendre l'avion.

Olivia détourna les yeux.

— Je le ferais si j'en avais l'occasion.

— Tu n'es pas très convaincante.

Jess n'insista pas.

— Maman nous pousse à bout, reprit-elle. A force, nous perdons tous un peu la tête à son contact. D'ailleurs, papa en est malade, même s'il se refuse à l'admettre.

Jess marqua une pause avant d'ajouter :

— Mark ne m'a encore rien dit mais je le sens impatient et irrité.

— Vous vous êtes fâchés, tous les deux ?

— Non, pas du tout...

Elle réfléchit un instant.

— Ce voyage en Californie est en train de devenir une véritable obsession. Je me demande parfois si Mark n'attend pas de voir comment cela évolue. En regardant maman, il a peut-être l'impression de me voir d'ici à vingt ou trente ans. Elle va vraiment mal, Liv. Tu ne t'en es pas encore rendu compte parce que tu ne la côtoies pas au quotidien.

— Je sais. Mais je suis là, maintenant.

— Nous sommes tous très occupés. Toi, moi, Mark, papa, maman. Je croule sous le travail, depuis le mois de janvier, avec des horaires démentiels. C'est signe que les affaires marchent bien, mais c'est toujours moi qui dois me déplacer pour rencontrer les clients en dehors de Knights Bridge. Même si papa fait tout ce qu'il peut pour me soulager, ce n'est pas son rôle. Bientôt, il va falloir recruter quelqu'un uniquement parce que maman n'est plus capable de sortir de chez elle.

— Et tu en as parlé à papa et maman ? Ce n'est pas normal d'être débordée à ce point.

— Cela ne servirait à rien.

Apparemment, Jess était d'humeur à se plaindre, mais peu disposée à trouver des solutions.

— Je peux te donner un coup de main, suggéra Olivia.

— Tu as assez à faire de ton côté.

Jess soupira, un peu plus calme.

— La journée va être longue.

— Reste à Boston, au lieu de te tuer à la tâche pour rentrer ce soir, proposa Olivia. Je te prête mon appartement, si tu veux : je le garde jusqu'à la fin du mois. J'ai laissé le canapé. Tu auras de quoi dormir.

— C'est une bonne idée, fit Jess en retrouvant un peu de vigueur. Et si je rencontre ton « amie » Marilyn ?

— C'est peu probable.

— Elle n'a pas été très fair-play avec toi...

— Marilyn Bryson veille avant tout sur ses intérêts. Nous devrions peut-être prendre modèle sur elle, répondit Olivia en réprimant un soupir.

Elles se dirigèrent ensemble vers le parking, où les employés commençaient à arriver. Sur la berge, des pousses sortaient de terre. Leur mère avait planté une centaine de bulbes de jonquilles à l'automne en refusant qu'on l'aide. Elle avait tenu à tout faire toute seule.

Jess s'arrêta à côté de sa camionnette, la main sur la poignée de la portière, et interrogea sa sœur du regard.

— Tu adores Boston, Liv. Es-tu sûre de faire le bon choix en venant t'installer à la campagne ?

— Jusqu'ici, je suis ravie, Jess. Vraiment.

— Tu as des projets d'envergure pour Carriage Hill. Entre ta maison d'hôtes et ton travail en freelance, tu risques d'être surmenée. En plus de la fatigue physique, cette première année sera sans doute un peu difficile financièrement. Si tu as besoin de moi...

— C'est très gentil, Jess. Mais tu as ta part de soucis.

Jess avait déjà un emploi du temps surchargé. Elle devait aussi garder un peu de place pour Mark et n'avait pas besoin de tracas supplémentaires. Olivia lui adressa un sourire qui se voulait rassurant.

— Ne t'inquiète pas pour moi, d'accord ? Je ne serais pas là si je n'avais pas été prête à changer de vie.

— Papa m'a dit que Dylan McCaffrey était arrivé chez Grace sans prévenir. Ta lettre a été efficace, dis-moi.

— C'est chez lui, maintenant, affirma Olivia.

— Il te l'a fait remarquer ?

— Il faut démolir cette vieille bicoque ! dit Mark Flanagan.

Il venait de surgir à l'improviste de derrière un énorme 4x4. Grand et anguleux, avec des jambes immenses, il avait les cheveux courts, châtain clair, et portait un jean bien coupé avec un blouson noir sur une chemise en flanelle. Il était pratiquement toujours habillé ainsi, même en plein été.

— Ce n'est pas la peine de dépenser de l'argent pour rénover une ruine, reprit-il.

Devant l'air gêné de Jess, il s'excusa.

— Désolé, je ne voulais pas me mêler de votre conversation.

— Tu arrives juste ? demanda Jess en s'efforçant de cacher sa mine soupçonneuse.

— Oui. D'ailleurs, je ne fais que passer. J'ai juste besoin de vérifier une commande. En vous apercevant toutes les deux, je me suis approché pour dire bonjour.

— Tu as écouté notre conversation ? demanda Jess en ouvrant sa portière.

Mark lui jeta un regard perplexe.

— Que vas-tu imaginer ?

Il préféra ne pas insister et se tourna vers Olivia.

— En prenant un café chez Smith, ce matin, j'ai rencontré Dylan McCaffrey, le nouveau propriétaire de la maison de Grace Webster. J'ai du mal à croire qu'il loge dans ce taudis. Ce n'est peut-être même pas très prudent.

Sans trop comprendre pourquoi, Olivia se sentit rougir jusqu'aux oreilles.

— En tout cas, il était encore en vie il y a une heure, en train de déboucher une canalisation, et la maison était toujours debout.

— Que fait-il à Knights Bridge ?

Si Jess avait remarqué l'agacement de Mark, elle n'en laissa rien paraître.

— Olivia lui a écrit, expliqua-t-elle.

Mark haussa les sourcils.

— Ah bon ? Pourquoi ?

— Pour lui demander de nettoyer la cour, répondit Olivia, un peu sur la défensive. C'est vraiment une horreur et cela fait très mauvais effet sur les gens qui passent...

— Quels gens ? demanda Mark, amusé.

— Pour le moment, personne, admit-elle. Mais, quand j'aurai ouvert ma maison d'hôtes, la clientèle aura envie d'un joli décor pittoresque, pas d'une décharge.

— Détends-toi, Liv. Tous ceux qui seront prêts à venir manger chez toi de la soupe à la civette accepteront sans problème de passer devant chez Grace. Ils verront au moins un coin de campagne authentique.

— Ce n'est pas drôle, protesta Olivia en riant avec bonne humeur. Et puis je ne fais pas de soupe à la civette. J'en mets seulement un peu au moment de servir.

Mark lui adressa un clin d'œil en s'éloignant vers l'entrée de la fabrique.

— J'ai hâte d'y goûter !

Jess le suivit des yeux.

— Ne fais pas attention à son humour, Liv. Il va bientôt devenir pire que papa.

— Ne t'inquiète pas. Je comprends la plaisanterie, Jess...

— Bon, il faut que j'y aille. A tout à l'heure. Bonne chance avec McCaffrey.

Jess grimpa dans sa camionnette, tandis qu'Olivia secouait la tête avec une expression embarrassée, sans trop savoir quoi penser de l'attitude bizarre de sa sœur. Elle reprit le volant de sa voiture et traversa le village pour tourner dans un petit chemin qui finissait en cul-de-sac, devant une barrière par laquelle les pêcheurs et les randonneurs accédaient à Quabbin.

Elle s'arrêta avant, à Rivendell, la résidence pour personnes âgées située sur un grand terrain boisé, dans les pins et les érables, avec une vue magnifique sur le lac dans le lointain. Audrey Frost, la grand-mère d'Olivia, habitait là, dans un studio voisin de celui de Grace Webster.

Grace ne s'était montrée d'aucun secours pour retrouver le nouveau propriétaire de sa maison, ce qu'Olivia avait d'abord attribué à son grand âge, la vieille dame ayant dépassé les quatre-vingt-dix ans. Cependant, depuis l'arrivée de Dylan, Olivia n'était plus du tout certaine que ce soit la seule raison... Il y avait trop de bizarreries dans la manière dont ce dernier avait hérité de cette propriété.

Elle soupçonnait Grace de lui cacher quelque chose, en relation directe avec ce qui avait amené Duncan McCaffrey à Knights Bridge... et maintenant son fils.

— Ou alors c'est que je n'ai pas eu mon compte de sommeil cette nuit, marmonna Olivia en passant devant la serre.

En apercevant Grace assise dans un fauteuil face aux baies vitrées, elle entra.

— Il me semblait bien que c'était vous. Bonjour, mademoiselle Webster.

Aussitôt, Grace rayonna, et une étincelle s'alluma dans son regard.

— Comme je suis contente de te voir, Olivia ! Tu peux m'appeler Grace, maintenant que je ne suis plus professeur. D'ailleurs, les relations ont beaucoup évolué. On n'est plus aussi formel qu'autrefois.

Elle posa une paire de jumelles sur ses genoux. Petite et frêle, avec des cheveux blancs comme neige impeccablement bouclés, elle avait des yeux d'un bleu limpide qui adoucissaient son air sévère et lui donnaient un certain charme. Elle passait son temps à observer les oiseaux qui voletaient autour des mangeoires installées pour eux dans le parc.

— Je viens juste de voir un cardinal mâle. Il faudra bientôt arrêter de les nourrir. Avec le temps qui se réchauffe, cela risquerait d'attirer les ours et les couguars.

— Les couguars, Grace ? demanda Olivia avec un sourire sceptique.

— Absolument, dit celle-ci en serrant ses jumelles entre ses doigts déformés par l'arthrose. On en a même découvert une nouvelle espèce à Quabbin. Ce sont des animaux très farouches, qui évitent tout contact avec les humains. Cette contrée sauvage leur convient tout à fait. Ils ne sont d'ailleurs pas les seuls. Les aigles à tête blanche et les élans ont aussi élu domicile ici.

Olivia n'avait pas l'intention de polémiquer sur la question. Même si on parlait souvent du retour des couguars dans le parc naturel très protégé qui s'étendait autour du réservoir, on n'en avait pas véritablement de preuves.

— Les mangeoires sont très jolies, dit-elle simplement.

Grace se renfonça dans les coussins posés dans son dos.

— Nous nous en occupons nous-mêmes. Comment vas-tu, Olivia ? Ta grand-mère et moi avons un cours de yoga dans un moment. Elle est plus jeune que moi, mais je me défends.

Olivia n'en doutait pas.

— Je suis venue lui dire bonjour, mais je voulais aussi vous voir. Je me demandais si vous aviez repensé à cet homme qui a acheté votre maison.

Grace étudia attentivement trois mésanges en train de picorer des graines.

— Non, dit-elle enfin.

Elle éludait la question...

— Cet homme est mort depuis, reprit malgré tout Olivia. Son fils, qui a hérité, est là en ce moment.

Cette remarque attira l'attention de Grace, qui leva brusquement les yeux.

— Ici ? A Knights Bridge ?

— Il est arrivé hier et a passé la nuit chez vous.

— Tu lui as demandé de débarrasser la cour ?

Olivia hocha la tête.

— C'était devenu insupportable.

— Je suis furieuse contre les voyous qui ont fait cela, fit-elle d'une voix tremblante. J'avais laissé le frigo et le lave-linge dans la véranda, pour que le nouveau propriétaire les emporte à la décharge. C'était convenu entre nous. Je ne voulais pas m'embarrasser de ce problème.

Elle secoua la tête avec une expression sévère qui rappelait le professeur impressionnant qu'elle avait été, à l'ancienne mode.

— Si je tenais ces idiots qui se sont amusés à des sottises pareilles ! J'aurais porté plainte au commissariat si j'avais été là, ça oui, et exigé un châtiment.

— Ils ont de la chance de s'en tirer à si bon compte.

— Voilà pourquoi la jeunesse se dévergonde, de nos jours. Il n'y a plus personne en face pour les tenir. Tout le monde se moque de tout et s'enferme dans l'indifférence. Regarde-moi, complètement mise à l'écart, avec les oiseaux pour seule distraction...

— Vous avez beaucoup œuvré en faveur des jeunes de Knights Bridge, fit gentiment Olivia.

Grace lâcha ses jumelles et pointa un index sur elle.

— Les vauriens qui ont vandalisé ma maison ne sont sûrement pas de Knights Bridge. J'en mettrais ma main au feu.

De leur propre aveu, d'anciens élèves de Grace Webster, pourtant adultes depuis longtemps, avaient encore peur de leur ancien professeur d'anglais et de latin ! Olivia les comprenait. Grace avait dû exercer une discipline de fer.

D'ailleurs, elle était encore très autoritaire. Olivia essaya de ramener la conversation sur le sujet qui la préoccupait et qui était l'objet de sa visite.

— Le fils... cet homme qui a hérité de votre maison... s'appelle Dylan McCaffrey.

Grace baissa la tête en fronçant les sourcils et attendit un moment avant de répondre :

— McCaffrey. Oui, je m'en souviens maintenant. Comment se prénommait son père, déjà ?

— Duncan.

— C'est cela. Oui, absolument.

Tout en reportant son attention sur les oiseaux, elle poursuivit :

— Ce Dylan McCaffrey, c'est une canaille, n'est-ce pas ?

Une canaille ? Olivia réprima un sourire surpris.

— Quelle drôle d'idée ! Pourquoi ?

— Son père était chasseur de trésors.

— Comment ? Grace...

La vieille dame remit les jumelles devant ses yeux.

— Le printemps est enfin là, malgré l'horrible tempête de cette nuit. J'ai aperçu des rouges-gorges. Et une mésange bleue, même si ta grand-mère n'en est pas sûre.

— Grace, si je dois avoir des raisons de me méfier de Dylan McCaffrey, il vaudrait mieux me dire lesquelles, insista doucement Olivia.

— A ta place, je me méfierais d'un homme qui a mystérieusement hérité d'une propriété qui se trouve à l'autre bout du continent, à quatre mille kilomètres de chez lui.

Elle marqua une pause et planta son regard bleu dans celui d'Olivia.

— Il est célibataire ?

Sa question abrupte ne surprit pas Olivia. Grace Webster était connue pour son franc-parler et sa spontanéité brutale. Assez secrète pour ce qui concernait sa vie personnelle, elle s'intéressait en revanche de près à la vie de ses amis et de ses voisins.

— Je ne sais rien de lui, à vrai dire, répondit Olivia d'une voix égale. Je n'ai pas l'impression qu'il soit marié, mais ce n'est pas une certitude.

— Pourquoi un célibataire s'embarrasserait-il d'une vieille maison comme la mienne ? Il devrait la revendre.

— Il n'a probablement pas l'intention de s'y installer. Il

se contente d'y jeter un coup d'œil maintenant que ma lettre lui a appris l'existence de cet héritage. Je lui ai seulement parlé quelques minutes dans le froid et la pluie. Vous avez rencontré son père ?

— Oui. Même si je ne le voulais pas.

— Ah ? Mais pour quelle raison ?

La question était sortie toute seule.

— Je n'avais pas envie de mettre un visage sur l'acheteur de la maison où j'ai vécu toute ma vie.

De nouveau, elle posa son regard limpide sur Olivia.

— Ensuite, j'ai découvert qu'il était chercheur de trésors. Tous les aventuriers sont des canailles.

— Quel genre de trésor pouvait-il bien chercher à Knights Bridge ou chez vous ?

— Aucun, répondit la vieille dame sans hésiter.

— Alors, quelle importance cela avait-il ? questionna Olivia en essayant de comprendre. S'il n'était pas motivé par...

— J'ignore pourquoi il s'est intéressé à ma maison.

Pourquoi semblait-elle soudain si nerveuse ?

— A quoi ressemblait-il ? Vous vous rappelez ? insista Olivia.

— Bien sûr. Ce n'est pas parce que je n'ai rien raconté que je ne m'en souviens pas. Il était charmant.

Elle marqua une légère pause.

— J'ai écrit un livre.

De plus en plus décontenancée, Olivia ne trouva rien à répondre.

— Ton père ne t'en a pas parlé ? demanda la vieille dame d'un ton neutre.

— Non, Grace.

— Je l'ai dit à ta grand-mère, en l'autorisant à le répéter à ton père.

— Je ne suis pas du tout au courant, fit Olivia en écarquillant les yeux. Que raconte votre livre ?

— L'histoire de ma vie. Je l'ai écrite à la main avant d'emménager ici, où je l'ai tapée sur un ordinateur. Cela m'a pris un temps fou. J'en ai tiré dix exemplaires, mais personne ne doit le lire tant que je suis en vie. J'en ai réservé un pour Audrey et un pour la bibliothèque. Je ne sais pas trop quoi faire des huit autres.

Avec un sourire, elle suggéra :

— Tu pourrais les vendre à Carriage Hill. Les gens adorent la couleur locale, et je suis l'une des dernières survivantes des villes de la vallée perdue.

— Ce n'est pas un peu morbide, comme idée ?

Grace la dévisagea froidement.

— Si je devais me marier, trouverais-tu morbide que j'organise mon mariage ?

— Non, bien sûr, mais...

— Eh bien, il est parfaitement normal que je pense à ma mort et que je prévoie ce qui se passera après. Je n'ai pas dit que j'allais saupoudrer d'aconit mes flocons d'avoine. Tu sais que l'aconit est un poison mortel, n'est-ce pas ?

Elle n'attendit pas la réponse.

— Il ne faut surtout pas en planter dans des endroits fréquentés par des enfants.

— Je ferai attention, promit Olivia. Votre livre a-t-il quelque chose à voir avec les McCaffrey ?

— Non. Absolument rien.

— Avec un trésor ?

— Il raconte un été lointain. Un été perdu de ma jeunesse perdue, fit Grace, le regard soudain dans le vague.

— Est-ce que...

Olivia ne continua pas. Les paupières de la vieille dame s'alourdissaient, et ses jumelles tombèrent sur ses genoux. Un instant, elle redressa la tête avec un sursaut, mais Olivia la laissa pour aller voir sa grand-mère.

— Oh ! elle a travaillé sur ce livre pendant des mois, dit Audrey Frost en déroulant son tapis de yoga dans un coin de son petit appartement.

Elle avait des cheveux blancs coupés très courts et portait une tunique rose sur un legging noir, avec des Nike.

— Elle a déposé tous ses exemplaires dans un coffre à la banque.

Olivia remarqua un bouquet de forsythia sur le dessus de la cuisinière. Sa grand-mère, qui détestait faire la cuisine, était ravie de se débarrasser de cette corvée en mangeant dans la salle de restaurant. Elle aurait même emménagé beaucoup plus tôt dans la résidence si elle en avait réalisé tous les avantages.

— Grace refuse qu'on le lise avant sa mort, à ce qu'elle m'a dit.

— C'est vrai, fit sa grand-mère. Je n'avais même pas le droit de m'approcher quand elle écrivait ! Quand je lui rendais visite, elle refermait son cahier dès que j'arrivais. Ensuite, quand elle a commencé à le taper, ici, elle se mettait toujours près de la porte pour empêcher les gens de regarder par-dessus son épaule.

Olivia observa sa grand-mère. C'est fou ce que son père pouvait lui ressembler, surtout quand elle roulait les yeux.

— On aurait dit qu'elle rédigeait la biographie secrète de la reine d'Angleterre.

— Tu penses qu'elle dévoile des secrets sur elle ? Ou sur les gens du village ?

— Je ne pense rien du tout.

En attendant, Olivia aurait bien jeté un œil sur ce mystérieux récit… Elle se perdit en conjectures tandis que sa grand-mère, âgée de quatre-vingt-six ans, joignait les mains pour s'étirer.

Puis, tout en élevant un bras au-dessus de sa tête, celle-ci déclara :

— Parfois, il vaut mieux emporter certains secrets avec soi dans la tombe. Non que j'en aie moi-même, ajouta-t-elle vivement. Dans une petite ville comme la nôtre, ce n'est guère possible. Et avec ton père ! Tu le connais. Curieux comme il est… Remarque, il ne va pas raconter partout des détails sur sa vie intime ni publier les chiffres de son compte en banque sur Facebook.

Olivia esquissa un sourire.

— Je comprends ce que tu veux dire. Mais Grace a-t-elle vraiment des secrets à révéler ?

— Elle a vécu seule pendant de très longues années, et ses amis d'enfance ont été dispersés quand on a dépeuplé la vallée pour construire le barrage de Quabbin. Elle a peut-être des souvenirs tellement anciens qu'ils sont devenus aussi précieux que des secrets.

— Depuis quand la connais-tu ?

— Elle est arrivée à Knights Bridge avant la guerre. J'avais treize ou quatorze ans, à l'époque. Mais je l'ai connue seulement quand j'ai commencé à travailler. J'ai été comptable pendant quarante-deux ans dans le même établissement scolaire où elle enseignait. Il y a des jours où j'ai peine à croire que je suis à la retraite depuis vingt ans.

— Vous étiez de grandes amies, toutes les deux…

— Tout au long de cette période, oui. Malgré cela, je serais bien incapable de dire si Grace avait quelque chose à cacher ou non.

Olivia se représenta la vieille dame en train d'observer les oiseaux depuis son fauteuil, dans la serre.

— Si Grace a des secrets, je ne l'imagine pas les révélant dans un livre destiné à n'être lu qu'après sa mort.

— Tu as sans doute raison.

Sa grand-mère jeta un coup d'œil à l'horloge.

— Il me reste quelques minutes avant mon cours de yoga. Viens t'asseoir. Parle-moi donc de cet homme qui est arrivé dans sa maison.

— C'est seulement temporaire. Comment es-tu au courant ?

— Les gens bavardent, et moi j'écoute... Il paraît qu'il est très beau.

Eh bien, son passage au restaurant des Smith n'était pas passé inaperçu...

— Grandma, je ne suis pas venue embêter Grace parce que Dylan McCaffrey est séduisant...

— Donc, il l'est ?

— Il est bien bâti et... je ne sais pas. Oui, il est assez beau, admit Olivia, avant d'ajouter précipitamment : Si on aime ce genre d'homme, bien sûr, un peu brut, sportif, le cheveu en bataille.

— Tu rougis. Qu'est devenu le petit ami que tu avais à Boston, dis-moi ?

— Peter a déménagé à Seattle.

Olivia, qui n'avait pas envie de s'épancher davantage, préféra couper court.

— Je dois partir, Grandma. J'ai un million de choses à faire. Cela m'a fait plaisir de te voir. Bon yoga.

Le temps qu'Olivia rentre chez elle, la température dépassait déjà largement les dix degrés. La voiture de Dylan était toujours dehors, dans l'allée, mais pas lui. Il avait commencé à ramasser les ordures et les avait entassées à côté du chemin. En ralentissant, Olivia aperçut le vieux frigo et le lave-linge toujours dans les ronces. Aussi costaud soit-il, il aurait besoin d'aide pour les tirer de là.

Elle continua jusque chez elle. En descendant de voiture, elle eut la joie de découvrir quelques crocus violets qui avaient éclos à côté des marches de la cuisine.

Buster l'accueillit à la porte, impatient de sortir. Heureusement, il n'avait commis aucun dégât. Elle attrapa la laisse et l'emmena en promenade, du côté de Quabbin, en tournant délibérément le dos à la maison de Grace. Elle n'avait pas envie de croiser Dylan. Pas pour l'instant. Elle avait besoin de réfléchir et d'en savoir davantage sur lui et son chasseur de trésors de père. Pour autant, elle ne voulait pas importuner Grace, qui se souvenait manifestement beaucoup plus de Duncan McCaffrey qu'elle ne l'avait laissé entendre de prime abord...

Il fallait à Olivia un peu de temps pour imaginer une stratégie.

Le vieux van maculé de boue de Maggie O'Dunn était garé devant chez elle quand Olivia rentra de sa promenade avec Buster. Accroupie devant les crocus avec une expression admirative, son amie pointa ensuite le doigt sur la civette.

— Je comprends pourquoi tu en as fait ton emblème sur ton papier à lettres, dit-elle en se relevant. Rien qu'avec ces quelques pieds, tu aurais de quoi approvisionner la moitié de Knights Bridge. Tu en as aussi planté derrière ?

— Oui, des tonnes, répondit Olivia avec un sourire.

— Quel endroit magnifique ! s'écria Maggie en resserrant le nœud d'une écharpe de soie bleue sur ses cheveux cuivrés.

Après avoir vécu quelques années en ville elle aussi, elle était revenue s'installer avec ses deux fils à Knights Bridge, où elle cuisinait et vendait des plats préparés dans sa boutique, au rez-de-chaussée d'une maison rococo au milieu du village.

— On ne parle que de ton voisin ! Que sais-tu de lui ?

— Pratiquement rien.

Une lueur taquine s'alluma au fond des yeux turquoise de Maggie.

— Si on lançait quelques recherches ?

Elles branchèrent la bouilloire pour faire du thé, allumèrent l'ordinateur portable d'Olivia et s'installèrent sur la table de la cuisine pour naviguer sur internet.

— Oh ! mon Dieu ! s'exclama Maggie au bout de quelques minutes. C'est un ancien champion de la NHL.

— La National Hockey League ?

— Oui, oui.

Maggie cliqua sur un lien.

— Regarde, le voilà en tenue de hockey. Il jouait dans l'équipe de Los Angeles, à l'époque. Ouah ! Quel athlète ! C'est vraiment ce type qui est à côté de chez toi en ce moment ?

Sa tasse de thé à la main, Olivia se pencha par-dessus l'épaule de son amie pour regarder Dylan McCaffrey revêtu du maillot de son équipe, juché sur des patins à glace et brandissant une crosse.

— C'est bien lui, admit-elle en riant.

— Voyons ce qu'il est devenu maintenant.

Deux minutes plus tard, elles avaient la réponse. Dylan s'était associé à son ami d'enfance Noah Kendrick pour le seconder dans la gestion de l'entreprise NAK, devenue semi-publique quelques mois plus tôt.

Maggie émit un long sifflement et se resservit du thé.

— Noah est milliardaire. Même si Dylan vaut seulement un dixième de sa fortune...

— Je n'ai jamais été forte en maths, la coupa Olivia sur un ton désinvolte.

— Cela fait cent millions, poursuivit Maggie, imperturbable. De toute manière, il a plus d'argent que toi ou moi n'en posséderons jamais. Que fait-il ici à s'occuper d'une vieille ruine sans intérêt ?

Maggie s'appuya contre le dossier de sa chaise, offrant son visage au soleil de midi qui se déversait à flots dans la cuisine.

— Il est là pour toi, Liv ?

— C'est ce qu'il dit, en tout cas.

— Pardon ?

— Parce que je lui ai envoyé une lettre, expliqua Olivia en bafouillant presque.

— Et il est venu aussitôt ? Comme ça ? C'est louche, tu ne crois pas ?

— Je fais très attention à moi, Maggie. Ne t'inquiète pas.

Avec un soupir, Olivia détacha son regard de l'écran.

— Tu crois que je devrais parler de lui à mes parents ou ne rien leur dire pour l'instant ?

— Tu plaisantes ? Les connaissant, je suis sûre qu'ils ont déjà réuni un dossier complet sur lui.

Olivia acquiesça en riant. Elle avait envie de continuer les recherches, sur le père de Dylan cette fois, mais elle ne voulait pas non plus retenir Maggie trop longtemps. Elles éteignirent donc l'ordinateur et sortirent dans le jardin.

— C'est incroyable tout ce que tu as fait en si peu de temps, dit Maggie quelques instants plus tard en ouvrant la portière de son van. Cela prend forme beaucoup plus rapidement que je ne pensais. Tu auras du monde, Liv, cela ne fait aucun doute pour moi. En attendant que tu cuisines les repas toi-même, nous allons collaborer toutes les deux, n'est-ce pas ? Au moins au début.

— La date de l'inauguration approche dangereusement. Je ne serai jamais prête pour mon thé entre filles, gémit Olivia.

— Mais si, tu verras. Je reviendrai d'ici à un jour ou deux pour élaborer un menu avec toi. En attendant, je dois me sauver. J'ai mes deux chenapans à prendre à la sortie de l'école. Ils seront fous de joie d'apprendre qu'il y a un célèbre joueur de hockey parmi nous !

— Maggie...

— Je plaisantais. Ne t'inquiète pas, je ne dirai rien avant que tu saches exactement de quoi il retourne. Mais il n'est sûrement pas venu juste pour débarrasser un frigo.

Olivia hésita, puis se décida.

— J'ai vu Grace Webster, ce matin. Elle va bien. Elle passe son temps à observer les oiseaux et elle fait du yoga avec ma grand-mère.

— Oui, elle a l'air en forme. J'ai parlé avec elle il y a quelques semaines, à l'occasion des cent ans d'une pensionnaire de la résidence.

— Elle t'a dit qu'elle avait écrit un livre ?

Une lueur amusée éclaira le regard de Maggie.

— Oh oui ! Elle refuse absolument que quelqu'un le lise avant sa mort. Du coup, on se demande bien ce qu'elle peut raconter. Probablement pas des considérations sur la langue latine ou sur Shakespeare.

— En effet, répondit Olivia tandis que son amie démarrait pour repartir vers le village.

5

Je m'appelle Grace Webster. Au moment où je commence ce livre, je suis âgée de quatre-vingt-dix ans et je termine mes jours dans ma ville adoptive de Knights Bridge, dans le Massachusetts. Je suis née dans une chambre de la maison familiale, disparue depuis de nombreuses années, détruite lors de la construction de l'immense barrage de Quabbin Reservoir. Il n'en reste à présent plus que les fondations, englouties sous vingt mètres d'eau. Elle avait été construite avec des pierres que mes arrière-grands-parents et leurs voisins avaient ramassées en défrichant les terres pour les cultiver. C'est un vestige muet et désormais inaccessible des villes perdues de la Swift River Valley, un souvenir lointain des habitants qui y demeuraient.

A ma naissance, les grosses bourgades de Prescott, Dana, Enfield et Greenwich étaient déjà condamnées à disparaître, tout comme ma mère, morte en couches. Je n'ai jamais su dans quelles circonstances exactement, mais je me souviens de taches rouge sombre sur le plancher usé. Elle a probablement succombé à une hémorragie. On ne parlait pas de ces choses-là dans ma famille.

Adolescente, j'ai vu de mes propres yeux notre maison rasée par des inconnus, mais le moment n'est pas encore venu d'évoquer cet épisode tragique. Ma grand-mère, la mère de mon père, fut la première à m'expliquer ce qui allait se passer. Dottie Webster était une âme simple, une femme qui s'était formée elle-même à l'école de la vie, sans jamais quitter sa maison ni sa vallée. Mon père, Isaiah Webster, était le seul de ses enfants à avoir survécu. Elle avait perdu deux bébés avant lui, emportés par la fièvre. Mon père était un homme robuste et silencieux qui cachait sa souffrance et sa colère en s'abrutissant de travail. Il faisait preuve d'une rudesse à toute épreuve, parfois difficile à supporter pour une fille.

J'avais dix ans quand Granny me parla pour la première fois du barrage. C'était un bel après-midi d'été. Nous avions étendu une vieille couverture sur l'herbe, sous le gros érable planté par ses ancêtres, et nous équeutions des haricots verts que nous avions cueillis le matin même.

— L'Etat veut construire un barrage pour alimenter Boston en eau. La vallée va disparaître.

J'ai attrapé une poignée de haricots.

— La vallée ? Tu veux dire Greenwich ?

— Pas seulement. Ils veulent aussi Prescott, Dana, Enfield, tous les villages des environs. Tout le monde doit partir. Tout sera détruit, les maisons, les boutiques, les fabriques, les églises. On arrachera même les arbres. Les travaux ont déjà commencé...

— Il faut les arrêter ! Ce n'est pas juste, Granny, m'étais-je écriée.

— Malheureusement, nous n'avons pas le choix. L'Etat agit pour le bien public, en vertu d'intérêts supérieurs.

— Que fait-il de nos intérêts à nous ?

— Les habitants de Boston ont besoin d'eau potable.

C'est une très grosse ville, Grace. On ne peut pas s'opposer au progrès.

Granny parlait d'un ton ferme et pragmatique, mais ses yeux étaient remplis de larmes.

— J'ignore combien de temps il nous reste avant d'être obligés de déménager. Un certain nombre d'habitants ont accepté la somme d'argent fixée pour leur dédommagement et sont déjà prêts à partir.

— Où irions-nous ? lui ai-je demandé.

— Probablement dans la ville la plus proche des environs qui ne sera pas submergée. Les ingénieurs ont calculé au centimètre près le niveau des eaux. Certaines de nos collines deviendront des îles dans le futur lac.

J'ai chassé une fourmi d'une chiquenaude.

— Je déteste les ingénieurs.

— Ce n'est pas leur faute, Grace. Ce sont des hommes respectables qui font leur travail le mieux possible. On les a chargés de concevoir un barrage pour fournir de l'eau à Boston. Nous ne pouvons rien y faire.

Tout en continuant à équeuter les haricots verts, elle m'a expliqué le projet architectural. Deux digues fermeraient les extrémités de la vallée, qui se remplirait comme une baignoire avec les nombreux affluents de la Swift River, créant ainsi la plus grande étendue d'eau du sud de la Nouvelle-Angleterre et l'un des plus grands lacs de barrage construits dans le monde par la main de l'homme. Un aqueduc de presque cent cinquante kilomètres amènerait l'eau jusqu'à Boston.

— L'endroit où nous sommes assises en ce moment sera sous l'eau, m'a dit Granny. A vingt mètres de profondeur.

Je ne pouvais en entendre davantage. Me levant d'un bond, j'ai couru jusqu'au ruisseau derrière la maison et j'y suis entrée jusqu'aux genoux. Incapable de respirer, j'ai essayé d'imaginer tout mon univers disparu, englouti. J'avais l'impression de me noyer en emportant avec moi tout ce que je possédais. Je n'avais encore jamais quitté la vallée. Je connaissais seulement le reste du monde par des images.

Granny est demeurée à l'ombre de l'érable, imperturbable, comme si rien ne changerait jamais.

Quelques jours plus tard, je l'ai suivie de loin quand elle s'est rendue au petit cimetière où étaient enterrées ma mère et toutes les générations de Webster qui l'avaient précédée. Je me suis cachée derrière un arbre tandis que Granny s'agenouillait sur la tombe de son mari et de ses bébés. Elle ne savait pas que j'étais là. En tout cas, elle a fait semblant de rien. Un peu plus tard, elle m'a expliqué que l'Etat déménagerait toutes les tombes de la vallée dans un nouveau cimetière au sud du barrage, apparemment un très bel endroit. Granny pourrait donc être enterrée avec le reste de sa famille.

J'étais horrifiée mais je suis restée silencieuse. Je savais d'avance ce que ma grand-mère me dirait : il ne fallait pas être amère, mais supporter avec dignité ce qui nous était imposé puisque nous ne pouvions rien y changer. Je n'avais pas envie d'écouter ce genre de discours. Mon père non plus, probablement, parce qu'à cette époque il n'a jamais évoqué la construction du barrage, en tout cas en ma présence.

Je voulais seulement que rien ne change, que tout reste pareil autour de moi, pour toujours, dans un monde immuable.

6

Dylan loua les services d'un déménageur pour enlever le tas de vieilleries et d'ordures qu'il avait entreposées au bout du chemin. Les appareils de Grace Webster dataient vraiment d'un autre âge. Elle devait être de nature très conservatrice et renouveler ses équipements ménagers seulement quand ils étaient à bout de course. Tant qu'ils fonctionnaient, elle les gardait.

Le chauffeur du camion était un homme costaud, d'une quarantaine d'années, qui se prénommait Stan. Pendant qu'il chargeait son véhicule, Dylan essaya d'engager la conversation.

— Vous connaissez Grace Webster ?

— Mlle Webster ? Mon père l'a eue en anglais. Elle n'était pas commode, il paraît.

— Elle vivait toute seule ici, à l'écart ?

— On n'est pas très loin du village.

Tout était relatif. A Coronado, Dylan pouvait aller à pied dans les magasins, les restaurants et même à la plage.

— Elle avait de la famille dans le coin ?

Stan haussa ses larges épaules carrées. Il portait une casquette des Red Sox et un T-shirt des Bruins.

— J'en sais rien. Elle a jamais été mariée. Elle est originaire des villes de Quabbin.

— Des frères et sœurs ? Des nièces ou des neveux ?

— Aucune idée.

Stan n'était pas très causant, décidément. De toute façon, Dylan ne savait pas très bien pourquoi il s'intéressait à Grace Webster, sinon pour essayer de comprendre ce qui avait poussé son père à lui acheter sa maison.

— Et Olivia Frost ? demanda-t-il d'un air désinvolte en jetant un pneu dans le camion.

Stan indiqua une direction, vers le chemin.

— Elle habite tout près d'ici.

Il était difficile de soutirer des informations à ce grand gaillard taciturne, et ce n'était rien de le dire.

— C'est elle qui m'a demandé de nettoyer tout cela, expliqua Dylan en ajoutant un grille-pain rouillé à la pile d'objets hétéroclites.

Un sourire se dessina sur les lèvres de Stan.

— Cela ne m'étonne pas.

Un instant, Dylan crut qu'il allait continuer — mais non.

— Elle a déjà beaucoup travaillé. Mais il lui reste beaucoup de choses à faire pour ouvrir au public, dit-il, pour relancer la discussion.

— Oui.

— Son affaire risque de marcher ?

— On verra bien.

— Vous connaissez un peu l'histoire de cette maison ?

— Laquelle ?

— Celle-ci, celle de Grace Webster.

— Non.

— Même pas quelques anecdotes ?

Stan s'arrêta un instant pour ajuster sa casquette de base-ball.

— Non...

— Grace Webster s'est installée ici au moment de la construction du barrage, je crois ? fit Dylan sans se décourager.

— Oui, ils ont été expropriés. Elle a habité ici avec sa grand-mère et son père. Ensuite ils sont morts, et elle est restée seule. C'est quelqu'un d'ordinaire, normal. Une prof très sévère, mais tous les gens que je connais l'ont justement aimée à cause de cela. Vous savez comment c'est. On la respectait.

Dylan avait eu un professeur d'algèbre très sévère qu'il détestait encore maintenant... Mais quelques autres, très durs aussi, dont il gardait un bon souvenir.

— Oui, je vois ce que vous voulez dire.

— Apparemment, Mlle Webster s'est un peu radoucie à la retraite. Elle se passionne pour l'observation des oiseaux.

Dylan fit un geste vers la maison délabrée.

— Qui est venu ici après son départ ?

Stan hissa le matelas à moitié pourri dans le camion.

— Des punks.

— La police les a arrêtés ?

— Non.

— Ils cherchaient quelque chose ou c'est juste du vandalisme ?

— Ils avaient bu.

Il se tourna vers Dylan.

— Vous avez d'autres choses à enlever ?

— Pas pour le moment.

Dylan le paya en espèces et regarda le camion s'éloigner en bringuebalant. L'endroit avait déjà meilleure mine, mais il faudrait aussi s'occuper du jardin. Il pourrait toujours appeler Stan, qui viendrait avec des cisailles pour tailler les arbres et une tondeuse à gazon.

Un peu nerveux et agité, Dylan trouva un sécateur dans une cabane qui sentait le moisi et le renfermé.

Il ne voulait pas tomber sous le charme de Knights Bridge...

Il se dirigea vers un massif en broussailles à l'arrière et commença à tailler les églantiers. Heureusement, il n'y avait plus de neige. A côté, il découvrit un tronc d'arbre frêle, probablement un saule blanc, dont les branches exhibaient ses premiers chatons. Emu malgré lui par ce présage printanier, il caressa du bout des doigts les bourgeons veloutés.

— Il ne faut pas que tu restes ici, dit-il en se parlant à lui-même.

Néanmoins, il coupa quelques branches, en prenant garde de ne pas trop dénuder l'ensemble, puis se recula dans le tapis de feuilles boueuses pour inspecter le résultat. Que penseraient ses anciens copains de hockey s'ils le voyaient en ce moment, un bouquet à la main ?

Et que dirait Noah ? Et les *ennemis* de Noah, que Dylan avait pour tâche de tenir à bonne distance en montrant les dents si besoin était ?

— Oh ! on s'en fiche ! lança-t-il en riant.

Et il s'engagea sur le chemin de La Ferme de Carriage Hill.

Il trouva sa voisine en train de balayer les feuilles mortes devant sa porte et lui tendit son bouquet de chatons.

— Comme je n'ai pas de vase, j'ai pensé à vous les offrir, lui dit-il en guise de bonjour, avant d'ajouter : Si cela vous fait plaisir.

Olivia les accepta avec un sourire.

— De la gelée hier, et des bourgeons printaniers aujourd'hui. Merci.

Elle indiqua la porte de la cuisine.

— Vous voulez entrer ? Je peux vous faire visiter si vous voulez.

— Où est Buster ?

— Dans la buanderie, puni pour avoir gratté mon pied de lavande. Pour sa défense, il y a seulement quinze jours qu'il m'a adoptée. Nous apprenons à nous connaître. Il faudra du temps et de la patience.

— Il en a ? fit Dylan en plaisantant.

Le regard noisette d'Olivia se voila, comme si quelque chose la préoccupait brusquement. Aussitôt, il reprit :

— Je serais très content de visiter votre maison si vous…

— Oui, allons-y.

Ils entrèrent dans une cuisine accueillante, avec un étal de boucher comme plan de travail, une table rustique et des placards vert foncé. A côté, Buster aboya mais sans les grognements furieux de la veille. Quand Olivia le délivra, il se mit à sauter et à japper autour de Dylan comme s'ils étaient les meilleurs amis du monde !

— Vous lui avez fait bonne impression, dit-elle en prenant un pichet de céramique bleue sur une étagère.

— Je m'en félicite, répondit Dylan, un peu ironique.

Après avoir arrangé le bouquet de branchages, elle ajouta de l'eau au robinet de l'évier et le posa sur une table carrée, devant une grande fenêtre qui donnait sur l'arrière. La moitié du jardin était soigneusement ratissée, tandis que le reste, encore en fouillis, était envahi par les feuilles mortes et les herbes folles.

Olivia suivit le regard de Dylan.

— J'ai acheté la maison en automne. Je n'ai pas eu le temps de tout nettoyer avant l'hiver comme je l'aurais voulu. Malgré le froid particulièrement rigoureux, la plupart des plantes vivaces ont survécu. Certaines, même, prolifèrent. La civette en particulier menace de tout envahir.

— Mon ami Noah avait donc raison en reconnaissant une fleur de civette sur votre papier à lettres ?

Sa voisine ne posa pas de question sur son « ami Noah » si doué pour les plantes, comme si ça allait de soi. Elle hocha simplement la tête.

— En effet. C'est bien de la civette.

— J'avais pris cela pour du trèfle. Je ne m'y connais pas beaucoup. Vous l'avez dessiné vous-même ?

— Oui. Aux pastels. Je suis graphiste de profession, mais j'aime bien peindre et dessiner.

— Qu'y a-t-il dans ces pots, sur la fenêtre ? fit Dylan.

— Du persil, du fenouil et du romarin. Je les ai semés à Boston et je les ai transportés en déménageant ici. C'est une longue histoire...

Elle se gratta la gorge et changea de sujet.

— Cette partie de la maison a été rajoutée dans les années 1920.

— Où se trouve la cheminée centrale que vous avez mentionnée dans votre lettre ?

— Ici.

Elle le conduisit dans la salle à manger et le salon adjacents, dont les murs étaient tapissés de lambris. Les quelques meubles étaient anciens. Certains avaient besoin d'être restaurés, et il y avait quelques échantillons de tissu et de peinture disposés sur une table basse.

— Cinq cheminées dépendent de celle-ci, qui est la principale, au centre, expliqua Olivia. Il y en a trois au rez-de-chaussée et deux autres à l'étage. Les lambris et les planchers sont d'origine. Grâce à la fabrique familiale, j'ai pu remplacer les fenêtres par des doubles vitrages. C'est beaucoup plus économique pour le chauffage.

— Chez moi, tout est à refaire, dit Dylan, un peu étonné de parler ainsi d'une maison où il se sentait si peu chez lui, justement. La moitié des carreaux sont fendus ou cassés.

Ils traversèrent une petite bibliothèque qui servait aussi de bureau, avec un ordinateur, un grand calendrier accroché au mur, un meuble de rangement, du matériel d'artiste et de nombreux carnets d'esquisses, ainsi que des piles de papier à dessin. Olivia eut un froncement de sourcils à la vue du désordre.

— J'ai tout entreposé ici en attendant d'avoir le temps de ranger petit à petit. J'ai quitté un emploi à plein temps pour me lancer dans l'aventure de Carriage Hill, déclara-t-elle.

A son expression tendue, Dylan devina que son départ ne s'était pas décidé à la légère… Cependant, elle surmonta vite cet instant de flottement et entreprit de lui expliquer comment elle envisageait d'utiliser l'espace en fonction des événements.

— Je n'ai pas beaucoup d'argent à ma disposition, dit-elle, mais je ferai beaucoup de choses par moi-même. La peinture, la décoration, les housses en tissu. Jess, ma sœur, m'aidera. Vous avez rencontré son petit ami ce matin.

— Mark Flanagan ? Architecte spécialisé dans la restauration de bâtiments anciens.

Le visage d'Olivia s'éclaira.

— Bravo. Vous commencez à connaître les gens d'ici.

Ils retournèrent dans la cuisine où Buster était couché sous la table. Olivia ramassa un morceau d'écorce tombé sous le bouquet.

— Vous avez joué au hockey sur glace pendant dix ans, dans la NHL, en position de défenseur, déclara-t-elle tout à coup. A présent, vous travaillez avec Noah Kendrick, un génie de la technologie et de l'électronique.

Ah ? Donc elle avait fait sa petite enquête sur lui...

— Nous sommes très amis, tous les deux, admit-il. Vous avez cherché sur Google, ou quelqu'un d'autre vous a renseignée ?

— Mon amie Maggie est passée me voir, et nous n'avons pas résisté à la tentation, lui avoua-t-elle. En fait, je n'avais aucune raison de chercher des informations sur vous, c'est vrai. Au départ, je voulais juste que vous débarrassiez votre cour ou que vous me donniez l'autorisation de le faire. Et puis... quelqu'un a dit quelque chose, et j'ai voulu en savoir davantage.

— Ah, les petites villes... les ragots..., fit Dylan en restant évasif.

— Votre père était chasseur de trésors.

Il tiqua.

— Et donc vous avez aussi trouvé cela sur Google avec votre amie Maggie ?

— Non.

— Alors comment le savez-vous ? insista-t-il, de plus en plus perplexe.

— En fait, c'est une chose qui m'a été rapportée et qui m'a donné envie d'en savoir plus sur vous.

Olivia jeta le morceau d'écorce dans la poubelle.

— Croyez-vous que votre père ait acheté la maison de Grace à cause d'un trésor perdu ? Est-ce la raison qui vous amène ici ?

— Les trésors ne m'intéressent pas, répliqua Dylan d'une voix égale. Je suis toujours resté en dehors des aventures de mon père. Pour être franc, je n'y prêtais aucune attention, et il ne m'en parlait jamais.

— Mais… vous vous entendiez bien avec lui ?

— Oui, même si nous nous sommes parfois disputés. En fait, nous ne nous voyions pas beaucoup. Nous ne pouvions pas imaginer que le temps allait nous manquer cruellement.

La lumière du soleil en plein midi faisait ressortir les éclats de couleur dans les yeux noisette d'Olivia.

— Que s'est-il passé ? lui fit-elle, avant d'ajouter précipitamment : Ma question ne vous dérange pas, j'espère ?

— Il a eu une crise cardiaque au Portugal, au cours d'un voyage ou d'une aventure. Il est tombé et il est mort sur le coup. C'est ainsi qu'il voulait partir. Il n'aurait pas aimé continuer à vivre sans être capable de voyager. Il n'était pas destiné à finir sa vie dans un rocking-chair.

— Je suis désolée pour vous, dit Olivia d'une voix douce.

Dylan fut surpris de sentir sa gorge se serrer.

— Mon père était quelqu'un de bien. Il n'était pas parfait, évidemment, mais j'espère que personne ne le soupçonne d'avoir laissé sa maison dans un état pareil.

— Bien sûr que non. Les responsables sont des jeunes qui passent leur temps à traîner, tout le monde le sait. Il n'y avait personne ici non plus. Deux maisons inoccupées le long d'une petite route de campagne, c'était probablement trop tentant.

S'appuyant contre l'évier, elle lui jeta un regard oblique.

— Voyez-vous une relation quelconque entre Knights Bridge, ou plus précisément la maison de Grace, et la passion de votre père pour les trésors ?

Dylan secoua la tête.

— Non.

— Malgré tout, ce n'est pas impossible, vous êtes d'accord ? En plus, comme vous êtes curieux, vous avez sans doute voulu vérifier par vous-même. Sinon, vous auriez tout simplement envoyé quelqu'un pour répondre à ma lettre et régler le problème.

Dylan plissa les yeux en haussant les épaules.

— Je tenais à venir personnellement.

— A cause de votre père... Vous êtes fils unique ?

Il hocha la tête.

— Mes parents ont divorcé quand j'avais cinq ans.

Buster surgit tout à coup pour renifler les mains de Dylan, qui le caressa en s'étonnant de la douceur de son pelage. Il n'avait plus rien d'un chien méchant... Un rayon de soleil tomba sur Olivia, l'auréolant d'un halo doré qui faisait ressortir des mèches plus claires dans ses cheveux, et les paillettes de ses yeux.

Il était grand temps de s'en aller.

Ouvrant la porte, il se tint sur le seuil et huma l'air frais avec plaisir. La nuit dernière l'avait épuisé. Couché sur un lit de fortune, sans électricité, il avait passé de longs moments à écouter les gouttes qui tombaient dans le seau de la cuisine, sous la fuite d'eau. Le travail de force qu'il avait fourni aujourd'hui n'avait rien arrangé. Un peu déboussolé, il était d'autant plus sensible au « charme tout féminin » de sa voisine, comme aurait dit son ami Noah.

Olivia n'abandonna pas la partie.

— Votre père avait-il des liens avec Knights Bridge ?

Décidément, elle ne lâchait jamais.

— Non. A ma connaissance, il n'avait aucune attache en Nouvelle-Angleterre, répéta Dylan. Après une enfance passée dans la banlieue de Chicago, il s'était installé à Los Angeles à la fin de ses études. Il avait réussi brillamment dans les affaires, mais c'était un nomade dans l'âme, surtout dans ses dernières années, mais ça je vous l'ai déjà dit.

— Il n'a jamais vécu sur la côte Est ?

— Jamais.

Olivia s'approcha.

— Avez-vous pris une décision au sujet de cette maison ? Qu'allez-vous en faire ?

— J'ai uniquement pensé à la rendre présentable en débarrassant la cour. Et vous, où comptez-vous vous installer, une fois que vous aurez fini vos travaux ?

— J'habiterai ici même, répondit-elle. J'ai l'intention d'ouvrir un gîte, mais pas un bed-and-breakfast, plutôt une maison d'hôtes pour accueillir des petits groupes ou des réceptions, à l'occasion de fêtes, d'anniversaires ou de conférences. Je proposerai peut-être aussi des ateliers et des rencontres.

— Sur des thèmes particuliers ? demanda Dylan, surpris lui-même de ce soudain intérêt pour les projets de sa voisine.

— Les plantes, la peinture sur bois, le design. Ce ne sont pas les idées qui me manquent ! J'ai la possibilité d'inviter des amis spécialisés dans différents domaines. Je dois malgré tout rester prudente si je veux que l'affaire soit rentable.

— Vous êtes une graphiste reconnue, déclara Dylan avec un sourire. Moi aussi, j'ai utilisé Google pour me renseigner. Pourquoi avez-vous brusquement tout quitté ? Pour réaliser un rêve ?

Ce fut au tour d'Olivia de tiquer.

— Sans doute, d'une certaine façon, répondit-elle. Même si mon départ s'est... précipité.

Elle baissa les yeux et se détourna à demi.

— Vous voulez voir le jardin ?

Pourquoi pas ? Il referma la porte avec un sourire et revint sur ses pas.

— Avec plaisir.

Buster et lui emboîtèrent le pas à Olivia. Il faisait presque doux, au soleil. Des jeunes pousses surgissaient de terre dans des plates-bandes tirées au cordeau, entre des allées un peu boueuses mais qui seraient bientôt dallées, sans doute.

— Je voulais mettre du gravier, dit Olivia, mais ce serait

trop d'entretien. En plus, Buster n'arrête pas de croquer des cailloux !

Dylan se surprit en train de penser à sa maison de Coronado. Olivia et lui menaient vraiment des existences diamétralement opposées.

Elle se pencha pour déraciner du chiendent et d'autres mauvaises herbes, puis pointa victorieusement l'index sur des feuilles dentelées.

— De la sauge à fleurs rouges.

— Ah !

Elle lui sourit.

— Cela vous laisse indifférent, n'est-ce pas ?

— Je vois seulement que cela ne ressemble pas à la civette, répondit Dylan.

— Jusqu'à ce que la neige fonde, on s'imagine que la nature est profondément endormie. Puis, tout d'un coup, le printemps est là. Le miracle de la vie nous surprend toujours, n'est-ce pas ? Cela nous oblige à voir la vie différemment, avec du recul.

Olivia redevenait pensive, un peu mélancolique. Dylan avait de plus en plus l'impression qu'il s'était passé quelque chose de déplaisant à Boston, mais dont elle refusait de parler, aux autres comme à lui. D'une nature franche et directe, Olivia Frost était aussi de toute évidence quelqu'un de fier et réservé. Ces contradictions n'étaient pas pour déplaire à Dylan.

En tout cas, les mêmes raisons qui avaient poussé Olivia Frost à revenir à Knights Bridge pour transformer sa demeure en maison d'hôtes l'avaient également amenée à le contacter. Il ne l'aurait pas avoué mais, secrètement, il s'en félicitait.

Devinait-elle le cours de ses pensées ? En tout cas, elle n'en laissa rien paraître et continua le tour du propriétaire en le conduisant vers une autre allée.

— J'ai l'intention de cultiver un jardin, à l'ancienne, que les gens pourront visiter. Les anciens propriétaires m'ont ouvert la voie en plantant toutes sortes d'herbes aromatiques. Ils en utilisaient beaucoup dans la cuisine. J'ajouterai des plantes médicinales et peut-être aussi des espèces qui favorisent la méditation.

— Des plantes pour méditer ?

Elle haussa les sourcils avec une expression amusée.

— Vous savez bien ce que je veux dire.

Non, il ne le savait pas vraiment...

— Vous allez y arriver, toute seule ? C'est beaucoup à la fois. Peindre, décorer, jardiner, cuisiner, recevoir... Surtout si vous continuez à exercer votre métier de graphiste en freelance.

— J'y arriverai. Cela me plaît.

D'innombrables questions se pressaient dans l'esprit de Dylan. Avait-elle un plan de carrière ? Avait-elle créé sa propre entreprise ? Quel avocat d'affaires avait-elle choisi en cas de conflit ? Qui s'occupait de son financement, des investisseurs, des sponsors, de ses employés ?

Trois digitales minuscules attirèrent le regard d'Olivia. Après s'être penchée pour les observer, elle conduisit Dylan jusqu'à un muret au fond de la propriété. Au-delà s'étendaient de vastes prairies, jusqu'à une colline boisée derrière un autre muret de pierres sèches.

— Voilà Carriage Hill, lui annonça-t-elle. Du haut de la colline, on a une vue magnifique sur Quabbin Reservoir et la vallée. Vous et moi possédons les bois et les prairies qui s'étendent au pied de la colline. Tout le reste appartient à l'Etat. Quabbin est de l'autre côté. Vous apercevez le lac depuis chez vous. Moi, je suis trop bas. Combien de temps comptez-vous rester à Knights Bridge ? ajouta-t-elle en se tournant vers lui. Aurez-vous le temps de visiter un peu la région ?

— En fait, je pars demain, annonça Dylan.

Elle continua à regarder le paysage.

— Cela ne vous laisse guère le loisir de découvrir pourquoi votre père a acheté cette propriété...

— Je ne le saurai peut-être jamais, admit-il. Connaissant mon père, je n'en serais pas surpris, d'ailleurs.

Plissant les yeux, il contempla la vaste prairie et la colline.

Son père était-il monté là-haut ? S'était-il promené dans la campagne ? Qu'avait-il fait, au juste, à Knights Bridge ? Repoussant ces questions dans un coin de son esprit, Dylan adressa un sourire à Olivia, qui se tenait à côté de lui.

— J'ai envie de marcher jusqu'à Carriage Hill. Je n'ai rien de prévu pour l'après-midi. Voulez-vous m'accompagner ?

— D'accord, dit Olivia, presque surprise par sa réponse.

Vingt minutes plus tard, Dylan escaladait un mur de pierre avec Olivia.

— Au XIXe siècle, toutes ces terres étaient cultivées, dit-elle comme ils foulaient une herbe jaune, couchée par le mauvais temps, mais prête à repartir avec les beaux jours. Tous les murets qu'on voit dans les bois marquent les limites d'anciennes propriétés. Quel labeur, de transporter toutes ces pierres !

— Ce devait être exténuant.

— Le travail physique a du bon, tout de même. Une fois que c'est terminé, le résultat est là, bien tangible, fit-elle, un peu rêveuse.

Ils marchaient maintenant sous le couvert des arbres. Leurs pieds s'enfonçaient dans le sol spongieux, gorgé d'eau.

— En plus, les pierres ne rouspètent pas et ne risquent pas de vous poignarder dans le dos.

Dylan percevait comme un accent de regret dans sa voix, peut-être mêlé de colère. Les yeux baissés, elle nomma un gros arbuste noueux au détour du sentier : la grande ciguë. Il ne put s'empêcher de remarquer la forme de ses hanches dans son pantalon de grosse toile et la boue incrustée dans ses chaussures de marche tandis qu'elle entamait la montée d'un pas confiant et énergique. Elle ne portait pas de chapeau, et la brise, par intermittence, soulevait ses longs cheveux bruns.

— Et donc, Olivia, on vous a mis des coups de pied aux fesses, à Boston ? demanda-t-il brusquement.

Elle releva la tête.

— Vos expressions imagées viennent de vos fréquentations sportives ou de votre ami Noah Kendrick ?

Il haussa les épaules.

— Je surveille mon langage, d'habitude, mais je peux être très grossier, parfois, désolé.

— Je ne crains pas les coups, répliqua-t-elle. Et puis, parfois, à quelque chose malheur est bon, comme on dit.

— Sans doute, mais on peut aussi aller de Charybde en Scylla.

— C'est ce qui vous est arrivé avec la NHL ?

— Vous changez de sujet.

Elle força l'allure pour le devancer sur une pente escarpée, puis s'arrêta pour l'attendre.

— Techniquement, nous sommes juste sur la ligne de partage des eaux. Les techniques de purification de l'eau ont sans doute évolué depuis les années 1930, mais le principe de base consiste à utiliser le plus possible la filtration naturelle, à travers le sol.

— Donc sans produits chimiques, dit Dylan en cessant de la questionner sur les raisons qui lui avaient fait quitter Boston.

— En tout cas pas dans le traitement des eaux à proprement parler. En bout de chaîne, pour des raisons de santé, on rajoute simplement du fluor, du chlore et un produit pour éliminer les traces de plomb. La construction du barrage de Quabbin a duré plusieurs dizaines d'années. Les ingénieurs et les politiciens parlaient déjà d'immerger la Swift River Valley dans la dernière décennie du XIXe siècle.

Olivia grimpa sur un petit promontoire près du sommet et balaya la vue d'un geste large.

— On comprend pourquoi.

Dylan la rejoignit et contempla le paysage, avec la surface du lac qui miroitait au soleil et de nombreuses collines qui moutonnaient à l'horizon. On ne voyait aucune route, pas de maisons ni de bateaux. Rien qu'une immensité sauvage.

— C'est beau, dit-il.

— Ce sont les hautes terres de la Nouvelle-Angleterre, plus élevées que la partie côtière. Même le fond de la vallée est largement au-dessus du niveau de la mer. En construisant un aqueduc, on pouvait donc très facilement amener l'eau jusqu'à Boston, pas le simple effet de la loi de gravitation.

— Face à la population de Boston, les habitants de la vallée n'avaient aucune chance de résister, conclut Dylan.

— Effectivement. Il y a cent ans, à la place du lac et des bois, nous aurions vu des petites villes, Dana, Prescott, Greenwich et Enfield, et plusieurs villages, Doubleday, Packardsville, Millington, aujourd'hui rayés de la carte. Le réservoir occupe environ quarante kilomètres carrés, avec plus de soixante-dix kilomètres de rivage. Pour un petit Etat comme le Massachusetts, c'est énorme.

— Et c'est complètement inhabité ?

— Il y a bien quelques bureaux, un office du tourisme et une tour d'observation à Quabbin Park, au sud du barrage, là où se trouvent les digues de Winsor Dam et Goodnough Dike.

Elle soupira en rejetant ses cheveux en arrière.

— C'est le pays de Daniel Shays. Vous avez entendu parler de lui ?

Dylan connaissait vaguement, de nom.

— Un révolutionnaire, je crois ?

— Un héros de la révolution américaine, oui. Rentré chez lui à la fin de la guerre, il organisa les fermiers de la région et mena la révolte contre des impôts injustement élevés. Les rebelles furent stoppés, mais leurs idées aboutirent à convoquer la Convention constituante.

— Ce Daniel Shays prêchait la bonne parole, en quelque sorte.

Olivia sauta du rocher, l'un des innombrables blocs de granit éparpillés dans la forêt où des arbres dénudés côtoyaient les sapins verts.

— Sa ferme dut être démolie car elle se trouvait sur la rive d'un affluent de la Swift River. Le projet de Quabbin Reservoir supprimant de nombreux axes de communication, l'Etat construisit plusieurs autoroutes, dont l'une porte le nom de Daniel Shays. Quelle ironie, n'est-ce pas ?

Dylan la regarda, frappé par sa beauté, dont elle ne semblait pas avoir conscience tandis qu'elle parlait avec passion de la vallée perdue. Le temps paraissait immobile. Pourtant, c'était une illusion trompeuse. La marche forcée du modernisme avait détruit tout un pan d'histoire locale.

— Vous aimez passionnément cette contrée, affirma Dylan.

— C'est chez moi. Je trouve ce lac très beau. Je me serais peut-être battue bec et ongles contre le projet qui a détruit les habitations de tant de gens, mais maintenant c'est un endroit magnifique. C'est comme un retour aux sources, bien avant l'apparition de l'homme et de la civilisation.

— Grace Webster est originaire de cette vallée, je crois.

— Sa maison n'était pas très loin d'ici. Elle est sous l'eau, maintenant. Toutes les habitations qui ont été saisies et détruites ne se trouvaient pas en zone inondable. Malgré tout, pas une seule n'a échappé au désastre. Une partie de la population déplacée s'est installée à Knights Bridge.

Dylan songea tout à coup à son père. Comment — et pourquoi — un aventurier et chasseur de trésors tel que lui était-il arrivé jusque-là ? S'arrachant à la contemplation du paysage, il fit face à Olivia.

— Mon père a toujours vécu dans le présent. Maintenant qu'il n'est plus là, je ne connaîtrai probablement jamais les raisons qui l'ont conduit jusqu'à Knights Bridge.

Elle fronça les sourcils.

— Donc vous allez revendre la maison et oublier son existence, sans plus jamais remettre les pieds ici ?

— Je ne le dirais pas vraiment ainsi, mais...

— Mais c'est ce que vous ferez. Je ne vous en blâme pas. Vous retournez à San Diego en avion ?

— La route serait bien trop longue en voiture.

— Sans doute, murmura Olivia à mi-voix.

Elle pâlit brusquement, comme si elle avait… *peur* ? En tout cas, elle retourna très vite sur le sentier.

Dylan l'observa un moment avant de la rattraper.

— Vous n'aimez pas l'avion ?

— Comme beaucoup de gens de nos jours, j'imagine.

— Pas moi. Je ne pense pas aux accidents ou aux attentats. C'est simplement un moyen rapide et efficace de se déplacer d'un point à un autre.

Olivia marchait d'un pas vif, sans se soucier du terrain glissant et accidenté.

— Vous prenez parfois des jets privés ? demanda-t-elle.

— Pas souvent. Qu'y a-t-il, Olivia ?

— Rien. Je suis juste curieuse.

Elle enjamba une grosse racine protubérante.

— Il fait bon mais je ne voudrais pas m'attarder… En fait, il faut que je rentre assez vite. J'ai failli oublier que mes parents venaient dîner. Vous pouvez vous joindre à nous si le cœur vous en dit.

Non, Dylan n'avait pas envie de manger avec ses parents…

— Merci, mais j'irai peut-être visiter un peu la région en voiture avant la tombée de la nuit.

— On raconte toutes sortes d'histoires de fantômes qui hanteraient les environs de Quabbin. Mais je n'en ai jamais rencontré aucun !

Ils cheminèrent un instant en silence. Quand ils atteignirent le premier champ à découvert, Dylan lui avoua :

— Je suis content que vous m'ayez écrit, pour la maison.

— Je ne pouvais évidemment pas imaginer que vous n'étiez pas au courant. En fait, je croyais écrire à votre père.

Elle escalada agilement le muret et sauta dans la deuxième prairie, en respirant vite, et toujours un peu pâle. Elle lui adressa un sourire crispé.

— Je ne vous reverrai sans doute pas avant votre départ.

J'ai été ravie de faire votre connaissance. Si je peux vous être utile en quoi que ce soit, n'hésitez pas à me le faire savoir.

Quelque chose la contrariait. Mais Dylan n'arrivait pas à mettre le doigt dessus.

— Merci.

Elle glissa une mèche rebelle derrière son oreille.

— Il faut bien se rendre service, entre voisins.

— Olivia, qu'y a-t-il ? demanda Dylan de nouveau.

Elle pointa du menton vers sa maison. Elle tremblait ?

— Je vais accélérer le pas. Il faut vraiment que je me dépêche.

Avec un sourire hésitant, elle ajouta :

— Un sportif comme vous n'aura aucun mal à me suivre.

Avant qu'elle ait fait deux pas, Dylan la rattrapa par la taille et l'obligea à se tourner vers lui.

— Holà ! Attendez ! Que se passe-t-il ?

Elle s'humecta les lèvres et se gratta la gorge. Puis elle inspira profondément.

— Rien du tout. Tout va très bien. Simplement… je viens de me rendre compte que j'ai beaucoup de choses à faire. Entre mes contrats en freelance et l'inauguration de ma maison d'hôtes…

— C'est l'idée de mon voyage qui vous a perturbée. Quand avez-vous pris l'avion pour la dernière fois ?

— Il y a un bout de temps.

— C'est-à-dire ?

Elle se raidit mais aussitôt se calma un peu.

— J'ai horreur de l'avion.

— Ah ! Vous avez eu une crise de panique ?

— Oui, mais pas à cause de l'avion. A cause du rôti que je dois sortir du congélateur !

Dylan se mit à rire.

— Très bien. Allons nous occuper du rôti. Finalement, je vais peut-être rester dîner.

Elle leva les yeux vers lui.

— Avec plaisir.

Elle se dégagea et reprit sa course à travers champ, un peu moins affolée cependant. Dylan l'observa en repensant à leur conversation et à ce qu'exprimait le langage du corps, en essayant de faire abstraction de l'attirance physique. La peur de l'avion n'expliquait pas tout. Il avait l'intuition qu'un incident s'était produit à Boston et avait motivé le retour précipité d'Olivia à Knights Bridge.

Il allongea le pas à côté d'elle.

— Qui vous a entubée, à Boston ? questionna-t-il avec une brutalité délibérée, pour la faire réagir.

— Pardon ? lança-t-elle, choquée par son langage cru. De quoi parlez-vous ?

— Un client ? Une collègue ? Un petit ami ?

Elle redressa le menton.

— Je ne veux pas en parler.

— Donc j'ai raison.

— Vous voulez *toujours* avoir raison.

Elle essayait de détourner son attention, mais il tint bon.

— Bien sûr. D'ailleurs, dans mon travail, cela me rapporte beaucoup d'argent, et je suis très content. Mais en ce moment cela ne me satisfait pas d'avoir raison. Cela ne me plaît pas de savoir que vous avez pris la fuite pour échapper à quelqu'un qui vous a fait une crasse.

— Pas du tout. Je prends le taureau par les cornes pour réaliser mon rêve, au contraire.

— Plus tôt que prévu, tout de même. A cause de cette personne qui vous a fait du mal. Je me trompe ?

Il ralentit l'allure délibérément.

— Sans doute une amie.

Olivia continua à marcher comme si elle n'avait rien entendu.

— Une collègue ? Quelqu'un qui travaillait dans la même agence que vous ?

Olivia sauta par-dessus une flaque d'eau. Quand il la rattrapa, elle lui glissa un regard en coin.

— Personne ne m'a rien fait. Il s'agit d'une histoire strictement professionnelle.

— Cela n'excuse rien. Ce n'est pas parce qu'on agit en dehors de la sphère privée qu'on peut s'autoriser n'importe quelle vacherie.

Olivia haussa les sourcils.

— De l'aloyau, dit-elle tout à coup pour clore le sujet définitivement.

Comme Dylan lui lançait un regard ahuri, elle se mit à rire.

— C'est la viande que je vais cuisiner pour le dîner.

Il n'obtiendrait rien de plus. Ce n'était pas la peine d'insister. Il valait mieux se laisser aller à l'attirance qu'elle lui inspirait et au plaisir qu'il avait à sa compagnie. Elle avait encore sali son pantalon et avait de la terre sur les fesses. Cela ne le gênait pas. Pas le moins du monde. Elle était délicieusement nature.

7

Après son dernier rendez-vous, Jess profita de la douceur du temps pour faire du lèche-vitrines devant les boutiques de luxe de Newbury Street. Elle regardait la devanture d'une bijouterie quand son portable sonna. C'était sa sœur.

— Oui, Liv, qu'y a-t-il ?

— Il faut que tu rentres pour le dîner, dit Olivia.

— Pourquoi ?

— J'ai décongelé un énorme rôti qui va me rester sur les bras. Papa et maman devaient venir, mais ils ont appelé à la dernière minute pour se décommander.

— Ah bon ? Pour quelle raison ?

— Un problème à l'atelier. Rien de grave. Euh... Jess, j'ai accidentellement invité Dylan McCaffrey...

— On n'invite pas quelqu'un « accidentellement » ! la coupa sa sœur.

— Moi, je l'ai fait, gémit Olivia. Et je ne suis pas certaine de vouloir être seule avec lui.

— Allons, Liv. Ce n'est pas un dangereux criminel.

— C'est un richissime ex-joueur de hockey, Jess.

Après avoir raconté tout ce qu'elle avait découvert à son sujet avec Maggie O'Dunn, Olivia poussa un soupir et se calma.

— Tu as raison. Il est inoffensif. De toute façon il retourne demain à San Diego. J'ai peu de chances de le revoir un jour. Je me tracasse pour rien.

— C'est parce que tu as vu maman ce matin. Chaque fois, ses photos de Californie me portent sur les nerfs. Elle nous communique son anxiété, je t'assure.

— Elle a vraiment envie de faire ce voyage, tu sais...

— Liv, elle ne partira jamais. Tu le sais très bien. Elle ne conduit même pas jusqu'à Boston ! Comment prendrait-elle l'avion pour aller à l'autre bout du pays ?

Jess quitta la bijouterie pour regarder des vêtements de printemps sur des mannequins filiformes.

— Tu ne la voyais pas beaucoup, jusqu'à dernièrement. Forcément, cela t'affecte. On ne peut pas rester indifférente.

— Peut-être...

— Détends-toi, Liv. Cela ne peut pas vraiment être une corvée de dîner en tête à tête avec Dylan McCaffrey. Profite de lui pendant qu'il est là !

Olivia raccrocha en riant — surtout pour rassurer sa sœur, elle le savait. Jessica s'inquiétait déjà d'être trop perméable aux humeurs de sa mère, il ne fallait pas lui fournir d'autres motifs de stress !

Elle tourna dans Marlborough Street pour se diriger vers l'appartement d'Olivia. *Pauvre maman*, songea-t-elle, soucieuse malgré elle à cause de la santé de sa mère.

Les magnolias de Commonwealth Avenue étaient prêts à éclore, et des touffes de jonquilles éclairaient gaiement les jardinets propres des élégants immeubles résidentiels. Jess se détendit un peu. Elle adorait le printemps à Boston. La ville semblait retrouver brusquement toute son énergie après le long hiver rigoureux de la Nouvelle-Angleterre.

Elle ouvrit la porte en utilisant le double des clés qu'Olivia lui avait donné.

Quel changement, après les luxueux magasins de Newbury ! En fin d'après-midi, le soleil ne rentrait plus dans l'appartement. En dépit des couleurs vives de la décoration et du grand nettoyage qu'Olivia et elle avaient fait lors du déménagement, l'endroit semblait déprimant, trop vide.

Réprimant une bouffée de claustrophobie, Jess ouvrit la fenêtre au-dessus de l'évier.

Etait-ce son imagination ? Il lui sembla sentir une insupportable odeur de poubelle qui montait du passage.

Plissant le nez, elle retourna dans le salon où elle avait posé sa besace sur le canapé — l'un des seuls meubles qui restaient. Elle avait apporté du travail, mais elle pouvait très bien s'installer dans un bar ou un petit restaurant. Puisqu'elle était en ville, autant s'immerger dans la foule. Elle adorait cette sensation d'être entourée d'étrangers anonymes. C'était parfois pénible de vivre dans un petit endroit où on connaissait tout le monde. L'arrivée de Dylan McCaffrey, par exemple, avait provoqué un véritable séisme. Il ne s'en rendait probablement pas compte. Olivia non plus, d'ailleurs. Mais sa présence mettait tout le monde sens dessus dessous.

Un bel et riche inconnu qui débarquait dans une petite communauté. *Célibataire* de surcroît.

Avec des secrets.

Il y avait de quoi être tourneboulée, se dit Jess en songeant à sa sœur. Debout au milieu du salon, elle n'hésita pas longtemps et ressortit avec son sac. Elle n'avait pas de projets précis, mais n'avait pas envie de se retrouver seule dans cet appartement à moitié abandonné.

En dévalant les marches du perron, elle aperçut un 4x4 gris stationné en double file.

Mark.

Il descendit sa vitre.

— Où allez-vous, ma jolie ? Montez, je vous emmène.

— Tenez-vous bien ou j'appelle la police ! lança-t-elle en riant. Que fais-tu à Boston ?

— J'avais une réunion à Cambridge avec des artisans et j'ai décidé de traverser la rivière pour te rejoindre. J'allais t'appeler quand je t'ai aperçue.

— Va te garer, dit-elle. C'est moi qui t'emmène. A pied.

Soudain moins perdue et agitée, presque rassérénée, Jess

l'attendit devant l'immeuble. Mark trouva une place presque aussitôt et s'approcha d'une démarche tranquille et assurée, son imperméable sur l'épaule, au bout du doigt.

— Tu as l'air complètement dans ton élément, déclara-t-elle. Tu fais très citadin.

— Pourtant, la ville ne me manque pas du tout.

— Tu détestais vivre à Boston ?

— Non, mais cela ne me plaisait pas vraiment non plus.

— Tu vois : tu es un campagnard dans l'âme.

— Comme toi, Jess, acquiesça-t-il en la serrant contre lui. Où as-tu l'intention d'aller dîner ?

— Dans un petit restaurant qu'Olivia connaît sur Newbury. Comme je couche chez elle ce soir, je n'aurai pas à conduire. Je boirai du vin !

— Je t'accompagne bien volontiers. Je retrouve mes artisans au même endroit demain matin. Finalement, je vais peut-être rester en ville, moi aussi.

— Où comptez-vous dormir, monsieur Flanagan ?

— Dans l'appartement de ta sœur...

— Il n'y a plus de lit, juste un divan.

— Qui se déplie ?

— Je n'en sais rien.

Il l'enlaça tendrement par la taille.

— De toute façon, peu importe.

Jess avait chaud au cœur en se rendant dans le petit restaurant tout proche. On les installa dans un coin tranquille au fond de la salle, et Mark commanda tout de suite une bonne bouteille. L'atmosphère de la soirée s'était magiquement allégée.

— Comment s'est passée ta journée ? demanda Mark.

— Un peu chargée, mais bien. Et la tienne ?

— Assez terne, jusqu'à il y a quelques minutes.

Le serveur arriva avec le vin, une corbeille de pain croustillant et une coupelle d'huile d'olive. En entrée, ils commandèrent des gnocchis aux épinards et des aubergines à la mozzarella. Comme plat principal, ils décidèrent de partager des linguines de la maison aux fruits de mer. Tout en portant une bouchée de pain à sa bouche, Jess imagina sa sœur ici, en train de déjeuner avec des clients, heureuse de mener une vie citadine.

— Je n'ai jamais vécu ailleurs qu'à Knights Bridge, dit-elle en réfléchissant à voix haute.

— Quelle chance ! s'exclama Mark en levant son verre.

— C'est vrai. J'y suis très bien, du reste. Simplement… Parfois…

Un autre jeune couple entra dans le restaurant, et elle se surprit à imaginer leur vie. Etaient-ils fiancés ? Etait-ce leur premier rendez-vous ? Chassant ces questions de son esprit, elle revint au moment présent.

— Non, je n'ai pas envie d'aller voir ailleurs. Nous achèterons un terrain à Knights Bridge, et tu nous dessineras une magnifique maison…

— Si tu le souhaites, répondit Mark tranquillement.

Même si leur relation n'était pas encore officialisée, ils évoquaient souvent la perspective d'une vie commune.

— Mais bien sûr ! Comment peux-tu en douter ?

Elle s'interrompit, gênée, sans comprendre d'où surgissait ce brusque accès d'impatience et d'irritation. L'homme de sa vie, qu'elle adorait, l'avait rejointe dans Boston pour dîner avec elle. Elle n'allait pas gâcher la soirée…

Elle avala une gorgée de vin.

— Pardon. Je ne sais pas ce qui m'a pris.

Il haussa les épaules.

— Ce n'est rien. Tu as eu une journée fatigante.

— Tu n'as pas à me chercher des excuses, Mark.

— D'accord. Tu es une épouvantable mégère…

Elle éclata de rire.

— Bon, changeons de sujet.

Il versa un peu de vin dans son verre.

— Que se passe-t-il entre Olivia et ce Dylan McCaffrey ?

— Je ne sais pas, répondit Jess, évasive. De toute façon, il repart pour San Diego demain matin.

— Ce type est riche à millions. Je m'étonne qu'un dirigeant de haut niveau, à la tête d'une des plus grosses entreprises d'électronique, s'intéresse personnellement à une vieille maison de Knights Bridge.

— Peut-être parce qu'il l'a reçue de son père en héritage. Il dîne chez Olivia ce soir, mais je doute que nous entendions reparler de lui.

Tout en bavardant, Jess ressentit tout à coup un curieux malaise, inexplicable.

— Tu connais San Diego ?

— J'y suis allé une fois, oui.

— Cela t'a plu ?

— Oui, bien sûr. C'était vraiment très sympa.

Mark lui sourit avant d'ajouter :

— Tu as des envies de bouger, Jess, je le sens.

Les hors-d'œuvre arrivèrent à ce moment-là.

— J'aimerais voyager, c'est vrai, dit-elle en goûtant les gnocchis. Pour autant, cela ne veut pas dire que je veux quitter Knights Bridge pour m'installer ailleurs. Je ne nourris pas ce genre de fantasmes...

— Ce serait pourtant parfaitement normal.

Elle planta sa fourchette dans un gnocchi.

— Ne me dis pas ce que j'ai dans la tête, Mark. Tu n'en sais rien.

— Excuse-moi. J'essaie seulement de comprendre ce qui te tracasse. Ne refoule pas tes désirs. Si tu as envie de partir, nous pouvons y réfléchir, tu sais.

— Au moins, tu dis « nous ».

Il la considéra un instant d'un air songeur, avant de goûter les aubergines.

— Ce restaurant est excellent. Tu as bien choisi.

Il changeait de sujet. Jess réprima un soupir.

— Olivia connaît les bonnes adresses. Elle ne se voyait pas rester à Boston éternellement. Mais elle est sans doute partie un peu plus vite que prévu. Elle est tellement contente d'avoir acheté la maison de ses rêves !

— Elle a pris un gros risque en quittant son emploi.

— Je ne sais pas si elle a vraiment eu le choix. En tout cas, elle n'est pas bavarde sur le sujet.

Jess savoura un instant le plat en silence, en écoutant distraitement le brouhaha des conversations qui remplissait l'espace.

— Je n'ai pas vraiment envie de partir, reprit-elle, mais parfois il me semble que ce serait salutaire. Tu comprends ?

De façon tout à fait inattendue, Mark hocha la tête pensivement.

— J'ai quitté Knights Bridge parce que j'y étais obligé pour mes études. Ensuite, je suis resté en ville pour des raisons de commodités professionnelles, avant de découvrir que mes racines me manquaient. Je suis un gars du pays, tout simplement. J'avais l'impression que tu étais comme moi, que tu voulais la même chose.

Jess tendit le bras pour lui prendre la main.

— C'est toi que je veux, Mark. C'est tout.

Il sourit.

— Alors nous sommes d'accord.

— Je n'ai pas besoin d'essayer de vivre ailleurs, mais j'aimerais voyager.

— Tu n'aurais pas peur ? Tu ne veux pas admettre que tu es en fait aussi anxieuse que ta mère — mais tu n'as rien à me prouver, Jess.

— Je sais, mais... non.

On leur apporta le plat principal, mais Jess n'avait plus très faim tout à coup. Cela lui coupait l'appétit de penser à sa mère, avec ses velléités de voyage qui n'aboutissaient jamais et son fatras de photos étalées sur son bureau.

— Mes appréhensions ne m'empêcheront pas de réaliser mes projets, je t'assure.

— Ce n'est pas juste une vague envie, alors...

— Tu veux dire comme ma mère ? l'interrompit Jess. Non, si je décide de partir en voyage, je le ferai. Je prendrai l'avion. Cela fait deux ans que je n'en ai pas eu l'occasion, depuis que je suis allée au mariage de mon amie à Chicago, en fait, mais je n'hésiterai pas à recommencer.

Mark engloutit un gros morceau de gamba.

— A t'entendre, on a plutôt l'impression d'une corvée. Ou d'une épreuve.

Jess baissa les yeux sur son assiette en s'obligeant à rester assise, malgré une furieuse envie de se lever pour partir en courant.

— Je veux aller à Paris, déclara-t-elle brusquement.

Mark écarquilla les yeux.

— A Paris ? Quand ?

Pour notre lune de miel, songea-t-elle sans oser le formuler à voix haute. Elle ne savait toujours pas si Mark avait vraiment envie de s'engager. Leur relation tranquille, au jour le jour, semblait le satisfaire. Pourquoi s'embarrasserait-il de complications inutiles ?

Elle réfléchit quelques minutes avant de répondre :

— Bientôt. Avant la fin de l'année.

— Paris est une ville extraordinaire. J'y suis seulement allé une fois, mais j'ai adoré, renchérit Mark.

— Alors ce serait vraiment un moment spécial pour nous deux si on y faisait un petit séjour romantique...

Il haussa les épaules... mais sans mordre à l'hameçon.

— Tu as un passeport ? lui demanda-t-il.

— Pas encore. Je m'en occupe, ajouta-t-elle sur un ton de défi, comme si Mark doutait de ses intentions. Le tien est en cours de validité ?

— Il me reste deux ans, je crois. Je vérifierai.

— Alors tu pourrais venir avec moi ?

— Jess Frost et Paris... Pourquoi pas, si je suis obligé.

Devant la lueur taquine de ses yeux, elle se mit à rire.

— Tu as de la chance que nous soyons au restaurant...

Ils se remirent à plaisanter et à discuter agréablement à bâtons rompus, et les sensations déplaisantes de Jess s'évanouirent peu à peu.

Lorsqu'ils ressortirent sur Newbury après ce bon repas, Mark glissa une main dans la sienne.

— Je me demande s'il arrive à Olivia de regretter Boston, déclara Jess. J'ai l'impression qu'elle ne nous a pas tout dit sur les conditions de son retour à Knights Bridge.

— Peut-être.

— Il a dû se passer quelque chose avec son amie Marilyn Bryson, j'en suis sûre. Tu la connais ?

— Je ne crois pas. Et, avec Roger Bailey, tout va bien ? Elle travaille toujours pour lui, en freelance ? C'est moi qui les ai présentés, mais je n'ai pas de nouvelles de lui depuis au moins deux mois.

— Ah ? Je ne suis pas au courant.

— Olivia n'est pas du genre à parler de son travail, surtout si elle a des soucis. Je peux appeler Roger pour lui poser la question, à tout hasard.

— J'espère juste qu'elle n'a pas de problèmes.

— Mais non ! Elle a l'air contente. Ses nouveaux projets l'enthousiasment.

Mark marqua une pause avant de reprendre :

— Malgré tout, maintenant que tu le dis… Il ne faudrait pas que son orgueil et son entêtement la poussent à faire comme si tout allait bien et l'empêchent d'appeler à l'aide en cas de besoin, même pour un simple soutien moral ou psychologique.

Jess lui lança un regard oblique.

— Tu trouves que je ressemble à ma sœur ? Est-ce que je réagis comme elle ?

— Elle n'a personne à qui se confier. Toi, tu m'as, conclut-il avec un clin d'œil.

Ils continuèrent à cheminer tranquillement côte à côte, dans l'atmosphère électrique et énergisante de la ville.

L'animation, la circulation, les lumières… tout ravissait Jess, tout à coup. Elle oublia ses problèmes, qui semblaient loin derrière. Elle se sentait bien, à se promener dans la fraîcheur du soir avec l'homme qu'elle aimait… Pour l'instant, Paris pouvait attendre.

8

Olivia décida de dîner dans la cuisine et pas dans la salle à manger. Trop intime. Trop romantique. Elle alluma des bougies et sortit sa plus belle vaisselle, en porcelaine blanche, qu'elle avait trouvée à Boston dans un vide-grenier. Dylan arriva pile à l'heure, une bouteille de vin à la main, et s'abstint courtoisement de tout commentaire quand Olivia décréta, en toute humilité, que la cuisson du rôti était ratée. Heureusement, tout le reste était original, recherché et très réussi — salade de mesclun aux herbes fines du jardin, choux de Bruxelles en gratin et entremet aux noix aromatisé à la muscade.

Ils discutèrent de design, de Boston et de l'entreprise familiale des Frost. Dylan éluda les questions personnelles — pas nécessairement parce qu'il avait quelque chose à cacher, songea Olivia, mais parce qu'il s'intéressait vraiment à elle, à ses projets, à sa vie. Peut-être aussi espérait-il qu'elle pourrait l'aider à comprendre pourquoi son père avait acheté la maison de Grace Webster...

Ou bien il était juste curieux de nature ou cherchait simplement à faire la conversation.

Après le repas, ils se promenèrent un peu sur le chemin. La nuit renforçait l'impression de silence et d'isolement qui régnait sur les champs et les bois alentour. Quand ils s'arrêtèrent chez Grace, ou plutôt chez Dylan, maintenant, il alluma le lustre démodé suspendu dans la salle à manger.

— Grace a laissé une quantité de livres phénoménale, dit-il.

Olivia promena le bout des doigts sur une rangée de vieux ouvrages jaunis et poussiéreux alignés sur une étagère.

— Des textes d'auteurs latins, des manuels de grammaire anglaise...

Elle adressa un sourire à Dylan.

— De la lecture pour vous, si vous avez des insomnies.

Il ôta sa veste et la suspendit au dos d'une chaise. Olivia garda la sienne. Elle n'avait pas l'intention de rester très longtemps et ne savait même pas pourquoi elle était entrée, en fait.

Il retira un mince volume sur un rayonnage et lut le titre.

— *Scaramouche*, de Rafael Sabatini. Vous l'avez lu ?

— Oui, quand j'étais adolescente.

— C'est l'histoire d'un fier-à-bras pendant la Révolution française, non ?

— Le personnage principal est un prisonnier en fuite qui devient maître d'escrime.

Dylan l'ouvrit.

— Cela plaira peut-être à mon ami Noah. Il est champion d'escrime.

La mention de Noah Kendrick rappela à Olivia combien elle savait peu de choses sur l'homme qui se tenait à côté d'elle. Abandonnant les manuels de grammaire et de latin, elle s'approcha de son étagère pour lire une série de titres.

— La saga du *Mouron Rouge*, *Jane Eyre*, *Rebecca*, *Le Comte de Monte-Cristo*, *Les trois Mousquetaires*. Nous sommes tombés sur le coin des romans d'action, d'amour et d'aventures.

— Cela semble vous surprendre.

— Un peu, oui. Les auteurs latins et la littérature classique correspondraient davantage à la personnalité de Grace.

— La plupart de ces livres sont en très bon état. On pourrait les vendre ou les donner. Pourquoi les a-t-elle laissés là ?

— Bonne question, répliqua Olivia en se penchant pour lire d'autres titres de la même veine. C'est une nonagénaire.

Elle n'avait sans doute pas envie de s'embêter, ou alors elle a pensé faire plaisir à votre père.

Dylan rangea *Scaramouche* et sortit un gros exemplaire du *Comte de Monte-Cristo*. Un marque-page était inséré à l'intérieur de la couverture, avec le nom « Grace Webster » soigneusement calligraphié sous un dessin aux couleurs sépia représentant un chat assis sur une pile de livres.

— Y a-t-il une date quelque part ? demanda Olivia.

Elle lui effleura le bras en tendant la main.

— Là, dans le coin. 1938. Elle avait ce livre depuis toute petite !

Dylan tourna une page.

— « Chapitre un, Marseille, L'arrivée. »

— L'histoire vous accroche tout de suite, hein ? Vous l'avez lue ?

— J'ai vu le film, répondit Dylan en reposant le livre avec un clin d'œil.

— Votre père aimait l'aventure, lui aussi. Il aurait peut-être pu figurer parmi les personnages d'Alexandre Dumas. C'est curieux qu'il ait justement acheté la maison d'une vieille dame qui avait une affection particulière pour les matamores...

Elle s'interrompit.

— Elle m'a demandé si vous n'étiez pas une canaille, lui avoua-t-elle soudain.

Dylan se mit à rire, amusé et surpris à la fois.

— Une canaille, vraiment ?

Olivia considéra de nouveau les romans aux titres évocateurs.

— En tant que chasseur de trésors, votre père a sans doute touché et réveillé son âme d'adolescente. Qui sait ?

— Cela n'explique pas comment il est arrivé jusqu'ici. Il adorait les mystères et les histoires de naufrages ou de bateaux engloutis au fond des mers, c'est vrai, mais il vivait dans le présent.

Olivia observa Dylan pendant qu'il remettait *Le Comte de Monte-Cristo* à sa place sur l'étagère poussiéreuse. Il n'était pas du tout dans son élément, dans cette bâtisse délabrée avec des fuites au plafond. Mais elle n'arrivait pas pour autant à l'imaginer à San Diego. Dans quelle sorte de décor vivait-il ? Quel genre d'existence menait-il ?

— Vous ne devez pas vous sentir très à l'aise dans cet univers étranger, dit-elle après un silence. Votre vie est à San Diego. Vous la retrouverez demain. En attendant, vous essayez sans doute de vous habituer à l'idée que vous ne saurez jamais exactement ce que votre père est venu faire par ici. Je me trompe ?

Il s'approcha et repoussa quelques mèches qui retombaient sur le front d'Olivia. Puis, en effleurant sa joue du dos de la main, il répondit :

— J'aurai du mal à me résigner. Mon père m'a laissé une malle remplie d'un fatras de dossiers et de documents. Je vais m'y plonger pour les examiner de plus près. Qui sait, je trouverai peut-être une réponse...

Olivia sentit comme un picotement à l'endroit où il l'avait touchée. Partagée entre l'envie de s'appuyer contre lui et celle de s'enfuir en courant, elle réussit néanmoins à demeurer immobile en face de Dylan.

— Vous pouvez faire ce que bon vous semble de cette maison. La vendre, la garder, la donner. Pour vous, cela n'a guère d'importance. Rien ne vous y attache, ni souvenir ni émotion.

— Et vous ? fit Dylan. Elle représente quelque chose pour vous ?

Olivia secoua la tête.

— Pas vraiment, même si elle restera toujours pour moi la maison de Mlle Webster.

— « Pas vraiment ? » Ce n'est pas une demeure historique et patrimoniale typique de votre chère Nouvelle-Angleterre ?

— Seriez-vous en train de vous moquer de moi, Dylan McCaffrey ?

Il se pencha plus près.

— Vous n'êtes pas la Yankee collet monté que j'imaginais.

Il posa les mains sur ses épaules.

— Olivia..., soupira-t-il. Oh ! et puis tant pis.

Il l'embrassa, brièvement mais avec une intensité qui en disait long sur son désir, même s'il se recula presque aussitôt.

— Je pensais que cela devait fatalement arriver. Toi aussi, non ?

Un peu émue, elle écarta les mains d'un air désarmé.

— Peut-être.

Puis elle se ressaisit.

— Plus ou moins consciemment, admit-elle.

— Hum. J'espère que tu ne vas pas lancer Buster à mes basques, ironisa-t-il en attrapant sa veste. Viens, je te raccompagne en voiture jusque chez toi.

— Je peux rentrer à pied. Cela me fera du bien. Je sors toujours le soir pour promener Buster.

Elle jeta un regard circulaire sur la pièce à moitié vide.

— Où dors-tu ? fit-elle, passant elle aussi au tutoiement. Tu n'as certainement pas apporté un matelas gonflable dans tes bagages.

— Je me suis fait un lit de fortune avec de vieilles couvertures. Je me débrouille.

— Cela doit te changer des palaces cinq étoiles dont tu as l'habitude.

— C'est toujours plus confortable et plus doux qu'une patinoire de hockey.

Sans réfléchir, elle proposa :

— J'ai plusieurs chambres d'amis, si tu as envie d'un vrai lit.

Dylan mit une seconde de trop pour répondre, et pendant cette courte pause les battements du cœur d'Olivia s'accélérèrent brutalement.

— Merci pour ta proposition. Mais il vaut mieux que je campe encore ici ce soir. Je pars très tôt demain matin.

— Très bien. Comme tu voudras, fit-elle, s'efforçant de

ne pas paraître déçue. En tout cas, tu as de quoi lire si tu n'arrives pas à dormir.

Il la raccompagna au-dehors tout en lui expliquant comment le joindre en cas de besoin, si sa propriété nécessitait encore quelques travaux, par exemple. Puis il lui souhaita bonne chance pour l'ouverture de La Ferme de Carriage Hill.

C'était comme s'ils ne s'étaient jamais embrassés, songea-t-elle. Mais Dylan était riche à millions et menait une existence si différente de la sienne... Un baiser furtif ne signifiait probablement rien pour lui.

D'ici à quelques jours, on verrait sans doute un panneau « A vendre » devant la maison.

Olivia emportait *Les Trois Mousquetaires*. Elle avait comme l'intuition qu'elle ne dormirait pas très bien cette nuit, toute seule chez elle, l'esprit encombré par des images de matamores, de brigands de grand chemin et autres chercheurs de trésors. Avec en plus un ex-joueur de hockey terriblement sexy et séduisant.

Dylan regarda Olivia s'éloigner le long de l'allée puis de la petite route qu'ils partageaient tous deux, avant de réfléchir à la situation. Qu'avait-il appris de plus depuis le jour où il avait reçu sa fameuse lettre ?

Premièrement, il possédait une maison dont son père ne lui avait jamais parlé. Deuxièmement, il n'aimait pas particulièrement nettoyer des cours boueuses et envahies par les ronces qui ressemblaient à des décharges publiques. Troisièmement, la jolie brune qu'il avait découverte sur internet avait encore plus de charme dans la réalité. Il avait peut-être eu tort de l'embrasser tout à l'heure, mais pour l'instant en tout cas il s'en félicitait.

En revanche, il regrettait d'avoir refusé de dormir chez elle. Sa maison était trop calme, trop silencieuse.

Il retourna dans la salle à manger pour passer en revue

d'autres livres de Grace Webster. Sans trop savoir ce qu'il espérait découvrir. Une carte au trésor ? Une lettre oubliée décrivant un quelconque mystère ?

Il ne trouva rien.

Prenant *Le Comte de Monte-Cristo* avec lui, il monta se coucher sur son lit de fortune. Mais pourquoi n'avait-il pas accepté la proposition d'Olivia de lui prêter une chambre d'amis ?

Peut-être parce qu'il voulait la protéger, tout simplement.

Il s'enroula dans une couverture qui sentait la naphtaline.

Cette maison, cet endroit, son père, sa jolie voisine… Lui qui n'avait pas l'habitude de se laisser aller aux émotions se sentait un peu submergé pour le coup.

Il brancha une petite lampe à côté de son lit improvisé et inclina l'abat-jour de façon à éclairer son livre. Son père avait-il jamais dormi dans ce lieu ? Olivia avait mis le doigt sur un point important. Qui sait s'il connaîtrait jamais les raisons qui avaient amené ce dernier à Knights Bridge ?

Il ouvrit son livre à la page un et, chassant de son esprit tout le reste, se plongea dans l'histoire des aventures d'Edmond Dantès.

9

Quand arriva l'été 1938, l'Etat avait évacué les habitants des villes de Prescott, Dana, Enfield et Greenwich qui, officiellement, n'existaient plus. La vallée se vidait lentement, douloureusement, des familles et des activités qui l'avaient peuplée et animée autrefois. La construction du barrage se poursuivait, aussi implacable qu'un orage estival. J'ai assisté à l'ouverture des tombes pour l'exhumation des morts, à l'abattage des arbres. J'ai vu déconstruire des maisons, souvent très belles, pour les transplanter dans d'autres lieux. Une digue devait détourner le bras oriental de la Swift River vers le nord, afin de l'empêcher de se jeter trop vite dans l'aqueduc qui amènerait l'eau jusqu'à Boston. Il fallait laisser le temps d'agir à la filtration naturelle. Les ingénieurs avaient calculé très précisément tous les aspects de ce projet démesuré. Winsor Dam et Goodnough Dike, deux énormes digues en terre, retiendraient les eaux de la Beaver Brook et des trois bras de la Swift River.

Le modernisme avait rattrapé notre paisible vallée, et mon père ne pouvait plus faire semblant de rien. Cela ne lui plaisait pas. Pas du tout, même.

La lettre officielle qu'il avait reçue mettait les points sur les i.

« La Direction des Affaires Publiques du Massachusetts agissant par l'entremise de la Commission du District Métropolitain déléguée à la gestion de l'eau vous informe devoir requérir le terrain et la propriété que vous occupez actuellement. »
Autrement dit, on nous confisquait notre maison.
Devant l'inévitable, Granny s'efforça de faire bonne figure.
— Nous avons au moins la chance de déménager pour nous installer autre part. Ce n'est pas comme si nous étions victimes d'une tornade ou d'un tremblement de terre.
— Non, a dit mon père. Nous sommes victimes de nos propres concitoyens.
Je me suis sauvée de chez nous en courant. C'était un clair matin de printemps ensoleillé, et je savais à présent que nos jours dans la vallée étaient comptés. Mais en voyant la lumière qui dansait avec des reflets argentés sur les eaux de la rivière, le long du sentier, j'avais envie de faire comme si de rien n'était. Les érables plantés par mon arrière-grand-père bourgeonnaient comme ils l'avaient toujours fait en cette saison, du plus loin que Granny se souvienne. Comme tous les ans, je ferais des bouquets de fleurs sauvages et j'équeuterais des haricots verts avec ma grand-mère à l'ombre des arbres.
La vision que j'avais de mon avenir proche a été brutalement réduite à néant par le passage d'une camionnette familiale chargée à ras bord de toutes les possessions de la maisonnée. Le papa conduisait, les yeux fixés droit devant. Il ne m'a adressé ni un signe ni un regard. Je ne sais même pas s'il m'a vue.
J'ai quitté le chemin pour suivre un mur de pierre en bordure d'un champ que personne n'avait fauché cette année. Parvenue à un grand orme, j'ai sauté

par-dessus le muret pour m'engager dans un sentier qui menait à un petit étang, Carriage Hill Pond. On apercevait la colline dans le lointain, à l'opposé de Knights Bridge où papa et Granny envisageaient d'acheter une maison. Je détestais cette idée. Je ne voulais pas déménager.

Un cabanon était accroché à flanc de colline, à quelques mètres du rivage. Il avait appartenu à une famille qui avait l'habitude de passer l'été au bord de l'eau. L'Etat les avait expulsés l'année précédente mais n'avait pas encore détruit le bungalow. Je suis entrée. Dès que j'ai franchi le seuil, j'ai été saisie par l'atmosphère paisible qui y régnait. J'ai aussitôt décidé de me créer un refuge dans le cabanon abandonné. Ce serait mon secret. Personne n'en saurait jamais rien. La famille avait laissé un lit de camp, une commode et une table. J'ai récupéré quelques couvertures, du linge de maison et j'ai accroché des rideaux colorés à la fenêtre. J'ai aussi trouvé une vieille carpette au crochet pour mettre par terre. Il n'y avait ni cuisine ni salle de bains, juste des cabinets à l'extérieur, ce qui était assez courant à l'époque.

C'était parfait. Pendant que Granny et papa s'occupaient de trouver un endroit pour nous accueillir et que les ouvriers éventraient notre vallée, je m'enfuyais à l'étang de Carriage Hill pour me réfugier dans ma cachette et l'univers secret que j'avais créé là. J'apportais un panier avec de la nourriture et je restais là des heures durant.

Un matin d'été, je me suis rendue dans mon cabanon après avoir surpris une conversation où il était question de la destruction imminente de notre maison. La poitrine comprimée comme dans un étau, j'avais du mal à respirer. J'ai ôté mes chaussures, je me suis pelotonnée dans un coin du lit et j'ai attrapé un des livres empilés sur le plancher. Avec l'argent que j'avais gagné en vendant des légumes, je m'étais acheté des romans que la bibliothèque avait revendus avant de fermer ses portes. Depuis, le bâtiment avait été rasé. Pour presque rien, je m'étais procuré la saga du Mouron Rouge, Les trois Mousquetaires, Scaramouche, Le Comte de Monte-Cristo, Jane Eyre, Les Hauts de Hurlevent *et tant d'autres encore... La bibliothécaire, une amie de Granny, m'avait donné en prime un recueil de textes latins et une grammaire anglaise. Dès que je le pouvais, je venais au cabanon pour lire ou étudier et essayer ainsi de ne pas penser à l'avenir. Si je me mariais un jour, j'étais persuadée de mourir en couches comme ma mère. J'avais donc résolu de rester célibataire et de devenir professeur, comme Mlle Johnson. Mais où ?*

Dans la vallée de mon enfance, ce serait impossible puisqu'elle serait bientôt submergée.

Il nous faudrait déménager sous peu. Nous n'avions pas le choix. Pourtant, je n'avais pas envie de vivre parmi des inconnus.

J'ai ouvert mon livre, Ivanhoé. *Je l'avais déjà lu, mais cela ne me gênait pas de recommencer. J'étais tombée complètement amoureuse des espions, des fiers-à-bras et de tous ces matamores et aventuriers qui peuplaient les romans d'aventures. Je savais pertinemment que je n'en rencontrerais jamais dans la réalité, mais je regrettais de ne pas porter un nom plus romanesque, comme Marguerite ou Rowena. Grace était un peu plat en comparaison !*

Au bout de la première page, il m'a fallu recommencer au début du premier paragraphe. Les sanglots de ma grand-mère, que j'avais surpris au cours de la nuit dernière, résonnaient encore à mes oreilles, m'empêchant de me concentrer.

« Où irons-nous ? Qu'allons-nous devenir ? »

Pauvre Granny… Tout au long de la journée, elle se montrait stoïque et pragmatique, mais la nuit ses craintes et son chagrin reprenaient le dessus. Les temps étaient vraiment difficiles. Sa modeste pension ne lui permettait pas d'envisager facilement un nouveau départ ailleurs.

« Et je me sens vieille », disait-elle en pleurant toute seule dans sa chambre.

Tout le monde s'accordait à dire que les expulsions étaient plus dures à supporter pour les personnes âgées. Les plus jeunes considéraient parfois cela comme une chance — ou une excuse — pour pouvoir commencer une nouvelle vie.

J'ai posé Ivanhoé *sur mes genoux et j'ai regardé l'étang par la fenêtre. La surface de l'eau miroitait au soleil. Un canard solitaire se tenait à l'ombre, sur la rive opposée. Tous les jours, je m'efforçais de graver dans ma mémoire différentes parties de la vallée. Je chérirais ces souvenirs jusqu'à la fin de ma vie. Personne ne pourrait jamais me les enlever.*

Qui aurait dit qu'un jour je souhaiterais de toute mon âme les rejeter au fond de l'oubli ?

10

Elle devait chasser le départ de Dylan de son esprit.

Olivia était dehors, en train de réfléchir à la composition de son jardin d'herbes aromatiques — ou au moins d'essayer —, quand Jess passa après déjeuner.

— Alors, Boston, c'était comment ? demanda Olivia en rejoignant sa sœur sur la terrasse.

— Super ! Merci de m'avoir prêté ton appartement. J'ai laissé les clés sur la table de la cuisine. Liv...

Elle hésita un instant.

— Pourquoi as-tu arrêté ton travail à l'agence ? J'avais raison, n'est-ce pas ? C'est à cause de Marilyn Bryson.

— Pourquoi me demandes-tu cela ? fit-elle, sur la défensive.

— Mark a discuté avec Roger Bailey ce matin. Il lui a dit qu'il travaillait avec Marilyn, maintenant. C'est vrai ? C'est toi qui les as mis en contact avant ton départ ou il t'a fait faux bond ?

— Le design est un domaine où sévit une compétition très rude. Marilyn est excellente, dit seulement Olivia.

— C'est elle qui s'est mise en relation avec Roger, alors ? N'est-ce pas contraire à la déontologie de la profession de voler des clients à une amie ?

Avec une grimace, elle ajouta :

— De toute façon, je n'ai jamais aimé cette fille.

Sensible à la solidarité que lui manifestait sa sœur, Olivia avait malgré tout trop d'amour-propre et de réticences pour discuter de ses problèmes personnels.

— Cela me plaît de travailler en freelance.

— Tu t'en sors ? Tu gagnes assez pour payer les factures ? insista sa sœur.

C'était très juste, mais elle n'avait pas envie de se plaindre.

— Oui. Tout va bien. Je suis libre d'organiser mon emploi du temps à ma guise et j'adore être ici.

— De toute façon, rira bien qui rira le dernier. C'est toi qui y gagneras au bout du compte, quand tu ouvriras ton gîte.

Olivia remarqua une jonquille solitaire, prête à fleurir, à côté d'un petit lilas.

— Je ne suis pas ici pour fuir les difficultés, Jess. Marilyn était dans une mauvaise passe, l'automne dernier...

— Mais c'est toi qui l'as aidée à reprendre sa carrière en main ! Et maintenant elle te vole tes clients ?

— C'est une amie. En tout cas je la considérais comme telle jusqu'à ces derniers temps. Elle est très prisée dans notre milieu professionnel. Quant à moi, je pensais pouvoir tout mener de front, rester à l'agence et aménager cet endroit, mais j'ai dû choisir. Mon seul regret est de ne pas avoir mis assez d'argent de côté avant d'arrêter de travailler à plein temps.

— Tu ne penses pas que tu aurais conservé Roger comme client si tu n'avais pas aidé Marilyn ?

— Jess...

La brise se mit à souffler, et sa sœur frissonna.

— J'ai vraiment hâte que le printemps soit là. Tu n'es pas obligée de me parler si tu n'en as pas envie, Liv. Nous avons tous notre jardin secret, des sujets de réflexion qui nous accaparent pendant que nous arrachons les mauvaises herbes ou que nous essayons une nouvelle recette de tarte au citron.

Olivia sourit.

— A quand remonte ta dernière tarte au citron ?

— Ah, oui, bonne question... Hé, je n'ai pas vu de voiture

devant chez Grace. Ton beau voisin serait-il reparti pour San Diego ?

— Oui, très tôt ce matin.

— Il revient quand ?

— Il n'a pas dit.

Jess resserra les pans de son gros gilet.

— Au moins, c'est une perspective agréable, de quoi te distraire pour le cas où tu t'ennuierais. Ce qui est sans doute le cas de maman, qui se change les idées comme elle peut avec son projet de voyage en Californie.

— Moi, je crois qu'elle a vraiment envie d'y aller, pas toi ?

— Moi, je voudrais aller à Paris, marmonna Jess. Non qu'il me faille absolument un dérivatif... D'ailleurs, je ne suis pas sûre de réaliser mon projet.

Olivia réprima un sentiment de malaise à l'idée de sa mère survolant le continent en direction de l'ouest et de sa sœur traversant l'Atlantique en sens inverse tandis qu'elle-même resterait à Knights Bridge.

— Olivia ?

Devant le ton inquiet de Jess, elle força un sourire sur ses lèvres.

— Mark t'accompagnerait, pour ton voyage à Paris ?

— Je peux déjà m'estimer heureuse si j'arrive à le traîner à Boston pour un match des Red Sox ou des Bruins...

Elle n'en concevait apparemment aucune amertume, ou alors elle le cachait bien.

— J'ai trouvé des vieilles chaises et deux petites tables qui pourraient t'intéresser, à la scierie. Je t'aiderai à les peindre, si tu veux, fit-elle, comme pour changer de sujet malgré tout. Cela nous fera un petit après-midi tranquille entre filles.

Ravie de la proposition, Olivia remercia chaleureusement sa sœur tout en la raccompagnant à sa voiture. Après son départ, elle resta un moment dans l'allée, saisie par le calme et la solitude de ce bout du monde. Mais c'était justement ce qui faisait tout le charme et l'attrait de La Ferme de Carriage Hill.

Il manquait seulement un ex-joueur de hockey solidement bâti pour l'inviter à une promenade ou un dîner…

Une semaine plus tard, Olivia n'avait reçu aucunes nouvelles de Dylan. Mais elle n'en attendait pas non plus. Sa vie était à San Diego, pas dans la petite bourgade de Knights Bridge. Au moins, avec le radoucissement des températures, la végétation poussait vite et cachait un peu la maison décrépite que Duncan McCaffrey avait mystérieusement léguée à son fils unique, songea-t-elle en passant devant. Elle partait pour Boston, pour son premier entretien face à face avec Jacqui Ackerman depuis qu'elle avait quitté l'agence un mois plus tôt.

— Marilyn va travailler avec nous, lui annonça Jacqui tandis qu'elles s'installaient dans la petite salle de réunion.

— Marilyn Bryson ? A Boston ?

— En effet. Nous sommes ravis qu'elle se soit décidée à collaborer avec nous. Merci d'avoir préparé le terrain, Olivia. Elle nous ramène Roger Bailey, avec d'autres clients, j'imagine.

— Je n'en doute pas, répliqua Olivia d'un ton morne.

— Elle commence dès lundi. C'est vraiment une chance pour nous.

— Très bien. Est-ce que cela change quelque chose pour moi ?

Jacqui hésita un peu.

— Pas pour le moment. De toute manière, vous êtes amies, Marilyn et toi. Cela ne peut être que positif pour tout le monde.

Olivia marmonna une vague approbation. De toute façon, elle n'avait pas son mot à dire et elle avait vraiment besoin de ces contrats en freelance. Jacqui sembla soulagée, et elles engagèrent une discussion sur différents projets de design, un sujet qui les passionnait toutes deux.

En quittant l'agence, Olivia décommanda un dîner avec des amis et, au lieu de passer la nuit dans son appartement, décida de rentrer directement à Knights Bridge. Pendant le trajet, tandis que les rues animées de la ville cédaient la place aux petites routes sinueuses de campagne, elle prit une décision. Elle travaillerait suffisamment pour couvrir ses frais, mais pas au-delà. Il valait mieux se concentrer sur la réussite de la Ferme de Carriage Hill.

Quand elle arriva, la camionnette de son père était dans l'allée, et il était en train de s'amuser avec Buster.

Il lança un bout de bois dans la cour.

— Des nouvelles de ton voisin ?

— Aucunes.

— Je n'avais pas compris qu'il s'agissait du Dylan McCaffrey joueur de hockey. C'est en parlant avec Jess que ça m'a fait tilt. Tu aurais pu me le dire.

— Cela n'a pas une grande importance, tu sais.

— Figure-toi que je l'ai vu jouer contre les Bruins au début de sa carrière sportive, avant son heure de gloire. C'était un excellent joueur, très apprécié. Ensuite, il a été blessé plusieurs fois, ce qui ne l'a pas empêché de rester très bon. C'est marrant qu'il soit devenu propriétaire de la maison de Grace Webster.

Buster courut derrière le bâton, puis se roula dans l'herbe tout en le mâchonnant.

— Il n'a vraiment pas un comportement de golden retriever ! s'écria Olivia en riant. Alors Dylan t'est-il plus sympathique maintenant que tu te souviens de l'avoir vu sur un terrain de hockey ?

Son père poussa un caillou du bout du pied.

— Je n'en sais rien. Il faudrait ?

Bizarrement gênée, elle changea de sujet.

— Grace dit qu'elle a rencontré Duncan McCaffrey. A ton avis, elle peut se tromper ?

— Cela m'étonnerait.

— Généralement, rien ne se passe en ville sans que tu le saches. Et, si toi tu n'es pas au courant, maman est informée. Au fait, où est-elle ?

— A la maison. Elle jardine. Elle viendra t'aider à peindre les chaises et les tables que Jess a trouvées.

— D'accord. On fera cela entre filles.

Son père ramassa le caillou et l'envoya en direction de Buster.

— J'apporterai de la bière et des pizzas, si vous voulez de moi.

Olivia rit de bon cœur. Sa journée à Boston l'avait détendue. Après le départ de son père, elle réussit à extraire de la gueule de Buster le caillou et le bout de bois, et rentra pour allumer un feu. Ensuite, elle s'installa devant la cheminée, avec la tête de son chien sur les genoux. Mais elle ne se sentait pas tranquille. Trop d'inquiétudes et d'interrogations tournaient dans son esprit au sujet de Duncan McCaffrey, de son fils et de ce qui s'était passé entre elle et lui pendant son court séjour à Knights Bridge.

— *Rien*, murmura-t-elle en se levant d'un bond pour aller dans la cuisine. Il ne s'est rien passé.

Franchement, que signifiait un petit baiser de rien du tout pour un homme tel que Dylan ? Un ex-champion de hockey, multimillionnaire de surcroît ?

Elle arrosa ses pots sur le rebord de la fenêtre et fit l'inventaire de son frigo. Mais elle n'avait pas faim.

Elle monta se coucher de bonne heure et continua sa lecture des *Trois Mousquetaires*, en imaginant Grace plongée dans des histoires de trésors perdus et d'aventures de cape et d'épée alors que le monde alentour s'écroulait irrémédiablement.

Le lendemain matin, Olivia prit son petit déjeuner chez Smith, le seul restaurant de Knights Bridge, installé dans une petite rue tranquille, non loin de la place. Elle s'assit sur une banquette en face d'Albert Molinari, l'agent immobilier qui s'était occupé de la transaction entre Grace et Duncan McCaffrey. Agé d'une soixantaine d'années, Al jouissait d'une semi-retraite à Knights Bridge où il s'était installé quelques années plus tôt après avoir revendu son cabinet notarial à Worcester. Il passait le plus clair de son temps à faire du vélo et du kayak.

— McCaffrey est passé ici en coup de vent. Il débordait d'énergie. C'est ce qui m'a frappé chez lui.

— A-t-il visité plusieurs propriétés ? demanda Olivia.

— Non, juste celle de Mlle Webster. C'est la seule qui l'intéressait.

— Et vous savez pourquoi ?

— Il ne me l'a pas dit, et je ne lui ai rien demandé non plus. Il n'y avait aucun autre acheteur. Je m'inquiétais pour Grace, qui allait se retrouver complètement coincée avec le toit qui menaçait de s'effondrer.

— Il vous a parlé de ce qu'il comptait faire ?

— J'ai essayé de savoir, oui, mais je n'ai rien pu en tirer.

Après le petit déjeuner, Olivia se rendit à Rivendell. Grace était debout dans la serre, ses jumelles à la main.

— Je m'apprêtais à partir en promenade.

— Je peux vous tenir compagnie ?

— Avec plaisir.

Elles sortirent dans la cour par une grande porte vitrée. On n'avait pas remis de graines dans les mangeoires, lui expliqua Grace. Le printemps arrivait, maintenant, après avoir battu en retraite pendant quelques jours, juste au moment où Dylan était venu à Knights Bridge.

— Je suis en train de lire *Les Trois Mousquetaires*, dit Olivia comme elles passaient devant un talus planté de forsythias.

Les fleurs d'un jaune intense se balançaient doucement dans la brise.

— Je l'ai emprunté chez vous quand Dylan McCaffrey était là.

— J'adore ce livre, fit Grace, tout sourires. Je l'ai lu plusieurs fois. La bibliothèque de la résidence en a un exemplaire.

— Vous ne voudriez pas me faire lire le livre que vous avez écrit ? s'enquit Olivia.

— Quand je serai morte.

Ça avait le mérite d'être franc ! Malgré tout, Olivia ne lâcha pas si facilement. Tandis qu'elles décrivaient un arc de cercle pour revenir lentement vers la serre, elle essaya encore.

— Vous y révélez des secrets croustillants, dans votre livre, Grace ?

— Nous avons tous nos secrets, répondit la vieille dame tranquillement.

— Les vôtres auraient-ils quelque chose à voir avec les McCaffrey ?

Grace s'arrêta pour contempler les collines alentour, avec le lac qui miroitait dans le lointain. Quand Olivia était née, Quabbin existait déjà depuis longtemps et faisait partie intégrante du paysage de cette région de la Nouvelle-Angleterre. Sensible à sa beauté, qui paraissait si naturelle, elle n'avait que des vieilles photographies et des récits pour imaginer la vie d'avant, quand la vallée n'était pas encore inondée. Mais, quand Grace regardait Quabbin, que voyait-elle ? Les maisons, les sentiers, les fermes et les jardins de son enfance ? Les voisins et les amis qui avaient déménagé pour s'installer dans d'autres petites villes ? Des bureaux de poste, des épiceries, des scieries qui n'existaient plus ? Tout avait disparu, même les morts, songea Olivia.

— Je ne connais pas les McCaffrey, dit Grace finalement.

Olivia n'insista pas plus. Elle ne voulait pas amener la vieille dame à dire des choses qu'elle regretterait plus tard, ou qui risquaient de la perturber. A leur retour, sa grand-mère attendait son amie pour l'emmener à un cours de gymnastique, et Olivia repartit sans trop savoir ce qu'elle avait espéré. En tout cas, elle était dévorée de curiosité au sujet des raisons qui avaient conduit Duncan McCaffrey jusqu'à Knights Bridge.

Son fils devait l'être aussi, forcément.

Elle démarra sa voiture. Dylan reviendrait. Même si son

baiser n'avait obéi qu'à une impulsion passagère et irraisonnée, il y avait trop de questions non résolues du côté de son père.

Il n'avait pas dit adieu définitivement à Knights Bridge.

Après un long jogging sur la plage, Dylan rejoignit Noah et sa petite amie, qui ambitionnait de devenir actrice, à l'Hotel del Coronado tout près de chez lui. Ils prirent un verre sur la terrasse du prestigieux palace à l'allure romantique, avec ses coupoles victoriennes en tuiles rouges et ses murs éclatant de blancheur. Dylan resta avec eux le temps d'assister au coucher du soleil, puis les laissa dîner en amoureux et rentra chez lui.

Après avoir avalé un sandwich, il rouvrit la malle de son père, mais cette fois-ci sans hâte ni impatience. Depuis son retour à San Diego, il avait passé les premiers jours à préparer le terrain et à désamorcer les conflits autour de Noah, bref, son travail habituel, tout en essayant de se convaincre que cette vieille maison de Knights Bridge ne l'intéressait absolument pas. Peu importaient les raisons qui avaient poussé son père à acheter cette propriété perdue, il n'avait nul besoin de creuser la question.

« Débarrasse-toi de cette bicoque », lui avait dit Loretta quand il était revenu du Massachusetts. « Vends-la et oublie Knights Bridge. »

Mais ce n'était pas si facile. D'autant qu'il rêvait continuellement d'Olivia Frost et de leur baiser. Il ne s'était pas passé une nuit sans qu'il se réveille en pensant à elle.

Il extirpa le vieil ordi portable de son père et sortit sur la terrasse pour l'allumer. Par cette nuit chaude et paisible, quelques couples se promenaient main dans la main sur la plage à marée basse. Chassant une image fugace d'Olivia et lui sur le sable fin, il se concentra sur l'écran. Il n'avait jamais eu l'intention de fouiller dans la vie de son père, qui était mort trop soudainement, sans avoir eu le temps de s'y préparer et de mettre de l'ordre dans ses papiers. Mais il avait tort de s'inquiéter, non ? songea Dylan. Si son père avait des secrets, il n'en avait pas laissé de traces, ni sur le papier ni dans un dossier informatique. Ses expéditions « officielles » de chasse aux trésors avaient toutes été reprises à leur compte par des collègues ou des associés. Il n'était pas du genre à s'enliser dans les détails ou les complications. Il rassemblait les informations dont il avait besoin, puis établissait un plan minutieux et passait à l'action.

En revenant à San Diego, Dylan avait bien posé quelques questions à sa mère, mais elle ne lui avait pas été d'une grande aide. Durant la brève période qu'avait duré leur mariage, son père et elle avaient vécu au jour le jour, en se concentrant sur le présent. « Je n'étais pas destinée à partager sa vie pendant très longtemps », avait-elle confié à Dylan, philosophe. « Je crois que je l'ai toujours su. »

Soudain, au détour d'un clic, il remarqua un dossier curieusement nommé « 1938 » et se redressa en l'ouvrant pour parcourir la brève introduction :

> *Dans les premiers jours de septembre 1938, un luxueux hôtel particulier d'Arlington Street, à Boston, est visité. Un magot aristocratique est dérobé, composé de trois bagues et d'un collier, apparemment offerts à la famille Ashworth par la reine Victoria en personne. Le propriétaire des bijoux, lord Charles Ashworth, assommé au cours du cambriolage, minimise cependant le vol et n'offre qu'une modeste récompense en échange de la restitution d'un « petit héritage familial ».*
>
> *Bagues : diamants et saphir, solitaire, diamants et rubis. Le collier constitue une parure assortie à la bague diamants et saphir.*
>
> *Un ouragan frappe la Nouvelle-Angleterre trois semaines après le vol. Ensuite surviennent les Accords de Munich, l'invasion de la Tchécoslovaquie par*

l'Allemagne nazie et le début de la Seconde Guerre mondiale.
Ashworth a survécu à la guerre. Les bijoux n'ont jamais été retrouvés.

Dylan posa les pieds sur la balustrade de la terrasse.

— Bien, bien, bien...

Il ne se souvenait pas avoir jamais entendu son père évoquer une histoire de bijoux volés, mais pourquoi pas ? Ils devaient valoir une fortune. Il fit une recherche rapide sur lord Ashworth. C'était un vicomte britannique qui était mort depuis quarante ans. Marié une seule fois, sans enfants.

Aucune mention des bijoux, ni du hold-up de Boston. Pourquoi ? Les circonstances étaient bien obscures... L'aristocrate aurait-il été menacé d'un scandale ? Et si au contraire ce fameux trésor de famille n'avait jamais existé, et qu'il avait tout inventé ? Mais pourquoi ?

Il obtiendrait sans doute davantage de renseignements en affinant sa recherche...

Dylan relisait le document quand Noah monta les marches de la terrasse d'un pas souple, sa veste noire accrochée par un doigt sur l'épaule. Il indiqua d'un coup de menton l'Hotel del Coronado.

— Je l'ai raccompagnée chez elle. Elle devait lire *Alice au pays des merveilles* pour un examen. Tu crois qu'elle me snobe ?

— Elle est étudiante ?

— Oui, en anglais.

— Elle sait que tu es riche ?

— Non. Je ne crois pas, en tout cas. Mais *Alice au pays des merveilles*, Dylan ? Quand même !

— Oui, elle t'a mis un vent, tu as raison, fit Dylan d'un air entendu.

Noah s'assit sur la balustrade avec un soupir à fendre l'âme.

— Je me sens déprimé.

Dylan alla chercher des bières dans son frigo. Non, Noah n'était *pas* déprimé.

— Quel âge peut bien avoir cette antiquité ? demanda Noah en pointant du menton vers le portable.

— Ah ça, il est d'époque ! Et il fonctionne encore.

Noah avala une longue gorgée de bière.

— Qu'est-ce qui te préoccupe, McCaffrey ?

Dylan tourna l'écran vers lui.

Noah parcourut rapidement le texte des yeux.

— Comment ce fait divers est-il venu aux oreilles du vieux Duncan ? demanda-t-il quand il eut fini de lire.

— Je n'en ai pas la moindre idée. A ma connaissance, c'est la seule fois où il s'est intéressé à une énigme judiciaire.

— Pour une raison particulière ? L'histoire des bijoux ? Leur valeur ? Ou alors c'est les Ashworth… Les descendants du lord l'auraient-ils engagé pour retrouver le larcin ?

— Il n'était pas détective privé !

— Alors qu'est-ce qu'un vol de bijoux à Boston en 1938 peut bien avoir à faire avec une vieille maison délabrée à Knights Bridge ?

— C'est ce que je voudrais savoir.

— Et… pour quelle raison t'y intéresses-tu de si près ?

Bonne question, se dit Dylan en reposant nerveusement les pieds par terre.

Noah but une nouvelle gorgée de bière en considérant son ami d'un air songeur.

— Sois honnête, Dylan. Tu te moques royalement d'un mystérieux vol de bijoux. En revanche, la personnalité de ton père t'intrigue — et tu es aussi très attiré par cette femme, Olivia Frost.

Dylan n'allait pas le contredire, mais ne chercha pas à s'expliquer non plus. Il repensa à la collection de romans de Grace Webster.

— Je suis peut-être prêt à me lancer dans une aventure bien à moi.

Il se leva en offrant son visage à la brise marine rafraîchissante.

— Tu es en bonne forme, Noah. Tu as une équipe de confiance. Tu peux te passer de moi.

Son ami réagit avec philosophie.

— Peut-être. Nous avons travaillé dur, et la chance était avec nous. Il est temps de nous occuper de nos vies personnelles, à présent.

— La mienne me va très bien comme elle est !

— Ah, vraiment ? Mais tu vas retourner à Knights Bridge ?

Dylan contempla l'océan, presque noir sous le ciel nocturne.

— Oui.

Un quart d'heure après le départ de Noah, Loretta apparut à son tour sur les marches de la terrasse. Dylan lui avait envoyé un texto au sujet du fichier qu'il avait découvert dans les documents de son père.

— Je n'ai pas soufflé de la journée, dit-elle en attrapant une bière qui restait sur la table.

Elle décapsula la canette avec un soupir.

— Je vais me mettre à boire à cause des McCaffrey. Ou plutôt à cause de toi, parce que je n'ai jamais travaillé autant pour ton père.

— Tu es vraiment à plaindre, fit Dylan avec un sourire moqueur.

Elle lui glissa un regard sceptique. Avec son chemisier blanc impeccable, sans un pli, son jean étroit et ses talons rouges, elle était habillée comme pour sortir.

— Tu ne vas tout de même pas te lancer dans une chasse au trésor, Dylan ?

— Cela ne me tente pas vraiment, rassure-toi. Je veux juste éclaircir cette histoire de propriété dans le Massachusetts.

Elle regarda vers la plage et avala une gorgée de bière.

— Je n'ai rien à ajouter à ce que je t'ai déjà dit. Je ne suis à aucun moment intervenue dans la transaction, quand ton père a acheté cette maison.

— Mais tu étais au courant.

— Il me l'a dit après, une fois le fait accompli. Et à cause de toi.

— Parce que tu es mon avocate et ma conseillère financière, c'est ça ?

Elle se déchaussa et se tint pieds nus sur les dalles de la terrasse.

— Exact.

Dylan se leva, face à l'océan.

— Et les bijoux des Ashworth, Loretta ?

— Je vois que tu n'es pas resté inactif.

Elle s'adossa contre la balustrade, à côté de Dylan, le dos à la mer.

— Encore une absurdité sans intérêt. Je ne savais pas grand-chose des chasses aux trésors de ton père. Alors, pendant que tu étais dans le Massachusetts, j'ai procédé à quelques vérifications. Quatre-vingt-dix pour cent de ses recherches n'ont pas abouti, soit parce que c'étaient des fausses pistes, soit parce que Duncan s'est lassé et a abandonné en cours de route.

— L'histoire de Knights Bridge était sérieuse, dit Dylan.

Loretta l'étudia un instant en continuant à boire.

— Tu as des preuves ou c'est juste une impression ?

— Moitié-moitié.

Elle reposa la canette sur la table.

— Il n'a jamais parlé des bijoux Ashworth. Pas à moi en tout cas.

S'arrachant à la contemplation de l'océan, Dylan indiqua sur la table le vieil ordinateur portable, dont l'écran s'était mis en veille.

— Tu peux jeter un coup d'œil au dossier, si tu veux.

— Dylan...

Comme elle ne bougeait pas, il lui fit un résumé.

Loretta secoua la tête.

— Dylan, je ne sais pas quoi te dire. Un vol de bijoux à Boston en 1938... Vraiment, non, je ne peux pas t'aider.

— Mon père semble s'être intéressé de très près et personnellement à cette histoire. Il n'a pas l'air d'avoir acheté la maison Webster sur un coup de tête.

— Peut-être.

Loretta se tourna vers lui. La lumière électrique accentuait les rides qu'elle avait au coin des yeux.

— C'est vraiment une nuit magnifique, tu ne trouves pas ?

Dylan ne répondit pas.

— Dans cette affaire de Knights Bridge, mon père n'a impliqué aucun de ses partenaires habituels. Contrairement à ses habitudes, il a agi seul. Curieux, non ?

— C'est vrai.

Loretta marqua une pause.

— Parfois, il vaut mieux ne pas déranger le chat qui dort. Ta vie est ici, en Californie, Dylan. De toute façon, ton père est mort, et tu n'as pas besoin de cette maison.

Elle croisa son regard et ajouta :

— Mais quelque chose t'empêche peut-être de t'en défaire. Je me trompe ?

— Elle est en mauvais état, avec des fuites dans la toiture. Mais il y a toute une bibliothèque avec plein de vieux livres. Tu as lu *Le Comte de Monte-Cristo* ?

Loretta fronça les sourcils, comme s'il avait perdu l'esprit, puis, finalement, elle éclata de rire.

— Je ne vais même pas te demander ce que *Le Comte de Monte-Cristo* a à voir là-dedans. J'ai vu le film. Cela me suffit.

Dylan rit lui aussi.

— Tu es déjà allée en Nouvelle-Angleterre ?

— Non, jamais.

— C'est une région de collines verdoyantes, avec des vieilles demeures historiques, des bourgades construites autour d'une place gazonnée...

— J'aime beaucoup San Diego, le coupa-t-elle d'un air têtu. C'est le paradis, ici ! Si tu veux, je peux m'occuper de revendre cette maison de Knights Bridge. Tu n'auras plus à y penser.

Ce n'est pas le ton de Loretta qui attira l'attention de Dylan, mais sa nervosité. Elle referma l'ordinateur, aligna les canettes sur la table, puis se frotta les mains comme si elle avait froid.

Dylan plissa les yeux.

— Loretta ?

— Ce n'est rien... Bon, je dois partir.

Elle ramassa ses chaussures et se dirigea vers le portail.

— Fais-moi savoir ce que tu auras décidé.

— Ma décision est déjà prise.

Elle jeta un regard par-dessus son épaule.

— Tu retournes à Knights Bridge ?

— La neige et la glace devraient avoir complètement fondu, dit-il avec un sourire.

Elle descendit les marches en marmonnant et disparut dans l'allée.

Dylan débarrassa la table et rentra à l'intérieur. Avant de retourner dans l'Est, il éplucherait tous les dossiers de l'ordinateur de son père et le moindre bout de papier entreposé dans la malle. Il voulait savoir ce que ce dernier ne lui avait pas dit — et ce que Loretta savait mais lui cachait sur cette maison délabrée de Carriage Hill. Elle était mal à l'aise, hésitante, cherchait ses mots, changeait de sujet... *Très inhabituel chez elle.* Elle s'efforçait probablement de ne pas lui mentir... mais sans dire la vérité non plus.

Tout au fond de la malle, il trouva un petit opuscule sur l'histoire de Quabbin. *Le jour où quatre villes sont mortes à Quabbin*, de J. R. Greene. Apparemment, son père avait cherché à se renseigner sur l'histoire de la vallée. Dylan feuilleta le mince volume. Une coupure de journal jaunie s'échappa d'entre les pages et tomba sur ses genoux. Il la déplia soigneusement. Il s'agissait d'un article sur le vol des bijoux Ashworth. *Encore cette affaire.* Il y avait quelque chose de griffonné dans un coin, d'une écriture de femme, semblait-il. Comme si quelqu'un avait déchiré la page en ajoutant une note.

« Isaiah Webster. Knights Bridge. »

Etait-ce l'écriture de Grace Webster ?

Et qui était cet Isaiah ?

Dylan replia l'article et le glissa de nouveau à l'intérieur du livre. Puis il décrocha son téléphone. Il reprendrait l'avion le lendemain — sans réponses, mais avec une nouvelle batterie de questions.

11

Une touffe de jonquilles fraîchement écloses attira Olivia dans le jardin de Dylan, jusque sur le pas de sa porte. C'est du moins ce dont elle essaya de se convaincre… Elle adorait ces fleurs annonciatrices du printemps et les siennes, trop à l'ombre, n'étaient encore qu'en bouton. Mais ce n'était qu'un prétexte pour s'aventurer dans l'allée de son voisin, elle le savait. En réalité, elle était poussée par la curiosité.

Pendant une autre de ses promenades avec Grace, ce matin-là, la vieille dame avait confié à Olivia une réflexion qui continuait à lui trotter dans la tête.

« Une maison n'est pas un chez-soi. Je n'ai eu aucune peine à quitter ma maison pour venir m'installer dans mon appartement de Rivendell. Si Duncan McCaffrey pense que j'ai laissé là-bas des indices pour retrouver un trésor perdu… »

Quand Grace s'était interrompue, Olivia avait tenté de la faire parler.

« Il a des raisons de le croire ? »

« Bien sûr que non. Comment serais-je devenue dépositaire d'un trésor ? »

Grace avait marqué une pause en balayant le paysage d'un geste théâtral. « Le voici, mon vrai trésor », avait-elle ajouté.

Peut-être, songea Olivia en montant les marches branlantes de la porte de la cuisine. Malgré tout, elle avait la sensation très nette que Grace avait délibérément joué la carte sentimentale pour changer de sujet et éluder la question.

Mais qu'est-ce qui la rendait aussi nerveuse ? se demanda Olivia, le cœur battant. Elle ne risquait pas d'être inquiétée par des passants ou une patrouille de police qui l'accuserait de s'introduire en douce chez son voisin, pourtant : personne ne passait jamais par ici.

Elle trouva une clé maculée de boue sous un vieux pot de fleurs ébréché et la nettoya avant de l'engager dans la serrure. La porte s'ouvrit, et elle entra en se dirigeant tout de suite vers la salle à manger. Là, elle s'assit par terre devant la bibliothèque et la vida méthodiquement en examinant un par un chaque volume avant de le remettre à sa place sur son étagère. Dylan avait-il fait la même chose avant de repartir pour San Diego ?

Une heure plus tard, elle avait examiné tous les livres que Grace avait laissés dans la salle à manger.

Il n'y avait pas de carte au trésor avec un emplacement marqué d'un X, ni de notes mystérieuses transcrites avec un code secret ou de pages évidées pour cacher des pièces d'or.

Rien qui puisse intéresser un chasseur de trésors, soupira Olivia en se relevant pour étirer son dos endolori. Peut-être y avait-il d'autres livres dans le salon ou à l'étage, mais il était sans doute vain d'espérer y découvrir des indices.

Soudain, elle tendit l'oreille et s'approcha de la fenêtre. Une voiture arrivait. Une Audi bleu marine, semblable à celle que Dylan avait louée la première fois, se gara dans l'allée.

Dylan ?

En tout cas, Olivia n'avait pas envie d'être obligée d'expliquer sa présence. Vite, elle courut dans la cuisine pour se glisser par la porte de derrière en la refermant doucement. Puis elle descendit les marches sur la pointe des pieds. Dans la cour envahie par l'herbe, des touffes de violettes jaillissaient çà et là, à la lumière déclinante de cette fin d'après-midi. Si elle atteignait le mur de pierre sans être vue, elle pourrait regagner la route en se dissimulant dans les bois et rentrer chez elle l'air de rien.

Elle était à mi-chemin entre la maison et le muret quand Dylan la rattrapa en la serrant fermement par la taille.

— Je me demande si je réussirai à convaincre la police de Knights Bridge de t'arrêter pour être entrée chez moi par effraction.

— J'avais une clé, protesta-t-elle.

Elle l'avait encore dans la poche arrière de son jean, d'ailleurs...

— J'ai vu Grace ce matin...

— Ce n'est plus elle la propriétaire, la coupa Dylan, que la situation amusait manifestement beaucoup.

— Je ne m'attendais pas à te voir, dit-elle, la chemise de travers, troublée par le contact du bras de ce dernier sur sa peau nue. Pourquoi es-tu revenu ?

— Peut-être à cause de toi.

Elle se dégagea et remit de l'ordre dans sa tenue.

— Il s'est passé quelque chose ?

Il ne répondit pas. Sa veste de toile était ouverte sur une chemise marron foncé qui enserrait étroitement son torse musclé. Le rouge monta aux joues d'Olivia. *Aïe.* Restait à espérer que Dylan mettrait cela sur le compte de la fraîcheur de l'air ou de sa fuite un peu précipitée...

Elle indiqua la maison d'un signe de tête.

— Je n'étais pas en train de « fureter », comme tu dis. Mais ton père a éveillé ma curiosité, oui.

— Et tu espérais trouver un trésor caché ?

— Des indices, peut-être, répondit-elle avec une légèreté feinte. Combien de temps vas-tu rester cette fois ?

— Assez longtemps.

— C'est-à-dire ? Quarante-huit heures ou quarante-huit jours ?

— Au moins quelques jours, répondit-il. Je suis déjà passé

au magasin pour acheter un minimum. De quoi manger, un lit de camp, un réfrigérateur...

— Un frigo ? Dans le coffre de ta voiture ?

— C'est un petit appareil de camping.

Il revint vers le milieu de la cour avant d'ajouter :

— J'ai besoin de calme pour réfléchir, loin des distractions de San Diego.

— Le vin, les femmes et la musique ? fit-elle en lui emboîtant le pas. Non, peut-être pas la musique, finalement. Je ne t'imagine pas avec une guitare.

Il lui lança un regard oblique.

— Comment as-tu appris que mon père s'occupait de retrouver des trésors perdus ? Tu es restée dans le vague la première fois que je t'ai posé la question. Grace le savait ?

— Oui, répondit Olivia. Elle m'en a parlé quand je lui ai dit que tu étais là et que tu n'avais pas l'air d'avoir soixante-dix ans. Ensuite je me suis renseignée sur Google. Pourquoi ?

— Combien de personnes sont au courant ?

— Je n'en ai aucune idée ! Mais ce n'est pas un secret, si ?

Olivia scruta le visage de Dylan et y découvrit une gravité qu'elle n'y avait jamais vue auparavant.

— Je suis styliste graphiste de profession, Dylan. Jusque très récemment, je poursuivais une carrière très prenante à Boston. Je t'ai contacté pour que tu débarrasses ta cour et pour aucune autre raison. Certainement pas parce que j'avais entendu parler d'un trésor quelconque.

Il hocha la tête, mais sans rien dire.

— Tu ne me crois pas ? s'écria-t-elle en s'arrêtant abruptement.

Il la précéda de quelques pas, puis s'immobilisa lui aussi et se retourna en la considérant de ses yeux bleu foncé, indéchiffrables.

— Je n'ai pas dit cela.

Il s'était passé quelque chose à San Diego. A présent, elle en était sûre.

— Je ne m'attendais pas à remuer de vieilles histoires lorsque je suis entrée en relation avec toi. Au contraire, je pensais que tu me donnerais le feu vert pour tout débarrasser moi-même. Si je ne t'avais pas écrit, où serais-tu en ce moment, hein ?

Il se détendit un peu et lui adressa un clin d'œil.

— En train de courir sur la plage, probablement, ou de boire une bière sur ma terrasse. Cela n'a pas d'importance. Maintenant je suis là.

Il regarda la porte de derrière.

— Où est la clé ?

Elle l'extirpa de sa poche arrière et la lui tendit.

— Elle était sous le pot de fleurs. Tu devrais la cacher autre part. Si j'avais su que tu venais, j'aurais passé la serpillière. Je n'ai pas eu le temps de nettoyer les carreaux.

— Très drôle, Olivia.

Il fourra la clé dans sa veste avant d'ajouter :

— Imagine que je t'aie surprise non pas dans la cour, mais à l'étage.

Olivia avait précisément imaginé cette situation pendant qu'elle se sauvait. Elle lui sourit.

— C'est vrai que tu es rapide. Pour me rattraper aussi vite, je pensais qu'il fallait au moins des patins.

Il se mit à rire.

— J'étais très motivé.

— Grace avait bien deviné que tu étais une canaille sans moralité.

— Tu as de la poussière dans les cheveux, souffla-t-il en se rapprochant.

— Tant que ce ne sont pas des crottes de souris…

— Cela m'aurait gêné pour t'embrasser. Peut-être même dégoûté. Mais la poussière ne m'incommode pas trop.

Il posa un doigt sous son menton.

— Je serais revenu pour toi de toute façon, même sans trésor caché.

— Vous me faites tourner la tête, Dylan McCaffrey.

— J'en suis très content.

Il se pencha, effleura ses lèvres d'un baiser et se recula presque aussitôt.

— Dis bonjour à Buster de ma part.

— Dylan ?

— Je vais étrenner mon lit de camp ce soir, avec les couvertures de Grace qui sentent un peu le moisi. C'est plus sûr... En arrivant de Californie, avec le décalage horaire je risquerais de t'empêcher de dormir.

Olivia reprit sa respiration.

— Ce doit être un vol interminable.

— Oui, il faut traverser tous les Etats-Unis.

Ce n'était pas le moment d'évoquer ce qui se passait entre eux. *Trop d'adrénaline. Trop de testostérone*, songea Olivia en considérant Dylan. Elle l'imaginait sans peine repousser un adversaire d'un bon coup de crosse.

— Si tu as besoin de quoi que ce soit, tu sais où j'habite.

— Merci.

— Tu n'as aucun autre voisin dans le coin, ajouta-t-elle tout à fait inutilement.

Les jours commençaient à rallonger, remarqua-t-elle en rentrant. A son retour, elle traîna jusque dans la buanderie une des vieilles tables que Jess lui avait apportées et l'installa sur une bâche. Un vieil or avec une finition à l'éponge serait parfait, décida-t-elle en s'efforçant de se concentrer sur ses projets de décoration. Pour l'instant, elle préférait oublier son très sexy et séduisant voisin, les picotements de sa peau et la chasse au trésor.

Elle installa son matériel de peinture et essuya soigneusement la surface de la table. Elle voulait que tout, dans la maison, paraisse un peu ancien, d'une autre époque. Elle ouvrit une fenêtre pour la ventilation. Elle sentait encore les lèvres de Dylan sur les siennes. Un soupir lui échappa. Aurait-elle dû nettoyer la cour de Grace avec l'aide de quelques amis sans se soucier de contacter le nouveau propriétaire ? Après tout, il n'en aurait jamais rien su, et elle ne serait pas en train de se demander quand ils s'embrasseraient de nouveau.

Elle ouvrit une boîte de peinture.

C'était peut-être aussi bien que Dylan ne dorme pas sous son toit ce soir.

Dylan avait commandé son petit déjeuner et buvait son premier café de la journée quand Olivia se glissa sur le tabouret à côté du sien, au comptoir de chez Smith. Sa voisine paraissait fraîche et dispose. Rien de plus normal, songea-t-il, contrairement à lui, elle avait couché dans un vrai lit. Même si son lit de camp était toujours plus confortable qu'une pile de couvertures, il avait mal dormi. Mais il aurait passé une mauvaise nuit de toute façon, même sur un bon matelas... Il s'était tourné et retourné dans tous les sens, en se demandant ce que Grace Webster, Olivia Frost et le reste de la population de Knights Bridge savaient exactement de lord Charles Ashworth et des bijoux qui lui avaient été dérobés. Si toutefois ils en avaient entendu parler, ce qui n'était pas certain...

— Les omelettes sont excellentes, ici, dit Olivia joyeusement. Mais on ne sert pas de caviar.

— J'en ai commandé une au cheddar, avec des poivrons et des oignons. Tu prends quoi ?

— Juste du café.

— Tu m'as suivi ?

Une étincelle s'alluma dans les yeux changeants d'Olivia.

— Peut-être...

Elle ajouta de la crème dans sa tasse avant de glisser un regard dans sa direction.

— Ce matin, tu ressembles davantage à un joueur de hockey qu'à un cadre de multinationale.

— Je ne suis ni cadre ni homme d'affaires. Je suis ami

avec Noah depuis le collège. Je suis toujours là pour lui. Je le couvre, si tu préfères.

— En tant que garde du corps honoraire ?

Il ne put s'empêcher de sourire.

— Pas exactement.

Elle ajouta encore de la crème dans son café. Soit elle l'aimait très crémeux… soit elle avait oublié qu'elle en avait déjà mis.

— Ne minimise pas ton rôle en pensant qu'à Knights Bridge on n'est pas capable de supporter certaines vérités.

Dylan haussa les épaules. Que voulait-elle dire par là ? Il avait comme l'impression qu'Olivia avait cherché d'autres renseignements sur lui, Noah et la NAK sur internet.

— D'accord, acquiesça-t-il, dans le doute.

Elle reposa sa tasse avec une telle force qu'elle renversa du café brûlant sur sa main. Elle attrapa une serviette en papier pour s'essuyer et éponger la tache sur le comptoir.

— Tu produis le même effet sur tout le monde ?

— C'est-à-dire ? répliqua-t-il en s'efforçant de garder son sérieux.

Elle marmonna une vague réponse inintelligible.

On apporta son omelette à Dylan. Quasiment parfaite, avec des toasts tout chauds, une coupelle de confiture fraise-rhubarbe et du beurre frais. Chez lui, à Coronado, il aurait mangé des Cheerios et une banane.

Chez lui, à Coronado, il était 5 heures du matin. Il serait en train de dormir.

Il se décida à satisfaire la curiosité d'Olivia.

— J'ai aidé Noah pour la partie structure et relations humaines. Ainsi, il a pu se concentrer sur l'essentiel et utiliser ses compétences au mieux de ses possibilités, c'est-à-dire au top. Nous avons pris quelques risques qui nous ont rapporté gros. Oui, j'ai réussi. Je peux m'offrir du caviar, en effet, mais je n'aime pas ça.

— Allez. Tu en as tout de même goûté.

— Une fois. A une réception, à Los Angeles.

Olivia pivota sur son tabouret pour lui faire face. Elle portait une chemise en velours côtelé bleu marine sur un pantalon cargo, des chaussures de marche et des chaussettes en laine. Elle était coiffée avec une queue-de-cheval, dont quelques mèches plus claires s'échappaient et retombaient sur son visage, sans qu'elle y prête la moindre attention.

— Quel genre de réception ? demanda-t-elle.

— Juste une fête. Noah adore les fêtes. C'est ce qu'il prétend, en tout cas.

— Il a une solide réputation de don Juan. Apparemment, les femmes sont toutes folles de lui, et il apprécie particulièrement les actrices ou les mannequins à la mode. Je l'ai lu sur internet.

— Noah est célibataire...

— Toi aussi, non ?

— Il ne faut pas croire tout ce qu'on trouve sur internet.

— Je sais. Mais j'ai vu des photos de Noah avec des jolies filles pendues à son bras.

— Il est d'un naturel confiant, que veux-tu !

— Et toi ?

Dylan lui tendit un morceau de toast découpé en triangle.

— Mange. Tu as l'air d'avoir faim.

— Non, je...

— Si. Voilà le genre de choses qui me rend indispensable auprès de Noah. Je lui fournis un tas de renseignements sur les gens qui gravitent autour de lui. J'ai le don de double vue.

— Tu ne peux pas vraiment deviner que j'ai faim. C'est le hasard.

Malgré tout, elle prit le toast et mordit dedans.

— Donc, ton boulot, c'est d'écarter les gens dangereux ou désagréables afin de préserver la sérénité de Noah. C'est cela ?

Dylan étala de la confiture sur un deuxième triangle, en répartissant les petits morceaux de fraise et de rhubarbe de manière égale.

— « Désagréables », oui. Pour s'exprimer poliment.

— Je ne veux pas être indiscrète. Ce que tu fais et combien tu gagnes ne me regardent pas. Mais… tu t'es renseigné sur moi avant de venir ?

Il éclata de rire.

— J'ai fait fi de toute prudence à partir du moment où j'ai vu ta photo ! Mais j'ai quand même pris soin d'établir une fiche détaillée avant d'entreprendre le voyage, au cas où.

La situation l'amusait vraiment beaucoup.

— Tout s'annonce bien pour l'inauguration de La Ferme de Carriage Hill ?

— J'avance dans les préparatifs, merci. Je n'ai pas besoin de toi pour me protéger des enquiquineurs ou des coups tordus, mais tes services m'auraient été utiles à Boston !

Avec la brusque sensation d'en avoir trop dit, elle se leva et ouvrit son sac. Dylan se pencha et posa sa main sur son bras.

— Je ne suis pas milliardaire, mais je peux t'offrir un café.

— Généralement, je paie ma part.

— Je sais. Mais quelquefois on n'est pas obligé. Tu peux juste accepter, aussi, et dire merci.

— *Merci*, dit-elle avec un sourire.

— J'ai toujours envie de savoir ce qui t'est arrivé.

— Je suis rentrée chez moi, à Knights Bridge, voilà tout.

Après son départ, Dylan reprit un café et finit son petit déjeuner avec l'impression d'être un Martien fraîchement débarqué sur la Terre et n'ayant rien en commun avec la population. Que faisait-il dans cette bourgade reculée de la Nouvelle-Angleterre, avec cette femme têtue, indépendante et terriblement secrète ?

Il se rendit à la fabrique familiale, Frost Millworks. La sœur d'Olivia habitait dans le pittoresque bâtiment de la scierie originale, qui datait du XIXe siècle, en bordure de la digue et du bief. Les Frost en avaient converti une partie en logements d'habitation. Dylan avait glané un tas d'informations intéressantes en écoutant les potins chez Smith et en discutant tranquillement avec les clients.

Il ne s'attendait pas à ce que le lieu soit si… moderne. En parlant avec les uns et les autres, il avait aussi compris que Randy Frost était une vraie force de la nature et très apprécié de tout le monde. Il le trouva dans un bureau agréable qui donnait sur le hall, en train d'examiner une rangée de photos scotchées sur la tablette d'un bureau à cylindre.

— Cela se trouve en Cambria, dit Dylan en posant l'index sur la rue d'une petite ville construite le long de l'autoroute du Pacifique. C'est très joli.

— Vous y êtes allé ?

— Très souvent.

— La route est très impressionnante, paraît-il. A faire peur.

— Tout dépend si on est impressionnable ou pas.

— Vous, vous n'avez pas eu peur ?

— Non. Vous projetez un voyage dans l'Ouest ?

— Ma femme. Elle veut m'emmener, mais je ne suis pas sûr d'avoir envie de l'accompagner. Elle n'est pas vraiment fan de voyages. En fait, c'est presque une phobie, et elle voudrait prendre le taureau par les cornes pour s'en guérir.

Randy pointa du doigt une grande feuille à dessin étalée sur le bureau.

— Je viens de la déplier. Je croyais que cela avait un rapport avec le travail. Louise va me tuer si elle me voit en train de fouiller dans ses affaires. C'est quoi, à votre avis ?

Dylan examina le papier. Il y avait un point bleu au milieu, dessiné au crayon de couleur, et tout autour d'autres points de couleurs diverses, qui allaient en s'espaçant.

— Cela ressemble à des points…, dit-il.

— J'ai tiré la même conclusion que vous ! répondit Randy en repliant soigneusement la feuille.

Il la replaça sous un magazine avec une magnifique photo de Malibu en couverture.

— Pas un mot, n'est-ce pas ? Je compte sur vous.

Pour ça, Randy Frost n'avait pas d'inquiétudes à avoir.

— Pas de problème, promit Dylan.

— Bon sang, quel bazar ! Je n'aurais pas dû vous montrer ce papier. Oh ! et puis tant pis ! Mais vous n'êtes pas venu ici pour me parler de points de couleur, j'imagine. Que puis-je pour vous ?

— Je me suis juste arrêté en passant. Cela ne vous dérange pas si je jette un coup d'œil à la fabrique ?

— Pas du tout. Je viens avec vous. Avez-vous l'intention de rénover la maison de Grace ? demanda Randy en entrant dans la salle d'exposition.

— Je ne sais pas si c'est possible.

— Cela fait des années que tout le monde a peur qu'elle s'écroule. Dieu merci, Grace en est sortie avant qu'on l'y oblige.

— Il faut la démolir, si vous voulez franchement mon avis. Je ne me vois pas mettre de l'argent là-dedans.

— Ce n'est pas moi qui vous dirai le contraire.

Randy se dirigea vers une grande fenêtre qui donnait sur la rivière. Juste à côté étaient exposés différents modèles de moulures.

— On aime bien préserver l'habitat ancien, dans la région, mais la maison de Grace ne valait déjà pas grand-chose au moment de sa construction. Cela ne s'est pas arrangé depuis parce qu'elle a été très mal entretenue. Vous avez fini par comprendre pourquoi votre père l'a achetée ? C'est pour cela que vous êtes revenu ?

— Mon père est mort avant même que je connaisse l'existence de cette masure.

— Vous êtes malin : vous répondez à côté, McCaffrey ! lança Randy en riant. Venez, je vous fais visiter le reste.

Ils pénétrèrent dans un atelier où une petite équipe d'artisans spécialisés se préparaient à commencer leur journée devant diverses machines. Ils paraissaient à l'aise mais respectueux envers Randy Frost, qui les salua chacun par leur nom et leur présenta Dylan. La plupart étaient de Knights Bridge. Randy expliqua comment la scierie familiale s'était transformée en une manufacture qui fournissait des éléments d'architecture de qualité et sur mesure à des constructeurs, des architectes ou des particuliers, essentiellement en Nouvelle-Angleterre.

— Le père de Grace Webster a travaillé à la vieille scierie quelques mois avant de mourir, déclara Randy. Cela a été son dernier emploi.

— Grace a de la famille dans la région ?

— Plus maintenant, non. Elle était fille unique. Sa mère est morte en la mettant au monde. Elle a été élevée par son père et sa grand-mère. Ma mère se souvient d'eux parfaitement. Ils ne se sont jamais remis d'avoir été expropriés pour la construction de Quabbin. Il y a quelques années, j'étais en train de pêcher et je me suis rendu compte que mon bateau était juste à l'endroit où les Webster avaient vécu. C'était complètement sinistre.

— La pêche est autorisée sur le lac Quabbin ?

— De mars à octobre. Sauf dans quelques zones interdites qui sont clairement indiquées. Il faut un permis, bien sûr. Et une barque, parce que les bateaux à moteur sont prohibés. Je ne pêche pas souvent. Louise s'inquiète quand je pars tout seul, et la plupart du temps je suis de toute façon trop occupé. J'ai des copains qui pourraient m'emmener, mais ils prennent ça trop au sérieux.

— Personnellement, je n'ai jamais tenu une canne à pêche de ma vie.

— Vraiment ? Ça alors !

— Vous avez eu Grace comme professeur ?

— En anglais, en terminale. Il paraît qu'elle s'était un peu radoucie, avec les années. J'aurais détesté l'avoir quand elle était jeune, alors ! Elle était d'une sévérité extrême. Mais c'est probablement l'un des meilleurs profs que j'ai eus.

— Elle a laissé beaucoup d'affaires à elle en partant.

— J'admire les gens qui savent secouer la poussière de

leurs sandales pour toujours aller de l'avant. Mais elle n'a pas trop de place non plus dans son nouvel appartement.

— J'aimerais la rencontrer.

— Ça, ça dépend d'elle.

— Je comprends, fit Dylan.

— Je téléphonerai à ma mère. Grace et elle sont très proches. Je vais tâter le terrain.

La porte s'ouvrit, et Olivia entra avec deux autres femmes, que Randy lui présenta aussitôt comme étant son épouse, Louise, et leur fille cadette, Jess. Elles se ressemblaient beaucoup, toutes les trois. Jess le détailla ouvertement des pieds à la tête, comme si elle le soupçonnait d'emblée d'être une source éventuelle de problèmes. Savait-elle qu'il avait embrassé sa sœur ?

— Heureuse de faire enfin votre connaissance, dit-elle, avant de se rendre dans l'atelier.

Randy fit signe à Dylan de suivre Olivia et sa mère dans le bureau. Au passage, Olivia jeta un regard tendu à Dylan, un peu comme si elle l'accusait de forcer la porte de sa famille sans y être invité. Puis elle se planta devant la carte de Californie épinglée au mur.

Louise Frost s'arrêta devant son bureau et regarda les photos de l'autoroute côtière.

— Vous avez déjà visité des caves de propriétés viticoles, Dylan ? demanda-t-elle.

Il ne mentionna pas que Noah possédait des vignobles.

— Oui, plusieurs. La région est magnifique.

Elle se mit à papillonner gaiement autour de lui.

— Randy m'a dit que vous êtes un ancien joueur de la NHL. Tous les hivers, nous installons une patinoire sur la place de la mairie. Si vous restez à Knights Bridge, vous pourrez initier les enfants au maniement de la crosse.

— Ce ne sera pas l'hiver avant longtemps, j'espère !

Louise rit et regarda son mari, debout sur le seuil.

— Tu as fait visiter à Dylan ?

— Il a eu droit à la version courte, cinq minutes, répondit Randy. Il voudrait parler avec Grace. Je pourrais le conduire et demander à Ma de le présenter...

— Je peux l'emmener, intervint Olivia en se détachant du mur.

Elle s'adressa directement à Dylan.

— Allons-y avec ma voiture. Je te déposerai ici au retour.

Elle le gardait à l'œil. Et réciproquement...

— Parfait, déclara-t-il avec un sourire.

Elle le précéda jusqu'au parking, sans se retourner une seule fois pour voir s'il la suivait. Il s'installa à la place du passager.

— Pas de poils de chien, dit-il.

— Buster n'aime pas la voiture.

Des échantillons de tissu, empilés sur la banquette arrière, rappelèrent à Dylan la profession d'Olivia et ses talents artistiques.

— Je n'ai pas la moindre fibre créative, lui avoua-t-il.

Elle démarra, passa la marche arrière et s'engagea sur la route qui repassait par le village.

— Cela m'étonnerait, répondit-elle. On ne devient pas joueur de hockey professionnel et homme d'affaires prospère si on n'a pas un brin d'inventivité.

— D'accord, concéda-t-il. Mais ce sont des qualités que j'ai acquises avec le temps.

— Je les ai apprises, moi aussi. Il faut les deux, l'inspiration et le savoir-faire.

Au bout d'un moment elle ajouta :

— Et avec de l'argent c'est encore mieux.

Il fronça les sourcils.

— Tu as l'air fatiguée, Olivia. Tu n'as pas bu assez de café, aujourd'hui ?

— J'aurais dû traîner un peu au petit déjeuner, au lieu de me dépêcher. J'ai travaillé très tard sur un projet hier soir.

— Freelance ou Carriage Hill ?

— Freelance. Un truc qui ne m'emballe pas.

Il réfléchit un instant.

— A cause du client ou du travail en lui-même ?

— Le boulot me plaît. Le contraire est rarissime. Il s'agit en fait d'une commande en retard pour un client de longue date qui a finalement décidé d'aller voir ailleurs.

— Tu as bel et bien reçu un coup de pied aux fesses, à Boston, conclut Dylan, très terre à terre.

— Je n'ai pas dit cela.

— Tu n'avais pas besoin.

— La route devient très étroite, à partir d'ici, avec beaucoup de virages. J'ai besoin de me concentrer, fit-elle d'une manière un peu abrupte.

Il haussa les épaules.

— Je t'en prie.

La route n'était pas si sinueuse, et Olivia le savait très bien. Elle aurait tout aussi bien pu l'envoyer promener en lui disant de s'occuper de ses oignons, mais ce n'était pas son style, songea Dylan. Au bout d'un kilomètre et demi, il aperçut une grande prairie en pente avec un bâtiment tout en longueur, dans une propriété entourée d'un mur de pierre avec des jardins bien entretenus et une immense pelouse parsemée d'un mélange de conifères et d'arbres à feuilles caduques.

— Voici Rivendell, notre résidence pour personnes âgées, annonça Olivia. Elle a ouvert depuis quelques années maintenant et a été conçue par Mark Flanagan, le petit ami de Jess. C'est relativement petit mais Grace et ma grand-mère s'y plaisent énormément. Elles en ont d'ailleurs été aussi surprises que nous. Elles peuvent aller et venir comme bon leur semble, même si Grace ne se déplace plus guère. Ma grand-mère a une voiture. Grace ne conduit plus, par contre.

— Elle était à la retraite quand tu étais au lycée ?

— Oui, mais elle a donné des cours particuliers jusqu'à quatre-vingt-cinq ans !

— A toi ?

— Non, mais à Mark, par exemple. Il n'était pas bon élève

au collège. Personne n'aurait imaginé qu'il deviendrait un jour architecte.

— Grace l'a aidé ?

— Il a lu Shakespeare grâce à elle, dit Olivia. Il ne l'aurait jamais fait sans son aide.

— C'est bien.

— Othello meurt quand même à la fin. Le roi Lear aussi.

Elle coupa le moteur et se tourna vers lui, une étincelle d'humour au fond des yeux.

— Je ne t'apprends rien, j'espère ?

Dylan sourit largement.

— Ah, j'aime mieux te voir comme ça ! Tu as beaucoup de sujets de préoccupations, dis-moi. Tu projettes d'ouvrir une maison d'hôtes, ta sœur est épuisée, et tes parents envisagent un voyage en Californie qui est source de tensions...

— Tu fais des fiches sur nous ou quoi ?

— J'apprends à connaître mes voisins, c'est tout.

Elle descendit de voiture comme une flèche. Il la rejoignit sur l'allée pavée qui conduisait à l'entrée principale.

— J'essaie de tout gérer à la fois, dit-elle. Je suis parfois un peu tendue, je l'admets. Si Carriage Hill échoue...

— Ce ne sera *pas* un échec.

— Jé l'espère. Il t'arrivait de douter de toi, quand tu jouais au hockey ?

— Je n'ai jamais eu peur de l'échec. Je me donnais à fond dès que je mettais le pied sur la patinoire et je faisais de mon mieux, en essayant de tirer les leçons de mes erreurs pour devenir plus fort et sans jamais penser à ce qui échappait à mon contrôle.

Il ne put s'empêcher de jeter un coup d'œil de côté à Olivia, dont la queue-de-cheval se défaisait de plus en plus avec le vent.

— Pourquoi es-tu revenue à Knights Bridge, Olivia ?

— Quand tu as une idée en tête... Je te l'ai dit : c'était le moment idéal pour me lancer à la poursuite de mon rêve.

— As-tu laissé un cœur brisé à Boston, en plus d'avoir été poignardée dans le dos ?

Sans répondre, elle se dépêcha d'aller sonner au portail.

Dylan la rattrapa en deux enjambées.

— Ou as-tu emporté ce cœur brisé avec toi ?

Elle le dévisagea froidement.

— A toi de me le dire, puisque tu te targues de juger les gens au premier coup d'œil.

Le gardien ouvrit à ce moment-là, ce qui évita à Dylan de répondre. Il les accompagna jusqu'à l'entrée du bâtiment, et ils pénétrèrent dans un large couloir dans lequel donnaient diverses salles dédiées à toutes sortes d'activités, de la gymnastique à la peinture en passant par les jeux de société, les cartes et la lecture. Il y avait même une salle informatique.

Ils arrivèrent à la serre, complètement vitrée et surplombant un somptueux paysage. Une vieille dame s'installait dans un fauteuil, une paire de jumelles à la main.

— Olivia ! Comme je suis contente !

— Moi aussi, répondit celle-ci. Grace, je vous présente Dylan McCaffrey. Il...

La vieille dame leva la main et examina le nouveau venu en plissant les yeux.

— Vous êtes le fils de ce gredin qui a acheté ma maison ?

Dylan réprima un sourire.

— Vous avez donc rencontré mon père.

— Je vous ai parlé de lui, Grace, intervint Olivia précipitamment. Dylan est venu spécialement de Californie pour nettoyer la cour après avoir reçu ma lettre.

Grace Webster serra les mains sur ses jumelles, sans quitter Dylan des yeux.

— Votre père avait accepté les lieux en l'état, avec mes vieux appareils et tout ce que je laissais derrière moi. Il n'a pas exigé de réparations et ne m'a pas non plus demandé d'emballer les affaires que je n'emportais pas à Rivendell dans mon nouvel appartement. C'était convenu.

— Pourquoi traitez-vous mon père de gredin ?

— Parce que c'est *vrai*. Il était chasseur de trésors. J'ai lu des choses sur lui, après. J'avais déjà déménagé. Quels trésors perdus croyait-il trouver à Knights Bridge ? Vous l'a-t-il dit ?

— Avant qu'Olivia ne m'écrive, je ne savais même pas qu'il avait acheté votre maison et que j'en avais hérité !

L'expression de Grace se radoucit.

— Quand est-il mort ?

— Cela fera deux ans en juin.

— Peu de temps après son passage, alors. Je compatis à votre perte, monsieur McCaffrey.

Il se sentit plus affecté par ces paroles qu'il ne s'y attendait.

— Merci, Mlle Webster.

— Vous pouvez m'appeler Grace, comme tout le monde ici. J'ai été Mlle Webster pour des centaines d'élèves pendant plus d'années que je ne peux compter !

— Et moi, c'est Dylan.

— Dylan, répéta-t-elle, comme si elle essayait les sonorités de ce prénom.

Elle était visiblement nerveuse et agitée. Olivia glissa un coup d'œil oblique en direction de Dylan, qui changea de sujet.

— Votre propriété est située dans un endroit magnifique, Grace. Olivia et moi sommes montés jusqu'au sommet de Carriage Hill.

— J'allais souvent me promener par là-haut quand nous avons commencé à habiter à Knights Bridge. Je regardais le réservoir se remplir d'eau lentement. Il a fallu huit ans pour qu'il atteigne son niveau maximum. C'est un paysage splendide, si calme et si paisible... Je revois encore toutes les maisons et les gens qui vivaient dans les vallées.

Grace regarda par la fenêtre.

— J'ai tant de souvenirs... Ma grand-mère et surtout mon père ne se sont jamais remis de l'épreuve qui leur a été infligée. On les a dépouillés de ce qu'ils avaient de plus cher, de leur foyer. Les fermes, les sentiers, les boutiques qu'ils avaient connus tout au long de leur vie ont disparu à tout jamais. A cette époque, les gens n'étaient pas aussi mobiles que maintenant. La vallée représentait tout notre univers. Nous ne connaissions rien d'autre.

— J'ai du mal à imaginer, dit Olivia.

— Nous n'avons jamais été en danger *physiquement*. Ce qui nous est arrivé est un acte délibéré destiné à bénéficier à d'autres que nous. « Le bien commun », comme disait Granny. Quand j'ai vendu ma maison, j'ai voulu prouver que j'avais encore la force de tout quitter pour m'installer ailleurs, ici, même aussi tard dans ma vie.

Les joues rosies par l'émotion, Grace regarda Dylan.

— Où habitez-vous, monsieur McCaffrey ?

— A Coronado. C'est une île près de San Diego...

— Là où la Navy entraîne ses forces spéciales, les SEAL.

— En effet, acquiesça Dylan avec un sourire. Je suis là-bas depuis trois ans. C'est la première fois depuis mon enfance que je reste aussi longtemps quelque part.

— Et votre père ?

— Il se déplaçait beaucoup. Il aimait bouger.

— Cela peut être difficile, avec un enfant.

— Mes parents ont divorcé quand j'étais tout petit, expliqua Dylan.

Grace leva ses jumelles avec des mains tremblantes.

— Là ! s'écria-t-elle en pointant le doigt vers la fenêtre. C'est mon cardinal. Il vient tous les jours. Il attire les femelles avec son plumage rouge vif.

— Ah ! fit Dylan. Je devrais peut-être me mettre à observer les oiseaux.

Grace rit, mais elle paraissait fatiguée.

— Je reviens de mon cours de yoga. Est-ce que j'ai les joues rouges, Olivia ?

— Les pommettes roses, répondit celle-ci avec un sourire. Vous avez l'air en pleine forme, Grace. Vous viendrez à mon inauguration, n'est-ce pas ?

— C'est une rencontre entre mères et filles. Je ne suis pas mère de famille, et ma propre mère est morte depuis si longtemps...

Olivia se pencha pour embrasser la vieille dame.

— Votre présence me ferait vraiment très plaisir, Grace.

— Alors je viendrai, bien sûr.

En arrivant dans le hall, Olivia déclara :

— Tu as été gentil de la distraire.

— Elle sait quelque chose sur l'histoire de mon père et les raisons qui l'ont conduit à Knights Bridge, j'en suis sûr.

— Tu ne vas pas l'interroger, tout de même ?

C'était plus une affirmation qu'une question.

— Non, je n'y comptais pas.

— Parce que cela semble complètement improbable. Quel lien pourrait-elle avoir avec une chasse au trésor insensée ?

Ils passèrent devant un atelier où une demi-douzaine de personnes âgées installaient des chevalets. Dylan les regarda tout en continuant à parler. Effectivement, il n'était guère vraisemblable que cet ancien professeur de plus de quatre-vingt-dix ans ait quelque chose à voir avec une fortune en bijoux britanniques évanouis dans la nature.

— J'étais sincère, Olivia. Les trésors perdus ne m'intéressent pas.

Elle lui fit face.

— Qu'est-ce qui t'intéresse, alors ?

La question était trop difficile, et il ne répondit rien.

Olivia ne prononça plus un mot jusqu'à la voiture. Quand ils furent installés, elle se tourna vers lui.

— Dylan...

Elle soupira, puis ajouta :

— Non, rien.

— Grace tremble, d'habitude ?

— Non.

— Elle avait les joues rouges à cause du yoga ?

— Je ne sais pas. Peut-être.

— Elle sait quelque chose, Olivia, je te le dis.

— Après avoir vécu presque un siècle, elle sait forcément beaucoup de choses ! répliqua-t-elle.

Ce fut tout. Olivia se renferma dans ses pensées. Bizarrement, la petite route sinueuse ne semblait plus lui poser le moindre problème, remarqua Dylan.

12

Après avoir déposé Dylan à sa voiture, Olivia repassa par Rivendell.

Grace était pelotonnée dans son fauteuil, comme si elle n'arrivait pas à se réchauffer. Ses joues roses étaient devenues grises comme la cendre.

— Comment vous sentez-vous, Grace ? Dois-je appeler le médecin ?

— Tout va bien. Tu es juste revenue exprès pour moi ?

— Oui. Vous aviez l'air complètement remuée...

— Ne t'inquiète pas, Olivia. J'ai promis à ta grand-mère de dîner avec elle ce soir. Elle m'oblige à me maintenir !

Pendant quelques secondes, Grace s'absorba dans ses souvenirs.

— McCaffrey. Je n'ai jamais connu de McCaffrey. J'en suis sûre.

— A Knights Bridge ou dans votre enfance ?

— De toute ma vie. D'où est la famille de Dylan ?

— Je ne sais pas. Grace...

La vieille dame semblait perdue, un peu à la dérive.

— Je n'ai plus personne, chuchota-t-elle. Plus de maison... Mes proches sont partis. Et tant de mes amis sont morts.

— Grace, vous ne devriez pas rester là toute seule.

— Pourquoi ? Puisque je suis seule, de toute façon...

Elle leva les yeux sur Olivia et lui sourit.

— Tu peux t'en aller. Ne te tracasse pas pour moi. Je vais me reposer.

En sortant, Olivia demanda malgré tout au directeur de garder un œil sur Grace.

L'Audi de location de Dylan n'était pas dans l'allée quand Olivia passa devant chez lui. Le temps s'était agréablement radouci et, en arrivant chez elle, elle ressortit aussitôt pour promener Buster. A son retour, le van de Maggie O'Dunn était garé dans la cour, et son amie sirotait un verre d'Ice Tea, assise sur les marches de la cuisine.

— J'ai fait comme chez moi, je me suis servie ! lança-t-elle. Avais-tu oublié notre rendez-vous ?

— Non, Maggie. Je suis désolée d'être en retard. Tu m'attends depuis longtemps ?

— Des heures et des heures.

Elle se mit à rire et rejeta en arrière ses boucles blondes qui brillaient au soleil de midi.

— Sept minutes, exactement. Je pensais bien que tu étais par là avec Buster. Comment va cette grosse brute ?

— Il s'apprivoise, répondit Olivia tandis que Buster s'approchait pour lécher le visage de Maggie.

Elle le repoussa doucement.

— On y va ?

Elles entrèrent dans la cuisine. Olivia essuya les pattes boueuses de Buster et l'installa dans la buanderie en fermant avec le paravent. Pendant ce temps-là, Maggie avait relu le menu pour la réunion entre mères et filles. Des scones avec de la crème fraîche et des confitures maison, un assortiment de canapés, des tartes et un choix de thés. On offrirait à chaque participante un sachet de pot-pourri. Maggie proposa de préparer un présentoir avec des pâtisseries à vendre et quelques objets, des théières par exemple, mais Olivia hésita.

— J'ai lancé des invitations gratuites. Je ne veux obliger personne à acheter.

— Elles en auront envie, pour avoir un souvenir de la

journée, lui assura Maggie. Ce serait bien de tout disposer sur un vaisselier.

— Pourquoi pas… Si j'en trouvais un vieux à peindre, je le garderais ensuite en décoration.

— Je regarderai dans ma cave. Tu n'imagines pas tout ce qui y est entassé. Je serai vieille avec des cheveux blancs avant d'avoir réussi à faire l'inventaire.

Maggie laissa à Olivia des échantillons d'amuse-gueules et de pâtisseries. Au lieu de se sentir débordée par sa longue liste de préparatifs, Olivia se représenta sa maison et son jardin remplis d'invitées par un bel après-midi de printemps. Buster se mit à aboyer. Dylan se tenait sur le pas de sa porte, et elle le fit entrer.

Il aperçut les petits-fours sur la table.

— Tu t'es mise en cuisine ?

— C'est mon amie Maggie qui les a apportés. Elle est traiteur.

— Hum. Cela fait envie.

— N'est-ce pas ? Je viens de brancher la bouilloire. Veux-tu prendre le thé avec moi ? Il fait assez doux pour s'installer dehors.

Ils sortirent sur la terrasse et disposèrent tasses, assiettes et théière sur une vieille table de bois patinée par les intempéries. Olivia prit un miniscone aux groseilles et mordit dedans. Entre Dylan et elle, l'atmosphère était toujours aussi électrique que la veille au soir. Loin d'avoir disparu, les étincelles étaient prêtes à se rallumer à la moindre provocation.

— Je suis repassée voir Grace, en rentrant, lui avoua-t-elle. Elle était complètement dans son monde.

Dylan choisit un canapé au concombre.

— Je ne ferai rien qui risque de la perturber, rassure-toi. Et si elle est la seule à détenir les réponses à mes questions, tant pis, je resterai avec mes questions, alors.

Olivia le croyait. Dylan n'était pas homme à troubler la santé et la tranquillité d'esprit d'une vieille dame pour son seul avantage. Elle versa une cuillerée de crème fouettée sur la deuxième moitié du scone.

— Parle-moi de ta vie à San Diego. C'est comment, Coronado ?

— C'est le paradis, répondit-il sur le ton de l'évidence. Es-tu déjà allée là-bas ?

— Non, pas encore.

— Ta mère a-t-elle l'intention de s'y arrêter au cours de son voyage ?

— Elle n'ira pas aussi loin vers le sud. Je ne pense pas, en tout cas. J'ai vu des photos d'un immense pont incurvé. C'est par là qu'on arrive à Coronado, non ?

Il hocha la tête.

— Le pont San Diego-Coronado. Je l'emprunte presque tous les jours pour aller travailler et rentrer chez moi. Le style de vie est très différent de celui d'ici, mais Coronado est tout de même une petite ville, dans son genre.

Olivia prit un toast au saumon fumé et en grignota une petite bouchée.

— Non, décidément, je n'aime toujours pas le saumon fumé, dit-elle en le reposant dans son assiette. Le talent de Maggie n'y changera rien. Est-ce qu'on voit la mer depuis chez toi ?

— Oui, ma maison donne sur le Pacifique. Je fais mon jogging sur la plage. Mon bureau est en ville par contre.

— Si tu aimes courir, je peux te tracer un parcours, si tu veux. Avec les beaux jours, cela va être très agréable de sortir dans les bois.

Elle s'appuya contre le dossier de sa chaise pour déguster une tartelette au citron.

— Naturellement, cela dépend du temps dont tu disposes, ajouta-t-elle.

— Je n'ai pas fixé de date de retour, fit-il, évasif.

— Tu es en vacances ?

Il lui sourit.

— Disons que je prends des congés.

— Eh bien, ton ami Noah Kendrick m'a l'air plutôt compréhensif.

— On peut dire ça. Un ami est un ami.

— Cela suffit à le définir ? répliqua Olivia en repoussant une image importune de Marilyn.

Elle changea de sujet.

— A quoi vas-tu t'occuper ? Tu risques de t'ennuyer, au bout de quelques jours. Un joueur de hockey et un décideur comme toi a sûrement besoin de bouger.

Il goûta un canapé au jambon et une tarte au citron. Les tartelettes et les scones étaient de la taille d'une pièce de cinquante cents et les canapés n'étaient pas plus grands qu'un billet de banque plié en deux. Il plongea ses yeux bleu foncé dans les siens, avec un mélange d'humour et d'intensité qu'elle trouvait terriblement sexy, troublant et intrigant tout à la fois.

— C'est vrai, je ne tiens pas en place, dit-il enfin.

Malgré la vague de chaleur qui monta en elle, Olivia s'efforça de rester légère et désinvolte.

— As-tu besoin d'emprunter une bêche pour commencer à creuser la terre à la recherche du trésor ?

Il croisa les jambes.

— J'en ai déjà une. Grace a laissé un tas d'outils.

— Tu commences quand ? Tu vas sonder les murs, défoncer le sol de la cave ? Sois prudent, il y a peut-être des souris et des serpents là en bas.

— Ce ne sont pas quelques vipères et quelques couleuvres qui vont me détourner de mon chemin.

— Tu espères ainsi te rapprocher de ton père ?

L'expression de Dylan se fit lointaine, indéchiffrable.

— Ce temps-là est révolu, déclara-t-il.

Olivia regarda son jardin, avec les plantes et les fleurs qui renaissaient après le long hiver.

— J'ai perdu mon grand-père paternel quand j'avais quinze ans, dit-elle, songeuse. Ce n'est pas la même chose que perdre son père, mais la relation que j'avais avec lui ne s'est pas achevée avec sa mort. Elle dure encore. Il a vécu toute sa vie à Knights Bridge et adorait le jardinage. Tu vas me prendre pour une folle, mais je lui parle quand je désherbe mes plates-bandes !

— Ta mère a aussi passé son enfance ici, je crois.

— Son père s'est installé à Knights Bridge quand il s'est marié. Ma grand-mère était d'ici. Il travaillait à Amherst College. Cela faisait beaucoup de trajets, mais cela ne le dérangeait pas. Mes oncles sont partis ailleurs, mais ma mère est restée dans sa ville natale.

— A cause de ton père ?

— Pour autant que je sache, ni l'un ni l'autre n'ont jamais envisagé d'habiter autre part.

— Et tu participes à l'entreprise familiale ?

— J'ai travaillé à Frost Millworks pendant les vacances quand j'étais au lycée. J'ai aussi dessiné le logo et créé le site internet. Maintenant que je suis revenue, je pourrais sans doute collaborer davantage, mais je préfère me concentrer sur mon projet. Quand je gagnerai assez, j'arrêterai mon travail en freelance.

Elle marqua une pause.

— Comment en sommes-nous arrivés à parler de moi ?

— En faisant la conversation, tout simplement.

Dylan contempla un instant la vue, avec Carriage Hill à l'horizon, derrière les champs et la prairie.

— Ce doit être agréable de vivre ici. Boston ne te manque pas ?

— Quelquefois, surtout le soir. Il ne se passe pas grand-chose à Knights Bridge.

Il posa de nouveau les yeux sur elle mais sans rien dire. Subitement mal à l'aise, Olivia se leva d'un bond.

— Je dois passer une deuxième couche sur les chaises, annonça-t-elle en saisissant le premier prétexte qui se présentait.

Dylan l'aida à débarrasser. On n'entendait pas Buster, qui

avait réussi à se glisser dans le salon pour se rouler en boule devant la cheminée.

— Oui, la vie que je mène ici est très agréable, reprit Olivia, surprise par l'attirance grandissante qu'elle éprouvait pour Dylan.

C'était clair : il lui plaisait de plus en plus, et il devenait difficile de le cacher. Elle se gratta la gorge.

— Je mettrai tout en œuvre pour t'aider. En préservant Grace.

Il ouvrit la porte. Avait-il remarqué son trouble ? En tout cas, il ne le montra pas.

— Bien sûr. Je ne sais pas trop ce que je fais ici, pour tout dire. Si cela se trouve, mon père a laissé tomber les recherches qu'il avait entreprises en se rendant compte que cela avait des incidences sur des personnes encore en vie.

— Effectivement, ce n'est pas comme si cela concernait l'équipage d'un galion espagnol du XVIe siècle. A moins de croire aux fantômes…

Olivia songea à Grace assise dans la serre avec ses jumelles.

— Grace a encore quelques beaux jours paisibles devant elle.

— Je l'espère.

Le regard de Dylan se fit lointain de nouveau, et il changea de sujet.

— Merci pour ces délicieux en-cas. Toi et Maggie êtes de fins cordons-bleus, vraiment.

— Nous sommes amies depuis le collège. Comme toi et Noah Kendrick.

Après le départ de Dylan, Olivia emmena Buster courir dans les champs. Elle avait besoin de brûler les calories emmagasinées au cours de ce goûter improvisé avec son beau voisin. D'ailleurs, elle ne fut pas surprise de l'apercevoir en train de courir lui aussi sur la route. C'était un vrai sportif, avide de se dépenser pour libérer d'immenses réserves d'énergie.

En revenant, elle s'installa dans la pièce où elle bricolait et se mit à l'ouvrage. Dieu merci, ses travaux de peinture lui occuperaient l'esprit.

L'ancienne salle de bains de Grace Webster ne possédait pas de douche. Dylan dut s'accroupir sous les robinets de la baignoire sur pieds pour se rincer les cheveux. A l'eau froide, ce qui ne le dérangea pas outre mesure. Au contraire, cela l'aida à se remettre les idées en place.

Il ne pouvait rien dire à Olivia au sujet des bijoux Ashworth. Pas avant d'en avoir appris davantage.

Pas avant d'être certain que personne, à Knights Bridge, n'en avait eu connaissance.

Il se sécha vigoureusement, enfila un T-shirt propre et un jean et se dirigea vers la pièce qu'il avait choisie comme chambre. Il n'avait pas l'impression d'être chez lui. Plutôt invité chez une vieille dame d'une autre époque. Son lit de camp n'était pas si inconfortable que ça, mais il aurait été encore mieux dans une chambre d'amis de la maison d'Olivia.

Jugeant qu'il valait mieux ne pas se laisser aller à ce genre de pensée, il chassa son image de son esprit.

En relevant ses messages sur son BlackBerry, il vit qu'il avait juste assez de réseau pour appeler Noah, qui répondit à la première sonnerie.

— Comment te portes-tu au pays de la civette ?

— Je viens de courir dans les bois. J'ai vu un aigle à tête blanche.

— Déjà revenu à l'état sauvage ? Tu me fais peur, Dylan.

— Tu vas m'ordonner de rentrer à San Diego ?

— T'ai-je jamais ordonné quoi que ce soit ?

— Où es-tu en ce moment ?

— Dans ton bureau. En train de me lamenter sur l'absence de mon coconspirateur dans mon boulot de fou.

— Pas d'incendies ou de tremblements de terre, ni de catastrophes financières ou d'alertes notables ?

— Rien. Et toi, oserai-je te demander où tu es ?

— Dans une chambre au papier peint qui se décolle, avec un plancher qui grince...

— Une jolie vue ?

Dylan s'approcha de la fenêtre et regarda les bourgeons sur les arbres, l'herbe verte, les touffes de jonquilles devant le mur de pierre et, au loin, Carriage Hill.

— Pas mal, dit-il.

— Olivia Frost ?

— Elle meurt d'envie de faire ta connaissance, annonça Dylan juste avant que son ami ne raccroche un peu trop vite.

Noah était apparemment dans une de ses phases insaisissables où quelque chose le préoccupait et l'accaparait entièrement. Même si Dylan avait été là, cela n'aurait rien changé. Il aurait continué à se morfondre en se cognant la tête contre les murs, sans être forcément capable de préciser ce qui le turlupinait.

Dylan traversa le palier pour se rendre dans la plus petite des chambres à coucher. Une pile de livres et de dossiers étaient entassés à côté d'une table de nuit. Il s'assit sur la descente de lit poussiéreuse. Il lui faudrait emprunter un aspirateur à sa jolie voisine... Il ouvrit le livre de dessus, une édition illustrée de *Bilbo le Hobbit*, de J.R.R. Tolkien. Il y avait une dédicace écrite à la main sur la page de garde :

« A Mlle Webster, de la part de ses élèves
reconnaissants, la classe de 4e, 1975 ».

Ils avaient tous signé au-dessous. Dylan se remémora ses années d'études secondaires. Il s'en était tiré avec quelques grincements de dents et en faisant le moins possible, juste assez pour ne pas redoubler et continuer à jouer au hockey.

Son père, qui adorait Tolkien, s'était-il assis ici même, sous la même lampe de chevet, pour dévorer jusque tard dans la nuit les aventures de Bilbo Baggins ?

Le livre suivant était un ouvrage de cuisine, édité par la paroisse, avec des recettes des membres de la communauté des fidèles. Plusieurs venaient de Grace Webster. Une d'Audrey Frost — la grand-mère d'Olivia, si ses souvenirs étaient bons. Combien de Frost vivaient dans la région ? Il ne connaissait pas le nom de la famille du côté maternel.

Les dernières pages montraient des photos en noir et blanc des villes disparues de Quabbin. On y voyait des enfants pieds nus, une charrette de bois tirée par un cheval, des hommes qui récoltaient la glace sur un étang, des jeunes filles endimanchées pour le passage du photographe au village, des chemins de campagne et des fermes maintenant engloutis et perdus à jamais. Une légende permettait d'identifier la jeune Grace Webster, vêtue d'une robe modeste, debout devant une maison de bardeaux. Dylan la reconnut sans peine. La vieille dame qu'il avait rencontrée dans la journée avait gardé les mêmes yeux que l'adolescente.

Il fut surpris par l'aspect du troisième livre de la pile, presque neuf. C'était un guide du Portugal.

Il l'ouvrit précautionneusement, comme si son père était tout à coup entré dans la pièce pour se pencher par-dessus son épaule. Une page cornée correspondait à l'endroit où il était mort. Il avait probablement organisé et planifié son voyage pendant son séjour à Knights Bridge. Il menait toujours plusieurs projets de front.

Dylan referma le livre et se releva. Son père s'était tenu ici même, dans cette chambre, avait feuilleté les livres de Grace, tout comme lui.

— Pourquoi, papa ? Que cherchais-tu ? demanda Dylan à voix haute.

Olivia avait peut-être raison. Qui sait si, finalement, il n'était venu à Knights Bridge pour se rapprocher de son père, l'énigmatique Duncan McCaffrey ?

13

Jess se réveilla beaucoup trop tôt, dans son appartement de la vieille scierie, en sueur et le cœur battant, avec l'impression d'étouffer. Elle descendit l'escalier en courant pour se précipiter au-dehors, dans la brume matinale, et respirer l'air frais. Mais les nuages eux-mêmes semblaient peser sur elle comme pour l'écraser.

Mark, qui devait retourner à Boston, n'avait pas passé la nuit avec elle. De toute façon, il repartait toujours à l'aube, avant l'ouverture de la fabrique. Naturellement, les parents de Jess savaient qu'ils couchaient ensemble. Cependant, la relation n'étant pas officialisée, tout le monde préférait s'en tenir à une certaine discrétion. Mais, ce matin, Jess regrettait amèrement l'absence de Mark.

Un peu rassérénée par les premiers rayons du soleil qui perçaient à travers les nuages, elle fit quelques exercices respiratoires et se dirigea vers l'étang. Le bruit et l'odeur de l'eau apaisaient toujours son anxiété. Tout en adorant cet endroit, elle comprenait que sa mère rêve d'en partir quelque temps. Ce devait être agréable de voyager, de visiter des musées, de découvrir des paysages et des gens différents.

Jess connaissait tout le monde à Knights Bridge. Elle se demandait parfois si cela n'expliquait pas sa claustrophobie rampante.

Elle se rendit au bureau et fit du café. Sa mère arriva peu

après, seule, posa son sac sur une chaise et demanda, à brûle-pourpoint :

— Ton père a posé des questions, au sujet du dessin ?

— Quel dessin ?

A quoi sa mère faisait-elle allusion ?

Cette dernière ouvrit son bureau et en sortit une grande feuille.

— Je vois quelqu'un. Pas un psychiatre. Je ne prends pas de cachets.

Elle était plus agressive que sur la défensive.

— Je réfléchis. Je travaille sur… certaines choses.

— Maman, je n'ai pas besoin de savoir.

— J'ai un problème d'anxiété, Jess. Des angoisses. Ce n'est pas un secret. Tout le monde s'en rend compte. Liv, toi, votre père. Les voisins, tous ceux qui me connaissent d'ailleurs !

La mère de Jess indiqua des points colorés sur la feuille.

— Le point bleu, au milieu, c'est moi.

— Le point bleu, répéta Jess distraitement en guettant la cafetière.

Dès que le café serait prêt, elle s'en servirait une bonne tasse et se réfugierait dans son bureau. Elle voulait bien prêter une oreille attentive aux confidences de sa mère, mais peut-être pas aujourd'hui, alors qu'elle s'était réveillée complètement paniquée.

Olivia, qui apparut sur le seuil, faillit battre en retraite, mais Jess lui fit discrètement signe de rester. Leur mère continua comme si de rien n'était.

— Mon thérapeute m'a donné une grande feuille blanche avec la consigne de me figurer au centre et de placer autour toutes les personnes qui font partie de mon quotidien en respectant la position qu'ils occupent par rapport à moi. Tu es là, Jess.

Louise indiqua du doigt un point rouge, juste à côté du point bleu censé la représenter.

— Liv est là, en violet, tout près de toi. J'ai essayé de ne pas trop me poser de questions sur l'utilisation des couleurs par rapport aux personnes.

— Maman…

Jess se gratta la gorge pour maîtriser son émotion.

— Maman… Tu n'as pas à me raconter tes séances avec ton thérapeute.

— Ton père est là, en gris. Ensuite il y a sa mère, mes parents, Mark…

Jess réagit aussitôt.

— Que fait Mark dans ce schéma ?

— Il a une place dans mon entourage. Un peu plus loin de moi, juste à côté de toi.

— Bon, bon.

— J'ai représenté mes frères, mes neveux et nièces, l'équipe des employés, des gens de la paroisse, des amis…

— Cela fait beaucoup de monde, maman, dit Jess.

— J'avais peur d'oublier quelqu'un d'important. Remarque comme les points sont tous agglutinés au centre de la page, à côté de mon point bleu. Parce que ces personnes comptent toutes beaucoup pour moi.

Olivia intervint à ce moment-là.

— Et qu'a dit le thérapeute ?

— Elle a dit « La feuille est très grande, Louise. »

Comme leur mère se renfermait dans ses pensées, les yeux dans le vague, Jess la rappela à la réalité.

— Maman ?

— J'ai tout de suite compris le sens de sa remarque. Je peux me donner plus d'espace en conservant quand même tout le monde autour de moi. Je ne prends pas assez de recul, surtout avec vous deux.

Brusquement, elle se leva.

— Jess, Liv, est-ce que je vous étouffe ?

— Pas en ce moment, répondit Jess avec légèreté. J'ai besoin d'un café, et la cafetière est justement dans ton bureau. J'ai une tonne de choses à faire…

— Jess, insista sa mère.

Jess passa une main dans ses cheveux. Elle ne s'était même pas peignée. Si elle n'était pas partie de chez elle aussi précipitamment, elle aurait peut-être évité cette conversation un peu pénible. D'un autre côté, ces confidences ne devaient pas être faciles. Finalement, elle se décida à adresser un sourire rassurant à sa mère.

— Je suis contente pour toi, maman. J'ai envie que tu sois heureuse. C'est tout.

— Moi aussi, dit Olivia. C'est bien que tu te sois décidée à parler à quelqu'un. Cela t'aidera sûrement.

— Vous n'êtes pas responsables de mon bonheur, ni moi du vôtre. Cela ne signifie pas pour autant que nous ne nous aimons pas et que nous ne sommes pas là pour les autres.

Jess, qui avait horreur de se livrer, accueillit avec soulagement l'arrivée de son père.

— Voilà papa. Il est au courant pour ta thérapie, maman ?

— Non, mais ce n'est pas un secret. Si tu veux...

— Certainement pas ! C'est à toi de lui parler.

Sa mère pivota sur sa chaise, replia hâtivement sa feuille et la cacha dans l'un des nombreux coins et recoins de son bureau.

Olivia battit en retraite.

— Je viens de me rappeler un truc urgent. A plus.

Jess n'était pas dupe, mais elle ne lui en voulait pas. Heureusement, le café était enfin prêt. Elle se servit et s'éclipsa elle aussi. Ses parents formaient un couple uni et s'entendaient à merveille. Quelle que soit la difficulté, ils la surmonteraient.

Humant la délicieuse odeur de café, elle alluma son ordinateur et s'installa à son bureau, devant une fenêtre qui donnait sur le ruisseau. Une scène de son enfance lui vint à la mémoire. Elle avait six ans et s'était lancée à la recherche de leur golden retriever, qui avait disparu. Quand sa mère les avait retrouvés au bord du ruisseau, Jess avait pris conscience, pour la première fois, que sa mère n'avait pas vraiment des nerfs d'acier. Dans la même situation, n'importe quelle mère de famille aurait paniqué, mais la sienne était dans un état proche de l'hystérie.

Elle se souvenait encore des paroles exactes de son père. « Regarde Jess, Louise. Elle n'a rien. Détends-toi. Tout est bien qui finit bien. »

A cette époque, aux côtés d'un mari rassurant et protecteur, elle arrivait encore à surmonter ses angoisses et ses inquiétudes. Mais ensuite, pendant l'adolescence d'Olivia et Jess, un terrible accident de voiture l'avait durement traumatisée.

Moi aussi, j'ai été très marquée, songea Jess en essayant de dominer son irritation.

— Nous nous en sommes bien sorties, dit-elle à voix haute, comme pour se convaincre elle-même. A l'époque, mais aussi maintenant. Nous avons eu de la chance.

Elle ne voulait pas repenser à cet accident, mais elle était fière que sa mère se décide enfin à voir les choses en face et à mettre le doigt sur le problème. Jess se demandait parfois si elle-même n'était pas restée à Knights Bridge juste pour préserver l'équilibre chancelant de celle-ci. A vingt-sept ans, elle n'avait toujours pas coupé le cordon.

Etait-elle tombée amoureuse de Mark pour ces mêmes raisons ? Pour ne pas s'éloigner ? Pour ne pas avoir à affronter sa propre anxiété ?

Jess se secoua mentalement. Elle s'égarait. Elle *aimait* Mark.

Après avoir bu son café, elle se plongea dans un dossier compliqué pour la restauration d'un musée du Maine. Elle adorait son travail au sein de la petite entreprise familiale et la vie qu'elle menait dans sa ville natale. Etait-ce mal de ne rien désirer d'autre, de ne pas vouloir partir ailleurs ? Devrait-elle passer quelque temps à Boston ou à New York, ou même à Paris, avant de s'installer définitivement à Knights Bridge ? Elle et Mark envisageaient d'avoir des enfants tout de suite. Combien de temps leur faudrait-il attendre avant de pouvoir voyager ? Si elle n'allait pas à Paris maintenant, quand irait-elle ?

Sa mère apparut derrière elle.

— J'irai en Californie, Jess. Je ne veux pas que mes filles s'empêchent de concrétiser leurs rêves à cause de moi. Je veux être un exemple pour vous.

Jess se leva.

— N'agis pas en fonction de nous, maman. Fais-le pour toi.

Sa mère sourit à travers les larmes qui brillaient dans ses yeux.

— J'en ai vraiment envie, Jess. Je réaliserai ce voyage, même si on doit m'assommer pour me traîner à bord. Ce n'est pas tant l'avion qui me fait peur que le simple fait de partir. J'en ai pris conscience très récemment. J'ai appris à rationaliser mon angoisse.

— Tu l'as dit à papa, finalement, pour ta thérapie ?

Sa mère agita la main négativement.

— Cela ne le regarde pas.

— Toi et papa...

— Tout va bien entre nous deux, ne t'inquiète pas.

— Je m'inquiéterai si je veux, répliqua Jess avec brusquerie, en regrettant immédiatement son impatience. Excuse-moi. Je n'ai pas assez dormi.

En partant, sa mère ferma la porte, ce qu'elle ne faisait presque jamais. Jess composa le numéro du portable de Mark, mais raccrocha aussitôt.

Il la rappela immédiatement.

— Tout va bien ?

Jess hésita. Comment lui expliquer que sa mère avait entrepris une thérapie et qu'elle préférait dessiner des points sur une feuille de papier au lieu de partir en voyage ?

— Mark, Olivia et moi sommes des femmes fortes et indépendantes, n'est-ce pas ?

— Comment ? Euh... oui, oui. Pourquoi ?

— L'anxiété n'est pas une preuve de faiblesse. C'est un état sur lequel on peut agir pour l'améliorer.

— Jess ?

Elle s'arrêta avant de lui parler de sa crise de claustrophobie.

— A tout à l'heure. Mark ?

— Oui. Jess...

— Tout va bien, Mark. Je suis en train de traiter une commande de fenêtres à petits carreaux.

— Bien... D'accord. Je serai rentré pour dîner.

Après une légère hésitation, il ajouta :

— Nous parlerons de ton projet de voyage à Paris.

— Tu es sérieux ?

— Bien sûr. Sinon je n'aurais rien dit.

Après leur conversation, Jess contempla par la fenêtre le paysage familier. Les bourgeons du gros érable éclataient, et les petites feuilles innombrables projetaient une ombre mouchetée maintenant que le soleil avait percé la brume matinale.

Paris... Avec un immense océan entre elle et Knights Bridge. Entre elle et sa famille.

Son estomac se noua. Sa mère en serait malade, même si elle prétendait le contraire.

Jess s'imagina le Louvre, la Seine, le petit déjeuner avec des croissants. Une semaine seule avec Mark dans l'un des endroits les plus romantiques au monde. Sans avoir à s'inquiéter des allées et venues des uns et des autres.

Elle sourit de bonheur. Comme par magie, son anxiété matinale s'était totalement dissipée.

En fin d'après-midi, Olivia et Maggie déménagèrent le vaisselier entreposé dans la cave de cette dernière pour le transporter chez Olivia. C'était un vieux meuble en pin tout abîmé mais qui serait parfait, une fois repeint, pour présenter des petits objets, des sachets d'épices, de pot-pourri ou de toute autre production artisanale. Après l'avoir nettoyé, Olivia se mit à réfléchir. Quelle technique allait-elle utiliser ? Le ciel s'était couvert, et l'après-midi ensoleillé s'était rapidement transformé en soirée pluvieuse, mais cela ne la gênait pas. Au moins, elle ne serait pas tentée d'aller se promener du côté de chez son voisin...

— Olivia... Olivia, c'est moi, dit Jess en faisant irruption dans la cuisine, un grand carnet à dessin sous le bras.

Elle le posa sur la table, déchira deux grandes feuilles et en tendit une à sa sœur.

— Tu as envie, Liv ? Tu es d'accord ?

Sans attendre de réponse, elle ajouta :

— Apporte des feutres ou des crayons de couleur.

Devant l'expression déterminée — quoique agitée — de sa sœur, Olivia ne discuta pas et alla chercher des pastels dans son atelier.

— Je n'ai pas tout entendu des explications de maman, fit-elle en revenant.

— D'abord, tu dessines un point qui te représente.

— Au milieu de la page ?

— A toi de décider. Cela fait partie de la réflexion. Ensuite, tu places les gens de ton entourage par rapport à toi.

Olivia examina un instant la consigne.

— D'accord, Jess.

— Mais je veux être en vert. Un beau vert forêt. Et on ne peut pas être toutes les deux de la même couleur. Ce serait trop bizarre.

— O.K. Alors je serai magenta.

Elles se penchèrent sur leurs feuilles, mais Jess se redressa presque aussitôt en fronçant les sourcils.

— Ce serait peut-être plus efficace si nous ne connaissions pas la finalité de l'exercice.

— Rassure-toi, dans ce cas : je ne suis même pas sûre de savoir à quoi ça sert.

— Cela te démontre physiquement quelle place les gens

occupent dans ta vie, Liv. Maman nous a tous regroupés tout près d'elle. Sans s'occuper des conséquences que cela a pour nous, elle-même peut à peine bouger et respirer. Alors qu'elle pourrait aérer les relations en utilisant toute la page.

— Jess, tu as bu ?

Elle se mit à rire.

— Contente-toi de faire l'exercice, d'accord ?

Olivia considéra l'éventail de couleurs qu'elle avait sous les yeux en commençant à dresser la liste de tous les gens qu'elle connaissait. Cela risquait d'être très long…

— Marilyn Bryson n'a pas le droit d'être sur cette page, dit Jess. Si tu l'y mets, je l'effacerai ou la raierai.

— Occupe-toi de tes affaires.

— J'interfère ?

— Exactement. Tu m'étouffes.

Elles éclatèrent de rire, avant de se concentrer en silence. Olivia se posa plusieurs questions. Roger Bailey devait-il figurer sur la feuille ? Et les futurs clients de Carriage Hill ? Mais il ne fallait pas anticiper. La famille venait d'abord : ses parents, Jess, ses grands-parents.

Mark Flanagan ?

Elle jeta un coup d'œil à Jess, qui n'arborait toujours pas de bague de fiançailles, et dessina un point marron à côté de sa sœur, mais pas tout près.

Elle plaça aussi Maggie O'Dunn et plusieurs autres amis de Knights Bridge et de Boston.

Obéissant aux instructions, elle négligea Marilyn Bryson. Quant à Jacqui, elle eut droit à une petite marque jaune clair tout en haut dans un coin.

Un crayon gris acier lui fit penser à Dylan. Elle s'éclaircit la gorge.

— Je ne suis pas obligée d'expliquer à qui correspondent les différents points ?

— Non. Sinon le résultat serait faussé, répondit Jess. Tu n'as même pas à me montrer ta feuille.

— Très bien, alors.

Olivia prit le pastel gris et marqua un point à côté du sien. Très près et en même temps, curieusement, pas assez. L'effet que cet exercice produisait sur elle la surprit. L'expérience ne manquait pas d'intérêt.

— Je manque de couleurs, marmonna Jess. Nous avons beaucoup de gens autour de nous.

Olivia venait justement de penser le contraire.

— Tu mets tout le monde ? Les cousins, les oncles, les tantes ?

— Ils se vexeraient, autrement, non ?

— Jess, on ne montrera ces papiers à *personne*. Nous les brûlerons dans la cheminée quand nous aurons terminé.

— Ah ! Alors, je vais peut-être gommer oncle Richard.

Elles rirent toutes les deux. Quand elles eurent fini, elles plièrent leurs feuilles en quatre en cachant leurs dessins. Puis Olivia sortit des verres et une bouteille de pinot frais.

— Où est Buster ? demanda Jess.

Olivia jeta un coup d'œil dans la buanderie avant de pousser un grognement exaspéré.

— Il a dû s'échapper quand tu es entrée ! Pour un gros chien mal élevé, il sait se faire très discret quand il veut.

Elles dégustèrent malgré tout leur vin tranquillement. Au-dehors, la bruine s'était transformée en pluie battante. Quelques instants plus tard, Dylan frappa à la porte d'entrée. Il tenait Buster fermement par son collier et ne le lâcha qu'une fois à l'intérieur.

Dylan se redressa en s'essuyant les mains sur son pantalon. Il était presque aussi trempé et boueux que son chien, remarqua Olivia. Mais toujours aussi beau.

— Je suis désolée, dit-elle. Je ne savais même pas qu'il était sorti.

— Réjouis-toi, nous sommes amis, maintenant. Au moins, je ne l'ai pas raccompagné avec ses dents plantées dans mon bras.

Adossée au comptoir, Jess observait Dylan, Buster et Olivia tout en sirotant son vin.

— Où était-il ?

— Près du ruisseau.

Le regard de Dylan alla de l'une à l'autre.

— Je ne veux pas vous déranger.

Buster s'avança et s'ébroua au beau milieu de la cuisine. Jess reposa son verre et reprit discrètement sa feuille pliée en quatre.

— Je repars avant d'avoir trop bu. De toute façon, je dîne avec Mark. Tu as superbement arrangé ta maison, Liv. D'ici peu, tu auras plus de réservations que tu ne pourras en gérer. Il n'existe rien de ce genre, dans le coin.

Jess s'éclipsa promptement. *L'exercice des points a été rude pour elle*, songea Olivia.

Dylan observa les traces de boue en soupirant.

— Buster et moi avons tout sali. Laisse, je vais nettoyer.

— Ne t'inquiète pas pour ça, lui fit-elle. Je passerai un coup de balai demain quand ce sera sec.

Elle posa son verre sur la table et rangea les crayons.

— Qu'y a-t-il, Dylan ? Tu as l'air soucieux.

— Je dois retourner à San Diego quelques jours pour une affaire imprévue. J'ai passé presque toute la journée au téléphone. Cela ne peut pas attendre.

— Tu pars quand ?

— Ce soir pour Boston, où je passerai la nuit. J'ai un vol très tôt demain matin.

— Tu prends l'avion aussi facilement que la voiture, dis-moi.

Il haussa les épaules.

— Statistiquement, c'est plus sûr. Je n'y pense même pas.

— De toute façon, tu es habitué depuis longtemps, déclara Olivia. Les joueurs de hockey se déplacent énormément, et ton père était voyageur dans l'âme. Quand on évolue dans ce monde-là, on ne connaît pas autre chose.

Dylan prit un crayon bleu et joua avec.

— C'est le moyen le plus rapide de se rendre là où on veut.

— Quand j'étais petite — dans mon milieu en tout cas — on en faisait toute une histoire de prendre l'avion. Les gens planifiaient leur voyage des mois à l'avance. On n'achetait pas un billet du jour au lendemain, comme ça.

Dylan reposa le crayon dans sa boîte.

— Tu te fais une montagne de rien, Olivia.

Elle referma le couvercle de la boîte et but une gorgée de vin. Il avait raison. Elle sentait l'anxiété monter en elle et aurait voulu incriminer Jess, même si l'exercice des points ne l'avait pas vraiment affectée.

— Parfois, juste l'idée d'un voyage en avion suffit à me rendre nerveuse, lui avoua-t-elle.

Elle avait l'estomac noué, à présent. Mais elle ne tremblait pas et réussit à ne pas renverser son verre.

Même dans la grisaille ambiante et avec la lumière qui déclinait, l'atmosphère de son intérieur restait joyeuse et accueillante. Elle avait vraiment choisi les bonnes couleurs, se dit-elle en se concentrant sur autre chose pour oublier la panique qui continuait à monter en elle. D'ailleurs, Dylan la regardait déjà comme si elle risquait de se disloquer à tout moment !

— Merci d'avoir ramené Buster, articula-t-elle avec effort. Si je peux faire quelque chose en ton absence, n'hésite pas à me le dire.

— N'appelle pas trop vite les pompiers si un incendie se déclare chez moi… Rassure-toi, j'ai quand même tout éteint, ajouta-t-il avec un sourire.

— Ce serait une catastrophe si ta maison brûlait avec un trésor à l'intérieur. Imagine un pompier en train de découvrir une fortune en lingots d'or.

— C'est peu probable, crois-moi. Il y a de fortes chances que mon père se soit lancé sur une fausse piste.

— Oui… Ce qui expliquerait qu'il ait plus ou moins abandonné la maison et ne t'en ait jamais parlé.

— Ou alors il a manqué de temps.

— Dylan, si tu découvrais des éléments nouveaux, tu m'en parlerais, n'est-ce pas ?

Il eut un petit sourire indéchiffrable.

— Je déteste ce genre de formules hypothétiques. Je devrais y aller.

— Tu te défiles.

Malgré tout, elle n'insista pas et changea de sujet.

— Tu me diras si tu restes à San Diego ? On ne sait jamais, je me déciderai peut-être à racheter ta maison.

— Ton jardin n'est pas assez grand ?

— Dylan ! Je suis sérieuse.

Elle hésita un peu.

— J'aimerais bien aller à San Diego, un de ces jours. Parfois, je me demande si je ne finirai pas comme ma mère, à faire des projets sans fin...

Elle s'interrompit brusquement.

— Très bien. Bon voyage, alors, Dylan.

A l'extérieur, la pluie redoubla. Dylan resta quelques secondes immobile, les mâchoires serrées, les yeux plissés. Il se dégageait de tout son être une grande impression de puissance, avec cette intensité particulière qui accompagne généralement les athlètes de haut niveau ou les hommes riches et influents.

Puis, tout à coup, son expression se radoucit, et un sourire se dessina sur ses lèvres.

— Tu n'as pas envie que je t'embrasse ?

Bien sûr que si, elle en avait envie ! Mais cela ne devait pas les empêcher de discuter pour autant.

— Ton héritage inattendu a réveillé en toi des interrogations sur ton père, n'est-ce pas ?

Il haussa les sourcils, un peu dérouté.

— Des interrogations ?

Fichu vin qui lui déliait la langue ! se maudit Olivia.

L'exercice des points avait peut-être aussi contribué à son humeur plutôt « expansive ».

— Tu ne pratiques jamais l'introspection ?

— Si, ça m'arrive, comme tout le monde, mais pas en ce moment.

Il lui prit les deux mains et accrocha ses doigts aux siens.

— En ce moment, j'ai envie de t'embrasser. Qu'est-ce que tu en dis, Liv ?

— Parce que tu as besoin de ma permission ?

— C'est juste que je ne voudrais pas commettre un impair. Avec tous les Frost qu'il y a dans cette ville, je me sens un peu isolé.

— Trop seul, c'est ça ?

Il raffermit la pression de ses doigts et lui sourit.

— Tu n'as pas pitié de moi ?

— Pas le moins du monde ! De toute façon, tu ne voudrais pas de ma pitié. Tout comme moi je ne veux pas de la tienne. Et à propos de ma peur de l'avion…

La force et la chaleur de Dylan se communiquaient doucement à elle par ses mains.

— Je finirai par la vaincre, conclut-elle avec une expression déterminée.

— Tu ne manqueras pas d'occupations.

Elle prit une inspiration.

— Tu pourrais dire à Noah que tu restes pour m'aider à des travaux de peinture et de jardinage.

— Noah est un ami et je lui suis redevable, mais il n'est pas maître de mes faits et gestes. Il aurait horreur de cela et moi aussi.

Dylan lâcha Olivia et posa les mains sur le comptoir, de chaque côté, comme pour la retenir entre ses bras.

— Je reviendrai, Olivia. Je te le promets.

Elle se raidit comme pour s'éloigner de lui le plus possible, alors qu'elle désirait tout le contraire.

— De toute façon, ce n'est pas moi qui irai te chercher, déclara-t-elle avec un rire forcé.

— Tu pourrais envoyer Buster, répliqua-t-il en approchant sa bouche de la sienne.

Elle perdit l'équilibre et tendit la main pour se raccrocher à lui. Elle sentit la tiédeur de son corps — et elle sut qu'elle était perdue. Elle jeta les bras à son cou et entrouvrit les lèvres. Subjuguée par le goût de son baiser, elle promena avidement les mains sur son dos, et il répondit en l'étreignant avec force. Puis il la souleva entre ses bras puissants.

Dehors, le vent s'était levé. Une bourrasque entra par la fenêtre de la cuisine restée ouverte, et quelques gouttes de pluie tombèrent sur la peau enflammée d'Olivia. Elle croisa les jambes autour des hanches de Dylan, et il se pressa contre elle comme s'ils étaient déjà nus tous les deux.

Rien ne les empêchait de faire l'amour ici, dans la cuisine. L'anxiété d'Olivia s'était totalement évanouie. Elle avait seulement envie de le sentir en elle.

— Dylan...

Etait-ce le son de sa voix altérée, ou le vent et la pluie ? En tout cas, Buster surgit tout à coup en aboyant et en grognant après Dylan.

— Va au diable, Buster, maugréa celui-ci.

Olivia éclata de rire tout en imposant silence à son chien. En même temps, elle se ressaisit, et ses pieds se raffermirent au contact du sol.

— J'ai un garde du corps efficace, ironisa-t-elle.

Dylan effleura sa hanche d'une caresse.

— Aucun doute : je reviendrai.

Il s'éloigna à grandes enjambées et l'instant d'après il n'était plus là.

Olivia reprit son souffle et secoua la tête en regardant son chien.

— Il faudra réagir plus vite, la prochaine fois.

Elle referma la fenêtre, et la maison redevint instantanément silencieuse. Dylan était parti précipitamment, comme s'il avait tout à coup pris conscience qu'il devait s'en aller. Tout de suite. Pas parce qu'il n'avait pas envie de faire l'amour, au contraire. Mais il ne pouvait pas *parce qu'il lui cachait quelque chose*.

Quelque chose qui concernait son père et le trésor perdu.

— Aucun doute là-dessus, dit Olivia en parlant à son gros chien encore tout mouillé. Allons, viens, Buster. Je vais te sécher et allumer un feu dans la cheminée.

Ensuite, elle se mettrait à peindre le vaisselier. Cela lui occuperait l'esprit.

14

Il plut le lendemain et le surlendemain. Olivia resta enfermée chez elle à travailler. Elle termina plusieurs projets de design, finit de peindre le vaisselier, changea les meubles de place, jeta sa page de points colorés et, pendant les accalmies, planta des épinards, de la laitue, des oignons verts et désherba même le coin à rhubarbe derrière la remise.

A la fin du deuxième jour, malgré son épuisement, elle pensait toujours à Dylan, qui ne lui avait pas dit quand il reviendrait.

Elle s'apprêtait à manger un reste de chili quand son téléphone sonna. C'était Jacqui Ackerman.

— Je suis encore au bureau... Ecoute, je voulais te parler. Je viens d'avoir Roger Bailey au téléphone. Il recrute un nouveau directeur pour le secteur de la décoration intérieure. Il se développe. Du coup, il travaillera davantage avec nous.

— C'est une bonne nouvelle pour toi.

— Il a tenu à confirmer qu'il avait toujours apprécié tes contributions, particulièrement dans le domaine de la déco intérieure.

— Cela me fait plaisir, répondit Olivia en regardant les flaques d'eau qui s'agrandissaient dans la cour.

— Tu accepterais de revenir à plein temps ?

— A Boston ?

— Oui.

Jacqui hésita.

— Nous avons effectué quelques changements mais tu conserverais à peu près le même poste. Ta charge de travail était beaucoup trop lourde pendant les mois qui ont précédé ton départ. Je m'en rends compte maintenant, même si tu n'as jamais craqué. Tes nouvelles attributions te permettraient de te concentrer davantage sur le design.

— Quels sont les changements dont tu parles, Jacqui ?

— Comme tu le sais, j'ai engagé Marilyn Bryson, qui dirige une équipe spécialisée dans les différentes techniques de design et le traitement numérique. Tu en ferais partie. Viens nous voir pour en discuter. Tu as beaucoup de talent, Olivia. Ne laisse pas passer cette chance. Réfléchis bien.

— Je n'y manquerai pas, Jacqui. Merci d'avoir appelé.

Olivia raccrocha. Même si Boston lui manquait parfois, il n'était pas question pour elle de retourner à l'agence. Encore moins pour travailler *sous les ordres* de Marilyn Bryson !

« Connais ta propre valeur » était un précepte qu'elle avait appris très tôt dans sa carrière. Rétrospectivement, elle se rendait compte qu'elle n'y avait pas prêté assez attention. Elle avait favorisé Marilyn à son propre détriment. Ce n'était pas la faute de Marilyn mais la sienne.

Olivia s'installa pour dîner. Il ne servait à rien de ressasser le passé et de s'enfermer dans les regrets. En fait, elle pouvait s'estimer heureuse que l'une des agences les plus prestigieuses de Boston la réclame. En même temps, elle se satisfaisait complètement de travailler pour eux en freelance. Cela lui permettait de se concentrer sur ses projets personnels.

Elle était revenue par choix à Knights Bridge. Elle avait parfaitement conscience de ses qualités de styliste, mais la défection de Roger Bailey l'avait obligée à réexaminer ses grandes orientations.

C'est ici que je suis bien, songea-t-elle en jetant un regard circulaire. Elle se sentait en pleine forme malgré les courbatures occasionnées par le travail physique. Son projet pour

Carriage Hill avait commencé à prendre forme alors qu'elle était encore très amie avec Marilyn et qu'elle lui parlait tous les jours. Non, elle n'avait pas réagi par dépit.

Olivia se détendit. C'était décidé : elle ne retravaillerait pas pour Jacqui ni pour personne d'autre. Elle profiterait de toutes les connaissances emmagasinées pendant les années passées à Boston pour se lancer à son compte et créer La Ferme de Carriage Hill. Tout lui servirait, de l'utilisation de la couleur au marketing jusqu'à la gestion de la clientèle.

Sa vie désormais était ici, à Knights Bridge.

Elle avala la dernière bouchée, attrapa la laisse et appela Buster. Elle imaginait déjà les conversations des convives résonner joyeusement dans sa maison, durant quelques heures ou un week-end. Tous les aspects de son entreprise lui plaisaient et la dynamisaient, depuis le dossier à présenter à son banquier jusqu'au désherbage des plates-bandes. Elle avait envie de réussir.

Totalement et avec éclat. Elle ne se satisferait pas de demi-mesures.

Dehors, la pluie avait cessé. Le beau temps allait revenir, on le sentait à l'air vif et coupant. Quel contraste avec la vie qu'elle avait menée à Boston ! Nulles boutiques de luxe, pas de restaurants non plus, pas de lumières, d'embouteillages, de foules anonymes... Ici, elle connaissait pratiquement tout le monde. Marilyn avait fait semblant de dédaigner l'attention et les gratifications qui allaient de pair avec le succès et la reconnaissance, alors qu'au fond elle les désirait plus que tout. Olivia n'en avait pas besoin, elle.

La nuit était si calme qu'elle entendait le crissement des graviers sous ses chaussures. Le coup de téléphone de Jacqui lui avait donné un coup de fouet. Elle ne pouvait pas échouer. Lorsqu'elle avait commencé à échafauder son projet, elle ne songeait pas vraiment à en tirer un moyen de subsistance. En tout cas pas si vite. A présent, c'était devenu une nécessité.

Je n'échouerai pas, se jura-t-elle.

Buster tira sur sa laisse tout le long du chemin, jusqu'à la vieille maison de Grace. Une chouette ulula dans un arbre, tout près.

Et si Dylan ne revenait pas ? Si ses occupations le retenaient à San Diego ?

Il ne fallait pas accorder trop de signification à leur baiser. Il était sur le départ, elle avait bu un peu de vin, leurs émotions étaient à vif…

Elle tira sur la laisse.

— Si tu n'avais pas été là, Buster…

Son chien accéléra l'allure, et elle se mit à courir avec lui en riant. En trahissant son amitié par un comportement professionnel répréhensible, Marilyn, d'une certaine manière, lui avait rendu service. Olivia était revenue là où elle avait vraiment envie de vivre et elle consacrerait toute son énergie à réaliser son rêve.

Quant à Dylan, il reviendrait, elle en avait la certitude.

Olivia sortit tôt de chez elle le lendemain. C'était un de ces matins de printemps clair et léger, avec un air très pur, qui sentait le renouveau. Elle s'arrêta à la scierie et trouva son père en train de boire son café près du barrage. Avec une fausse nonchalance, il affectait de contempler les reflets du soleil à la surface de l'eau.

— Ta mère t'a dit qu'elle consultait un thérapeute ?

— Papa…

Il l'arrêta d'un geste, sans la regarder.

— Je ne te demande pas de trahir ses confidences. Elle m'a montré ses dessins, avec tous ces points. Visiblement, nous l'étouffons, Liv. Tous autant que nous sommes.

— Je ne pense pas que ce soit aussi simple…

— Je ne veux pas lui faire peur. Ni à toi et Jess.

— Tu as toujours cherché à nous protéger, répliqua Olivia sans savoir trop quoi dire. Mais parfois il faut faire ses propres expériences. Tomber et recevoir des coups pour se relever ensuite.

Il fit la grimace.

— Que s'est-il passé à Boston, Liv ?

Elle frissonna sous la fraîcheur de la brise. Trompée par ce beau soleil, elle n'avait pas pris de gilet.

— Rien que je ne puisse maîtriser.

— Je n'ai pas dit le contraire.

— Je sais, papa. C'est du passé maintenant. Je n'en souffre pas et je n'ai rien à craindre.

Elle lui sourit pendant qu'il finissait sa tasse de café.

— Et ce type ? McCaffrey ? Il est reparti pour San Diego ?

— Pour l'instant. Mais il reviendra pour élucider cette histoire de trésor perdu.

— Il n'y a pas de trésor à Knights Bridge, Liv.

Elle insista.

— Et à Quabbin ? Tu n'as jamais rien entendu là-dessus pendant ton enfance ?

— La vallée a été inondée avant ma naissance. J'ai connu quelques vieux briscards qui venaient des villes disparues.

Il se pencha pour ramasser un caillou et le frotta entre le pouce et l'index.

— Ces gens-là étaient parfois amers à cause de ce qui s'était passé, mais ils étaient bien obligés de continuer à vivre, à aller de l'avant. Aucun n'était riche, Liv. C'étaient pour la plupart des fermiers, des petits commerçants, des ouvriers. Je ne vois pas comment l'un d'entre eux aurait possédé un trésor susceptible d'intéresser Duncan McCaffrey.

— Il ne cherchait pas à s'approprier le bien d'autrui, papa. Il agissait dans la légalité. Enfin... je crois.

Olivia soupira.

— Je ne sais même pas s'il comptait vraiment découvrir un trésor. Ni même si cela a quelque chose à voir avec la construction de Quabbin. Cela fait si longtemps ! Tout de même, cela excite ma curiosité.

— Pas moi. Je n'ai pas le temps de m'en occuper. Il faut être riche et oisif comme Duncan McCaffrey et son fils pour s'y intéresser. En tout cas, Grace n'a rien à voir là-dedans.

— Grandma saurait quelque chose, tu crois ?

— J'en doute. Tu peux l'interroger, mais toute la ville le saura. Fais attention. Cela reviendrait aux oreilles de Grace. Elle ne serait pas contente que tu fouilles dans son passé.

— Tu as l'air de me juger affreusement indiscrète.

Il se contenta de hausser un sourcil circonspect.

Quand son père retourna travailler, Olivia partit vers le village et s'arrêta à la bibliothèque, un petit bâtiment de brique qui donnait sur la place. Olivia ne savait pas très bien ce qu'elle espérait y trouver, mais son intuition la guidait. La salle de lecture était décorée de photos en noir et blanc de la Swift River Valley, avant et après Quabbin. Le père de Dylan avait-il pris conscience que le trésor qu'il cherchait risquait de se trouver sous l'eau ? Des plongeurs avaient déjà exploré les lieux sans rien découvrir d'extraordinaire, par ailleurs.

La bibliothécaire, Phoebe O'Dunn, l'une des sœurs de Maggie, était en train de ranger des livres sur les rayonnages dans la section des enfants. Olivia alla droit au but.

— As-tu beaucoup de documents sur Knights Bridge à l'époque de la construction du barrage ?

Phoebe ramassa une pile d'albums. Elle avait les cheveux un peu plus foncés que ceux de sa sœur et coupés très court, mais tout aussi bouclés.

— Tu te renseignes sur ta maison ? La dernière au bord d'une vieille route qui finit dans le lac…, fit Phoebe en souriant.

Cela n'était pas venu à l'esprit d'Olivia. Et si Duncan McCaffrey avait acheté la maison de Grace parce qu'elle se trouvait *à côté* de la sienne ? Si le trésor était chez elle ?

— Tu as beaucoup de demandes sur cette période, dis-moi ?

— Rarement. La dernière remonte au moins à deux ans.

Les gens qui s'y intéressent s'adressent plutôt à la Société des Amis de l'Histoire, à New Salem, ou au centre de documentation de l'Office du tourisme. Ils ne viennent pas ici.

— Et est-ce que par hasard tu te souviendrais de la personne que tu as reçue il y a deux ans ?

— Très bien. Je ne me rappelle pas son nom, mais c'est lui qui a racheté la maison de Grace. Il était de Californie.

— Il est mort peu de temps après.

— Oh ! le pauvre.

— Que cherchait-il ?

— Il n'est pas entré dans les détails. Il a consulté les archives des journaux locaux, là-haut, dit Phoebe en montrant un escalier en colimaçon qui menait à une mezzanine. Il est resté très longtemps.

Olivia la remercia et monta dans la petite salle tapissée d'étagères poussiéreuses. Elle imagina le père de Dylan assis devant la vieille table en chêne, feuilletant d'épais registres à la recherche de… de quoi, au juste ?

Elle tomba sur une collection de journaux reliés datant de l'été 1938. Elle n'avait aucune idée de ce qu'elle cherchait. Une attaque de train ? Un détournement de camion blindé ? Un vol de tableaux ? Duncan McCaffrey était un touche-à-tout qui s'intéressait à toutes sortes de domaines.

Ou alors elle ne trouverait rien du tout — bien que cela semble de moins en moins probable à ce stade.

Elle s'assit par terre en tailleur et commença à feuilleter les vieux journaux.

En cinq minutes, elle avait sa réponse.

— Des bijoux, chuchota Olivia, stupéfaite.

Au début du mois de septembre 1938, un aristocrate britannique, lord Charles Ashworth, avait été dépouillé, dans un hôtel de Boston, d'une petite fortune en bijoux qu'il avait hérités à la mort de sa sœur.

Olivia aurait peut-être raté l'article sans la carte de visite qui marquait la page. Cette carte appartenait à Duncan

McCaffrey et portait son nom, son numéro de portable, son adresse mail ainsi qu'une adresse postale en Californie.

Le hold-up n'avait pas eu les honneurs de la une, pourtant, et avait été relégué dans les pages intérieures, dans la rubrique des faits divers, deux jours après le vol. La police n'avait pas appréhendé le coupable, qui s'était enfui avec trois bagues et un collier, donc. Il n'y avait aucune description précise. Le journaliste indiquait néanmoins que l'une des bagues avait été donnée à l'arrière-grand-mère de lord Ashworth par la reine Victoria en personne.

Rien de tel qu'une allusion à la couronne britannique pour enflammer l'imagination.

Duncan McCaffrey avait-il établi un lien entre Knights Bridge et la cachette des bijoux Ashworth ?

Les mains tremblantes, Olivia glissa la carte dans sa poche et replaça le lourd volume relié sur l'étagère. Les marches en métal résonnèrent sous ses pieds quand elle descendit l'escalier en courant. Elle fit au revoir de la main à Phoebe et sortit en trombe sur le trottoir, où elle ralentit enfin le pas. Il lui fallut un moment pour reprendre sa respiration et se calmer. Puis elle traversa la rue et appela Dylan à San Diego, au numéro qu'il lui avait confié.

Il répondit à la deuxième sonnerie mais elle ne lui laissa pas le temps de prononcer un mot.

— Tu nous prends pour des voleurs ?

— Comment ? Olivia..., bredouilla-t-il, à moitié endormi. Je viens juste de me lever. On a volé quelque chose ?

Il était à peine plus de 7 heures sur la côte Ouest. Olivia imagina Dylan au saut du lit, pas rasé, les cheveux en bataille, torse nu... ou davantage. Elle chassa promptement cette image.

— Oui, les bijoux Ashworth, dit-elle. Tu crois que c'est quelqu'un de Knights Bridge ?

Il soupira, complètement réveillé à présent.

— Je n'en sais strictement rien.

— Depuis quand es-tu au courant ?

— Pas longtemps. La dernière fois que je suis revenu en Californie.

Au moins, il ne niait pas, songea-t-elle en se mettant à l'ombre du monument commémorant la guerre de Sécession.

— Je vois.

— Qu'as-tu découvert, Olivia ?

— Je viens de la bibliothèque. Ton père y était passé et avait repéré un article sur un vol de bijoux à Boston en 1938. Dylan...

Elle inspira profondément pour contrôler ses émotions.

— Pourquoi ne m'as-tu rien dit ?

— Je n'en savais pas assez. Je ne voulais pas dévoiler une histoire saugrenue sans avoir vérifié les faits auparavant.

— Ton père a laissé une carte dans le volume. Je te la donnerai quand tu reviendras.

— Olivia...

Dylan semblait soudain désemparé. Elle y était peut-être allée un peu fort. Duncan McCaffrey était avant tout son père, pas un inconnu chasseur de trésors comme pour elle...

— Je te laisse. Excuse-moi de t'avoir dérangé.

— Où es-tu ?

— Sous la statue du soldat de l'Union.

Elle l'entendit rire en raccrochant.

En rentrant, elle reprit son travail de peinture. Le bricolage l'aidait toujours à réfléchir. S'ils existaient et s'ils étaient authentiques, les bijoux Ashworth devaient valoir des millions. Brusquement, elle comprit pourquoi Dylan était resté si discret.

Elle ajouta un motif de fleurs sur les portes du vaisselier, pour donner une petite note moderne et originale. Pendant qu'elle maniait le pinceau, des doutes l'assaillirent. Elle se faisait peut-être des illusions sur Carriage Hill. Son projet était-il *vraiment* viable ? Il y avait sûrement des points faibles auxquels elle n'avait pas songé...

Etait-ce bien raisonnable de refuser la proposition de Jacqui ? Ne devrait-elle pas accepter et retourner à Boston ?

Et surtout, était-ce bien raisonnable de continuer à penser à Dylan McCaffrey ?

15

— Dieu du ciel ! C'est encore pire que ce que j'imaginais ! s'écria Noah en arrivant devant l'ancienne maison de Grace Webster.

Il avait au moins le mérite d'être franc.

— Cela a dû être mignon, autrefois, lâcha Dylan.

— Pour une vieille prof de latin, peut-être.

— Tu as fait du latin ?

— Mmm... Quatre ans.

Dylan se gara dans l'allée. Pour une fois, Noah avait abandonné son éternel costume noir pour revêtir une tenue plus décontractée. Un jean et une chemise en toile. Noirs, malgré tout. Comme il se sentait un peu coupable d'avoir rappelé Dylan inopinément, il avait tenu à l'accompagner pour son troisième voyage à Knights Bridge.

— Tout de même, l'endroit est magnifique, reconnut-il en sortant de la voiture pour respirer à pleins poumons l'air de la campagne.

— Mais tu ne restes pas dormir, fit Dylan.

C'était plus un ordre qu'une question. Noah aimait trop ses aises et son confort pour supporter une nuit dans une masure qui sentait le renfermé.

— Cela ne risque pas ! Détends-toi.

— Je crois qu'Olivia est très fâchée contre moi.

— Et tu n'aimes pas ça, évidemment.

Noah indiqua le bois derrière la maison.
— Tous ces arbres ne te rendent pas claustrophobe ?
— Non.
— Même avec plein de feuilles ?
— Non. Il y a aussi des champs, Noah. Beaucoup d'espace.
— La Nouvelle-Angleterre ne me conviendrait pas. Je n'ai pas besoin de quatre saisons, conclut Noah, avant de reprendre : Allons-nous promener. Je veux me dégourdir les jambes.

En d'autres termes, il voulait voir La Ferme de Carriage Hill et rencontrer Olivia Frost. En chemin, Dylan lui expliqua ce qu'il savait sur Quabbin Reservoir et la région en 1938, l'année où on avait dérobé les bijoux de lord Ashworth à Boston.

— Ton père s'est peut-être fait arnaquer, déclara Noah tranquillement.
— Comment ça ? La maison ne lui a pas coûté cher. Il l'a eue pour le prix du terrain.
— Parce qu'elle ne vaut rien ! Pense plutôt à ce que cela te coûtera de la faire démolir. Il aurait fallu déduire ce montant du prix d'achat.
— Je n'y avais pas pensé, admit Dylan, songeur.
— Globalement, tu sais où tu vas et tu as le nez sur tes chaussures pour voir où tu mets les pieds. C'est d'ailleurs pour ça que les imbéciles te laissent en paix.
— Ce serait trop beau. On est toujours en butte aux imbéciles.
— Prends cette histoire de hold-up, poursuivit Noah. Imagine qu'on ait attiré ton père dans ce charmant village en le manipulant pour le mettre sur la piste des bijoux. S'il les a trouvés, ils sont peut-être à la banque dans le coffre de la vieille dame, ou à l'abri dans celui des Frost.

Il n'aurait peut-être pas dû tout raconter à Noah… Dylan resta songeur. Son ami avait aussi bien des éclairs de génie que des idées absurdes ou irréalistes. Il était à la fois très naïf et très calculateur. Ces deux traits de caractère ne s'excluaient pas, comme on le pensait généralement, mais se renforçaient l'un l'autre. Il ne pensait pas selon les schémas habituels. Pour comprendre les gens, Dylan allait droit au but en mettant à nu leurs motivations. L'amour, la cupidité, la peur, le sexe, la violence... Naturellement, il rencontrait aussi des gens intègres ou courageux, qui agissaient par sens de l'honneur ou du devoir. Il les jugeait selon la confiance qu'on pouvait leur accorder par rapport à Noah et ses affaires.

— T'es un vrai mec, Dylan, dit Noah sur le ton de l'évidence. Comme l'était ton père. Tu plais aux femmes. Il plaisait aussi. Olivia Frost l'a rencontré ?

— Non. Où veux-tu en venir, au juste ?

— A rien de spécial. Je me promène par un beau jour de printemps. Je guette les moucherons qui peuvent être particulièrement mauvais à cette période de l'année. J'ai lu des trucs là-dessus. Il faut faire attention.

Ils arrivaient devant chez Olivia. Dylan avait l'impression d'être parti depuis des semaines au lieu de quelques jours. Des tulipes blanches, jaunes et violettes pointaient leurs corolles sous une pancarte décorée d'une fleur de civette qui annonçait « La Ferme de Carriage Hill ».

Noah émit un sifflement.

— Très joli. Beaucoup plus classe que je ne m'y attendais. Et de bon goût. Ces adjectifs conviendraient-ils pour décrire ton Olivia Frost ?

— Elle ne m'appartient pas, et pour le reste tu vas me le dire toi-même.

En effet, Olivia apparut juste à ce moment-là sur le seuil de sa maison. Les cheveux tirés en arrière et attachés en queue-de-cheval, elle portait un jean et un haut vert foncé qui faisait ressortir les paillettes de ses yeux.

— Nous étions en train d'admirer ta pancarte, fit Dylan pour répondre à son sourire.

— Merci.

Elle s'essuya sur son pantalon.

— J'ai les mains dans la terre depuis ce matin. J'ai planté une centaine de pensées jaunes à l'arrière.

Elle avait les genoux pleins de boue, remarqua Dylan en faisant les présentations.

— Vraiment ravie de faire votre connaissance, Noah. Bienvenue à Knights Bridge, lança-t-elle en s'avançant à leur rencontre.

— Enchanté moi aussi, Olivia. Quel endroit splendide !

— Contente que cela vous plaise. J'organise un thé demain après-midi, entre mères et filles. Une sorte d'inauguration informelle.

— Un thé. Fabuleux. Cela correspond exactement à l'atmosphère qu'on imagine d'après votre papier à lettres. Mais la description de Dylan était largement au-dessous de la réalité.

Une étincelle d'humour s'alluma dans les yeux d'Olivia quand elle se tourna vers Dylan.

— Il faudra me répéter *exactement* les mots que tu as employés.

Noah se reprit.

— Il était enthousiaste...

— J'en suis sûre.

Puis, plus circonspecte, elle ajouta :

— Dylan vous a-t-il amené pour participer à sa chasse au trésor ?

— Vous voulez parler des bijoux Ashworth ? répliqua Noah innocemment.

Dylan fit la grimace, mais Olivia ne parut pas surprise qu'il en ait dit davantage à Noah qu'à elle.

— Puis-je vous offrir quelque chose à boire, messieurs ? enchaîna-t-elle.

— Avec plaisir, répondit Noah. J'aimerais beaucoup voir votre jardin, aussi.

— Je vous le montrerai volontiers.

Manifestement ravie, elle les précéda dans l'allée, tandis

que Noah traînait un peu pour murmurer, à l'intention de son ami :

— J'ai pas gaffé, j'espère ?

Dylan secoua la tête.

— Garde ton naturel. Ne t'inquiète pas.

Dylan regarda Olivia pendant qu'elle guidait Noah parmi les plates-bandes d'herbes aromatiques en fournissant toutes sortes d'explications. Sa gentillesse spontanée eut tôt fait de vaincre les réserves de Noah, qui se montra fort intéressé, surtout, curieusement, par le hangar où elle entreposait ses sacs de terreau, d'engrais et de compost, ainsi que tout un bric-à-brac hétéroclite.

— Ma sœur l'a trouvé derrière la scierie, dit Olivia devant un énorme pot de céramique bleue. Je mettrai des fleurs rouges dedans, sur la terrasse, pour attirer les colibris. J'adore recycler les vieilleries. Ça me donne l'impression d'être la reine des bons plans, alors que je ne fais qu'économiser quelques sous.

— Vous avez beaucoup de talent, dit Noah. Dylan, saurais-tu quelles fleurs il faut planter pour attirer les colibris ?

— Non, marmonna Dylan.

Il avait rarement vu Noah aussi charmeur.

— Cela ne te donne pas envie de te mettre au jardinage ? reprit ce dernier.

Dylan haussa les épaules sans prendre la peine de répondre, et Olivia les conduisit à l'intérieur. Pendant qu'elle sortait une carafe du réfrigérateur, Noah, décidément très à l'aise, prit des verres dans le placard. Puis Olivia fit le service.

— C'est du thé glacé, annonça-t-elle.

Dylan se souvint brusquement du baiser qu'ils avaient échangé ici même, dans la cuisine. Au même moment, Olivia rougit comme si elle devinait ses pensées.

— J'ai essayé une nouvelle recette de soupe aux légumes, dit-elle un peu précipitamment. Vous pouvez rester, si le cœur vous en dit. J'ai aussi du pain frais qui sort du four.

Noah lança à Dylan un regard appuyé.

— Eh bien, Knights Bridge est plein de bonnes surprises.

Il en faisait vraiment des tonnes.

— Nous ne sommes pas obligés d'accepter, fit Dylan, un peu agacé.

— Je ne sais pas si je peux résister à une invitation aussi chaleureuse.

— Olivia a une longue journée qui l'attend demain…

— Je vais vous en donner à emporter, proposa-t-elle pour trancher.

La température fraîchissait rapidement avec le soleil qui déclinait, mais il faisait bon dans cette cuisine. Carriage Hill reflétait fidèlement la personnalité de sa propriétaire, son bon goût, sa chaleur, sa générosité. Cependant, Dylan se rendait compte du chemin qu'elle avait encore à parcourir pour en faire une entreprise rentable. Il se souvenait avoir travaillé lui aussi jour et nuit pour réaliser ses ambitions, sans être jamais sûr d'être récompensé de ses efforts.

Après avoir versé de la soupe dans un récipient en plastique, elle enveloppa un morceau de pain dans une feuille d'aluminium.

— Bonne chance pour demain, dit Noah.

Olivia le remercia, conquise par les bonnes manières du fondateur et P-DG de la NAK.

Dylan prit le sac en papier qu'elle lui tendit. Arrivé au bout de l'allée, il maugréa :

— Quand as-tu pris des leçons de charme ?

— J'ai seulement essayé de faire bonne impression. Pour ne pas te porter tort.

— Malheureusement, de mon côté le mal est fait, et c'est irrattrapable. Même si elle ne le montre pas, elle m'en veut à mort.

— Parce que tu ne lui as pas parlé du hold-up de 1938, c'est ça ?

Au bout de quelques pas, Noah secoua la tête.

— Tu es en mauvaise posture, mon ami. *Très* mauvaise posture.

— En plus, je ne suis pas d'ici…

— Exactement. Tu es l'étranger qui fait tache dans la paisible bourgade de Knights Bridge — paisible *et vieillotte.* Le temps semble s'être arrêté à l'époque où on utilisait encore les carrioles et les chevaux !

— Ne sous-estime pas les gens d'ici. Ils sont aussi modernes que toi et moi.

— En tout cas, Dylan, je te connais. Tu n'abandonneras pas la partie avant d'avoir élucidé toute l'histoire. Pourquoi ton père a acheté cette maison, ce que sont devenus les bijoux volés, quel rôle Grace Webster a joué, et les Frost, et Quabbin Reservoir… Tu es opiniâtre et implacable.

— Olivia a peut-être autant envie que moi de connaître les réponses.

— Ta présence menace le village. Pas la sienne.

— Elle a vécu à Boston pendant plusieurs années, objecta Dylan.

— Oui, mais elle est revenue chez elle, là où sont ses racines et où vit sa famille. Toi, tu es un nomade, comme ton père, et…

Noah fronça les sourcils.

— Il y a des moucherons.

— Qu'est-ce que tu dis ?

— Tu ferais une bêtise en tombant amoureux.

Dylan hocha la tête.

— Je sais.

Noah agita la main et écrasa un moucheron sur sa joue.

— Maudits insectes ! Tu es un dur à cuire, Dylan. Tu ne crains rien. En revanche, Olivia risque de souffrir à cause de toi, ses proches aussi, même si tu ne le fais pas exprès.

— Tu cherches à me récupérer à San Diego ?

— Je te parle en ami, Dylan, pas en tant qu'associé.

— D'habitude, le facteur humain te dépasse complètement, Noah, fit Dylan un peu sèchement.

— Eh bien, la nature produit sur moi des effets surprenants. Tout comme ta jolie brune de voisine.

— Elle est trop bien pour moi, c'est ça ?

— Exactement ! Et te voilà pris au piège, mon cher. Tu ne peux pas avoir Olivia Frost si tu te lances à la recherche des bijoux Ashworth et tu n'auras jamais ta tranquillité d'esprit si tu t'abstiens.

— Et si les bijoux n'avaient rien à voir ni avec elle ni avec Knights Bridge ?

— Impossible. Pense au fichier que ton père a enregistré sur son ordi. Il n'aurait pas non plus acheté la maison de cette vieille dame, ni laissé sa carte de visite à la bibliothèque.

— Je comprends parfois pourquoi tu es milliardaire...

— Oui. J'ai eu de la chance. Il y a au moins une personne sur cette planète en qui je peux avoir confiance, et je l'ai rencontrée. C'est toi, mon vieux. Et maintenant, si cela ne t'ennuie pas, je retourne à mon univers d'hôtels cinq étoiles.

Dylan resta silencieux un moment, à savourer le calme de la campagne.

— Tu penses que je pourrais vivre ici ?

— Pour faire quoi ? Cultiver des haricots ?

— Je pourrais coacher les jeunes au hockey. Mon père et moi, on imaginait parfois de monter une entreprise de tourisme d'aventures... Knights Bridge serait une bonne base.

— Tu es complètement fou. Mais je te vois très bien réaliser un truc pareil !

Un grand sourire illumina le visage de Dylan.

— Je considère ces paroles comme un encouragement.

Une Lincoln noire, la voiture de location de Noah, se gara dans l'allée. Il n'avait jamais eu l'intention de rester et était attendu à New York, où il avait plusieurs rendez-vous au cours des jours suivants. Le chauffeur descendit pour lui ouvrir la portière.

Noah hésita un instant.

— J'ai tellement l'habitude que tu sois là pour me protéger...

— Tu t'en sortiras très bien. Tu as mis en place une équipe de confiance.

— C'est toi qui l'as recrutée. Un ancien joueur de hockey a l'esprit d'équipe. Pas moi.

Il jeta un regard en direction de La Ferme.

— Olivia Frost non plus. Elle me ressemble, de ce point de vue-là. Nous travaillons plutôt en solo, elle et moi. Cela nous demande trop d'efforts de dépendre des autres. Je n'ai pas beaucoup d'intuition mais je sais reconnaître quelqu'un qui a été échaudé parce qu'une pourriture lui a joué un sale tour.

C'était probablement plus que Noah n'en avait dit depuis des années. Dylan plissa le front.

— Tu penses qu'elle s'est réfugiée ici pour panser ses blessures ?

— Absolument. J'aurais volontiers goûté sa soupe, ajouta-t-il à brûle-pourpoint.

Puis il monta en voiture et disparut.

Dylan entra dans la maison et mit le sac au frigo. Il n'avait pas faim pour l'instant. Il se sentait un peu inquiet, désemparé aussi, ce qui ne lui ressemblait pas. Finalement, il enfila des vêtements de sport et partit courir, dans la direction opposée à celle de Carriage Hill. Un nuage de moucherons l'attaqua, sans doute pour le punir des pensées troublantes que lui inspirait sa jolie voisine…

En revenant, il se lava tant bien que mal dans la vieille baignoire et se changea de pied en cap. Comme l'exercice physique n'avait pas calmé sa nervosité, il inspecta le contenu des placards du séjour. Il trouva une pile de vieilles cartes qu'il déplia sur la table. L'une d'elles représentait la Swift River Valley en 1903. On y voyait les villes qui seraient englouties trente ans plus tard avec la construction du barrage. Il suivit des yeux les trois bras de la Swift River, les routes, le chemin de fer. C'était une carte topographique, avec l'emplacement des fermes marqué très précisément.

Les bijoux Ashworth étaient-ils cachés quelque part dans ce parc naturel, peut-être sous les eaux ? Impossible de le savoir.

Et si lord Ashworth avait inventé toute cette histoire ? Pour toucher une prime d'assurance, par exemple. Il avait déjà envisagé cette possibilité, mais...

Noah avait raison. Soit il quittait Knights Bridge tout de suite en abandonnant l'espoir de découvrir les réponses à ses questions. Soit il restait pour avoir le fin mot de l'énigme, mais il risquait d'en payer les pots cassés.

S'il repartait, Olivia oublierait-elle ce qu'elle savait ou chercherait-elle les réponses de son côté ?

Non. Elle n'abandonnerait pas. Elle chercherait.

Dylan sourit et sortit la soupe du frigo pour la réchauffer. Lui et sa voisine aux yeux noisette avaient au moins quelque chose en commun.

16

Par un bel après-midi de début septembre, à la fin de ce long été lointain de 1938, notre dernier dans la Swift River Valley, j'ai lu un article qui racontait un vol de bijoux à Boston. L'endroit où je me trouvais, dans la cabane qui me servait de refuge près de l'étang, n'avait pas changé, pas encore, mais les travaux se poursuivaient tout autour, sur des kilomètres et des kilomètres à la ronde. On coupait, creusait, arrachait, brûlait… Inlassablement. On mettait la terre à nu pour accueillir la Beaver Brook et les trois bras de la Swift River qui formeraient bientôt l'immense lac de Quabbin Reservoir.

L'histoire de cet aristocrate britannique cambriolé dans sa chambre d'hôtel m'a procuré une agréable diversion. Lord Charles Ashworth et sa fortune ont enflammé mon imagination. Je me demandais si on rattraperait le voleur. Etait-il anglais ? Je n'imaginais pas qu'il viendrait jusque dans notre vallée… Papa avait finalement accepté l'offre de l'Etat et acheté une maison à Knights Bridge, mais il se refusait toujours à partir. Il voulait encore croire, envers et contre tout, que les technocrates et les politiciens changeraient d'avis et que la vallée redeviendrait comme avant. Il devait pourtant bien savoir que c'était impossible.

Les villes de la vallée n'avaient déjà plus d'existence officielle. La plupart des habitants avaient déménagé. Nous, nous habitions encore chez Granny, mais elle avait commencé à préparer des cartons. J'étais comme papa. Je préférais attendre la dernière minute pour faire mes bagages.
Bien à l'abri dans mon petit bungalow, j'ai relu le fait divers. Je devais me forcer pour respirer calmement. La nuit, je faisais des cauchemars de noyade depuis des mois et je me réveillais souvent avec la sensation de manquer d'air. Depuis peu, je ressentais de plus en plus fréquemment cette impression d'étouffer, même dans la journée. La pensée de toute cette eau qui allait submerger mon univers me suffoquait. Mais je n'en parlais à personne. Il fallait supporter l'épreuve et le sacrifice qu'on nous imposait pour le bénéfice de millions de gens. Grâce à nous, Boston aurait de l'eau potable et pure pendant longtemps.
Dans ma cachette, je faisais comme si rien n'avait changé, comme si tout resterait éternellement comme avant. Mais cela devenait de plus en plus difficile de faire semblant. Autour de nous, on racontait que tout le monde finirait par aimer le nouveau paysage de Quabbin. Je l'espérais de toutes mes forces. Il faudrait bien qu'on oublie ces images de destruction et que les blessures se cicatrisent.
Ce soir-là, sans un bruit, je me suis glissée au-dehors après la tombée de la nuit. Le lointain rougeoyait à cause des broussailles et des arbres qu'on brûlait. En rentrant, je pleurais toutes les larmes de mon corps. Papa et Granny n'aimaient pas les débordements. Il fallait être fort et encaisser les coups. J'aurais voulu qu'ils viennent me voir dans ma chambre, mais ni l'un ni l'autre ne s'est déplacé. Sur le moment, pour me consoler, je me suis dit qu'ils ne m'avaient

pas entendue. Maintenant, je pense qu'ils savaient combien je souffrais. Mais ils étaient eux-mêmes trop malheureux pour me réconforter. Je ne sais pas si cela aurait changé quelque chose d'en parler. Cette nuit-là, j'ai tiré les rideaux et me suis caché la tête sous l'oreiller pour ne plus voir la lueur des feux.
Le lendemain, je suis retournée au bungalow. La promenade avait perdu de son charme et gagné en tristesse. Il restait très peu de maisons. Des arbres que je connaissais depuis toujours avaient disparu. En arrivant près de l'étang, prête à m'effondrer en pleurs, j'ai eu soudain envie de continuer mon chemin et de me mettre à courir pour échapper à la réalité. Je me suis finalement assise sur mon rocher, les pieds dans l'eau, pour me calmer avant d'entrer dans mon cabanon. Je m'étais fixé comme règle de ne jamais pleurer à l'intérieur.
Situé sur la ligne du partage des eaux, mon refuge serait bientôt démoli lui aussi. On assainissait les sols pour favoriser la filtration naturelle. Selon les ingénieurs, il faudrait quatre ans à une goutte d'eau du lac Quabbin pour arriver jusqu'à un robinet dans Boston.
Comme il n'y avait pas l'eau courante dans le bungalow, il fallait puiser l'eau directement dans l'étang ou dans un puits peu profond creusé à l'arrière, dans le bois. En attrapant mon seau, j'ai entendu du bruit, comme un craquement de branchages au passage d'une biche. Puis un homme a surgi des fourrés en titubant. Il était sale, ensanglanté, et pas rasé.
— J'ai besoin d'aide, a-t-il chuchoté d'une voix rauque.
Son accent anglais m'a surprise.
— Qui êtes-vous ?
— Je m'appelle Philip. Je ne suis pas...
Il a pâli et a failli s'effondrer à genoux, mais a réussi

malgré tout à rester debout sur ses jambes et même à esquisser un sourire.

— Je ne te ferai pas de mal. Tu es...

— Grace.

Je l'ai cru. Bizarrement, il ne m'inspirait aucune peur.

— Il faut nettoyer vos blessures. Vous avez faim ?

Il a souri de nouveau, faiblement.

— Je meurs de faim.

Je l'ai fait entrer et s'allonger sur le lit de camp. Manifestement, il souffrait, mais ne se plaignait pas. J'ai mis de l'eau à chauffer dans une casserole. Philip frissonnait sous les couvertures. Il avait sûrement de la fièvre. J'ai posé la main sur son front. Il était brûlant.

— Je peux aller chercher ma grand-mère, lui ai-je dit.

— Non. Ne parle de moi à personne. Je t'en prie, Grace. Je promets de ne te faire aucun mal.

— Je vous fais confiance.

J'ai nettoyé ses blessures, des coupures et des égratignures superficielles aux mains et aux bras, et une petite entaille sur le visage. Grand et musclé, il n'avait cependant pas l'air d'un ouvrier du barrage. J'ai tenté de le rassurer.

— Personne ne viendra vous embêter ici pour l'instant.

— Merci, Grace.

C'est à ce moment-là que je me suis rendu compte combien il était beau, avec une mâchoire forte et bien dessinée, et des yeux d'un bleu profond.

— Y a-t-il autre chose que je puisse faire pour vous ?

Il a touché un livre que j'avais laissé sur le lit.

— Je vois que tu aimes les histoires de cape et d'épée et les héros intrépides. Moi, je suis du côté des brigands et des canailles.

Il s'est laissé retomber sur le matelas.

— Accepterais-tu de me faire la lecture, Grace ?

Je me suis empourprée.

— *Des poésies latines ou la saga du* Mouron Rouge *?*
— *Pas de latin, s'il te plaît.*
J'ai donc ouvert la saga du Mouron Rouge *et commencé à lire à haute voix.*

17

Incapable de se rendormir, Olivia se leva à 4 heures du matin pour terminer son site web. Elle ne le mettrait pas en ligne avant d'avoir offert son thé entre mères et filles. Tandis que l'aube se levait, elle se promena dans les pièces du bas, silencieuses, à peine éclairées par la lumière du jour naissant. Il y avait encore beaucoup à faire, mais une atmosphère agréable se dégageait de l'ensemble. Les couleurs, les tissus, l'ameublement et l'agencement général correspondaient tout à fait à ce qu'elle avait imaginé. Elle rajouterait quelques tableaux et procéderait à des ajustements, mais pour l'instant elle se félicitait de ce qu'elle avait accompli en si peu de temps.

Cependant, on ne pouvait pas préjuger des réactions de la clientèle, qui aurait peut-être préféré une décoration plus classique et traditionnelle…

Repoussant les doutes qui l'assaillaient, elle se dirigea vers la cuisine et sourit à Buster, qui glapit doucement à son approche. Il s'était bien assagi, depuis qu'il l'avait adoptée. Elle lui faisait confiance pour ne pas effrayer ses hôtes. En tout cas, les femmes qui seraient là aujourd'hui aimaient toutes les chiens, même un gros et vilain bâtard comme Buster. Elle le sortit pour une courte promenade tandis que le soleil se levait derrière les collines et fit demi-tour juste avant d'apercevoir la maison de Dylan McCaffrey. Elle n'avait parlé à personne de l'article qu'elle avait lu à la bibliothèque concernant le vol de bijoux, et surtout pas à Grace.

Maggie arriva de bonne heure, aussi joyeuse et détendue que d'habitude. Elle parvenait toujours à tout faire sans s'énerver, alors qu'Olivia s'angoissait parfois pour des détails.

Les invitées étaient des amies ou des membres de la famille, proche ou éloignée. Naturellement, toutes étaient curieuses de voir comment Olivia avait transformé Carriage Hill — et toutes se posaient des questions sur le nouveau voisin. Les deux grands-mères d'Olivia étaient présentes, mais Grace avait finalement décliné l'invitation en lui envoyant gentiment en cadeau une paire de jumelles pour observer les oiseaux.

Sa grand-mère finit donc par venir, mais avec Jess, et en retard. Olivia les embrassa toutes les deux. Oui, elle avait vraiment choisi le moment idéal pour l'ouverture de sa maison d'hôtes, se félicita-t-elle.

Le thé se déroula à merveille. Les problèmes qui surgirent, très mineurs, seraient vite résolus. Il faudrait mettre un loquet moins bruyant dans les toilettes du rez-de-chaussée et au moins doubler le nombre de serviettes en tissu. Au moment de partir, plusieurs invitées réservèrent des dates, pour un baptême, notamment, la visite d'un club de jardinage et une journée de réunions pour une entreprise locale.

Jess s'attarda sur la terrasse pendant qu'Olivia raccompagnait Maggie, infatigable et intarissable, même après avoir servi douze personnes tout un après-midi. Quand le van bringuebalant de son amie disparut au bout de l'allée, Olivia rejoignit enfin sa sœur, assise sur le banc peint en jaune, à côté de la lavande.

— Tu as un passeport, toi ? demanda Jess.

Olivia s'efforça de conserver une expression neutre et tranquille.

— Oui.

— Tu t'en es servie quand ?

— Quand je suis allée à Montréal en voyage d'affaires, l'été dernier.

— Je vais en avoir un. Mon premier, à vingt-sept ans...

— Mais c'est super !

— Ma photo est horrible... Comme beaucoup de photos d'identité, apparemment. J'ai envie de voyager, Olivia.

— Alors fais-le.

— Cela ne te tente pas, toi, de voyager ? De découvrir Londres, Paris, l'Irlande, la Toscane, l'Australie ?

Jess baissa les yeux sur ses mains.

— Maman en perdrait le sommeil.

— C'est son problème, pas le tien, Jess.

— Et toi, alors ?

L'estomac d'Olivia se noua, comme chaque fois qu'il était question de voyages en avion. Mais elle s'obligea à sourire.

— Tu iras avec Mark, pas avec moi.

Elle suivit sa sœur jusqu'à sa camionnette.

— J'ai laissé une petite bouteille de champagne dans ton frigo, dit Jess en grimpant au volant. Bois une coupe à ma santé. Il faut fêter ton succès. C'était un merveilleux après-midi, Liv, très réussi.

Oui, sa sœur avait raison, songea Olivia en la regardant partir. Il fallait arroser cela.

Il faisait frais sous un ciel clair lorsque Dylan partit à pied chez Olivia, à la nuit tombante. Il la trouva assise sur les marches de la cuisine.

— Je ne voulais pas risquer de te déranger en venant plus tôt, dit-il. Mères et filles étaient contentes ?

— Oui, tout s'est magnifiquement passé. J'ai même bu une coupe de champagne pour fêter cela. Naturellement, j'ai eu droit à quelques questions à ton sujet...

Il se mit à rire.

— J'adore les petites villes. A-t-on aussi remarqué le passage de Noah ?

— Non, je n'ai pas eu l'impression.

— Tu lui as beaucoup plu, tu sais. Il trouve que vous vous ressemblez, tous les deux.

Elle éclata de rire.

— Je n'ai pourtant rien en commun avec un génie de la technologie !

— Tu crois ? Vous donnez tellement de vous-mêmes que vous finissez par vous brûler les ailes. La description te correspond un peu, non ?

— Un peu, c'est vrai. Mais elle pourrait s'appliquer à chacun de nous, selon les circonstances.

— Tu as sans doute raison, admit Dylan. Il m'a demandé des nouvelles de ton inauguration. Il avait à faire à New York et repartira demain pour San Diego. En avion.

Dylan se rapprocha, avant d'ajouter :

— Noah adore les voyages en avion.

Olivia détourna les yeux.

— Heureusement pour lui, avec la vie qu'il mène.

— Et contrairement à toi. Tu es une grande anxieuse, comme tout le reste de ta famille.

Il en resta là. Debout devant elle, il remarqua qu'elle était en chaussettes, comme si elle était juste sortie s'asseoir là quelques minutes. Elle ne semblait pas décidée à se lever.

— Ton futur beau-frère est passé me voir.

— Mark ? Pourquoi ?

— Je le lui avais demandé, pour lui parler de la maison.

Il n'avait pas dit « *ma* maison », délibérément, mais sans trop savoir pourquoi.

— De sa démolition, tu veux dire.

— Des différentes options qui se présentent.

— Dylan, Grace comprend très bien que cette maison ne lui appartient plus et qu'elle est en très mauvais état. Tu ne te feras pas d'ennemis ici si tu décides de la raser pour construire autre chose à la place.

— C'est ainsi que tu vois les choses ?

— Ce n'est pas moi la propriétaire. Tu pourrais très bien bâtir une belle maison et la revendre à des gens de Boston comme résidence secondaire. Même s'ils préfèrent généralement acheter à Cape Cod ou dans le Berkshire, il y a tout de même des amateurs à la recherche d'une vie tranquille et authentique, sans nécessairement un restaurant cinq étoiles à proximité.

Elle se passa une main dans les cheveux. La lumière du soir, un peu grise, faisait ressortir dans ses yeux un reflet presque bleu qui dominait complètement l'or et le vert.

— Mark et moi étions dans la même classe, au lycée, reprit-elle en sautant du coq à l'âne. Il te l'a dit ?

— Oui, il m'en a parlé.

— Il a surpris tout le monde quand il est revenu à Knights Bridge. Et maintenant il fait partie du décor. Lui-même ne s'imagine pas vivre ailleurs.

— Il a peur que Jess le trouve ennuyeux parce qu'il n'a pas très envie de l'accompagner à Paris, renchérit Dylan. Mais il ne supporte pas non plus l'idée que ta sœur vive cette aventure sans lui.

— Il devrait en discuter avec elle.

— Il ne parle pas facilement. En fait, il est très discret. Il aime la tranquillité. C'est moi qui ai plus ou moins reconstitué les morceaux du puzzle depuis que je suis arrivé ici.

— Nous les considérons comme fiancés, Jess et lui, expliqua Olivia. Une de ses amies a d'ailleurs proposé à Jess d'enterrer sa vie de jeune fille ici, cet après-midi…

Brusquement, elle se mit debout en lissant ses cheveux en arrière.

— Tu n'aimerais pas mener une vie tranquille, toi, j'imagine ?

Dylan haussa les épaules.

— En fait, je n'en sais rien. Je n'ai jamais connu cela.

— C'est bien ce que je dis, murmura Olivia en se retournant pour ouvrir la porte.

Dylan hésita une fraction de seconde avant de la suivre à l'intérieur. Il aperçut Buster endormi devant la cheminée du salon.

— Y a-t-il des nuits où la température est assez clémente pour que tu te dispenses d'allumer le feu ?

— Nous ne sommes qu'au début du printemps. Et chez toi, il fait bon ? Si tu as froid, ma proposition de t'offrir une chambre d'amis tient toujours. Je ne voudrais pas que de retour à San Diego tu te plaignes auprès de tes amis de l'inhospitalité des habitants de Knights Bridge. Qui sait, l'un d'eux réservera peut-être un séjour chez moi ?

— Qui sait...

Elle était accoudée sur le comptoir. Il se rapprocha.

— Tu gardes une activité de graphiste en freelance pour joindre les deux bouts en attendant que La Ferme te rapporte des revenus stables, affirma Dylan.

— J'ai un tas de projets...

— Tu as eu beaucoup de succès à Boston, pendant un temps. Tu as même été l'une des stylistes les plus en vogue de la côte Est, d'après ce que j'ai vu sur internet. Que t'est-il arrivé ?

Elle tiqua mais répondit malgré tout.

— Rien. D'ailleurs, je continue à travailler pour la même agence. Simplement, j'avais acheté cette maison et j'ai décidé de revenir à Knights Bridge.

Dylan secoua la tête.

— Il s'est passé quelque chose.

Elle se détourna et se mit à laver une casserole qui trempait dans l'évier. Rien de tel que faire la vaisselle pour terminer une conversation.

Mais elle ne s'en tirerait pas aussi facilement. Dylan n'avait pas l'intention d'abandonner le sujet. L'événement qui l'avait chassée de Boston la rongeait intérieurement. Il le voyait à sa réaction.

— Tu n'as pas envie d'en parler ? demanda-t-il doucement.

Elle se raidit encore davantage.

— Non.

— Tu l'as raconté à quelqu'un ?

— A Jess.

— Mais pas tout.

Olivia lâcha la casserole et jeta un regard par-dessus son épaule.

— Non, pas tout, en effet. Tu as pris des cours du soir de psychologie ou c'est inné, chez toi ?

— Disons que j'observe ta famille et la dynamique de Knights Bridge. Vous êtes une sacrée bande de coincés et de collets-montés, vous savez.

Elle se remit à astiquer sa casserole.

— Alors, qui t'a fait un sale coup ?

— Ce n'était pas un sale coup. Elle... s'est simplement occupée d'elle, et moi je n'ai pas fait assez attention à moi.

— Qui, *elle* ? Une collègue ? Une amie ?

— Nous ne sommes plus aussi proches qu'avant.

— C'est-à-dire ?

Elle hésita un peu.

— Elle m'a justement envoyé un texto tout à l'heure. C'est pour ça que quand tu es arrivé j'étais dehors, en train de réfléchir. Elle est très branchée sur tout ce qui se passe et savait déjà « qu'un ancien joueur de la NHL et Noah Kendrick étaient passés par ici », je cite.

Dylan fronça les sourcils.

— Décidément, Noah n'arrive jamais à passer inaperçu nulle part.

La tension d'Olivia se relâcha légèrement.

— Il a une personnalité très originale. On s'en rend compte tout de suite. Tous les deux, vous...

— *Olivia*. Tu changes de sujet.

— J'essaie.

— Comment s'appelle cette femme ? insista-t-il.

Elle soupira et se tourna vers Dylan avec une expression volontairement indéchiffrable.

— Marilyn Bryson, dit-elle enfin. Elle est de Providence, mais vient de s'installer à Boston pour travailler dans l'agence où j'étais employée.

— Ah !

— Elle a énormément de talent.

— Et toi ?

— Moi aussi, mais pas autant qu'elle, marmonna Olivia. De toute façon, je ne regrette rien.

— Qu'est-ce que tu as fait ? Tu t'es reposée sur tes lauriers ?

— Non ! J'ai toujours travaillé d'arrache-pied. Marilyn et moi, nous étions amies depuis plusieurs années, et sa carrière battait de l'aile. Quand elle m'a demandé des conseils, nous avons planché ensemble pour redresser la barre. Elle a retroussé ses manches pour se mettre au boulot. Comme elle a beaucoup d'ambition et d'énergie, cela a vite porté ses fruits.

— Tu as été sympa. Mais je ne sais toujours pas ce qui est arrivé. Elle t'a piqué des clients ?

— Un, avoua Olivia d'une voix à peine audible.

— Le plus gros ?

Elle hocha la tête.

— De toute façon, les clients ne sont pas liés par contrat. Ce sont des choses qui arrivent. Et puis j'avais déjà un peu perdu de vue Marilyn. La gifle a été moins rude.

— Tout de même, cela a dû être un sacré choc.

— Oui, c'est vrai. Jusque-là, le client en question s'était montré tout à fait satisfait par mes prestations, mais il cherchait sans doute un résultat plus tranché, plus original.

— C'est Marilyn qui l'a appelé ?

— Oui, avoua de nouveau Olivia. Je ne suis pas jalouse, Dylan. Ce n'est pas ma nature.

— Et ensuite ? Elle t'a laissée tomber une fois que sa carrière a décollé ?

— C'est zéro, je sais.

— Alors là, elle n'est pas gênée !

Olivia eut un petit rire contraint.

— J'aurais voulu fêter son nouveau départ avec elle, mais elle a brusquement cessé de se manifester. J'avais plus ou moins surmonté ma déception lorsque, vers la mi-mars, en entrant dans mon restaurant préféré...

Olivia marqua une pause.

— J'ai vu Marilyn attablée en face de mon meilleur client.

— Qu'est-ce que tu as fait ?

— J'ai battu en retraite ! Ensuite, j'ai réfléchi. C'est à ce moment-là que j'ai décidé de me lancer dans un nouveau projet. Je ne croyais pas Marilyn capable de fausseté. Ni Roger Bailey...

— Le client dans le rôle du traître.

Olivia s'essuya les mains avec un rire forcé.

— Il n'est pas méchant...

— Détends-toi. Tout le monde peut faire des erreurs. Ce n'est pas un signe de faiblesse ou de mesquinerie de le reconnaître. Personne n'est infaillible. Ce Roger poursuivait peut-être son idée sans se rendre compte qu'il te portait tort et dérogeait aux règles de ta profession. En revanche, ta pseudo-copine Marilyn est à blâmer complètement. Elle t'a poignardée dans le dos après t'avoir utilisée.

— L'expression est un peu forte...

— Mais pas inexacte, non ?

— Je l'ai mise dans le congélateur, déclara Olivia abruptement.

Dylan lui lança un regard oblique.

— Pardon ?

— Un soir que j'avais bu un peu de vin, seule — ce qui n'est jamais bon, je sais —, eh bien, à force de ressasser le problème, j'ai écrit le nom de Marilyn sur un bout de papier et je l'ai mise... dans le freezer.

Elle pointa l'index sur le réfrigérateur.

— Elle y est encore. Oh... je me sens comme une gamine.

Dylan éclata de rire.

— Attends ! Tu l'as congelée pour geler sa carrière ?

Olivia devint rouge jusqu'aux oreilles.

— C'était plus un rituel pour me soulager. Je ne lui souhaite aucun mal.

— Pourquoi ? Qu'aurais-tu fait à sa place, si une amie s'était mise en quatre pour t'aider à relancer ta vie professionnelle ?

— Cela ne m'a pas coûté. Nous étions amies. Nous passions des soirées très agréables. Au début, quand elle a pris ses distances, je la croyais seulement très occupée.

— Alors qu'elle se servait de tes contacts pour te couper l'herbe sous le pied.

Olivia inspira profondément.

— Le choc a été pénible et douloureux, je l'avoue, mais je me félicite d'en avoir profité pour venir ici. J'ai restauré ma confiance en moi et je n'en veux plus à personne. Je suis sereine.

— Tu peux, maintenant qu'elle est au freezer ! Il n'est pas interdit de se mettre en colère, Olivia. C'est même normal quand on est victime d'une injustice. Malheureusement, nous choisissons parfois bien mal nos amis. Il arrive aussi que les chemins se séparent au bout d'un certain temps.

— En tout cas, j'ai très mal vécu cette déception. Tu ne risques pas de connaître pareille déconvenue avec Noah Kendrick.

— Non. De toute façon, nous ne sommes pas en position de rivalité.

— Nous ne l'étions pas non plus, Marilyn et moi.

— Tu crois ? Cette Marilyn était *forcément* en concurrence avec toi. Vous êtes toutes les deux dans le design et stylistes de haut niveau, donc en compétition. Noah et moi sommes associés, ce qui est différent. Vous ne fréquentiez pas les mêmes garçons, au moins ?

— Non, jamais ! s'écria Olivia d'un air offusqué.

Olivia ouvrit un tiroir et en sortit une serviette blanche.

— Mais tu avais un petit ami ?

— Il a quitté Boston, dit-elle très vite. De toute manière, je… nous… ce n'était pas une relation sérieuse.

— Où est-il allé ?

— A Seattle.

Elle déplia la serviette et l'étala sur un reste de tartelettes posées sur une assiette.

— Tu n'envisageais pas de prendre l'avion régulièrement pour entretenir la relation, c'est ça ?

— Nous n'étions pas assez liés.

Dylan poussa un grognement et se dirigea vers le frigo pour ouvrir le freezer. Le bout de papier avec le nom de la traîtresse était coincé sous un bac à glaçons. Olivia ne laissait rien au hasard, songea-t-il avec amusement.

Il emporta le bout de papier dans le salon.

Olivia le suivit.

— Qu'est-ce que tu fais ?

— Je jette Marilyn dans le feu. C'est un meilleur rituel. Elle va tomber en cendres et disparaître. Complètement.

— C'est un peu brutal comme traitement, non ?

— Plus que de la congeler ?

— Geler sa carrière, c'est différent. De toute façon je plaisantais.

— Moi, je suis sérieux. Je veux que tu arrêtes de penser à cette femme et que tu retrouves confiance en toi-même.

— Mais j'ai confiance en moi…

— Pas autant qu'avant. Je me trompe ?

Olivia s'assit au bord d'un fauteuil. Buster remua et roula sur le côté, poussa un soupir et se rendormit.

— Je m'interroge davantage, oui, peut-être.

Dylan regarda le nom de Marilyn marqué en gros, au feutre rouge. La couleur avait-elle une signification ou avait-elle pris le premier crayon qui lui tombait sous la main ? Il s'assit sur le tapis, à côté de Buster.

— Cette expérience ne doit pas miner ton assurance et ton jugement. Ne perds pas foi en toi.

— C'est ce qui est arrivé à Noah ?

— Il n'est pas question de Noah, ici.

— Mais c'est vrai ?

— Noah est incapable de se fier à ses impressions dès qu'il s'agit de relations humaines. Je suis son ami. J'étais déjà son ami quand il avait dix ans et je le serai encore quand il en aura quatre-vingts. C'est ainsi. Cela n'a rien à voir avec ce qui existait entre toi et Marilyn Bryson.

— Peut-être. Malgré tout, je ne la condamne pas. Certaines amitiés ne sont pas éternelles. Je ne regrette pas de l'avoir connue. Elle est drôle, optimiste, dynamique.

— Tu aurais pris un de ses clients ?

— Non, bien sûr, admit Olivia. Marilyn ne s'est peut-être pas rendu compte...

— Ne lui cherche pas d'excuses, coupa-t-il, d'un ton doux et ferme à la fois.

— On ne peut pas dire que tu aies une très haute opinion de la nature humaine.

— Je suis réaliste, c'est tout.

Il se leva, sans quitter Olivia des yeux. Quoi qu'elle en dise, cette mauvaise expérience l'avait marquée.

— Tu as eu raison de la mettre au congélateur si elle t'a fait souffrir. Elle s'est vraiment mal conduite.

— Je ne suis pas mesquine ni vindicative, Dylan. Marilyn non plus. Elle n'a sans doute pas agi par calcul.

— Arrête ! Son comportement est impardonnable. Toi, au contraire, tu agis selon un code d'honneur et d'intégrité, et tu es très sévère envers toi-même.

Il baissa les yeux sur le papier.

— Je parie qu'elle raconte des mensonges sur toi.

Olivia réprima un sourire.

— C'est drôle comme de temps en temps l'enfant affleure en chacun de nous. Là, tu viens de parler comme un petit garçon de dix ans. J'essaie d'imaginer à quoi tu es en butte dans ton travail. On doit raconter toutes sortes d'inepties sur Noah.

— Ouais, admit-il. Au bout d'un moment, on arrive à reconnaître assez vite les profiteurs, égocentriques et hypocrites en tous genres. En tout cas, tu es sur la voie de la lucidité si tu sais faire la part des choses. C'est à la fois du bon et du mauvais qui t'a amenée ici.

Il jeta Marilyn au feu, et Olivia regarda le bout de papier se consumer rapidement.

— Ce n'est pas sa réussite qui t'a ébranlée, reprit Dylan. Mais la perte de son amitié. Et tu t'en es voulu de t'être trompée sur son compte. En même temps, cette histoire est probablement venue à point nommé.

Elle hocha la tête, visiblement au bord des larmes.

Dylan l'embrassa sur le sommet du crâne.

— Je te laisse. Tu as besoin d'être seule pour réfléchir. Ton père m'a dit que les pêcheurs peuvent aller en bateau à l'emplacement de l'ancienne maison des Webster, juste au-dessus de leur cave. Je pensais louer un bateau, justement, et aller me promener par là-bas.

— Il va faire une journée splendide demain.

— Tu pourrais venir avec moi.

— Oui, pourquoi pas.

— J'ai trouvé deux cannes à pêche dans le hangar de Grace. Alors on se dit à demain, à l'aube ?

Elle le rattrapa par le bras comme il partait.

— J'ai une chambre avec salle de bains à ta disposition, si tu veux rester. Tu ne risqueras pas de me croiser sur le palier.

— De bon matin avec les cheveux en bataille, quand tu es complètement irrésistible.

— Je ferai attention d'être habillée.

— Ce ne serait pas drôle, alors !

Elle le lâcha en riant, même si des larmes brillaient encore dans ses yeux.

— J'ai perdu un peu de confiance en moi au cours de ces derniers mois, tu as raison. Normalement, je suis plus rigolote.

— Verse-toi une autre coupe de champagne pour fêter ton

inauguration et ta délivrance d'une amitié perdue. Prends un bain chaud. Et à demain.

Dylan n'avait pas envie de partir, mais c'était mieux ainsi. Il regarda encore une fois les yeux d'Olivia noyés de larmes et lui sourit.

— J'apporterai les cannes à pêche et tu te chargeras du pique-nique, d'accord ?

18

Le lendemain matin, Jess revint de la boîte aux lettres en courant et fit irruption dans le bureau.

— Il est arrivé ! Mon passeport. Je l'ai !

Sa mère repoussa sa chaise à roulettes pour regarder le document que sa fille brandissait victorieusement.

— C'est bien.

— Oh ! maman, je suis si contente ! Finalement, ce n'était pas très compliqué. C'est la photo qui m'a donné le plus de mal. Maintenant, je n'ai plus d'excuses. Je rêve de Paris autant que toi de la Californie.

— Et Mark ?

— Il viendra sans doute avec moi. Mais dans tous les cas, moi, je pars. Avec ou sans lui. Je ne veux pas attendre. Sinon, je risque d'avoir des enfants avant d'avoir réalisé ce projet et je serai obligée de le reporter à Dieu sait quand.

Elle rangea son passeport dans son sac.

— Si toutefois... Bon, je ne voudrais pas me porter la poisse en parlant trop tôt.

Sa mère se leva.

— Mark a...

— Je n'aurais rien dû dire. Lui et moi...

Jess s'interrompit abruptement.

— *Non*, maman. Je n'ai toujours pas de bague de fiançailles. En tout cas, ne t'en fais pas pour la Californie. Je fixerai mes dates par rapport aux tiennes pour qu'il y ait toujours quelqu'un à la fabrique.

Sa mère examina la carte accrochée au mur.

— Je me fais peut-être des illusions, Jess. Parfois je me demande si je suis vraiment capable d'entreprendre ce grand voyage.

Les épaules de Jess se voûtèrent. Comme rabat-joie, sa mère n'avait pas son pareil !

— Allez, maman... Ne dis pas cela.

Celle-ci se força à sourire.

— Pourquoi quitterais-je un endroit où je me sens bien ?

— Pour voir le monde, faire du tourisme. Tu te poses trop de questions !

— Tu as sans doute raison...

Elle serra Jess dans ses bras.

— J'ai des coups de fil à passer. Ne t'inquiète pas pour moi.

Jess s'échappa du bureau et sortit, tellement agacée par la réaction de sa mère qu'elle jeta des cailloux dans l'eau à coups de pied. Puis, rattrapée par la culpabilité, elle se calma en écoutant le bruissement de la rivière, le gazouillement des oiseaux et le murmure de la brise dans les arbres. En fait, il n'y avait pas que sa mère qui l'énervait. Elle se sentait en butte à d'innombrables frustrations. A cause de Mark, d'elle-même, de sa vie... Comment trouverait-elle le temps d'aller à Paris avec les millions de choses qu'elle devait faire ?

Son père la rejoignit près de la digue.

— Tu as montré ton beau passeport tout neuf à ta mère. Elle en est malade. Elle a vomi.

— Tu n'avais pas besoin de me le dire, papa...

— Excuse-moi. Je plaisantais. Quand pars-tu pour Paris ?

— J'aurais voulu y aller en voyage de noces. Enfin...

Ses yeux s'embuèrent.

— Mais cela n'arrivera pas.

— Pourquoi ? Ne me dis pas que Mark a peur de l'avion lui aussi !

Elle sourit à contrecœur.

— Non, mais il y est déjà allé. S'il y retourne, c'est juste pour me faire plaisir. Il n'en a pas vraiment envie.

— Eh bien, profites-en. Pour ce qui est de la lune de miel, je me garderai d'émettre un avis, mais c'est fantastique d'avoir un guide pour toi toute seule.

— Cela m'ennuie de lui imposer un séjour dans une grande capitale alors que cela ne le tente pas plus que ça.

— Dans ce cas, passez cinq jours à Paris et cinq jours à randonner dans les Alpes, ou à descendre une rivière en kayak.

Jess jeta un regard éberlué à son père.

— C'est si facile. Et tellement simple ! Pourquoi n'y ai-je pas pensé toute seule ?

— Parce que tu manques de recul. Ne crée pas de problèmes là où il n'y en a pas, ma fille. Si tu n'avais pas de quoi manger, là tu aurais de quoi te tourmenter. Mais un voyage à Paris ne doit pas constituer un motif d'inquiétude. Parles-en avec Mark. Tu verras bien. Ne lui dis pas que l'idée vient de moi.

— As-tu déjà eu envie d'aller marcher dans les Alpes ?

Son père lui adressa un clin d'œil.

— Je ferai bientôt de la randonnée sur la côte pacifique.

— Maman a la trouille. Papa… elle planifie le moindre détail. Cela devient obsessionnel. Et si elle abandonne le projet ? Elle évite déjà de conduire à Boston. Je la vois mal prendre l'avion jusqu'en Californie pour rouler ensuite pendant deux cents kilomètres sur une route pleine de virages à flanc de falaise.

— Il est parfois plus facile de se lancer dans un grand bouleversement que de changer au quotidien. Elle fait des efforts, Jess.

— Je sais, papa.

— Nous vivons dans une région magnifique et pourtant nous rêvons tous d'autres horizons !

— Pas Olivia.

Jess réfléchit un instant à sa sœur aînée.

— Elle voudrait tout de même savoir si elle est capable de monter dans un avion.

Son père ramassa un galet et le lança dans l'eau en faisant des ricochets.

— Rien ne l'y oblige.

— Elle a peut-être besoin qu'on la pousse, qu'on l'encourage. Tu nous as toujours protégées, mais parfois on a besoin de soutien plus que de protection.

— Mais je vous soutiens !

— Non, tu nous *protèges*, nuance.

— Depuis quand tu joues à la psy ?

Jess eut un rire gêné. Même si son père avait des soupçons, il ne savait pas encore officiellement que leur mère consultait un psychothérapeute. Sous ses côtés un peu ours, il aurait fait n'importe quoi pour assurer le bien-être de sa femme et ses deux filles, physiquement et moralement. Il ne devait pas considérer cette thérapie comme une critique dirigée contre lui, ou un signe qu'il n'était pas à la hauteur.

Il serra sa fille dans ses bras.

— Allez, retournons travailler.

— Papa, qu'aurais-tu fait si Olivia avait suivi Peter Martin à Seattle ?

— Cela ne pouvait pas arriver. Ce type n'était pas fait pour elle.

— Mais si cela s'était produit ? insista Jess.

— Je lui aurais donné ma bénédiction, avec tous mes vœux de bonheur.

— Et maman ?

— Elle aurait réagi pareil.

Jess eut une moue sceptique.

— Avec sa fille aînée à l'autre bout du pays ? Tu es sûr ?

— Oui. On ne cherche pas à vous retenir près de nous à tout prix.

— Vous ne voulez pas non plus vous débarrasser de nous, tout de même ?

— Vous êtes adultes..., conclut-il, un peu évasif.

— Papa, ton discours sonne faux. En fait, maman et toi, vous n'avez pas du tout envie que l'une ou l'autre de vos filles quitte la Nouvelle-Angleterre. Seattle... Encore un endroit où j'aimerais aller.

— Ta mère veut m'y emmener aussi, figure-toi.

— C'est peut-être toi qui es le plus encroûté, alors.

— Peut-être, fit-il, philosophe.

Il ramassa un autre caillou.

— Dylan McCaffrey est encore revenu. Pour quoi faire ?

— Je n'en ai pas la moindre idée.

— Ce type est immensément riche. Pas autant que son ami Noah, mais sa fortune dépasse probablement tout ce que toi et moi pouvons imaginer.

— Son argent n'a peut-être rien à voir avec ce qui l'amène à Knights Bridge.

— Ou le contraire. Il n'a pas besoin de loger dans cette masure à moitié en ruine, où manque le confort élémentaire.

— Il a sûrement ses raisons.

— Olivia en fait partie ?

Jess sourit avec une expression énigmatique.

— Qui sait ? Il se moque peut-être des conditions rudimentaires parce qu'il est juste à côté de chez Olivia.

— Vraiment ?

— C'est possible.

Son père fit la grimace et jeta son caillou dans l'eau.

— Cela ne me regarde pas.

— Je plaisante, papa. Allez, je fais juste un saut chez moi avant de retourner travailler.

Ces deux conversations à la suite avec sa mère et son père avaient redonné de l'énergie à Jess, tout en la déstabilisant. Avec un sourire, elle rangea son passeport dans le tiroir de sa commode. Brusquement, elle avait hâte de le montrer à Mark.

Puis elle retourna à la fabrique.

A la fin de la journée, elle rendit visite à Olivia. Pendant les premières semaines, elle s'était montrée discrète, car sa sœur pouvait très bien repartir pour Boston en se rendant compte qu'elle s'était trompée et que son projet de gîte était irréalisable. Mais maintenant elle était presque sûre qu'Olivia resterait.

Presque.

Olivia avait sorti sa grand-mère et Grace Webster pour l'après-midi, et Jess les trouva toutes les trois sur la terrasse. Installées dans des fauteuils au soleil, les deux vieilles dames papotaient pendant qu'Olivia s'activait dans un coin de la cour.

— Tu as besoin d'aide ? cria Jess.

— Non, je te remercie. Je m'occupe du compost.

Il y avait une brouette à côté d'elle, débordant de feuilles et de branchages.

— Cet homme lui tourne autour, dit leur grand-mère quand Jess s'assit. Celui qui habite chez Grace.

— La maison est à lui, maintenant, déclara Jess.

Sa grand-mère soupira.

— Il y a quelque chose entre eux. Tout a commencé à cause du père. Duncan McCaffrey, le chasseur de trésors.

Grace resserra frileusement les pans de son gilet.

— Quelquefois, il vaut mieux ne pas réveiller le passé.

— Tu as pourtant écrit un livre pour le raconter, lui rappela son amie.

— Pour raconter l'histoire de ma vie. Parce qu'il n'y aura personne pour se souvenir de moi. Je n'ai pas d'enfants, pas de petits-enfants, pas de frères et sœurs...

— Tu n'as pas un cousin à Chicago ?

— A Minneapolis. Il est peut-être mort. Je ne l'ai pas revu depuis des années.

Olivia revint avec sa brouette vide, au grand soulagement de Jess. Grace se leva.

— J'aimerais revoir ma maison. Tu peux m'y emmener, Olivia ? Jess tiendra compagnie à ta grand-mère pendant que nous faisons un saut là-bas.

— Je n'ai pas besoin de baby-sitter, protesta cette dernière.

— Allons, Grandma, dit Jess. Nous irons couper de la rhubarbe dans le jardin. J'attends d'ailleurs toujours ta recette de tarte.

Sa grand-mère se radoucit et capitula en se levant à son tour.

— Grace et moi ne serons pas longues, lança Olivia.

— M. McCaffrey sera là ? demanda Grace.

— Sans doute.

La vieille dame fronça les sourcils.

— Il n'a pas grand-chose à faire, j'imagine ?

— En effet, répondit Olivia en riant.

Olivia conduisit Grace en voiture et se gara le plus près possible des marches. La vieille dame ouvrit toute seule la portière et commença à marcher sans attendre son aide. Le soleil se cachait derrière les nuages qui s'amoncelaient dans le ciel, annonçant la pluie. Olivia avait besoin de passer une soirée tranquille. Son excursion matinale à Quabbin avec Dylan l'avait éreintée. Il n'y avait pas âme qui vive sur le lac. La nature était si sauvage et la solitude si grande qu'on avait du mal à imaginer que des gens avaient habité là autrefois.

— Tu viens ? lui lança Grace en se retournant.

Elle hocha la tête avec un sourire.

— J'arrive.

Cette petite promenade à deux avait-elle autant affecté Dylan qu'elle ? se demandait Olivia. Ils avaient pêché en silence, en écoutant le chant des oiseaux et le clapotis de l'eau. Les beautés naturelles s'étendaient tout autour, à des kilomètres à la ronde. Ils avaient remarqué un nid d'aigle tout en haut d'une épinette. Olivia aurait bien voulu apercevoir un élan. Maggie en avait vu à l'automne.

En se repérant sur une île, autrefois une colline, pour s'orienter, ils avaient localisé l'endroit où Grace avait grandi.

L'eau était très profonde, impénétrable, sans aucuns vestiges visibles en transparence.

— Olivia, dit Grace doucement.

Elle sursauta en revenant à la réalité.

— Excusez-moi. J'étais perdue dans mes pensées. Dylan et moi avons fait une promenade en bateau, ce matin. Nous voulions localiser l'endroit où vous avez grandi.

— Vous avez attrapé du poisson ?

— Rien du tout !

Dylan avait paru charmé par la beauté et l'histoire de Quabbin. Olivia, elle, était fascinée par lui. Il n'était pas qu'un beau gosse séduisant et un homme d'affaires influent. Là, en pleine nature, les stéréotypes tombaient d'eux-mêmes. Il était lui-même, complètement authentique et incapable de jouer la comédie en défendant des causes ou des valeurs auxquelles il ne croyait pas. C'était pour cela qu'il s'entendait si bien avec Noah Kendrick. Ils étaient aussi entiers l'un que l'autre.

Grace monta les marches lentement mais sans la moindre hésitation.

— Cette maison est devenue complètement miteuse. Dis-moi, elle était aussi délabrée quand je l'ai vendue à cette canaille de Duncan McCaffrey ?

— Je n'étais pas à Knights Bridge, à ce moment-là, lui rappela gentiment Olivia.

Grace poussa un soupir en passant la main sur la peinture écaillée de la porte.

— On s'habitue à certaines choses, avec le temps. Pendant les dernières années que j'ai passées ici, j'avais très peur de ne pas remarquer les mauvaises odeurs, en vieillissant. Je restais plus longtemps à l'intérieur, sans sortir. Les sens s'émoussent, à force. C'est comme les gens qui ne sentent plus les odeurs de leurs animaux. J'avais fait promettre à ta grand-mère de m'avertir si cela empestait le pipi de chat.

Olivia sourit.

— Grandma vous l'aurait probablement dit même si vous ne lui aviez rien demandé.

Dylan ouvrit la porte à ce moment-là.

— Bonjour, Grace, Olivia, dit-il d'une voix neutre et polie. Il s'effaça pour les laisser entrer. Il s'était douché et changé après la balade et portait un pull gris et un pantalon de toile qui accentuaient sa silhouette athlétique.

— Je me suis lancé dans un grand nettoyage, expliqua-t-il. J'ai même lavé par terre.

Aussitôt, Olivia l'imagina à l'ouvrage, avec les manches retroussées. Elle avait bien du mal à maîtriser son attirance. Si Grace remarqua quelque chose, elle ne fit aucun commentaire. En effet, l'odeur de moisi et de renfermé avait disparu. La maison sentait bon le propre.

Après un instant d'hésitation, Grace traversa le salon pour aller dans la salle à manger.

— Je corrigeais mes copies ici, assise à cette table, dit-elle en passant la main sur la surface fraîchement cirée. On voit encore les marques d'encre rouge. J'écrivais toujours mes annotations en rouge.

— Mes parents s'en souviennent, dit Olivia.

— Ton père adorait Shakespeare, mais il faisait semblant de ne pas aimer la lecture. Il aurait pu avoir tous les premiers prix, mais il ne voulait pas se fatiguer. Ta mère était différente. Elle s'appliquait.

— Elle n'était pas aussi intelligente que papa ?

— Je n'ai pas dit cela. Randy pouvait s'en sortir très honorablement sans travailler. Louise non, mais pas par manque de capacités. Elle perdait ses moyens si elle ne se sentait pas assez préparée. Par contre, cela ne dérangeait pas ton père d'improviser.

— Avaient-ils la fibre artistique, comme Olivia ? demanda Dylan.

— Randy aimait dessiner, mais en tant que professeur de latin et d'anglais je ne sais pas s'il était doué. Cela remonte à très longtemps. Je me souviens pourtant très bien de lui et de Louise, sans doute parce que j'étais déjà amie avec Audrey à l'époque.

— Tout le monde se connaît, dans les petites villes. Il n'y a pas de mystère, fit Dylan.

Au-dehors, le vent commençait à souffler en rafales. La vieille dame regarda par la fenêtre et contempla distraitement le jardin envahi par la végétation.

— Permettez-moi de ne pas être d'accord avec vous, répliqua-t-elle. Les petites villes gardent peut-être leurs secrets plus jalousement que les autres. Dans une grande ville anonyme, on se moque qu'un étranger découvre sur soi des informations confidentielles. On peut toujours s'en tirer en racontant n'importe quoi. On ne le reverra probablement jamais.

— Vous avez des secrets, vous ? demanda Dylan.

Elle ignora la question.

— J'ai de la chance d'être à Rivendell, où tout est neuf.

Tout en se dirigeant vers la bibliothèque, elle poursuivit :

— A part l'entretien courant, je ne faisais plus grand-chose, quand j'habitais encore ici. Je répugnais à dépenser de l'argent quand il ne s'agissait pas vraiment de réparations indispensables. J'adorais la vue, le jardin, mon fauteuil préféré et mes livres. Je tenais mon intérieur comme il faut, mais je n'ai jamais ressenti le besoin de refaire la décoration ou de remplacer des appareils qui fonctionnaient encore. La famille...

Elle marqua une pause et s'absorba un instant dans ses pensées.

— Granny se plaisait ici, mais mon père ne s'est jamais vraiment senti chez lui. Moi si, même si j'ai toujours regretté notre ancienne maison, que l'Etat nous a confisquée.

— Qui habitait chez Olivia avant elle ? interrogea Dylan.

— Il y a eu plusieurs propriétaires. Les plus récents, le couple qui lui a vendu la maison, projetaient de la convertir en bed-and-breakfast, mais leur projet n'a pu aboutir faute d'argent. Ils ont énormément travaillé. Ils ont refait la toiture et l'électricité, changé la chaudière...

— Cela m'a beaucoup aidée, déclara Olivia. J'ai pu me concentrer sur les aménagements au lieu de devoir entreprendre de gros travaux.

— Vous viviez seule ? questionna Dylan, accoudé sur le piano.

— Après la mort de mon père et de ma grand-mère, oui. J'ai plusieurs fois envisagé de prendre un pensionnaire. Finalement, je ne l'ai pas fait. Je voyais des élèves et des collègues la journée. J'allais à l'église, au restaurant ou au cinéma avec des amies. J'aimais ma tranquillité et j'appréciais la solitude. J'observais les oiseaux, je lisais, je jardinais. J'écoutais aussi beaucoup la radio, mais j'allumais rarement la télévision. Je me suis acheté un lecteur de DVD quand j'ai commencé à sortir un peu moins.

Grace effleura une rangée de livres de la main.

— Vous avez eu une vie agréable, déclara Olivia.

— Oui, acquiesça Grace en se tournant vers elle. Elle l'est encore, d'ailleurs. Comme je ne me suis pas mariée et que je n'avais pas de famille proche, je n'ai jamais vécu dans l'illusion que quelqu'un s'occuperait de moi pendant ma vieillesse.

Une étincelle malicieuse s'alluma dans son regard quand elle ajouta en riant :

— Même si je n'avais jamais imaginé vivre aussi vieille !

D'un signe de tête, Dylan indiqua les étagères chargées de romans.

— Vous m'avez laissé de bonnes lectures.

En tremblant un peu, Grace toucha du bout du doigt un exemplaire de la saga du *Mouron Rouge*.

— J'ai adoré tous ces livres. Quand je me languis d'aventures ou d'histoires de cape et d'épée, j'emprunte à la bibliothèque.

— Ils n'ont pas aussi une valeur sentimentale ?

— Si, bien sûr. Hélas, je n'ai pas de place pour eux dans mon petit appartement. J'en ai fait cadeau à votre père, qui n'a malheureusement pas eu la chance d'en profiter. J'espère que vous ne les jugez pas trop vieillots.

— Pas du tout. Je suis même en train de lire *Le Comte de Monte-Cristo.*

Grace lui sourit.

— Excellent choix. Alors, vous vous plaisez à Knights Bridge ? Avez-vous déjà eu l'occasion de monter à Carriage Hill ?

— Oui, grâce à Olivia.

Elle s'approcha de la fenêtre, écarta le rideau en dentelle et allongea le cou pour apercevoir le sommet de la colline.

— Je n'ai pas été là-haut depuis des années. Il y a un étang, de l'autre côté. Carriage Hill Pond. Quand j'étais adolescente...

Elle se redressa et chercha ses mots.

— Il y avait un cabanon dans lequel je passais des journées entières à lire. Il a été démoli comme tout le reste au moment de la construction du barrage.

Grace était manifestement fatiguée, et après avoir échangé un regard avec Olivia Dylan prit la vieille dame par les épaules.

— M'autoriseriez-vous à vous raccompagner jusqu'à la voiture ?

Un sourire éclatant illumina son visage.

— Vous êtes un charmant bandit !

— Je préfère les mousquetaires, répondit-il en riant.

Quand Grace fut bien installée sur le siège avant, Olivia retourna chez elle prendre sa grand-mère, puis les raccompagna toutes les deux à Rivendell. Un groupe de résidents rassemblés devant un écran géant encourageait bruyamment les Red Sox, qui jouaient contre les Yankees. La grand-mère d'Olivia se joignit à eux, mais Grace n'en avait pas envie.

— Je vais boire un chocolat chaud, lire un peu et me coucher de bonne heure, annonça-t-elle d'une voix pensive.

— Un bon programme, acquiesça Olivia joyeusement. Je me demande si je ne vais pas faire la même chose.

— Tu es contente d'être revenue à Knights Bridge ? s'enquit Grace en arrivant devant son appartement.

— Oui, très. Je n'ai jamais été bien loin, de toute façon.

Grace tourna la clé dans la serrure avant de pivoter vers Olivia, avec son regard sévère et attentif de professeur.

— Dylan McCaffrey est un nomade dans l'âme, n'est-ce pas ?

— Peut-être. Je ne le connais pas très bien encore. Apparemment, son père correspondait tout à fait à cette description. Dylan bougeait beaucoup à l'époque où il était joueur de hockey. Maintenant, il a les moyens de faire ce qu'il veut.

— Il peut même faire le ménage si cela lui chante, lança Grace avec une légèreté inattendue.

Olivia la quitta sur cette note de gaieté et rentra chez elle. Elle avait ses racines ici, à Knights Bridge, alors que Dylan n'en avait nulle part. En fait, cela n'avait pas grande importance. Débordant d'énergie, il était prêt à toutes les découvertes, toutes les aventures. Son travail et son style de vie lui ouvraient le monde. Et il pouvait sauter dans un avion sans hésiter une seconde si besoin était.

Cette seule idée provoqua immédiatement une sorte de vertige chez Olivia, et elle se mit à trembler légèrement. Résolue à surmonter ces prémices d'une crise d'angoisse, elle attrapa la laisse de Buster.

— Allons nous promener, lança-t-elle.

La fraîcheur de l'air la calma aussitôt, avec la petite pluie fine qui commençait à tomber. Elle prit la direction de Quabbin. Les chiens n'étaient pas autorisés dans la réserve naturelle, mais elle n'avait pas l'intention d'aller aussi loin. Elle voulait juste faire un peu d'exercice pour se détendre. En réalité, ce n'était pas uniquement l'évocation d'un voyage en avion qui la rendait nerveuse. C'était Grace. Et aussi sa mère, Jess, Mark Flanagan. Les incertitudes de son existence et de son avenir professionnel. Duncan McCaffrey et les bijoux Ashworth.

Et Dylan.

Elle sourit en l'apercevant au détour d'un virage. *Oui, surtout Dylan.*

Il se promenait tranquillement dans la bruine comme s'il vivait depuis toujours à Knights Bridge.

Olivia dissimula de son mieux les signes de sa nervosité.

— Cette petite pluie est vraiment agréable, tu ne trouves pas ?

Sans attendre de réponse, elle poursuivit :

— Grace a été contente de revoir sa maison. Mais je me demande bien ce qu'elle garde sous silence.

— Cela n'a peut-être rien à voir avec mon père ou le hold-up de 1938.

— C'est bizarre de penser qu'elle pourrait savoir quelque chose sur ces bijoux qui valent une fortune.

— Ou pas.

Il caressa Buster.

— Vous comptez aller jusqu'où tous les deux ? Le temps va empirer.

— Pas très loin. On peut revenir maintenant avec toi, sauf si tu préfères être seul.

— Je suis assez seul comme cela dans cette maison...

Olivia ne releva pas. A peine avaient-ils parcouru quelques mètres qu'il se mit à pleuvoir à verse. Elle n'avait pas pris de veste. En l'espace de quelques secondes, elle fut trempée.

Dylan lui prit la laisse.

— On court ?

— Attention, je suis loin d'être une athlète comme toi !

Avec un éclat de rire, Dylan sauta par-dessus une énorme flaque d'eau et accéléra rapidement l'allure, avec Buster sur les talons. Olivia fit de son mieux pour ne pas se laisser distancer, mais Dylan, en plus d'être entraîné, était aussi beaucoup plus grand.

Quand ils arrivèrent devant chez elle, des rigoles s'étaient creusées dans l'allée, la transformant en torrent. Elle et Dylan ruisselaient littéralement. Il enroula la laisse de Buster autour de son poignet et attrapa Olivia par la taille pour la soulever dans ses bras.

Elle poussa un cri de surprise.

— Qu'est-ce que tu fais ?

— Je te porte, répondit-il tout à fait inutilement.

Il ouvrit la porte d'un coup d'épaule et la reposa à terre à l'intérieur, pas le moins du monde essoufflé. Buster s'ébroua en mettant de l'eau partout dans la cuisine.

— Il va falloir que je trouve la serpillière, fit Dylan en riant.

— C'est impardonnable de se laisser surprendre ainsi ! s'écria Olivia en frissonnant. Quelle pluie glaciale !

— Je vais allumer un feu dans la cheminée. Toi, tu devrais enlever tes vêtements mouillés.

— Toi aussi.

Elle avait encore la sensation de ses bras sur son corps. De ses mains tremblantes, elle retira ses chaussures et ses chaussettes et les posa près de la porte. Le cœur battant à tout rompre, elle dit, avec une fausse désinvolture :

— Incroyable comme on peut se retrouver en un rien de temps trempé des pieds à la tête !

— Mmm. Tout à fait étonnant.

Il avait les yeux fixés sur elle. Par réflexe elle suivit son regard... et comprit. Son petit pull en coton moulait sa poitrine d'une manière très provocante.

— Je vais me changer... en haut, bredouilla-t-elle, horriblement gênée. Il y a un cabinet de toilette au rez-de-chaussée et une deuxième salle de bains à l'étage, avec des serviettes propres.

Dylan se contenta de hocher la tête. Elle était déjà sur le palier quand il posa le pied sur la première marche de l'escalier. Il se mouvait sans hâte, tranquillement. Elle s'immobilisa, sans trop savoir si c'était pour reprendre son souffle ou pour l'attendre. Elle grelottait, à présent, et avait hâte de se sécher et de se réchauffer devant le feu.

Dylan n'avait pas l'air d'avoir froid, lui, quand il la rejoignit. Elle ne put s'empêcher de le détailler à la dérobée. Sa large carrure, ses hanches étroites, ses cuisses musclées...

Manifestement, il conservait une forme athlétique depuis l'époque où il était champion de hockey.

Elle repoussa ses cheveux en arrière en cherchant désespérément quelque chose à dire.

— Pourquoi t'intéresses-tu à cette histoire de bijoux volés ? Pour le plaisir de l'aventure ou à cause de ton père ?

— Peut-être à cause de toi et de ta lettre, lui fit-il, un peu provocateur.

— Ah !

Tous ses sens étaient en alerte, exacerbés par sa présence et ce qui se dégageait de lui.

— C'est le dessin de civette qui t'a intrigué ?

Il lui sourit.

— La Ferme de Carriage Hill m'a beaucoup plu, en effet.

Il approcha deux doigts pour essuyer ses joues dégoulinantes.

— Tu ne ressembles pas du tout à l'idée que je me faisais de toi.

— Tu imaginais une enquiquineuse ?

— Oui, mais il y a autre chose.

Il se pencha pour effleurer ses lèvres, très légèrement, et demeura ainsi, tout près.

— Je ne m'attendais pas à craquer pour toi en venant jusqu'ici.

— Tu es venu à cause de ton père. Sinon, tu aurais envoyé quelqu'un pour régler le problème.

— Tu es contente que je ne l'aie pas fait ? Dépêche-toi de te changer avant de te transformer en glaçon.

— Cela ne risque pas, souffla-t-elle en se glissant dans sa chambre.

Dylan s'appuya sur le chambranle.

— Je vais me transformer en crapaud, si je franchis le seuil ?

— Essaie, toi qui aimes tant prendre des risques. Tu verras bien ce qui se passe.

Elle ouvrit une armoire en chêne, qu'elle avait repeinte en jaune paille à l'automne dernier sans se douter qu'elle s'en servirait pour ranger ses affaires dès le printemps suivant. S'efforçant de rester décontractée, elle en sortit des chaussettes en laine, une grosse chemise et un jean, et glissa discrètement des sous-vêtements dessous. En se retournant, elle se rappela qu'elle avait étalé sur son lit du linge de maison à trier…

Dylan avait posé un pied sur le plancher en pin. Jusque-là, tout allait bien. Même *très* bien, songea Olivia, gagnée par le frémissement du désir.

— Tu n'as sans doute pas de taies d'oreillers bordées de dentelle, à San Diego, murmura-t-elle.

— En effet.

Réprimant son embarras, elle posa ses vêtements au pied du lit. Sa chambre donnait à l'arrière, sur le jardin. Le matin quand il faisait beau, elle entendait le gazouillis des oiseaux et respirait le parfum des fleurs par la fenêtre ouverte. Ce matin-là, elle s'était imaginé que Dylan était avec elle.

Il posa ses mains sur ses hanches et la retourna vers lui.

— Olivia.

— Je vais enlever tout cela…

Brusquement, elle avait du mal à penser de manière cohérente.

— C'est du linge d'autrefois, des vieux draps… Je m'en servirai probablement pour mes chambres d'hôtes. Ou alors, j'en ferai des taies d'oreillers ou des sachets pour mettre de la lavande. La dentelle est magnifique. Je peux même la découper pour l'encadrer. C'est tellement fin, tellement beau…

— Oui. Tu es une femme extraordinaire, très douée, avec un œil très créatif.

Elle passa les bras autour de son cou.

— Tu n'aimes pas le vieux linge d'autrefois ?

— Si. J'aime tout ce que tu aimes.

Elle lui sourit.

— Et moi, j'adore le hockey.

Il n'était plus temps de parler… La lueur qui brillait au fond des yeux de Dylan en disait long sur ce qu'il éprouvait.

Quand il resserra son étreinte pour se pencher vers ses lèvres, elle comprit tout de suite. Cette fois-ci, ce ne serait pas un baiser furtif. Comme pour la torturer davantage, il posa ses paumes sur sa peau nue, au creux des reins, avant de se frayer un chemin sous son pull pour remonter vers ses seins. Lorsqu'elle poussa un petit cri, il accentua la pression de ses lèvres tout en explorant l'intérieur de sa bouche. Puis il glissa les pouces sous son soutien-gorge tout mouillé.

Toute tremblante de désir, Olivia s'enhardit et promena les mains sur les épaules de Dylan, puis dans son dos, en l'attirant contre elle. Elle ne pensait plus qu'à une chose, défaire la boucle de sa ceinture, lui ôter ses vêtements et se déshabiller elle aussi.

Il poussa une sorte de grognement indistinct et souleva son pull.

— Il est temps d'enlever ça, chuchota-t-il en se reculant juste assez pour le passer par-dessus sa tête.

Il le jeta par terre.

— Tu es belle, Olivia. Sacrément belle.

— Dylan...

Deux secondes plus tard, il l'avait débarrassée de son soutien-gorge, qui rejoignit le pull sur le plancher.

Puis il lui prit la main pour la poser sur son jean et lui montrer la force de son désir, avant de l'embrasser de nouveau. Sa bouche descendit ensuite vers ses seins.

Elle fondit littéralement, n'aspirant plus qu'à le sentir en elle.

Si ses pieds mouillés n'avaient pas glissé sur le parquet, il aurait pu se passer n'importe quoi. Tout était possible. Mais elle se retrouva basculée sur son lit, dans un enchevêtrement de draps et de taies d'oreillers brodées.

Les yeux bleus de Dylan s'assombrirent, jusqu'à paraître presque gris. Dehors, la pluie s'arrêta aussi brusquement qu'elle avait éclaté, et un rayon de soleil perça les nuages pour éclairer la chambre, dépouillée mais agréable. Olivia était à demi enfouie dans le tas de linge, comme si elle essayait de se couvrir. Se penchant pour lui tendre la main, Dylan l'aida à se relever et déposa un baiser furtif sur ses lèvres.

— Mets vite des vêtements secs, je t'attends en bas.

Il se gratta la gorge pour éclaircir sa voix rauque.

— Tu as toujours envie d'un feu ?

Pour toute réponse, elle lui lança un oreiller brodé de petites violettes délicates.

En attrapant ses habits secs posés sur le lit, elle surprit son reflet dans la glace de sa coiffeuse. Même si le soleil s'était caché de nouveau, ses yeux, sa peau, son expression tout entière semblaient étonnamment lumineux. Et il ne fallait pas en attribuer le mérite à sa course sous la pluie — mais bien à Dylan.

Elle enleva le reste de ses vêtements mouillés et se rhabilla.

— Tu es ici à cause de ton père, dit-elle en rejoignant Dylan dans le salon. Uniquement. Il ne faut pas chercher plus loin. Tu n'as pas entrepris ce long voyage pour voir une maison dont tu ignorais l'existence, ni pour débarrasser le fatras de vieilleries qui traînaient dans la cour, et encore moins pour retrouver d'hypothétiques bijoux perdus. Tu es revenu pour ton père, qui est mort brusquement et prématurément.

Dylan s'écarta de la cheminée, où le feu avait pris. Il avait séché Buster, qui s'était roulé en boule devant les flammes.

— Je me suis peut-être simplement comporté en bon voisin.

— Pour cela, il te suffisait de contacter Stan et de lui donner tes instructions. Ou de m'appeler pour que je m'en charge moi-même. Tu avais envie de voir par toi-même cette mystérieuse propriété que ton père t'avait léguée, avoue.

— Au départ, admit-il. Mais maintenant, si je reste, ce sera à cause de toi.

— Parce que je t'aurai ligoté pour te garder prisonnier dans mon grenier ? lança-t-elle en plaisantant. Non, Dylan, pour l'instant tu n'as pas assez confiance en nous.

— « Nous » ?

— Grace, ma sœur, mes parents, moi… chacun de nous à Knights Bridge.

— Je ne les connais même pas ! Ou juste à peine…

— C'est vrai… Pour ton père ça a dû être pareil. Alors comment a-t-il été au courant du vol de bijoux ?

Dylan remua le feu avec un tisonnier, remit en place le pare-étincelles et s'installa par terre à côté de Buster.

— J'ai trouvé un petit dossier enregistré dans son ordi.

— Il t'a laissé son ordinateur ?

— Un portable qui était dans une vieille malle, oui.

Dylan étira devant lui ses grandes jambes musclées, tout à fait comme s'il était chez lui.

— J'avais ouvert cette malle une seule fois, juste après sa mort, pour la refermer presque aussitôt. En fait, j'ai vraiment commencé à m'intéresser à son contenu après avoir reçu ton courrier.

Olivia, qui se sentait trop nerveuse pour rester assise, se leva pour ajouter une bûche.

— Raconte-moi ce que tu as lu dans ce dossier.

— Je l'ai seulement découvert lors de mon dernier voyage à San Diego. Il décrit le hold-up, mais n'explique pas pourquoi ces bijoux ont attiré son attention. J'ai pris mon courage à deux mains pour tout sortir de cette malle et examiner tous les documents — des livres et des brochures jusqu'au moindre papier.

Comme il s'interrompait, Olivia le relança.

— Et alors ? Qu'as-tu trouvé ?

— Un article qui parlait du vol des bijoux, glissé à l'intérieur d'un fascicule sur Quabbin.

— Publié dans un journal de Knights Bridge ?

— De Boston. Quelques mots étaient griffonnés dans la marge, une écriture féminine je dirais : « Isaiah Webster, Knights Bridge ». Qui est cet Isaiah Webster, Olivia ?

— Le père de Grace. C'est elle qui aurait écrit cela ?

— Je ne sais pas. Je ne peux pas vraiment en juger. Elle a

peut-être utilisé cette coupure comme marque-page et l'aura oubliée ensuite.

— Mais comment est-elle arrivée entre les mains de ton père, ensuite ?

— Il a pu la trouver après avoir acheté la maison, en passant les livres en revue.

— Donc après sa venue à Knights Bridge. Cela n'explique donc toujours pas pourquoi il s'est intéressé en premier à la maison.

— En effet.

Comme il s'absorbait dans la contemplation du feu, Olivia insista.

— Dylan ?

— Manifestement, mon père avait cet article en sa possession *avant* d'acheter la maison. C'est même ce qui a motivé sa venue à Knights Bridge.

Il se releva brusquement, avec cette force explosive propre aux athlètes... et toucha doucement le bras d'Olivia.

— Pardonne-moi, pour tout à l'heure. J'ai manqué de délicatesse.

— Je n'ai pas vraiment émis d'objections, tu sais !

— Non. Seulement, Olivia...

Il retira sa main, et une expression grave, tourmentée, se peignit soudain sur ses traits.

— Je devrais aller voir si le toit de ma maison ne fuit pas, avec cette pluie.

— Que se passe-t-il, Dylan ?

— Noah dit que ma présence pourrait changer beaucoup de choses pour vous tous. Il a raison. Il vaudrait mieux que je laisse tomber...

— Tu ne pourras pas.

— Pas en restant ici, non. Je me connais, mais je commence aussi à te connaître, toi. Tu ne laisseras pas tomber non plus, et je me demande si toi et moi nous sommes prêts à prendre vraiment toute la mesure de cette histoire.

Olivia n'insista pas et le raccompagna jusqu'à la porte. Elle avait chaud, à présent, et s'était un peu remise de ses émotions. Sa crise d'angoisse, sa course sous la pluie et cette étreinte passionnée... Elle prit Dylan par le bras.

— Nous pouvons en parler avec Grace. Elle n'attend peut-être que cela, que nous lui demandions de dire ce qu'elle sait. Nous ne lui rendons peut-être pas service en gardant le silence.

— Peut-être. A demain, alors.

Il se pencha pour l'embrasser, mais en effleurant à peine sa bouche.

— Dors bien.

Après son départ, elle resta une minute à écouter les crépitements des flammes dans la cheminée. Puis, obéissant à une brusque impulsion, elle rouvrit la porte. L'air frais la revigora. Dans le noir, elle ne voyait pas Dylan, mais il ne pouvait pas être bien loin.

— Tu ne veux même pas emprunter un oreiller ? lança-t-elle.

Elle aperçut enfin sa silhouette un peu plus loin, près de la route.

— J'en ai acheté un à l'épicerie-bazar.

— Si tu changes d'avis pour la chambre d'amis, téléphone. Contrairement à tout le monde à Knights Bridge, je ferme ma porte à clé.

Il y eut un léger silence.

— Et ta fenêtre ?

Olivia rentra en riant. Ils avaient tous les deux besoin de temps et le savaient. Ce qui se passait entre eux était intense, excitant, mais aussi très réel. Il ne s'agissait pas d'une attirance fortuite et occasionnelle qui ne mènerait à rien.

Cela ne signifiait pas non plus qu'elle ne s'effilocherait pas...

Elle monta à l'étage et débarrassa son lit. Son pull mouillé était encore par terre.

— Je devrais peut-être vérifier si ma fenêtre est bien fermée, murmura-t-elle avec un sourire.

Elle se glissa entre les draps trop froids tout en essayant

de penser à autre chose. A de nouvelles recettes de soupe aux légumes, à la peinture d'une frise décorative sur le mur de l'abri de jardin... Il faudrait aussi déplacer le seringa. Elle passa en revue d'innombrables sujets. Tout était bon pour ne pas imaginer Dylan repartant en avion et l'abandonnant à Knights Bridge.

Le plafond fuyait, et une rigole s'était formée sur le carrelage tout propre lorsque Dylan rentra chez lui.

— Tant pis, je verrai plus tard, marmonna-t-il en montant tout de suite dans sa chambre.

Son lit était froid, dur et solitaire, mais il avait bien fait de rentrer, au moins pour cette nuit. Heureusement, pendant ses années de hockey, il avait appris à dormir n'importe quand et n'importe où. Il avait aussi appris qu'il y a de bonnes et de mauvaises parties, que les meilleurs joueurs ne sont pas infaillibles et que même des arbitres font parfois des erreurs. La frustration de l'échec, tout comme la satisfaction qui allait de pair avec le succès, faisait également partie du jeu.

Il ne savait pas vraiment s'il avait pris la bonne décision en quittant Olivia, mais pour ce soir c'était trop tard.

Il se réveilla de très bonne heure après une nuit particulièrement mauvaise sur son petit lit de camp. Heureusement, la lumière du soleil pénétrait à flots dans la chambre. C'était un matin de printemps magnifique, inespéré après la vague de mauvais temps. Il s'habilla en vitesse et partit sans attendre chez Olivia.

Sans trop se poser de questions.

Elle était en train de brosser une moustiquaire de fenêtre.

— Tu as découvert des saletés en te cadenassant hier soir ? lança-t-il en riant.

— Une chauve-souris s'était accrochée dedans.

— J'ai pensé que tu avais peut-être envie de partir en pique-nique.

— A Quabbin ?

— Oui. Nous pourrions chercher cet étang dont Grace nous a parlé hier.

— Et c'est moi qui prépare le pique-nique ?

— Je vais t'aider, répondit-il avec un clin d'œil.

Vingt minutes plus tard, ils partirent à pied sur l'un des innombrables sentiers qui sillonnaient la réserve naturelle. Les cours d'eau qui autrefois serpentaient dans la campagne pour se jeter dans la Swift River se déversaient à présent dans le lac de barrage. Des murets en pierre et des cabanes témoignaient d'un passé agricole. Dylan se réjouissait du beau temps, du paysage — et de sa si jolie voisine, qui l'accompagnait. Le chemin qui menait à l'étang de Carriage Hill Pond disparaissait à moitié sous la végétation. Ils pénétrèrent dans une forêt dense, traversèrent un ruisseau et remontèrent la pente de l'autre côté d'un ravin peu profond. Finalement, les arbres s'espacèrent, et ils parvinrent à une petite étendue d'eau qui miroitait au soleil. En face, on apercevait une zone de marécages.

Olivia escalada un gros rocher pour jeter un coup d'œil circulaire.

— Si j'étais blessé, et en fuite avec des bijoux volés, je me cacherais ici pour attendre d'être remis, fit-elle, rêveuse.

Dylan posa son sac à dos par terre.

— A quoi ressemblait ce coin en 1938 ?

— C'était évidemment très différent. Il y avait pas mal de bungalows au bord de l'eau. En fait, la plupart des petits lacs ont été recouverts par Quabbin. Nous les avons surplombés en bateau, hier.

Olivia plissa les yeux pour observer les canards, sur la rive opposée.

— Je n'ai rien trouvé à la bibliothèque suggérant que la police aurait fouillé les environs aussi loin à l'ouest de Boston. D'ailleurs, je me demande si le voleur était au courant de la construction du barrage.

— C'est sans doute une coïncidence. Il, ou elle, s'est enfui vers l'ouest pour échapper à la police et s'est retrouvé par hasard dans cet immense chantier.

— Dylan, ton père n'a vraiment jamais mentionné Knights Bridge ?

— Il ne parlait pas beaucoup, tu sais.

— Oui. C'était un homme d'action.

Dylan remarqua une famille de cerfs à l'arrêt, dans un bosquet de pins blancs. Tout à coup, probablement parce qu'ils avaient senti leur odeur, ils bondirent et reprirent leur course à travers la forêt.

— Cela n'a pas dû être facile pour Grace de quitter cet endroit, déclara Dylan, qui n'avait pas très envie de parler de son père.

Il se tourna vers Olivia.

— Trouvons-nous un joli coin au soleil pour déjeuner.

19

J'aurais dû parler de Philip à papa et Granny. Je le savais, mais je n'en ai rien fait. C'était mon secret. Il guérissait rapidement et recouvrait des forces de jour en jour. Chaque fois que je venais au cabanon, je m'attendais à le trouver parti. Je n'avais pas le droit d'avoir des contacts avec les ouvriers embauchés par l'Etat pour construire le barrage, raser les maisons et abattre les arbres. Nous appelions les bûcherons des « pics-verts », un terme péjoratif pour désigner ces mercenaires qui venaient de Boston pour dévaster notre vallée. En cette époque de crise et de chômage, les politiciens avaient le toupet de recruter pour démanteler nos villes des gens qui bénéficieraient des eaux du barrage et non pas ceux qui perdaient tout à leur profit. Pour nous, cela constituait l'insulte suprême.
Un après-midi, Philip m'a aidée à cueillir des mûres pour faire une tarte. Nous l'avons mangée chaude, à la sortie du four, avec de la crème que m'avait donnée une amie qui avait encore une vache. Elle aurait bien voulu savoir où était mon refuge, mais je ne voulais pas le lui dire.
Ensuite, nous nous sommes assis à l'ombre et, cette fois-ci, c'est Philip qui m'a fait la lecture. J'adorais son accent anglais. Il me taquinait au sujet de mes

goûts littéraires mais m'assurait que je serais un très bon professeur.

Le lendemain a été une journée très chaude et orageuse. Quand je suis arrivée, Philip se baignait dans l'étang. J'ai lancé une serviette sur le bord, et il m'a demandé de me cacher parce qu'il était tout nu. Je me suis retournée à son signal quand il a été présentable, mais il n'avait pas remis sa chemise et ne s'était pas rechaussé. Je n'ai pu m'empêcher de pousser une exclamation de surprise. Cela ne me dérange pas d'avouer que Philip Rankin était l'homme le plus beau que j'aie jamais vu.

Il avait fini par me donner son nom en entier. Philip Rankin. Cela sonnait bien à l'oreille. Il était originaire d'un village des environs de Londres, ce qui me semblait aussi loin que s'il était né sur la lune.

Il a éclaté de rire en remarquant combien j'étais choquée de le voir torse nu. Il avait un tempérament joueur et porté sur la plaisanterie, même s'il ne le manifestait pas très souvent. Toutefois, je n'osais pas lui demander pourquoi.

Il était guéri. La panique m'a prise à cette idée, parce qu'il allait partir. Mais nous quittions tous la vallée, de toute façon. Ce n'était qu'une question de temps.

Je l'ai laissé à sa lecture au bord de l'étang et je suis rentrée dans le bungalow. J'ai découvert les bijoux un peu plus tard, en balayant. Mon balai a heurté quelque chose sous le lit. Je me suis mise à genoux, puis à plat ventre pour atteindre la boîte à biscuits tout au fond.

Je ne l'ai pas reconnue. Je ne l'avais jamais vue avant. J'ai ôté le couvercle et poussé une exclamation de surprise à la vue d'un sac en velours rouge. Je n'avais pas besoin de l'ouvrir pour savoir ce qu'il contenait. Les bijoux Ashworth.

La porte en moustiquaire s'est rabattue contre le mur.

— Qu'est-ce que tu fais ?

J'ai fait volte-face. Je n'avais aucun moyen de me protéger. Philip pouvait m'étrangler s'il le voulait, ou ramasser une pierre ou une binette pour m'assommer. Cependant, j'avais confiance en lui. Je savais qu'il ne me ferait aucun mal et je n'avais pas peur.

— Où les as-tu pris ?

— Ce n'est rien, Gracie, ma mignonne. Pas de quoi t'inquiéter.

— Dis-moi la vérité. Je veux savoir.

C'est alors qu'il m'a embrassée, pour la première fois. Tout de suite, j'ai eu les jambes en coton. J'avais tellement rêvé de mon premier baiser...

— C'est une longue histoire, m'a-t-il dit.

— Raconte-la-moi.

— Pas maintenant. Rentre chez toi. Va retrouver ton père et ta grand-mère.

Il a serré un instant mes mains dans les siennes.

— Rapporte-leur des mûres et explique-leur que tu as perdu la notion du temps.

— Quel âge as-tu ?

Ma question a semblé le surprendre.

— Vingt-huit ans, m'a-t-il répondu.

— Tu as à peine dix ans de plus que moi. Ce n'est pas tant que cela. Je ne suis plus une enfant.

— Nous ne vivons pas dans le même univers. Rentre chez toi, Grace.

J'ai posé la boîte en fer sur le lit.

— Tu as une femme, en Angleterre ?

Il m'a fixée un instant.

— J'en avais une.

Mon cœur s'est mis à battre la chamade. Il était plus âgé, avait aussi plus d'expérience et connaissait le monde qui existait au-delà de la Swift River Valley.

— *Tu me diras ce qui s'est passé, ai-je déclaré fermement. Peut-être pas aujourd'hui, mais bientôt. Tu me raconteras comment ces bijoux sont tombés entre tes mains et comment tu es arrivé jusqu'à Carriage Hill Pond.*

J'ai couru à travers bois et à travers champs jusque chez moi et j'ai atteint la maison juste au moment où l'orage éclatait, brisant enfin la chape de chaleur et d'humidité. Furieux que je sois sortie par ce temps-là, mon père m'aurait donné des coups de martinet si Granny n'avait pas été là. Peu lui importait que je ne sois plus une enfant. Il avait peur pour moi et ne pensait qu'à me protéger d'un avenir incertain.

Granny est venue me voir dans ma chambre après que je me fus changée pour enfiler des vêtements secs. Elle a hésité un moment avant de se lancer.

— La fille d'une de mes amies, au club d'études bibliques, vient de se fiancer avec un ouvrier du barrage. Personne ne jette le blâme sur elle. Chacun doit faire au mieux. Il faut aller de l'avant. Nous n'avons pas le choix.

— Je ne pourrai jamais me sentir chez moi dans une autre maison en sachant qu'on peut me la prendre.

— Beaucoup de gens endurent des souffrances bien pires que les nôtres. Il vaut mieux considérer les bienfaits de la Providence, Grace.

— Je ne me sauve pas pour rencontrer en cachette un ouvrier de Quabbin, si c'est ce que tu penses. J'ai cueilli des mûres. J'ai lu.

— Tu feras un bon professeur.

— Et si je n'ai pas envie de rester dans la région ? Si je veux partir ailleurs pour prendre un nouveau départ ?

— Où ?

Granny était ainsi, terre à terre et pragmatique. J'ai donné un coup de menton.

— En Angleterre.

Le lendemain a été encore insupportablement chaud et étouffant. Les orages de la veille n'avaient même pas réussi à rafraîchir l'atmosphère. J'avais rêvé de brigands et de voleurs, et d'une fortune en or, saphirs et diamants qui m'aurait permis de m'en aller pour toujours. Je n'étais pas obligée de rester pour regarder mourir la vallée. Rien ne me forçait à assister au spectacle des eaux qui montaient pour tout submerger.

J'ai couru jusqu'au cabanon sans m'arrêter, terrifiée à l'idée que Philip était peut-être reparti avec son butin. Pourquoi aurait-il risqué de se faire attraper par la police dans le cas où je l'aurais dénoncé ?

Je l'ai trouvé assis à l'ombre, sur un rocher, en train de manger un reste de tarte, comme si rien n'avait changé. Il était plus beau que jamais.

— Tu es un voleur, lui ai-je dit.

— Oui, répondit-il en acquiesçant d'un signe de tête.

— Je te déteste.

— C'est bien, Grace. Tu as raison de me détester.

20

Olivia passa à la fabrique dans la matinée. Sa mère était calme. *Trop* calme.

— Qu'y a-t-il, maman ?

— Rien. Je réfléchis, c'est tout. Tu vas à Boston ?

— Juste pour la journée. J'ai deux clients à voir. J'aimerais réduire le nombre de mes contrats en freelance, mais pour l'instant ce n'est pas encore possible.

— Tu y arriveras. Tout le monde parle déjà de Carriage Hill. Ton thé entre mères et filles a été un franc succès. Liv...

Sa mère pivota sur sa chaise pour la regarder droit dans les yeux.

— J'ai réservé les billets d'avion.

— Pour la Californie ?

— Nous partirons pour Los Angeles à la fin du mois d'août, enchaîna-t-elle. Je ne veux pas attendre l'automne, qui est toujours très chargé, avec un tas de commandes.

— Et papa ?

— J'ai aussi acheté son billet, mais je pars de toute façon, avec ou sans lui.

Justement, son père entra à ce moment-là. Apparemment, il n'avait rien entendu. Il jeta un coup d'œil sur une grande feuille de papier étalée sur le bureau de sa femme, sur laquelle flottaient quelques points de couleur.

— Je ne suis plus sur la page, Louise ? Qu'en dit ta thérapeute ?

Elle fit une grimace comique.

— Je t'ai changé de couleur, à cause de tes yeux. Maintenant tu es en bleu.

— Ah ! Alors je suis juste à côté de toi. C'est parfait, je suppose.

Olivia sourit de soulagement. La bonne humeur et la franchise tranquille de sa mère face aux remarques de son père la surprenaient. Randy Frost, le solide roc de Knights Bridge sur lequel tout le monde comptait, avait donc fini par comprendre que sa femme consultait un psychothérapeute ! Ou alors elle le lui avait dit. En tout cas, il ne semblait ni choqué ni inquiet outre mesure.

— J'ai fini ma thérapie, annonça sa mère. Maintenant, la balle est dans mon camp. Mon médecin me prescrira éventuellement des anxiolytiques en guise de soutien, si j'en ressens le besoin. J'ai appris à faire attention à moi et à me ménager. De toute manière, il n'était pas question de me débarrasser complètement de mes craintes et de mes angoisses. Il fallait simplement que j'apprenne à les maîtriser et à les surmonter quand elles surgissent. Maintenant que je comprends d'où elles viennent, je peux y arriver.

Le père d'Olivia tapota la carte de Californie du bout de l'index.

— Pourquoi avais-tu peur de ce voyage ? demanda-t-il.

— Je m'inquiétais d'être très loin de chez nous, avoua-t-elle. En calculant la distance exacte entre ici et chacune de nos étapes, avec le temps qu'il nous faudrait pour rentrer, je me suis rendu compte que ce n'était pas si affreux que ça. Cela m'aide de m'informer et de m'organiser.

Elle glissa un regard en direction d'Olivia.

— Ma psy m'a mise en relation avec un pilote. Ma phobie de l'avion avait plus à voir avec l'éloignement qu'avec le vol en lui-même. Il m'a demandé d'imaginer un modèle réduit suspendu dans les airs pendant qu'il m'expliquait les lois de la physique. Un avion se maintient en altitude à l'aide de sa vitesse. Et il ne faut jamais oublier qu'un avion *veut* voler. Il est fait pour cela.

— J'espère qu'il « veut » aussi atterrir de temps en temps, marmonna Olivia.

— Oh ! vous deux ! s'exclama son père. On pourrait aussi y aller en voiture.

Sa mère secoua la tête.

— On ira en avion.

— Alors achète les billets, lança-t-il sur un ton mi-protecteur mi-provocateur.

— Ne m'embête pas, c'est déjà fait.

Olivia sortit avec un éclat de rire. Son problème à elle était de se retrouver confinée dans un espace clos sans pouvoir s'en échapper. Elle n'était pourtant pas claustrophobe à proprement parler, mais la pensée d'être enfermée dans une machine volante déclenchait chez elle une panique incontrôlable.

Jess était convaincue que l'anxiété de leur mère déteignait sur elle.

Jess, qui mourait d'envie de partir à l'aventure, mais ne passait jamais à l'acte...

Dylan était chez Smith quand Olivia s'y arrêta pour boire un café.

— Je me sens un peu désœuvré, déclara-t-il en se laissant glisser de son tabouret pour venir s'asseoir à côté d'elle. Je vais à Boston avec toi.

— Et si tu n'es pas invité ?

— Je ne suis pas le bienvenu, Olivia ?

Elle ne put s'empêcher de sourire. Il était irrésistible. Et il le savait. Elle soupira.

— D'accord, mais c'est moi qui conduis.

Naturellement, Dylan s'invita aussi à accompagner Olivia dans son ancienne agence de design, où il charma Jacqui

Ackerman. Quand Marilyn, la mine un peu coupable, émergea de son bureau pour dire bonjour, elle fut charmée à son tour. Sachant déjà qui il était, ancien joueur de la NHL et associé de Noah Kendrick à la tête de la NAK, elle ne résista pas à l'occasion...

— J'adorerais aller à Knights Bridge et voir enfin Carriage Hill, fit-elle en minaudant. Ce doit être enchanteur. En plus, avec le goût et le talent qu'elle a, Olivia a sûrement créé un très joli décor. En tout cas, le changement lui réussit. Elle a l'air en pleine forme et très détendue.

— Elle est bien entourée à Knights Bridge, avec sa famille et de bons amis, répondit seulement Dylan.

— A Boston aussi, dit Marilyn. C'est crucial de pouvoir compter sur son entourage. Je ne suis pas là depuis très longtemps. Avant, j'étais à Providence, mais Olivia et moi sommes amies depuis plusieurs années. Je suis très excitée à l'idée de travailler avec elle, même de manière occasionnelle.

Olivia fit mine de ne pas l'entendre et rejoignit Jacqui dans son bureau.

— Je suis sensible à ta proposition et je t'en suis reconnaissante, dit-elle immédiatement. Mais je ne reviendrai pas à plein temps. En ce moment, c'est impossible.

Jacqui hocha la tête.

— Je comprends parfaitement. Surtout maintenant que tu as rencontré Dylan McCaffrey.

— Dylan n'a rien à voir dans ma décision.

— Vraiment ? répliqua Jacqui avec un sourire. C'est dommage.

Elles continuèrent à bavarder agréablement pendant quelques minutes. En repartant vers la salle de réunion, Olivia croisa Marilyn, qui retournait dans son bureau.

— Cela me fait vraiment plaisir de te voir, Liv, mais je n'aurais jamais imaginé que tu débarquerais ici en compagnie de Dylan McCaffrey ! Tu n'as jamais été fan de hockey... mais moi je me souviens très bien de lui.

Elle marqua une pause.

— Comment est-il arrivé jusqu'à Knights Bridge ?

— C'est une longue histoire...

— Pourquoi ne pas déjeuner ensemble à midi ? Tu me raconterais tout. Dylan peut venir aussi, naturellement.

Six mois plus tôt, Olivia aurait accepté l'invitation sans hésiter. Même là, son premier mouvement fut de dire oui. En dépit du comportement de Marilyn au cours des dernières semaines, elle éprouvait encore le désir de renouer le contact. Après tout, elles avaient été de grandes amies — et Olivia était très fidèle en amitié.

Dylan apparut au bout du couloir.

— On a dépassé le temps de stationnement de l'horodateur.

En fait, ils ne s'étaient pas garés dans la rue mais dans un parking. Il avait juste envie de partir très vite ou de la tirer d'embarras.

Elle sourit à Marilyn.

— Désolée. Une autre fois.

Dehors, Dylan et elle prirent leur temps pour se diriger nonchalamment vers le restaurant préféré d'Olivia, où elle n'était pas retournée depuis sa rencontre inopinée avec Roger Bailey et Marilyn. Dylan y fut immédiatement à l'aise, tout autant que dans sa cuisine à Knights Bridge. C'était probablement pareil dans les bureaux de la NAK ou sur une patinoire. Il était partout comme chez lui.

Ils s'assirent à une petite table dans le fond.

— J'ai failli déjeuner avec Marilyn, lui avoua Olivia.

— Du congélateur au restaurant !

— Je n'en suis pas fière, tu sais.

— Pourquoi ?

Il s'appuya contre le dossier de sa chaise pour la considérer d'un air pensif.

— Tu as peur de lui déplaire. Tu veux qu'elle t'aime.

— Je m'en moque...

— C'est faux. Mais ce n'est pas dramatique. Ce n'est pas toujours facile d'accepter le conflit et l'opposition. En tout cas, on ne peut pas faire confiance à cette femme. C'est une vraie pourriture, je l'ai vu tout de suite.

Avec Dylan, on ne savait jamais s'il était sérieux.

— Pourquoi dis-tu cela ?

— Elle est constamment en train de calculer pour profiter de tout au maximum.

— Tu es mal disposé envers elle parce que tu l'as trouvée dans mon congélateur.

Il se pencha vers elle en plongeant ses yeux dans les siens.

— J'ai des préjugés parce qu'elle t'a fait du tort.

Son élan protecteur et compatissant réchauffa le cœur d'Olivia. Elle prit brusquement conscience qu'en refusant pendant si longtemps de parler de la traîtrise de Marilyn elle s'était bêtement renfermée et isolée. Sa famille et ses amis ne pouvaient pas l'aider s'ils ignoraient ce qui n'allait pas. Comme Dylan continuait à l'observer intensément, elle commença à rougir. La chaleur agréable qui l'inondait se transformait peu à peu en désir physique, et Dylan était trop perspicace pour ne pas s'en rendre compte.

Vite, elle changea de sujet.

— Comment la transition s'est-elle opérée, de joueur de hockey à collaborateur de Noah Kendrick ?

— J'ai été blessé et finalement j'ai dû mettre un terme à ma carrière sportive. Je ne m'y attendais pas, même si je savais que cela pouvait arriver. Il faut mettre de l'argent de côté au moment où on en gagne beaucoup.

— Mais tu n'as pas été prévoyant.

— Pas assez. De toute façon, je n'étais pas vraiment une star qu'on s'arrache en jetant les millions sur la table. J'espérais le devenir. Beaucoup de gens croyaient en moi, mais cela ne s'est pas produit. En fait, cela n'a pas beaucoup d'importance. J'adorais ce sport et j'étais bon. Point.

— C'est une bonne attitude.

— Cela ne m'est pas venu naturellement, crois-moi. J'y ai travaillé. Certaines personnes nous aident à donner le meilleur de nous-mêmes, si nous les y autorisons. Pendant un temps, j'ai joué dans un club qui ne me convenait pas, mais ensuite je suis tombé sur la bonne équipe. J'ai eu beaucoup de chance.

— Des regrets ?

— Oui, bien sûr. Mais je me suis éclaté, même en travaillant dur. Je me suis toujours attaché à développer mes capacités au maximum. Mais j'ai aussi reçu des coups.

— C'était une passion ?

— Oui, et j'ai vraiment eu une équipe et un entraîneur géniaux les deux dernières années. Quel dommage d'avoir dû tout arrêter… C'est la vie, soupira-t-il. Ma fierté m'empêchait d'avouer que j'avais craqué tout mon fric. Je faisais comme si tout allait bien. Mon père voulait monter une agence de voyages d'aventures avec moi, mais cela ne s'est pas fait.

— Comment as-tu fini par travailler avec Noah ?

— Il m'a demandé de l'aider. Je dormais dans ma voiture, à Coronado, et il a tapé sur la vitre. Il avait besoin d'un bras droit. Quelqu'un pour surveiller ses arrières, en gros. J'ai accepté, et tout a décollé très vite dès qu'il a pu se concentrer en étant débarrassé des barjots qui gravitaient autour de lui. A force de traîner avec les types de la NHL, j'avais aiguisé mes intuitions et appris à repérer les dingues pour les éviter. On peut avoir toutes sortes de raisons de s'attacher à quelqu'un, mais parfois il vaut mieux couper très vite et passer à autre chose.

Son regard pénétrant n'échappa pas à Olivia. Manifestement, il parlait pour elle.

— C'est sans doute plus facile de prendre l'initiative, déclara-t-elle. Et tu voues une fidélité absolue à Noah ?

— Oui. Ce n'est pas comme toi avec cette Marilyn. Elle a utilisé ton énergie, ton talent et ta bonne volonté à son profit. Elle ne s'est jamais comportée en amie. C'est la clé de ma philosophie.

— Tu aurais vu clair dans son jeu ?

— Oui, sans doute, mais de toute façon je ne possède pas

ce qu'elle recherche. Moi, je m'occupe des gens qui veulent contacter Noah, et de rien d'autre. Tu es comme tu es, Olivia. Cesse de te morfondre et de te tracasser parce que tu es venue en aide à Marilyn. Serais-tu plus heureuse si tu l'avais laissée se débattre toute seule dans ses difficultés ?

Olivia réfléchit à ses paroles.

— En plus, cela n'a plus d'importance maintenant, acquiesça-t-elle. Ce qui est fait est fait. Je suis furieuse à cause de ce qu'elle m'a fait, mais cela n'enlève rien aux bonnes soirées que nous avons passées ensemble.

— Olivia, reste qui tu es. N'essaie pas de changer. Tu ne m'aurais jamais écrit si tu ne l'avais pas surprise avec ton client. C'était ici, n'est-ce pas ?

Elle hocha la tête.

— Mon restaurant préféré...

Il fit la grimace.

— Tu crois qu'elle avait peur de tomber sur toi ?

— Cela n'a même pas dû lui traverser l'esprit. Elle aimait cet endroit et elle voulait impressionner son client. Elle n'a pas cherché plus loin.

— Voilà en quoi nous sommes différents, toi et moi. Tu es plus gentille. Moi je crois au contraire qu'elle l'a fait exprès. Elle était dévorée par la jalousie quand tu étais en haut de l'échelle. Et elle t'a traitée comme un chien pour se venger.

— Ce n'est pas une façon de vivre.

— C'est la sienne. Toi, tu dois prendre tes distances maintenant que tu l'as percée à jour.

— Comment es-tu devenu si philosophe ?

— Je ne le suis pas ! Je surveille mon langage et mes manières parce que c'est un petit restaurant et que les gens te connaissent.

Avec un clin d'œil, il ajouta, tout bas :

— Les profiteurs et les imposteurs me tapent sur les nerfs. Et je suis poli !

Après le déjeuner, Olivia hésita. Pouvait-elle emmener

Dylan à son appartement ? Elle se sentait un peu gênée à l'idée de montrer le modeste deux pièces où elle avait habité à un homme qui avait les moyens de s'offrir tout le pâté de maisons, mais le moment était venu de redonner les clés. Son propriétaire avait un locataire en vue. Olivia avait promis d'emprunter la camionnette de sa sœur pour finir d'emporter les affaires qui restaient. Quand elle expliqua la situation à Dylan, il proposa immédiatement son aide. Cet homme qui gagnait des millions était prêt à charger des cartons sur un camion !

Ainsi qu'il le disait lui-même, il était direct, sans détour, et ne renâclait pas à la besogne. Il était fidèle à l'image qu'il donnait.

— Et si on allait voir d'abord l'immeuble où s'est produit le cambriolage de lord Ashworth ? proposa Olivia.

Ils descendirent Newbury jusqu'à Arlington Street et s'arrêtèrent devant un beau bâtiment en brique de sept étages, un ancien palace converti en appartements de grand standing.

— La suite de lord Ashworth donnait probablement sur le parc, déclara Dylan en montrant le jardin public de Boston, superbement fleuri. Il a dû séjourner là une semaine au début de septembre 1938.

Olivia regarda la construction élégante des années 1920.

— Ce n'était pas une période facile. La guerre couvait, la crise économique se faisait encore cruellement sentir. Le pire ouragan que la Nouvelle-Angleterre ait jamais connu s'est abattu sur la région quelques semaines seulement après le vol. Les dégâts furent énormes, avec des centaines de morts. Que faisait lord Ashworth à Boston ?

— On ne le sait pas trop. Mes recherches n'ont rien donné. Ashworth voulait à tout prix éviter la guerre avec Hitler. Peut-être était-il venu rencontrer des pacifistes ou des hommes politiques influents qui partageaient son avis.

— Pourquoi avoir emporté des bijoux d'une telle valeur ? Etait-il marié ?

— Pas à l'époque.

Olivia fronça les sourcils.

— Une femme l'accompagnait ?

— Ce n'est pas impossible, mais il semblerait plutôt qu'il ait été seul.

— Je me demande bien qui était notre voleur. Un Américain ? Un Britannique ? Il est difficile d'imaginer, autant d'années après, quels liens cette histoire peut avoir avec Knights Bridge.

— Et Grace ? Avait-elle des attaches à Boston ?

— Je n'en sais rien. J'en doute.

Brusquement, Dylan lui prit la main.

— N'y pensons plus pour l'instant. Tu me fais visiter le jardin public ?

Oui, c'était une bonne idée de se promener parmi les fleurs, le long des allées paisibles du jardin botanique.

— Avec plaisir.

Jess passa à Rivendell après son travail. Dans le hall, elle tomba sur sa grand-mère, qui revenait d'une promenade.

— Je suis contente de te voir, Jess. Tu vas me donner ton avis. J'ai l'impression que Grace est un peu bizarre. Veux-tu aller la voir ? Elle est dans la serre.

— Bien sûr, Grandma.

Cette dernière ne voulut pas accompagner sa petite-fille. Apparemment, Grace lui en voulait de la surveiller d'un peu trop près en rôdant constamment autour d'elle.

Jess la trouva devant les baies vitrées, à son poste d'observation habituel.

— Bonjour, Grace ! lança-t-elle joyeusement. Quelle belle journée, n'est-ce pas ?

Grace lui jeta à peine un regard.

— Les oiseaux sont tranquilles aujourd'hui. On ne les voit presque plus, maintenant qu'ils trouvent leur nourriture tout seuls. Ils reviendront cet hiver autour des mangeoires.

Elle baissa ses jumelles.

— Je sais qu'Audrey t'a parlé de moi.

— Vous avez de la chance d'être ensemble ici, toutes les deux, dit Jess. Vous êtes amies depuis toujours.

Grace se radoucit un peu.

— Oui, c'est tellement rare, les vraies amies...

Elle se tut un instant avant de reprendre :

— Parle-moi d'Olivia et de Dylan McCaffrey.

Jess ne s'attendait pas à cela.

— Olivia lui a écrit pour qu'il débarrasse la cour qui commençait à ressembler à une décharge publique. Je ne sais rien de plus.

— Mais tu as des soupçons.

— Grace, je n'espionne pas ma sœur, répondit Jess avec une fermeté teintée d'amusement. S'il y a quelque chose entre elle et Dylan, elle me le dira quand elle en aura envie.

— Non, c'est une Frost. Vous n'êtes pas bavards, dans la famille.

Grace pencha la tête sur le côté en fronçant les sourcils.

— Qu'est-ce qui te tracasse ?

— Je ne suis pas venue vous voir pour parler de moi...

— Mais tu es soucieuse, je le vois bien. Ne me dis pas le contraire. On ne trompe pas un vieux professeur comme moi. Allons, Jess, assieds-toi près de moi.

Grace fit un geste en direction de la fenêtre.

— Même mon cardinal m'a abandonnée.

Jess n'avait guère le choix et s'assit sur un rocking-chair.

— Grace, vous avez vécu pratiquement toute votre vie à Knights Bridge. Vous êtes cultivée, raffinée. Vous êtes-vous jamais sentie à l'étroit dans cet environnement ?

— Je suis chez moi dans cette petite ville et, à l'époque, on n'avait pas autant de possibilités que maintenant. J'étais jeune au moment de la crise économique et de la Seconde Guerre mondiale. Ensuite...

Elle était songeuse et grave.

— J'avais ma vie ici. Avec mon métier, mes amis. Quand ma grand-mère et mon père sont morts, je n'avais plus personne. Il fallait rester pratique.

— Avez-vous eu envie de partir ailleurs ? A l'aventure ?

— J'adorais marcher, faire de longues randonnées. Mes amis m'invitaient dans leurs résidences secondaires, à la mer ou au bord d'un lac. A Cape Cod...

Elle se tut un instant.

— Je suis allée une fois en Europe, après la mort de ma grand-mère... J'ai visité Londres, Amsterdam et Paris. Je suis partie presque tout l'été, grâce à l'argent que Granny m'avait laissé. Je n'avais pas d'enfants. Je m'en sortais bien financièrement et je n'avais pas envie d'acheter une autre maison. J'ai donné un peu d'argent à l'église et je me suis offert ce beau voyage avec le reste.

— Cela vous a plu ?

— J'ai été enchantée.

— J'ai envie d'aller à Paris, moi aussi, chuchota Jess.

— Alors vas-y ! N'hésite pas, si tu as les moyens. C'est beaucoup plus facile de voyager de nos jours, avec tous les vols, toutes les informations. Pars, puisque tu en as envie.

— Ma mère...

— Elle supportera très bien ton absence. Jessica, ta mère ne doit pas te priver de vivre ta vie juste parce qu'elle a peur de vivre la sienne.

Choquée, Jess écarquilla les yeux.

— Je suis vieille, mais cela ne m'empêche pas de comprendre ce qui se passe autour de moi, dit Grace avec satisfaction. Ce n'est pas le mariage de tes parents qui est en danger, mais la sérénité de ta mère.

— Et Olivia ?

Mais Grace était déjà perdue dans ses pensées, ou sur le point de s'assoupir, et Jess la laissa pour retourner voir sa grand-mère.

A son retour chez elle, Mark l'attendait près de la digue. Jess se planta devant lui, les poings sur les hanches.

— J'irai à Paris.

— Je sais.

— Et dans plein d'autres endroits. Vancouver, San Francisco, Prague, Londres, l'Irlande. Tu as des ancêtres irlandais. Tu viendras avec moi ?

— Mes ancêtres sont morts depuis longtemps.

— Mark !

Même s'il plaisantait, les voyages ne le passionnaient pas. C'était un bourreau de travail, qui se satisfaisait de promenades du dimanche dans la campagne. Inutile d'essayer de le convertir, elle ne le changerait pas. Mais cela ne l'empêcherait pas d'aller à Paris. Certainement pas.

— Je ne m'ennuie pas avec toi, déclara-t-elle. Et je n'en aurai pas marre de toi si tu ne veux pas m'accompagner. Ou si tu le fais par obligation, juste pour me faire plaisir. Nous pourrions aussi faire de la randonnée dans les Alpes, si cela te tente.

— Et Knights Bridge ?

— C'est chez nous. Ce n'est pas parce que je veux voyager que je ne me sens pas bien à la maison.

21

Tout en faisant les cent pas dans l'ancienne salle à manger de Grace Webster, Dylan appela Loretta sur son portable. Olivia l'avait déposé devant chez lui avant de disparaître sous le vague prétexte de promener son chien. Elle était sans doute intérieurement aussi agitée que lui après la journée qu'ils avaient passée ensemble.

Il ne laissa même pas à Loretta le temps de dire « allô ».

— Mon père t'a-t-il parlé des Frost ? S'est-il rendu à Boston ? Est-il allé voir le vieil hôtel où lord Ashworth s'est fait dérober ses bijoux ?

Loretta soupira.

— Je réponds « non » à la première question et je ne sais pas pour les autres.

— J'ai la sensation que tu me caches quelque chose, Loretta.

— Alors, Knights Bridge ? La neige a fondu ?

Bien tenté. Il songea à sa promenade main dans la main avec Olivia mais refusa de se laisser distraire.

— J'en ai assez de rencontrer des gens qui ne me disent pas tout. Attention, je ne t'accuse pas d'être malhonnête — juste de taire certaines informations.

— D'autres questions, Dylan ? fit Loretta, imperturbable. J'ai beaucoup de travail.

Il ne se formalisa pas de cette réponse impertinente qui lui servait d'excuse. Avocate chevronnée, habituée à louvoyer,

Loretta n'irait pas jusqu'à lui mentir. Il devait juste faire preuve de patience et d'habileté.

— Bien, je vais reformuler ma question : que soupçonnes-tu dans cette affaire, même sans certitude absolue ?

Elle hésita, un peu plus longtemps cette fois-ci.

— Rien de précis. Je suis juriste, Dylan. Seuls les faits m'intéressent, pas des spéculations vagues et floues.

— Quand tu auras découvert des faits, tu m'en feras part ?

— Je ne te promets rien.

Elle ne manque pas de culot ! songea Dylan.

— J'essaie de comprendre pourquoi mon père a établi une connexion entre les bijoux Ashworth et Knights Bridge, reprit-il.

— Je comprends ta curiosité, Dylan.

De nouveau une réponse évasive...

— Au fait, j'ai trouvé une coupure de journal à propos du vol de bijoux, avec les mots « Isaiah Webster » et « Knights Bridge » griffonnés dans la marge.

Il y eut un silence à l'autre bout du fil.

— Je dois te laisser.

Dylan ne voulait pas mettre la pression sur elle. Loretta finirait par lui dire tout ce qu'elle savait.

Il s'assit avec un bloc-notes à la vieille table du professeur d'anglais qu'avait été Grace Webster et nota par ordre chronologique tous les événements survenus en 1938 dont il avait connaissance. Doté d'une personnalité complexe, son père était capable d'agir impulsivement aussi bien que par de savants calculs. S'il avait procédé de la même façon, en faisant la liste des éléments dont il disposait, il avait très bien pu laisser parler son intuition au lieu de les analyser rationnellement.

Dylan avait laissé un message à sa mère, qui finit par le rappeler de Los Angeles. Il lui posa les mêmes questions qu'à Loretta. Elle n'avait rien de particulier à ajouter. Mais quelque chose lui revint brusquement à la mémoire.

— Ton père avait manifesté le désir d'aller à Boston juste après la mort de sa mère. Il y a très longtemps.

— Quel rapport y avait-il entre Boston et sa mère ?

— Elle y avait passé son enfance et sa jeunesse. Elle en était partie après avoir épousé ton grand-père. Ils avaient d'abord vécu à New York avant de s'installer dans l'Ouest, où ton père est né. Oui, je crois que c'est cela. Je suis désolée, Dylan, mais ton père n'a jamais vraiment fait partie de ma vie.

— Je sais. C'est ainsi.

— Je t'aime, et il t'aimait lui aussi.

— Ce n'est pas la question, maman.

— De quoi s'agit-il alors ?

D'Olivia Frost..., pensa Dylan.

— Simple curiosité, répondit-il à voix haute.

Sa mère se mit à rire.

— Tu ressembles vraiment à ton père.

Il n'y avait pas de connexion internet dans la maison. S'il décidait de prolonger son séjour à Knights Bridge, il lui faudrait se relier à un réseau Wi-Fi.

Il se ressaisit avec un sursaut. Il n'avait rien à faire ici. Sauf s'il tenait absolument à briser le cœur d'Olivia.

Ou le sien... Pendant les années où il avait joué au hockey, ensuite en travaillant dans l'univers de requins de la finance avec Noah, il avait appris à agir vite, avec des décisions rapides et tranchées. C'était différent avec Knights Bridge. Les enjeux n'étaient pas les mêmes. Perdre un match ou de l'argent avait son importance, mais cela ne touchait pas aux rêves et aux secrets de toute une communauté de personnes étroitement liées les unes aux autres.

Il devait réfléchir. Il avait des réserves de nourriture au frigo. Avec les beaux jours, les gouttières qui fuyaient ne posaient pas de problème immédiat.

Il pouvait prendre son temps.

Loretta Wrentham s'installa confortablement dans son fauteuil ergonomique, dans son bureau de La Jolla, et réfléchit à la situation à Knights Bridge, à l'autre bout du pays. Elle se remémora la visite de Duncan McCaffrey par un après-midi d'orage, deux ans plus tôt. Il pestait comme un beau diable.

— Quelques gouttes de pluie et les gens ne savent plus conduire, en Californie !

Elle s'était contentée de sourire.

— Vous êtes l'avocate de mon fils.

— Oui. Que puis-je pour vous ?

— Rien. Simplement...

Il ne voulait pas trop en dire, mais avait tout de même fini par expliquer la situation.

— Je lègue à mon fils tout ce que j'ai, sauf une somme d'argent que je donne à une fondation spécialisée dans la recherche archéologique.

— Vous êtes malade ?

Duncan n'avait pas paru choqué ni décontenancé. Plutôt amusé, en fait, par cette franchise brutale.

— Je ne suis pas prêt à passer l'arme à gauche, non. Bientôt peut-être, malgré tout. Je n'ai jamais espéré vivre jusqu'à un âge avancé, Lori...

— *Loretta*, avait-elle répliqué.

— Loretta. C'est un joli prénom.

Elle avait rougi malgré elle.

— Merci.

— Loretta, je suis à la poursuite d'un trésor qui pourrait me conduire dans un endroit où je ne devrais pas aller. Non que je ne le veuille pas, mais il vaudrait mieux que je m'abstienne. Si je meurs avant d'avoir abouti, je laisserai quelques indices à Dylan. Libre à lui de s'en servir ou pas. Je ne sais même pas s'il se souciera d'examiner mes papiers.

— Très bien.

— Je veux que ce soit bien clair dès à présent. Je ne voudrais pas lui empoisonner la vie après ma mort.

— Cela concerne ce trésor ?

— Oui. S'il hérite d'une maison dans une petite ville de la Nouvelle-Angleterre qui s'appelle Knights Bridge, c'est que je n'en aurai pas terminé.

— Vous en savez plus que vous n'en dites.

— Oui, acquiesça-t-il en riant. Mais pas autant que vous le croyez.

— Pourquoi avez-vous acheté cette maison ? Elle a quelque chose à voir avec ce trésor que vous semblez rechercher à contrecœur ?

— Que feriez-vous si vous soupçonniez une personne de votre entourage d'avoir commis un crime dans un passé lointain ?

— Cela dépend du crime et s'il y a ou non prescription, monsieur McCaffrey...

— *Duncan*. De toute façon, je n'ai pas l'intention d'entrer dans les détails. Moins vous en saurez, mieux ce sera.

— S'agit-il d'un meurtre ? Dans ce cas, il n'y a pas prescription.

— Non, pas de meurtre. Je ne cherche à déterrer les secrets de personne. Nous méritons tous de laisser nos secrets bien gardés, non ?

Et, sans trop savoir comment c'était arrivé, Loretta s'était retrouvée au lit avec Duncan. A plus de soixante-dix ans, c'était un amant vigoureux, qui avait eu beaucoup de femmes dans sa vie. Leur brève rencontre ne devait pas connaître de lendemain, et elle l'avait vécue ainsi, en se donnant sans réserve. Duncan McCaffrey avait une personnalité complexe. C'était un homme heureux de vivre, au clair avec lui-même. Pourtant, en même temps, il semblait perdu, dans l'errance. Au matin, quand il était parti, elle avait eu l'impression qu'elle ne le reverrait pas.

Et, en effet, elle ne l'avait jamais revu.

Cet intermède avait réveillé son envie d'amour et de sexe. Elle avait recommencé à s'intéresser aux hommes, mais pas pour de brèves rencontres comme avec Duncan McCaffrey. Ce n'était pas son genre. De toute façon, elle n'avait aucune raison de dire à son fils qu'elle avait eu des relations intimes avec son père. C'était sans intérêt pour lui.

Elle avait obéi aux consignes laissées par Duncan, donc, et s'était contentée de payer les factures et les impôts pour la maison de Knights Bridge, jusqu'à ce que Dylan commence à poser des questions. Il s'interrogeait à présent à propos d'un vol commis en 1938 sur la personne d'un aristocrate britannique, et qui concernait des bijoux remontant à la reine Victoria.

Manifestement, le trésor qui avait tant intéressé le père de Dylan.

« Je ne cherche à déterrer les secrets de personne. »

A moins d'une urgence particulière, Loretta se devait de respecter les volontés de Duncan. En outre, il avait clairement manifesté le désir que son fils poursuive l'enquête par lui-même, sans aide extérieure.

Ce qui se passait à Knights Bridge était une affaire entre père et fils.

22

Olivia fut agréablement surprise lorsque sa mère vint seule lui rendre visite à Carriage Hill. Il était encore tôt. Celle-ci avait pris une matinée de congé et n'avait pas à retourner à la fabrique avant midi. Finalement, songea Olivia, elle avait bien fait de rester chez elle la veille au soir, à peindre et bricoler au lieu d'inviter Dylan à dîner. C'était déjà bien assez compliqué de comprendre ce qui leur arrivait sans être obligée d'expliquer à sa mère la présence de son séduisant voisin chez elle... à 8 heures du matin.

S'ils s'étaient vus dans la soirée, ils auraient passé la nuit ensemble. Pour Olivia, cela ne faisait aucun doute.

Elle fit du café et le servit dehors, sur la terrasse. Sa mère écrasait une tige de lavande entre ses doigts.

— Elle sent déjà bon. Tout le monde parle de ton gîte, Liv.

— En bien, j'espère !

— Bien sûr.

Sa mère se redressa.

— J'ai éclairci mes semis de vivaces. Je t'en ai apporté quelques plants. Ils sont dans la voiture. Ne te sens pas obligée d'accepter, mais...

— Tu plaisantes ? Je suis ravie. J'ai tellement d'espace à remplir, dans ce jardin immense.

Elles approchèrent une brouette de la voiture et la chargèrent de lis, astilbes, géraniums, achillées... Enchantée,

Olivia les emporta à l'arrière pour les mettre à l'ombre avant de s'en occuper.

— Je ne veux pas entreprendre trop de projets à la fois, dit-elle en se rasseyant pour boire son café. Mais je vais sans doute me lancer dans la fabrication de savon artisanal. La mère de Maggie a des chèvres. Je pourrais utiliser leur lait et parfumer mes petits savons avec des herbes aromatiques ou des fleurs de mon jardin.

— Excellente idée ! lui lança sa mère.

— J'ai même pensé au dessin des étiquettes à coller sur les emballages.

— Tu débordes d'énergie, en ce moment ! Certaines idées marcheront, d'autres pas, je le sais d'expérience, avec notre travail à la fabrique. En tant qu'artisans, on ne peut pas rivaliser avec la grosse production industrielle. Il faut parier sur la qualité et l'originalité.

Olivia hocha la tête.

— Je ne songeais pas à vendre à grande échelle, sur internet par exemple, mais en petites quantités, surtout aux clients de passage.

Elle s'agenouilla de nouveau à côté de la brouette pour trier les plants et réfléchir à la façon dont elle les disposerait.

— Tu continueras à travailler en freelance pour ton ancienne patronne ou tu imagines créer un jour ta propre agence de design ? lui demanda sa mère.

— Je ne sais pas encore. Cela dépendra de mes finances, je suppose.

— Liv…

Sa mère se releva pour s'étirer et se masser les reins.

— Tu as quitté Boston beaucoup plus tôt que prévu, non ? Tu as eu des problèmes ?

Olivia soupira en prenant délicatement un lis entre ses doigts.

— Oui, c'est vrai, mais tout est réglé maintenant.

— Tu es heureuse, ici ?

— Oui, maman.

— Dylan McCaffrey…

Olivia changea promptement de sujet.

— Que sais-tu du livre de Grace ? J'ai posé la question à papa et Grandma, mais ils ne m'ont pas beaucoup éclairée.

— Je ne t'en apprendrai pas davantage, désolée. L'écriture l'a aidée à surmonter un moment difficile quand elle a vendu sa maison, je pense.

— Quelqu'un l'a lu ?

— Pas que je sache. Elle ne veut le donner à personne de son vivant.

— Je suis au courant. Mais j'espérais que quelqu'un avait au moins jeté un œil sur des passages. Tu crois qu'elle a des secrets ?

— Si elle en a, je ne comprends pas pourquoi elle ne les emporterait pas avec elle dans la tombe. A mon avis, elle doit simplement raconter sa vie.

— Elle a peut-être vécu un drame ou une tragédie dont personne n'a conscience. J'aimerais vraiment mettre la main sur un exemplaire de ce livre. Elle n'en saurait jamais rien…

— Olivia ! Tu devrais avoir honte !

Celle-ci se mit à rire.

— Je ne le ferai pas, maman, tu le sais bien — même si j'en meurs d'envie.

— Et Dylan ? Connaît-il l'existence de ce livre ? C'est lui qui t'a mis en tête d'en voler un exemplaire ?

— Pas du tout ! Quelle drôle d'idée !

— Il y a quelque chose que tu ne me dis pas.

— Il y a beaucoup de choses que je ne te dis pas, maman.

— Et je devrais en être heureuse ?

— Ah, j'aimerais que ma vie soit à ce point passionnante…

Olivia se déroba aux questions de sa mère et sépara les racines entremêlées des astilbes. Il faisait plus chaud que prévu, et elle regrettait d'avoir mis une chemise à manches longues.

Sa mère et elle travaillèrent tranquillement ensemble tout au long de la matinée, discutant de l'endroit idéal pour chaque espèce de fleurs, sortant engrais et outils du hangar, creusant et plantant inlassablement.

— Je suis contente que tu sois revenue parmi nous, Liv, lui dit sa mère au moment de repartir. Pourvu que tu sois heureuse.

— Je le suis, maman.

Après le départ de cette dernière, Olivia inspecta l'étage de sa maison bicentenaire. Mark l'aiderait à agrandir les chambres et à installer des salles de bains supplémentaires. Mais, en attendant, il fallait se concentrer sur les locations de salle à la journée. Un club de randonneurs avait réservé pour son assemblée générale en juin. Ils en profiteraient pour monter à Carriage Hill.

Olivia regarda la vue par la fenêtre de sa chambre. Les fleurs sauvages commençaient à jeter des taches de couleurs vives dans les champs. Elle adorait cet endroit. Elle ne devait pas laisser cette chance inespérée lui filer entre les doigts. Elle ne voyait vraiment pas ce qu'elle ferait si le projet de Carriage Hill échouait. Retourner à Boston et travailler pour Marilyn ? Se faire une place au sein de l'entreprise familiale ?

— Je n'échouerai pas, dit-elle à voix haute.

Elle redescendit pour repiquer les dernières plantes de sa mère devant la maison. Buster la suivit et s'affala à l'ombre, en respectant scrupuleusement les plates-bandes.

Quand Dylan se manifesta cinq minutes plus tard, il trouva Olivia les mains dans la terre jusqu'aux coudes. Il avait l'air préoccupé, presque distant.

— Tu as un souci ? demanda-t-elle en s'asseyant sur les talons pour le regarder.

En tirant sur une branche basse, il arracha une feuille d'érable.

— Je ne suis pas ici pour ficher en l'air ta vie, ni celle de tous les autres habitants de cette ville.

Elle fronça les sourcils.

— Qu'as-tu découvert ?

— La sœur de lord Ashworth s'appelait lady Helena Ashworth.

Il lança la feuille à Buster.

— Lady Helena, qui avait épousé un pilote britannique du nom de Philip Rankin, est morte avant la guerre. Je creuse encore, mais apparemment les bijoux lui appartenaient. Elle les avait hérités de sa grand-mère.

— Dans ce cas, pourquoi le frère les avait-il en sa possession ?

— Curieusement, ils ont échoué par erreur entre ses mains, alors qu'ils auraient dû revenir au mari.

— Helena et Philip n'avaient pas d'enfants ?

— Si, une fille, Philippa.

— Elle est toujours vivante ? Et Philip ? Qu'est-il devenu ? Ton père...

— Je n'ai aucune idée de ce que mon père savait et ignorait, déclara Dylan avec une frustration évidente. Moi, je continue à recueillir des informations sur les Rankin.

Olivia se releva sur ses jambes raides et ankylosées et s'essuya les mains.

— Tu soupçonnes Philip d'avoir volé les bijoux à son beau-frère, déclara-t-elle.

— La police n'a jamais trouvé de suspect.

— Philip était-il à Boston en septembre 1938 ?

— Tu poses les bonnes questions.

Dylan sourit et se détendit un peu.

— Toi aussi, tu sais, tu pourrais défendre Noah contre les parasites qui s'approchent trop près de lui.

— Ce serait déjà bien si je pouvais les éviter moi-même ! Alors, lord Ashworth était-il un « parasite » ?

— Difficile à dire, mais lui et Philip Rankin n'obéissaient sans doute pas aux mêmes règles.

Olivia se frotta les mains, mais il faudrait les brosser pour les nettoyer. Elle aurait dû mettre des gants. Sous le regard insistant de Dylan, elle se demanda ce que serait sa vie maintenant si Grace, au lieu de vendre sa maison à Duncan McCaffrey, était restée là à observer les oiseaux en continuant à mener son existence tranquille.

Dylan posa un doigt sur sa joue.

— Tu as un peu de saleté, là, sur le visage. Olivia...

Il s'interrompit pour repousser quelques mèches folles derrière ses oreilles.

— Si tu n'es pas trop occupée, je pourrais apporter mes dossiers pour que tu me dises ce que tu en penses.

— Je ne fais rien d'urgent.

Elle le regarda s'éloigner sur le petit chemin, tête baissée, comme absorbé dans ses réflexions. Elle rangea ses outils de jardin dans la cabane et jeta un coup d'œil circulaire. Cela commençait à prendre forme. Elle avait de plus en plus hâte de recevoir des hôtes et aspirait à remplir son planning. Puis elle songea au mystère qui planait sur la maison voisine. En s'y plongeant, Dylan remuait les souvenirs d'un père qu'il avait perdu deux ans plus tôt. En comparaison, ses problèmes à elle semblaient insignifiants. De toute façon, elle était ravie d'être revenue dans sa ville natale, même si la route qui l'avait ramenée là avait été semée d'embûches sentimentales et professionnelles.

Au retour de Dylan, la température avait fraîchi, et elle gratta une allumette pour faire partir le feu qu'elle avait soigneusement préparé, en glissant de vieux journaux sous le petit bois. Dylan, à son habitude, s'assit par terre en s'appuyant contre le canapé, les jambes étendues devant lui. Quand Buster vint se rouler en boule à côté de lui, Olivia retint un instant son souffle, saisie par l'atmosphère paisible de cette scène domestique. Elle n'avait jamais vu Dylan chez lui, à Coronado, ou dans son cadre de travail à San Diego, ni d'ailleurs sur la glace avec ses patins et sa tenue rembourrée de joueur de hockey, sauf sur des photos. Elle ne le connaissait pas vraiment, en fait, alors même qu'il avait l'air chez lui dans son salon…

Il était allé à la bibliothèque pour utiliser un ordinateur puisqu'il n'y avait pas de connexion Wi-Fi chez lui, comme il le lui expliqua. Il avait imprimé ce qu'il avait trouvé comme renseignements sur lord Charles Ashworth et sa sœur, lady Helena Ashworth. Il tendit à Olivia une photographie en noir et blanc d'un homme et d'une femme posant devant un manoir.

— La photo a été prise en 1932. C'est la seule que j'ai trouvée, de l'un ou l'autre d'ailleurs, en surfant sur un site dédié à l'aristocratie britannique.

— Elle est charmante, dit Olivia. Lui a l'air un peu fade…

Dylan sortit une autre feuille imprimée de son dossier.

— Voici un portrait de leur grand-mère, qui date de 1912. Regarde sa bague. Elle correspond exactement à la description d'une de celles qui ont été volées.

Lady Helena ressemblait d'une manière frappante à sa grand-mère. Olivia scruta l'image attentivement.

— Quel diamant énorme ! Un bijou pareil doit être lourd à porter.

— Tu n'aimes pas trop ce genre de babioles, apparemment, dit Dylan avec un sourire.

— Cela dépend lesquelles. Mais je n'ai aucune envie de posséder une bague qui vaut des millions à elle seule.

Elle étudia de nouveau la photo.

— Il n'y avait rien de ce genre dans la malle de ton père ?

— Non, tu penses bien !

— Une bague se cache facilement n'importe où, fit Olivia, qui poursuivait sa pensée. Si notre pilote britannique qui a volé les bijoux les a dissimulés à Quabbin en espérant revenir les chercher plus tard, il n'y a pas beaucoup d'espoir de les retrouver. Ils sont probablement sous l'eau maintenant. Il faudrait être une sorte de Gollum pour s'en saisir.

— Tu t'imagines déjà dans une histoire de quête magique, comme dans *Le Seigneur des anneaux* !

Olivia sourit.

— En tout cas, la fille des aristocrates doit bien avoir soixante-dix ans maintenant, avec peut-être des enfants et des petits-enfants. Elle n'a peut-être pas envie de savoir que son père était un voleur et son oncle un sale profiteur.

— Elle le sait peut-être déjà.

— Et puis pourquoi et comment Philip Rankin aurait-il échoué à Knights Bridge ? Cela n'a pas de sens.

— Pour se mettre à l'abri et panser ses blessures.

« Comme toi », aurait-il pu ajouter. Il le pensait probablement si fort qu'elle le devina en croisant son regard.

— C'est ma maison, déclara-t-elle simplement.

— Oui, et aussi un refuge.

— J'avais besoin de reconstituer mes forces.

— C'est bien ce que je dis.

— Pour changer de vie.

Il lui sourit.

— Voilà qui est mieux.

— Et toi ? Tu n'es pas venu à Knights Bridge pour fuir un danger ni pour y vivre. Tu es ici pour poursuivre une aventure entamée par ton père. Ce qui t'aidera peut-être à mieux le comprendre et à te sentir en paix avec lui. Et ensuite ? Tu t'en iras pour ne plus jamais revenir ? Tu retourneras à ta vie de San Diego ?

— Olivia...

Elle toucha ses lèvres pour lui intimer le silence.

— Je sais qu'il est beaucoup trop tôt pour que tu me répondes.

— Je peux abandonner immédiatement cette chasse au trésor.

— Jamais je ne te le demanderai et je ne le souhaite pas non plus. Moi aussi, maintenant, j'ai envie de percer le mystère des bijoux Ashworth.

Dylan embrassa le bout de ses doigts — et elle sut qu'elle était perdue.

— Je peux te faire l'amour ici, devant la cheminée, ou

nous pouvons monter dans ta chambre, dit-il. Si tu veux te débarrasser de moi, dis-le sans équivoque. Sinon, je reste. Et si tu glisses encore, comme la dernière fois, je te relèverai pour te porter dans mes bras jusqu'à ton lit.

— C'est très tentant, mais je ne glisserai pas.

Elle le précéda dans l'escalier. Ce fut seulement en arrivant dans sa chambre que par jeu elle fit semblant de s'évanouir pour s'effondrer dans ses bras. Il la souleva sans effort et la déposa sur le lit.

— Je ne te promets pas de ne pas arracher les boutons de ton chemisier, dit-il de sa voix grave, sur un ton délibérément sexy. Si tu sais jardiner, peindre des meubles et fabriquer du savon, tu sais probablement aussi recoudre des boutons.

— Grand-maman Frost me l'a enseigné en personne.

Il posa ses paumes sur ses hanches en poussant vers le bas la ceinture de son pantalon.

— Grand-maman Frost... Oublions-la un peu pour l'instant, d'accord ?

Olivia se mit à rire devant l'expression concentrée et déterminée de Dylan, qui eut tôt fait de lui enlever son pantalon ainsi que le reste de ses vêtements. Quand ce fut à son tour de se déshabiller, elle voulut l'aider de ses doigts qui tremblaient d'impatience, mais sans réussir à défaire la boucle de sa ceinture.

Il posa une main sur les siennes.

— Je vais le faire, Olivia.

— Non, laisse-moi.

Elle fit une nouvelle tentative, cette fois-ci couronnée de succès, et quand elle abaissa son jean il poussa une exclamation. Olivia se figea. Avait-il subitement recouvré ses esprits et changé d'avis ? se demanda-t-elle, interloquée. Il lui suffit d'un coup d'œil pour se rassurer. Au supplice d'avoir attendu si longtemps, Dylan avait tout simplement dépassé les limites de l'endurance. Son désir était à bout.

Et c'était très bien ainsi, songea Olivia, parce qu'elle se trouvait exactement dans la même situation.

Leurs habits étaient éparpillés en désordre sur le plancher. Ce fut la dernière pensée cohérente d'Olivia avant longtemps. Dylan roula sur elle en murmurant son nom à son oreille et glissa une main entre ses jambes. Puis il se mit à l'embrasser avec passion. Sa langue et ses doigts suivaient le même rythme. Quand elle cria son nom en se raccrochant à ses hanches, il retira sa main et la pénétra.

Ce n'était que le début.

Ils s'agrippèrent, se griffèrent, se mordirent, s'aimèrent sauvagement, sans rien retenir, en se donnant totalement. Olivia prit, réclama, offrit et finalement rendit les armes dans un abandon absolu, les bras relevés au-dessus de la tête tandis que Dylan se soulevait, les yeux rivés aux siens, pour s'enfoncer en elle, encore et encore. Finalement, elle se sentit comme aspirée par un tourbillon vertigineux qui l'anéantit. Mais, juste comme elle sombrait, Dylan l'amena de nouveau vers des sommets d'extase inouïs. Suffoquant de plaisir, à bout de souffle et de résistance, elle cria son nom plusieurs fois, incapable de proférer aucun autre son.

Le cœur battant à tout rompre, ils demeurèrent ensuite très longtemps enlacés dans les bras l'un de l'autre, sans pouvoir bouger, à savourer le bonheur de l'instant. Puis Olivia roula sur le côté et, avec un sourire, promena le bout du doigt sur le torse de Dylan.

— La nuit sera longue, n'est-ce pas ?

— Euh-hum, répondit Dylan en emprisonnant sa main dans la sienne. Elle ne fait que commencer.

23

J'étais désespérée. Ma maison n'existait plus. Elle avait été rasée par les ouvriers de Quabbin. Après des jours et des jours entiers de pluie, la vallée si vivante naguère n'était plus qu'une vaste étendue déserte et boueuse. La construction du barrage suivait son cours implacable. Avec un jeune couple eux aussi déplacés à cause de Quabbin, je me suis rendue au nouveau cimetière où on avait rapatrié les corps. C'était un très bel endroit, ainsi que Granny me l'avait dit, et on avait reconstitué les tombes et leur emplacement avec le plus grand soin, mais la nausée m'a prise. Je ne supportais pas l'idée qu'on avait déterré ma mère, mes grands-parents et les bébés de Granny.

Les Webster étaient arrivés dans la Swift River Valley deux siècles plus tôt, misérables, fuyant la famine, la maladie, la persécution et la pauvreté. Certains étaient venus comme domestiques, pour rembourser leurs dettes. Ils avaient recommencé une nouvelle vie dans un endroit inconnu, et nous étions nous aussi obligés de repartir de zéro, tout comme eux.

J'étais tombée amoureuse d'un homme qui était loin de correspondre à mon idéal. Ce n'était pas un aristocrate et il n'appartenait certainement pas à l'univers de la

saga du Mouron Rouge. *Il était tel qu'il s'était décrit lui-même le premier jour : une canaille.*
Un voleur.
Je n'habiterais jamais dans un château au fond d'un parc majestueux. Je ne porterais jamais de jolis bijoux. L'actualité internationale avait de quoi inquiéter, avec une nouvelle guerre en Europe.
J'ai demandé au couple qui m'avait emmenée en voiture de me déposer à notre ancienne maison. Elle n'existait plus, mais le terrain autour n'avait pas encore été déboisé. Il faisait horriblement lourd et humide en cette fin septembre, avec une lumière verte, irréelle. Bientôt, l'endroit où je me tenais serait submergé pour toujours.
Plus personne ne se tiendrait jamais où j'avais les pieds. J'avais la sensation étrange que le niveau des rivières montait déjà. Le barrage mettrait plusieurs années à se remplir pour atteindre sa capacité maximale. Ce ne serait pas du tout comme une inondation. Pourtant, en ce jour d'été lugubre de 1938, le dernier jour de notre dernier été dans la vallée, j'ai réellement senti les eaux monter. Comme en transe, j'ai levé les yeux vers les nuages et je n'ai aperçu que de l'eau partout, beaucoup trop profonde pour me permettre de regagner la surface avant de suffoquer par manque d'air. J'étouffais littéralement. Je ne pouvais plus respirer. J'avais l'impression de me noyer, debout au bord du trou de la cave, seul vestige de la vieille maison de Granny où nous avions vécu. Les rosiers du jardin, les lilas, les iris blancs… tout avait disparu. Avec le pneu accroché à une corde qui me servait de balançoire et les piquets blancs de la barrière et la petite allée… Tout était détruit. Irrémédiablement.
Il n'y avait personne pour m'aider. J'ai tenté d'aspirer une goulée d'air.

Si je devais survivre, il fallait que je me sauve moi-même puisque je n'avais personne sur qui compter. Granny appartenait à une autre époque. Elle ignorait si elle vivrait assez longtemps pour voir ce que deviendrait la vallée. Papa avait un nouveau travail à Knights Bridge, mais la colère et l'amertume le rongeaient. Pour lui, la vallée serait toujours telle qu'elle avait été. Il restait tourné vers le passé et refusait d'espérer en l'avenir.

La pierre sur laquelle j'étais montée, sur les ruines du soutènement, s'est brusquement descellée. J'ai glissé mais j'ai rétabli mon équilibre avant de tomber. Heureusement, car personne ne m'aurait jamais retrouvée dans ce trou de cave.

— Non, ai-je fermement déclaré à voix haute. Je ne vais pas mourir ici. Je veux vivre.

Je me suis alors mise à courir, à toutes jambes. Le ciel verdâtre s'est encore assombri, puis s'est ouvert sur un déluge épouvantable, avec un vent déchaîné comme je n'en avais jamais vu. Il ne fallait pas que je m'arrête. Sinon, j'étais perdue. Les grosses gouttes de pluie me bombardaient avec une force incroyable. Le vent me giflait durement. J'ai perdu mes chaussures dans une flaque de boue mais j'ai continué ma course folle pieds nus.

Je ne sais pas comment j'ai réussi à atteindre le cabanon, mais j'ai fini par y arriver. Je n'avais même pas envie d'entrer car Philip serait parti. En plus, la tempête risquait à tout moment d'arracher la toiture ou de mettre les murs en pièces.

L'air sentait très fort l'océan. Je savais ce qui m'arrivait. J'étais au beau milieu d'un ouragan.

Seule.

— Grace !.

Au bord de l'étang, un arbre s'est abattu avec un

craquement sinistre sur le rocher où j'avais l'habitude de m'asseoir pour lire. J'avais tellement peur que j'avais entendu une voix m'appeler par mon prénom dans le mugissement du vent.

— Grace ! Grace, où es-tu ?

Philip.

Non, je ne perdais pas la tête. Ce n'était pas mon imagination qui me jouait des tours. J'avais du mal à résister et à rester debout. Je ne pouvais même plus avancer. Trempée jusqu'aux os, la peau à vif à cause des assauts du vent et de la pluie, je me suis recroquevillée au ras du sol tout contre mon rocher, pour essayer de me protéger de la tempête. J'ai enfoncé mes doigts dans la boue en cherchant quelque chose à agripper, des racines, n'importe quoi.

Tout à coup, des bras se sont refermés autour de moi.

— Grace, Gracie, mon amour, c'est Philip. Je ne te ferai pas de mal. Je ne te ferai jamais aucun mal.

Il m'a portée jusqu'à l'intérieur du cabanon et m'a séchée. Je n'avais pas froid. Je voulais juste que s'arrête cette abominable tempête.

— C'est un ouragan, ai-je dit, encore sous le choc.

— Je sais. Très violent.

— Je croyais que tu étais parti...

Sans répondre, il m'a attirée contre lui et m'a serrée fort. Nous sommes restés ainsi très longtemps, accrochés l'un à l'autre, pendant que le vent hurlait et mugissait au-dehors. Le cabanon se trouvait dans un endroit relativement abrité. Il a tenu bon. Malgré mon angoisse et ma terreur, je me sentais protégée avec les bras de Philip autour de moi.

Je n'avais jamais connu un tel sentiment de sécurité

et je ne devais plus jamais en connaître de semblable. Pourtant, paradoxalement, un ouragan déchaîné faisait rage autour de nous et dévastait tout sur son passage.

24

Jess tambourina à la porte d'Olivia le lendemain à midi.

— Grace Webster a emprunté la voiture de Grandma ce matin et n'est pas rentrée. Cela fait trois heures, Liv !

Jess reprit sa respiration.

— Grace ne conduit plus depuis longtemps, même si elle a encore son permis. Elle a dit à Grandma qu'elle se rendait à la bibliothèque.

— Tu y es allée ?

— Bien sûr. Phoebe O'Dunn l'a bien vue. Elle est montée aux archives, celles que Duncan McCaffrey avait consultées, et toi ensuite. Je me demande comment elle a réussi à grimper ce petit escalier très raide. Elle est restée quelques minutes et est repartie. C'était il y a plus de deux heures.

Dylan arriva derrière Olivia.

— Je vais prendre ma voiture pour partir à sa recherche.

— Je viens avec toi, fit aussitôt Olivia. Il faut commencer ici, sur cette route. Grace a vécu là pendant plus de soixante-dix ans.

Jess approuva d'un signe de tête.

— Très bien. Tenez-moi au courant. De mon côté, je vous préviendrai s'il y a du nouveau. J'ai mon portable. Maman est évidemment sens dessus dessous. Elle a peur d'une imprudence. Tu connais la chanson...

— Nous ferons attention, Jess. A tout à l'heure.

Après le départ de sa sœur, Olivia se tourna vers Dylan.

— Prenons ma voiture. J'attrape les clés.

— Je n'ai pas entendu de bruit de moteur sur la route ce matin, fit-il, les sourcils froncés. Et toi ?

— Non, mais...

Elle ne termina pas sa phrase en comprenant où il voulait en venir.

— Dylan, si Grace s'est mis en tête de retrouver l'emplacement de son cabanon, elle a complètement perdu conscience de la réalité. Tu as vu comment c'est là-bas, maintenant ?

Il hocha la tête, la mine sombre.

— Allons-y.

Ils allèrent en voiture jusqu'au bout de la petite route qui s'arrêtait devant la barrière de la réserve naturelle. Olivia poussa une exclamation en voyant la vieille Volvo de sa grand-mère garée à l'ombre des arbres. Elle envoya aussitôt un texto à Jess pour qu'elle informe la police. Il fallait constituer sur-le-champ une équipe de secours pour fouiller les abords du lac. Puis Olivia courut pour rattraper Dylan, qui s'était engagé sans tarder sur le sentier.

— Comment est l'état de santé de Grace ? demanda-t-il.

— Elle est vieille et fragile...

— Pas de maladie de cœur ? De diabète ? Comment est sa tension ?

— Mentalement, elle va très bien — enfin, c'est ce qu'il semblait. Physiquement, je ne sais pas du tout.

Ils traversèrent les bois d'un pas vif et bifurquèrent dans le petit sentier à peine marqué qui menait à l'étang.

— Ces terres étaient cultivées, à l'époque de la construction du barrage. Le paysage est très différent de celui que Grace a connu dans sa jeunesse.

— Elle en a conscience et est sûrement revenue se promener par ici depuis, dit-il pour lui-même, la mine sombre.

— Il ne faut pas t'inquiéter, Dylan. Tu n'es pas fautif. Grace n'est plus une enfant. Elle savait ce qu'elle faisait en empruntant la voiture de ma grand-mère. Quoi qu'il advienne, je la connais, elle voudra en assumer la responsabilité.

— Dépêchons-nous plutôt de la retrouver.

Ils traversèrent un petit ruisseau, sans relever d'empreintes de pas dans la boue. En arrivant à l'étang, Olivia scruta les alentours, à la recherche du moindre indice suggérant l'ancien emplacement d'un cabanon. Un vieux lilas, un myrte ou un laurier, un puits, tout ce qui pourrait indiquer que des gens avaient vécu là autrefois.

— Ce coin de nature devait être idyllique, il y a cent ans.

— Oui. Sans doute.

— Dylan...

Il s'approcha tout au bord de l'eau.

— Grace ! Grace ! appela-t-il de sa voix forte, puissante.

Olivia grimpa sur un gros rocher pour fouiller du regard les environs immédiats. Grace était forcément ici. Où serait-elle allée, sinon ? Olivia chassa fermement de son esprit les pires scénarios qui se présentèrent aussitôt et se concentra sur le moment présent.

Dylan s'accroupit au pied de trois pins blancs qui poussaient tout près du bord. De l'autre côté, une famille de canards émergea des marécages, comme pour se lancer, eux aussi, à la recherche de Grace.

— Tu vois quelque chose ? demanda Olivia.

— L'herbe est écrasée, par ici. Quelqu'un est passé par là. Ou alors un animal...

Il se releva avec une grimace.

— Grace est forcément quelque part.

Olivia sauta de son rocher et se figea brusquement, avec l'impression de percevoir comme un gémissement dans les arbres. Dylan l'entendit lui aussi. Sportif comme il l'était, il réagit immédiatement et s'élança dans les fourrés, écartant les branches qui lui fouettaient le visage. Olivia le suivit sans hésiter.

Il y eut un autre gémissement.

Quelqu'un était là — bien en vie !

Olivia et Dylan émergèrent des sous-bois, sur une langue de terre humide, à quelques mètres du rivage. Devant eux, Grace était assise sur une grosse pierre, les yeux fixés sur l'eau, un livre serré dans sa main. Une brise légère soufflait dans ses cheveux blancs. Elle portait un sweat-shirt gris à capuche, un pantalon de jersey et de grosses chaussures de marche avec des chaussettes en coton. Un nuage de moustiques bourdonnaient autour d'elle mais elle ne semblait pas y prêter attention.

Dylan s'approcha doucement. Il ôta délicatement le livre des doigts de Grace et le tendit à Olivia. C'était une vieille édition jaunie de la saga du *Mouron Rouge*.

— Grace, murmura Dylan en touchant sa main tremblante.

Elle leva sur lui des yeux pleins de larmes.

— Je savais que tu viendrais, Philip. Je le savais.

25

Je pensais que c'était ma dernière nuit sur Terre. A en juger par l'expression de Philip, lui aussi en était convaincu. Pourtant, il me rassurait inlassablement par ses paroles. Le vent et la pluie se sont enfin calmés. J'en savais assez sur les ouragans pour comprendre que nous étions dans l'œil du cyclone. Dans un moment pareil, rien ne m'a semblé plus naturel que chercher l'amour et le réconfort dans les bras de Philip.

L'ouragan de 1938 a dévasté Long Island, gonflant et soulevant les eaux de la rivière Connecticut, semant la destruction et les catastrophes sur son passage. Les inondations ont fait plus de sept cents morts. Dans la Swift River Valley, les digues fraîchement terminées de Winsor Dam et Goodnough Dike ont tenu bon.

Je n'imaginais rien de tout cela pendant que Philip et moi nous raccrochions l'un à l'autre, au cœur de la tempête. A ce moment-là, je savais seulement que je n'étais pas seule. J'étais avec le seul homme que j'aimerais jamais.

Et je me moquais pas mal des bijoux volés.

— Je t'aime, Gracie Webster, m'a chuchoté Philip dans ce silence inquiétant, presque surnaturel.

Dans mon for intérieur, j'avais conscience que tout ce qu'il disait, tout ce que nous faisions pendant cette

longue et terrible tempête resterait à jamais gravé dans mon cœur, pour le restant de mes jours.
Même maintenant, alors que, devenue vieille, j'observe les oiseaux et contemple Quabbin, je ressens encore son contact et j'entends le son de sa voix.
Le calme contre nature a bientôt cédé la place à la férocité redoublée du vent et de la pluie. Nous nous sommes étreints plus fort. Ce n'est que lorsque tout redevint enfin paisible, et qu'une douce brise a rafraîchi notre peau brûlante que Philip m'a confié ce que j'avais déjà deviné.
— Ma femme est morte d'une mauvaise fièvre il y a presque trois ans. J'ai une fille en Angleterre.
— Quel âge a-t-elle ? lui ai-je demandé.
— Trois ans. Elle se prénomme Philippa. En ce moment, elle est avec mes parents.
Il était grave comme je ne l'avais jamais vu, un père et un amant responsable. Il ne ressemblait plus au voleur imprudent qui avait dérobé des bijoux à un lord britannique, ni au mousquetaire impertinent de mes rêves de jeune fille.
— Je suis un pilote de la Royal Air Force. Je dois rentrer en Grande-Bretagne, Gracie. C'est mon devoir. Il va y avoir la guerre avec Hitler. Si je m'en sors...
— Tu vivras ! Il le faut ! Pour ta fille.
Les mots étaient sortis tout seuls.
— Et pour toi, a-t-il ajouté d'une voix douce. Je reviendrai, Gracie, je te le promets.
Le lendemain du cyclone, j'ai été obligée de rentrer à Knights Bridge, dans notre nouvelle maison. Granny et papa devaient se faire un sang d'encre, terrorisés à l'idée que j'avais été emportée par l'ouragan. Philip ne pouvait malheureusement pas m'accompagner, mais je souffrais atrocement de le quitter.

Je me souviens encore de l'expression de ses yeux au moment de mon départ.

— Je t'aime, Gracie, m'avait-il répété encore et encore, jusqu'à ce que je le perde de vue en escaladant un amas de branchages sur le chemin de Knights Bridge, de l'autre côté de Carriage Hill.

Avec les dégâts et les ravages occasionnés par l'ouragan, il s'est passé plusieurs jours avant que je puisse retourner à mon cabanon refuge. Je me suis assise sur mon rocher au bord de l'étang, pour le cas où Philip m'appellerait. Mais, cette fois-ci, il était vraiment parti.

Les ouvriers ont fini par démolir le bungalow. Ils ne s'attendaient pas à y trouver quelqu'un, mais j'ai parlé à l'un d'entre eux pour obtenir la permission d'enlever mes affaires. J'ai emballé mes livres et mes dessins. Quand j'ai plié les couvertures, un petit sac de velours rouge, probablement glissé sous le matelas, est tombé par terre.

Mon cœur s'est arrêté de battre un instant, mais je me suis très vite ressaisie et me suis baissée pour le ramasser, en faisant semblant de rire.

— J'allais presque oublier cela !

— Qu'est-ce que c'est ? m'a demandé l'ouvrier, un homme d'une quarantaine d'années.

— Un cadeau très précieux de la reine d'Angleterre !

Il s'est mis à rire lui aussi.

J'ai compris seulement plus tard que Philip n'avait pas osé emporter les bijoux de peur d'être démasqué en quittant les Etats-Unis. Il se réconcilierait d'abord avec son beau-frère. Ensuite seulement, il reviendrait les chercher — et moi avec.

26

Dylan se mit en retrait lorsque l'équipe de secours arriva et prit les choses en main. On allongea Grace Webster sur un brancard. Déshydratée et souffrant d'une légère hypothermie, elle reprenait malgré tout rapidement ses esprits — et commençait déjà à discuter les ordres des infirmiers ! Elle voulait retourner à pied jusqu'à la voiture de son amie.

— Si je suis venue seule jusqu'ici, je peux certainement parcourir le même chemin en sens inverse. Je l'ai fait de très nombreuses fois.

— Quand vous étiez jeune, lui rappela gentiment Olivia.

Elle échangea un regard avec Dylan.

— Je vais l'accompagner un peu. Je reviendrai après.

— Prends ton temps.

Elle était visiblement soulagée d'avoir retrouvé Grace bien vivante, même si la vieille dame avait renoué un peu trop vite avec sa sévérité professorale d'antan... Dylan lui aussi était soulagé. Il fit quelques pas avec elles avant de revenir au bord de l'étang. Debout sur le rocher de Grace, il se perdit dans la contemplation des eaux calmes, avec les canards, les marécages au loin et la nature sauvage qui s'étendait à perte de vue. Son père avait-il poussé ses promenades jusqu'ici et s'était-il tenu au même endroit ?

Olivia le rejoignit quelques minutes plus tard.

— Pourquoi Grace a-t-elle subitement eu l'idée de revenir ici ?

Olivia ne répondit pas mais, naturellement, elle connaissait la réponse...

— A cause de moi, lâcha néanmoins Dylan.

— Elle a compris que tu étais au courant de l'affaire des bijoux Ashworth et donc que ton père les recherchait.

Elle s'approcha tout près du bord. Elle avait presque les pieds dans l'eau.

— J'ai le vague pressentiment que Grace était amoureuse de cette canaille d'Anglais, voleur de bijoux.

— Ce n'était peut-être pas un si mauvais bougre.

— A quoi penses-tu ?

Dylan lui adressa un clin d'œil.

— Tout est bien qui finit bien.

Il sauta à terre, prit Olivia par la taille et la serra contre lui.

— Parfois, il ne faut pas trop s'interroger sur le pourquoi et le comment.

— Ils ont tous un grain, dans cette famille, déclara Mark Flanagan en examinant les extérieurs de la maison de Dylan.

Ce dernier lui avait demandé un avis de spécialiste pour se faire une idée de l'étendue des problèmes et envisager la meilleure solution.

— Jess, Olivia, leur mère, soupira-t-il. Randy aussi. La plupart du temps, je ne sais jamais où j'en suis avec eux.

Dylan lui sourit. Cela faisait vingt-quatre heures que Grace était sortie vivante de son aventure dans les bois, et il faisait une journée magnifique.

— Vous vous en êtes peut-être entiché, dit-il sur un ton désinvolte.

— « Entiché » ? D'où sortez-vous une expression pareille ? s'écria Mark en riant de surprise. Soit vous avez un peu trop parlé avec Grace, soit l'atmosphère de cette maison est déjà en train de déteindre sur vous.

Il écarta un buisson qui dissimulait une section très abîmée du mur de soutènement.

— Mais vous avez raison, reprit-il. Je voudrais juste comprendre ce que veut Jess exactement. Elle qui n'a jamais voulu vivre ailleurs qu'à Knights Bridge s'est soudain mis en tête d'aller à Paris et je ne sais où encore.

— Ce n'est pas contradictoire.

— Et si jamais elle n'avait plus envie de revenir ?

— Vous l'accompagnerez, non ?

— Oui, mais moi, il faudra que je rentre. Pour mon travail.

— Elle aussi. En plus, elle a toute sa famille ici. Le problème est ailleurs, je pense.

— Peut-être...

Mark réfléchit un instant et secoua la tête.

— Rien ne me fera plus quitter Knights Bridge. Je suis déjà parti une fois, je ne renouvellerai pas l'expérience. Et tant pis si ça fait de moi un type ennuyeux.

— « Ennuyeux » ? Pourquoi dites-vous cela ? Vous êtes un brillant architecte...

— J'ai voulu me fiancer, une fois. J'avais à peine plus de vingt ans. Cela n'a pas marché pour des raisons diverses, la principale étant que... oh, et puis autant vous le dire : ma petite amie me trouvait assommant.

— Jess ne pense pas du tout cela de vous. Elle a juste envie d'aller à Paris.

Mark remit le buisson en place.

— Il vaut mieux cacher cette horreur.

— C'est embêtant ?

— Assez, mais il y a tellement d'autres problèmes. Cette maison n'est pas du tout en bon état.

— Elle a l'air délabrée... parce qu'elle l'est vraiment. Je ne me faisais pas d'illusions.

— Toutes les maisons anciennes ne valent pas la peine d'être restaurées. Je ne l'ai jamais caché : j'avais condamné celle-ci à la démolition depuis longtemps.

Il leva les yeux sur une fenêtre à l'étage et fit la grimace, avant de se tourner de nouveau vers Dylan.

— Olivia n'a pas la bougeotte, comme Jess. Elle a envie de mener à bien son projet de gîte. L'ouverture a d'ailleurs été une réussite. Elle a ses chances. C'est pour elle que vous me demandez mon avis ?

— Il faut que je décide quoi faire de cette propriété, répondit Dylan en restant délibérément dans le vague.

Mark secoua la tête.

— Mais c'est le cadet de vos soucis, non ? Vous êtes riche. Vous pouvez retourner à San Diego et continuer les activités que vous menez là-bas depuis deux ans.

Il contourna la maison jusqu'à la porte de derrière.

— Vous avez besoin de vous occuper, Dylan. Vous n'êtes pas du genre oisif. Dites-moi, vous réussiriez à attirer Noah Kendrick par ici ?

Mark plaisantait, évidemment. Knights Bridge était bien le dernier endroit au monde où Noah Kendrick s'installerait. Il connaissait Boston et la Nouvelle-Angleterre depuis ses études au Massachusetts Institute of Technology, mais de là à y vivre...

Dylan sourit. C'était complètement fou d'envisager un truc pareil. Et pourtant n'avait-il pas lui-même juré, il n'y avait pas si longtemps, qu'il ne s'attarderait pas dans le coin ?

Mark s'immobilisa en bas des marches en secouant de nouveau la tête devant une tache d'humidité.

— Le bilan est complètement négatif, Dylan.

— Il faut tout démolir ?

— Il est grand temps.

— Bon. Alors dites-moi un peu quel genre de maison vous pourriez imaginer qui se fondrait dans le paysage.

— Avec La Ferme de Carriage Hill ?

— Je ne voudrais pas commettre une faute de goût, ajouta Dylan en souriant.

Mark reporta son attention sur lui.

— J'ai vécu loin de Knights Bridge pendant une période assez longue. Je ne pensais jamais revenir un jour. On n'est pas à San Diego, Dylan. Ne vous persuadez pas du contraire. C'est une jolie petite ville, et je suis très content d'y avoir fait mon trou, mais ce n'est vraiment pas grand.

Mark donnait l'impression de parler davantage de Jess et lui que d'autre chose. Il dut d'ailleurs s'en rendre compte car il se tut brusquement. Très nerveux tout à coup, il s'en alla presque aussitôt, après avoir bredouillé un vague « Bon, eh bien, au revoir. Tenez-moi au courant de ce que vous décidez. » Il avait peut-être éclairci sa propre situation et savait ce qu'il avait à faire...

Dylan rentra dans la maison et considéra pensivement la bibliothèque de Grace, remplie de cartes et de vieux livres. Mark Flanagan n'était pas le seul à se poser des questions sur ce qu'il devait faire.

Dylan sortit au hasard un manuel de latin. Il n'avait jamais étudié le latin — et n'en avait jamais eu envie, d'ailleurs. Il imagina Grace Webster jeune professeur, prenant conscience tôt dans l'existence qu'il lui fallait compter uniquement sur elle-même.

En fait, il savait très bien ce qu'il devait faire.

Cette décision opérerait un grand changement à Knights Bridge, et en lui-même, mais il ne pouvait pas s'y dérober.

Il était à mi-chemin entre chez lui et le village quand Loretta l'appela.

— J'ai essayé plusieurs fois de te joindre, dit-elle.

Il se gara sur le bord de la route.

— Le réseau est très mauvais.

— Personne ne t'oblige à rester là-bas, répondit-elle, sarcastique. Parfois, il y a des coins de tapis sous lesquels il vaut mieux ne pas trop regarder. Dis-moi juste s'il y a des sujets auxquels il ne faut pas toucher.

— Je veux tout savoir, Loretta. Le bon, le mauvais et même ce qui dérange.

Elle poussa un soupir.

— J'ai mené mon enquête. Philip Rankin est mort au début de la guerre. Il était pilote dans la Royal Air Force. Son avion a été abattu pendant la bataille d'Angleterre.

Dylan remarqua distraitement quelques gouttes de pluie sur son pare-brise. Cette information ne le surprit pas. Pourtant, il ressentit comme un pincement au cœur.

— Les bijoux ?

— Tu avais raison. Rien ne dit qu'on les ait retrouvés. Il est difficile de savoir si la police a soupçonné Philip ou trouvé des preuves contre lui, mais son nom a sûrement été prononcé. Sa femme, lady Helena, était morte avant guerre, mais ça tu le sais déjà. Leur fille vit encore, en Angleterre. Elle a un fils et une fille et des petits-enfants, parmi lesquels une petite-fille installée à Londres, Alexandra Rankin Hunt, styliste de mode. Amusant, non ? Elle ne dépare pas dans cette histoire de bijoux !

— Quoi d'autre, Loretta ?

Elle hésita.

— Rien. Il faut que je raccroche.

— Loretta…

Mais la communication était déjà coupée. Dylan jeta son portable sur le siège et continua jusqu'au village. La pluie s'intensifia, et il mit les essuie-glaces en remarquant combien le paysage était vert à présent, très différent de son premier jour à Knights Bridge.

Audrey Frost, qui avait pardonné à Grace son aventure avec sa voiture, prenait le thé avec elle et Olivia dans son appartement de Rivendell. Olivia avait apporté des scones qu'elle avait confectionnés elle-même. Quand elles eurent terminé, elle débarrassa la table et fit la vaisselle pendant que les deux vieilles dames discutaient de leurs projets pour la semaine. Grace s'était complètement remise mais avait perdu de sa vivacité coutumière.

— Viens, dit-elle à Olivia après le départ de la grand-mère de celle-ci. Allons dans la serre. C'est l'endroit que je préfère.

— Mais vous êtes bien ici, Grace ?

— Oui, vraiment très bien.

Dans le couloir, elle attrapa la main d'Olivia dans un élan d'affection étonnant de la part d'une dame si collet monté.

— C'est un très bel homme, ce Dylan McCaffrey.

Olivia sourit.

— Oui.

Grace garda ses doigts serrés entre les siens et les lâcha seulement au moment de s'asseoir dans son fauteuil.

— Tu es tombée amoureuse de lui, n'est-ce pas ?

La question prit de court Olivia, mais elle ne se déroba pas.

— En effet. Cela ne me gêne pas de vous l'avouer. Grace... l'endroit où nous vous avons retrouvée, là où il y avait autrefois votre cabanon...

— J'y ai coulé beaucoup de jours heureux pendant le dernier été que nous avons passé dans la vallée.

Elle regarda la pluie au-dehors, avant d'ajouter :

— Cet endroit a été pour moi un refuge quand le monde changeait tout autour.

Elle s'absorba dans ses pensées. Olivia hésita. Il était peut-être temps pour elle de partir... Puis Dylan arriva, et Grace se redressa, complètement éveillée tout à coup. Elle se tourna vers Olivia.

— Cela t'ennuierait de nous laisser un instant tous les deux, ma chère enfant ?

Dylan resta debout après le départ d'Olivia. Devant les baies vitrées, un écureuil gris grimpa à toute allure jusqu'au sommet d'un pin. La pluie avait cessé, mais une sorte de brume enveloppait le paysage. Il avait conscience du regard de Grace posé sur lui.

— Tu m'as sauvée hier, comme un autre homme m'a sauvée il y a bien des années de cela.

Elle parlait d'une voix douce et tranquille, comme si elle avait deviné qu'il viendrait la voir.

— Quand avez-vous compris ? demanda Dylan en se tournant vers elle.

Elle saisit immédiatement le sens de sa question.

— Dès le premier instant où j'ai posé les yeux sur toi.

27

Granny fut la première à avoir des soupçons. Je crois qu'elle sut même avant moi.

— Tu t'en sortiras. Je serai auprès de toi. Tu feras au mieux pour le bébé. Comme nous tous.

— Granny, je ne suis pas... Je ne comprends pas de quoi tu parles.

— Mais si. Moi, je pense à ton avenir et à celui du bébé. Nous l'avons caché à papa le plus longtemps possible. Mais, quand il s'est mis à hurler, tonner, tempêter, je me suis sentie obligée de tout lui raconter, le cabanon, Philip, la raison pour laquelle il était en fuite. Pour mon père, ce bébé était une preuve de plus que le monde qu'il avait connu était en train de disparaître. Il était déjà désespéré et en plus, maintenant, j'étais enceinte. Je suis allée me promener jusqu'à l'étang. Il ne restait que quelques vestiges du cabanon. Je me suis assise sur une grosse pierre pour contempler le paysage. Et là, j'ai su que je ne reviendrais jamais.

Papa avait fouillé ma chambre à la recherche de souvenirs que Philip m'aurait laissés.

— Tu ne dois rien garder qui te rappelle cette histoire. Tu comprends, Grace ?

— Non, je ne comprends pas. Mais je t'obéirai.

— C'est pour ton bien.

Si on découvrait que Philip avait volé les bijoux Ashworth, je serais accusée d'avoir donné refuge à un criminel, ou même d'avoir été sa complice. Cette idée le terrifiait.

Quelques mois plus tard, quand il n'a plus été possible de cacher ma grossesse, il a raconté à tout le monde que j'étais partie chez une amie qui possédait une ferme au nord de l'Etat de New York. En réalité, je restais enfermée dans ma chambre à Knights Bridge, sans jamais sortir. Papa et Granny ont pris grand soin de moi durant ces derniers longs mois, froids et solitaires. Granny s'efforçait de trouver des solutions pour garder le bébé, mais papa avait déjà tout arrangé.

— Un couple sans enfants qui passe tous les étés au bord d'un lac, dans la Swift River Valley. Ils adopteront ce bébé, nous a-t-il annoncé un jour. Ce sont de braves gens qui veulent un bébé depuis des années. Ils offriront à ce petit la vie que nous ne pouvons malheureusement pas lui offrir. De cette façon, vous gardez vos chances tous les deux.

Je n'avais pas le choix. Il fallait que j'en passe par ce qu'il avait décidé. Au printemps, j'ai su que Philip ne reviendrait pas. Parce que c'était impossible. Je lisais tout ce qui avait trait à la guerre qui éclatait en Europe, à la situation en Grande-Bretagne et aussi à la Royal Air Force. Une fois, j'ai tenté de m'enfuir en Angleterre. Papa m'a rattrapée à Boston. Granny n'était pas avec lui, et j'ai eu peur qu'il se mette dans une colère noire. Il s'est contenté de me regarder avec des yeux pleins de larmes.

— Crois-tu que j'ai envie d'abandonner ce petit être qui sera peut-être mon seul et unique petit-enfant ? J'agis pour le mieux, Grace, m'a-t-il dit d'une voix brisée. Pour le mieux.

— Et si Philip revient après la guerre ? Si je l'attends en m'occupant de notre enfant...
— Est-il au courant pour le bébé ?
J'ai secoué la tête. De toute façon, mon père connaissait déjà la réponse.
— C'est un homme bien, papa, ai-je murmuré.
— Je te crois, Grace. Je veux bien croire qu'il reviendrait s'il le pouvait.
— Est-ce que tu dis juste cela pour m'empêcher de me tuer quand tu m'auras pris mon bébé ?
— Je dis cela parce que cet homme était l'amour de ta vie. Je le vois dans tes yeux.
— Il l'est encore, papa. C'est l'amour de ma vie.
— Grace. Ah, Grace...
Quand le terme a approché, papa m'a emmenée avec Granny dans une petite clinique privée des environs de Boston. Il avait emballé des livres dans mes bagages.
— Un jour tu deviendras un très bon professeur, Grace. Et un jour peut-être aussi...
Même s'il n'a pas fini sa phrase, j'ai compris ce qu'il avait voulu dire. Un jour, peut-être, je rencontrerais un autre homme.
J'ai accouché deux jours plus tard. On ne m'a pas autorisée à tenir mon bébé dans mes bras. On ne m'a même pas dit si c'était un garçon ou une fille. Je me suis réveillée seule, et ça a été tout. Mon bébé avait disparu.
Au fond de mon cœur j'ai toujours su que c'était un garçon. Même maintenant, des dizaines d'années plus tard, je me souviens de mes sensations quand il bougeait dans mon ventre. Mon père a toujours prétendu ignorer le sexe de l'enfant, mais il mentait pour m'épargner, pour m'aider à oublier une histoire qu'il m'était impossible d'oublier jamais.
Le cours de nos vies a repris à Knights Bridge.

Finalement, je suis devenue professeur et j'ai obtenu un poste dans la ville où nous habitions. J'adorais mon travail, et chaque jour m'apportait de grandes satisfactions. Il serait facile de dire que je n'ai jamais regardé en arrière, que je n'ai plus jamais repensé à cet été lointain, oublié. Mais non.

J'ai tout le temps vécu avec ce souvenir.

28

Au début, Dylan hésita, mais il lui parut bientôt évident non seulement que Grace voulait lui parler, mais qu'elle en avait la force et la capacité au sortir de l'épreuve qu'elle avait traversée en allant à Carriage Hill Pond. Sinon, il ne serait pas resté. Il ne voulait surtout pas la perturber.

Elle lui fit signe d'approcher une chaise et de s'asseoir près d'elle. Le vent s'était levé, dispersant les derniers nuages et lambeaux de brume. On apercevait même des coins de ciel bleu.

Il obtempéra sans discuter. De toute façon, il n'y avait probablement pas grand monde qui résistait à Grace quand elle donnait des ordres avec son air autoritaire. Mais ce n'était pas cette image qui resterait dans sa mémoire. Il se souviendrait d'elle telle qu'il l'avait découverte dans les bois de Quabbin.

Quand elle le regarda, elle avait les yeux d'une jeune fille... ou d'une femme amoureuse.

— Le jour où tu es entré ici avec Olivia, ça a été comme si Philip était revenu à Knights Bridge. Un instant, j'ai eu l'impression que je perdais la tête. Et finalement j'ai compris. J'ai compris que tu étais son petit-fils.

Et son petit-fils à elle aussi, songea Dylan.

— Vous n'aviez pas reconnu mon père ?

— Pas sur le moment. Maintenant...

Elle fixa un instant le paysage, derrière les baies vitrées.

— A présent, j'ai conscience qu'il ressemblait énormément à mon propre père.

— C'est cette histoire que vous racontez dans votre livre ?

— Oui, dit-elle d'une voix douce. Au départ, je l'ai écrite pour mon fils, pour le cas où la recherche de ses racines le mènerait jusqu'à Knights Bridge. Ensuite je me suis rendu compte que j'écrivais en fait pour moi-même, et pour Philip. Pour que les gens sachent qui nous étions et ce que nous avons été l'un pour l'autre.

— Vous n'avez jamais parlé de lui à personne ?

— Papa et Granny mis à part, personne n'est au courant, même mes amies les plus proches. J'ai enfoui cet été au plus profond de moi. Je n'en ai plus jamais reparlé quand je suis sortie de la clinique. Granny et papa tenaient à faire comme si de rien n'était. Ils pensaient que c'était pour mon bien. Je me suis pliée à leur désir.

— Avez-vous su ce que Philip était devenu ?

Elle inspira un peu d'air et hocha la tête.

— Il est mort au début de la guerre, en combattant et en héros. Je n'ai appris les circonstances que des années plus tard, mais j'avais deviné qu'il n'était plus de ce monde parce qu'il n'avait jamais donné de nouvelles.

Dylan se pencha vers elle.

— Je suis désolé, Grace.

— Qu'aurait-il pensé de moi, s'il était revenu ? chuchota-t-elle, très pâle. Comment lui aurais-je avoué que j'avais abandonné notre enfant ?

— Il aurait compris.

Grace le regarda comme si, à travers lui, elle pouvait communiquer avec l'homme qu'elle avait aimé.

— Je l'espère. Je le crois.

— C'était la guerre. Les circonstances...

Dylan s'interrompit en essayant d'imaginer la vie de ses grands-parents.

— Il aurait souhaité la meilleure solution pour vous et son fils.

Son fils. La gorge de Dylan se serra.

— Philip était…

Grace leva la main pour repousser une mèche de cheveux, avec un geste qui la fit ressembler, l'espace de quelques secondes, à une adolescente.

— C'était un homme bien, Dylan. Ton grand-père était un homme bien.

— Avez-vous tenté de retrouver le couple qui avait adopté votre bébé ?

— Non, jamais. Mon fils — *ton père* — faisait partie de leur famille désormais. C'étaient ses parents.

— Des gens honnêtes et très convenables, Grace. Mon père les a aimés.

Dylan lui prit la main.

— Il avait deviné, je pense. C'est pour vous qu'il est venu ici.

— Pas pour les bijoux ?

— La recherche de ses origines était une quête autrement plus importante. Que s'est-il passé… ? Lord Ashworth avait-il l'intention de vendre les bijoux à Boston pour se plaindre ensuite qu'on les lui avait volés ?

— Quelque chose du genre, dit Grace. Il était ruiné. C'est du moins ce qu'il prétendait. Et il n'avait jamais pardonné à sa sœur d'avoir hérité ces bijoux. Philip l'a suivi à Boston et…

Grace haussa ses épaules osseuses.

— Tu connais le reste.

— Il a assommé son beau-frère d'un coup sur la tête, s'est emparé des bijoux et a pris la fuite. Ashworth n'a rien dit à la police sur le moment parce qu'il aurait fait mauvaise figure, et Philip, qui avait récupéré son dû, n'était pas crédible face à un lord.

— De surcroît son beau-frère et l'oncle de sa fille, ajouta Grace paisiblement.

— Quelle incroyable chasse au trésor ! s'exclama Dylan.

Il se leva et embrassa Grace sur la joue.

— Vous êtes une femme de cœur. Je suis fier de vous connaître. Je suis fier d'être votre petit-fils.

— Je voulais que mon bébé soit heureux.

La voix de Grace se mit à trembler, et elle hésita.

— L'a-t-il été ?

— Oui. Et il est mort de la façon qu'il souhaitait, malheureusement beaucoup trop tôt.

Dylan sourit en pensant à son père.

— Cela lui aurait plu que je sois là avec vous.

— Il aurait bien voulu que tu retrouves ces fameux bijoux aussi, tu ne crois pas ?

Dylan se mit à rire.

— Sans aucun doute. Maintenant, il faut vous reposer un peu, d'accord ? J'espère que vous changerez d'avis au sujet de votre livre et que vous le sortirez du coffre pour nous le donner à lire. Je ne suis probablement pas le seul à mourir d'impatience. Vous racontez vraiment tout, Grace ? Absolument tout ?

Elle sourit d'un air malicieux.

— Peut-être pas, en effet.

Il s'apprêtait à lui demander si elle savait ce qu'étaient devenus les bijoux Ashworth, mais elle s'était déjà assoupie, et il repartit dans la direction de Carriage Hill, directement chez Olivia.

Elle était en train de jardiner à l'arrière.

— Noah avait raison. Ma présence ici bouleverse tout. Il faut que je retourne à San Diego pour parler avec Loretta Wrentham, mon avocate. C'est elle qui m'a informé, au sujet de la maison de Grace. C'est aussi une amie.

— Elle sait quelque chose ?

— Plus qu'elle ne veut l'admettre, répondit-il, certain d'avoir raison.

— Tu crois que Philip a emporté les bijoux avec lui en Angleterre ?

— Pour risquer d'être pris ?

Dylan secoua la tête.

— Non. Il les a laissés ici, avec l'intention de revenir les chercher...

— Avec Grace, l'interrompit Olivia.

— Avec Grace, répéta-t-il en essayant d'imaginer la vieille dame sous les traits d'une jeune fille.

Il prit Olivia dans ses bras pour l'embrasser. Il reviendrait bientôt. Il referait l'amour avec elle.

— Olivia...

— A bientôt, dit-elle avec un sourire.

Il retourna jusqu'à la maison dont il avait hérité par son père. L'atmosphère avait changé. Il se représentait une jeune femme commençant une nouvelle vie entre un père amer et une grand-mère stoïque. Ils avaient tous les trois ensemble affronté bien des épreuves. L'expropriation de leur domicile, la destruction de leur village natal, définitivement rayé de la carte, un ouragan dévastateur, le début de la guerre et, pire que tout, l'abandon d'un bébé.

Leur histoire était aussi *son* histoire, songea Dylan.

Il remonta dans sa voiture et conduisit jusqu'à l'aéroport de Logan. Le soir même, il était à San Diego.

Le jour qui suivit le départ brutal de Dylan pour San Diego, toute la famille d'Olivia se retrouva chez elle, ses parents, sa sœur et sa grand-mère. Mark aussi était là, avec Jess qui le surveillait du coin de l'œil comme cela lui arrivait parfois. Depuis la veille, Olivia s'était jetée à corps perdu dans le travail, dessinant des maquettes d'emballages et de sachets pour ses petits savons, rédigeant des cartes explicatives avec les différents ingrédients. Elle se déchaîna aussi en cuisine, essayant de nouvelles recettes de soupes et de pot-au-feu, et rivalisant avec sa grand-mère dans la confection de cookies à la mélasse.

En cette fin d'après-midi d'une magnifique journée de printemps, tout le monde était donc sur sa terrasse à discuter de l'événement qui avait marqué les esprits : l'escapade de Grace à Carriage Hill Pond. A la demande de celle-ci, Olivia avait raconté à sa famille tout ce qu'elle savait au sujet de Philip Rankin et de l'été 1938.

Son père soupira.

— Ta grand-mère a une part de responsabilité dans la conspiration. Sans elle, Grace ne serait jamais sortie de Rivendell.

— Elle voulait emprunter ma voiture, protesta Audrey Frost. Que devais-je faire ? Je ne pouvais pas refuser.

— Si, répondit Randy sans la moindre hésitation.

Elle écarta son argument d'un geste de la main.

— Personne n'a jamais osé dire non à Grace Webster.

Il la fixa longuement.

— Tu étais dans la confidence, pour le voleur de bijoux ?

— Non.

— Mais tu soupçonnais quelque chose ?

— Elle est plus âgée que moi. Nous ne sommes devenues amies que plus tard.

La moue sceptique de son père n'échappa pas à Olivia.

Il se pencha vers la grand-mère de celle-ci.

— Je te trouve bien évasive, maman.

Elle prit un cookie encore tiède.

— Ils sentent délicieusement bon. Je n'en ai pas fait depuis longtemps.

Elle croqua un petit morceau, puis soupira.

— J'ai toujours eu l'impression que Grace avait traversé une expérience qui l'avait métamorphosée, cet été-là. Mais je ne la connaissais pas encore très bien.

— Ah oui, vraiment, une métamorphose ! s'esclaffa le père d'Olivia. De quoi parlez-vous donc entre vous quand vous jouez à la canasta ?

— Nous discutons de l'actualité et nous nous tenons au courant des nouvelles.

— Des nouvelles ?

— Méfie-toi, dit-elle malicieusement en grignotant son biscuit. Moi aussi, je pourrais me mettre à écrire mes mémoires.

Jess éclata de rire, et Mark lui caressa le genou, si discrètement qu'Olivia fut peut-être la seule à remarquer son geste. Il avait trouvé sa place à Knights Bridge, avec Jess. Dylan aurait sans doute plus de mal à s'intégrer dans le clan des Frost et la communauté villageoise...

Olivia chassa cette pensée.

— Si vous aviez volé une petite fortune en bijoux et que vous ne vouliez pas les emporter en Angleterre avec vous, où les planqueriez-vous ? lança-t-elle.

Son père fit la grimace.

— N'ébruite surtout pas cette histoire. Nous ne tarderions pas à être envahis par des nuées d'imbéciles armés de détecteurs de métaux !

— Un détecteur de métaux ? Tiens, je n'y avais pas pensé, dit Olivia, considérant cette nouvelle idée.

Sa mère se leva pour prendre un cookie et se rassit à l'ombre.

— On pourrait passer vingt ans à fouiller les bois de Quabbin sans arriver à rien...

Jess sourit à Mark.

— Un trésor perdu. Des bijoux volés. Comment pourrait-on s'ennuyer à Knights Bridge ? Je ne m'étonne plus que Dylan McCaffrey se soit déplacé en personne pour débarrasser sa cour !

Olivia remarqua une abeille qui butinait dans la lavande.

— Jusqu'à ce que je lui écrive, Dylan ignorait que son père avait acheté la maison de Grace. Je pense qu'ils sont tous les deux venus chercher des réponses ici.

— Il y a des secrets qu'il vaut mieux emporter avec soi dans la tombe, lâcha sa mère.

— Pas ceux de Grace, répondit Olivia. C'est pour cela qu'elle a écrit son livre. Elle voulait nous confier qu'elle avait aimé un homme, qu'elle avait eu un enfant et qu'elle avait été assez forte pour l'abandonner tout en poursuivant malgré tout le cours de son existence.

Brusquement, Olivia se leva pour s'éloigner un peu, sur une allée couverte de paillis, contourna un pied de menthe et une touffe de cataire, et s'arrêta devant un rosier qu'elle entourait de soins attentifs. Malgré le plaisir qu'elle avait à avoir sa famille autour d'elle, elle se rendait compte qu'elle avait des difficultés à parler objectivement de Duncan et Dylan McCaffrey, du passé secret de Grace Webster et de cette vieille histoire de vol de bijoux.

Sa mère la rejoignit.

— J'ai avancé notre voyage en Californie. Nous partons la semaine prochaine. Si j'attends les conditions idéales, je n'irai jamais. Tu pourras me joindre sur mon portable et mon adresse mail.

D'abord surprise par les propos décousus de sa mère, Olivia se retourna. En fait, c'était plutôt à elle-même que celle-ci parlait.

— Maman...

— Tout ira bien pour toi et Jess, l'interrompit sa mère en prenant une inspiration. Nous avons chacun nos vies séparées, même si nous vivons tous ici, à Knights Bridge.

— Dylan McCaffrey n'a pas sa place parmi nous. En tout cas, c'est ce qu'il ressent.

— C'est pour cela qu'il est reparti ?

— Il avait à faire à San Diego. Je crois qu'il avait aussi besoin de réfléchir.

La mère d'Olivia se tut un instant.

— J'ai attendu très longtemps avant d'avoir le courage d'entreprendre ce voyage. C'est quand je me suis décidée à passer à l'acte que la peur et les doutes se sont estompés. Ils n'ont pas complètement disparu, et je ne suis pas encore dans l'avion, mais cela aide de prendre une décision et de poser un acte.

— Je ne peux pas rester là à attendre passivement pendant que Dylan réfléchit, n'est-ce pas ?

Sa mère lui sourit en haussant imperceptiblement les épaules.

— Je ne voudrais pas m'immiscer dans ta vie privée.

Mark partit le premier, puis ses parents et sa grand-mère. Jess s'attarda, sortit une bouteille de chardonnay du frigo, remplit deux verres et en tendit un à sa sœur.

— Je fêterai mon mariage ici, à Carriage Hill.

— Alors toi et Mark...

— Oh non, pas si vite ! l'interrompit Jess d'un geste de la main. C'est juste moi qui viens de décider cela. De toute manière, Mark ne s'intéresse pas à ce genre de détails. Il serait d'accord avec moi pour tout, même pour se marier dans un hangar. Il est parfois... inerte.

Jess s'assit avec son verre de vin.

— Mais je l'aime, ajouta-t-elle avec un large sourire.

— Et Paris ?

— J'irai, bien sûr.

Olivia leva son verre et trinqua avec sa sœur.

— Je serais ravie que ton mariage se fasse ici. Mais pas tout de suite, j'espère. J'ai encore quelques aménagements à terminer avant de pouvoir organiser une réception aussi importante.

Jess but un peu de vin, avant de demander :

— Tu crois que maman va vraiment prendre l'avion pour aller à Los Angeles ?

— Oui. Elle est déterminée.

— Tu seras inquiète ?

Olivia avala une gorgée.

— Maman ne peut pas ne pas partir à cause de moi. Mais ça ira.

— Papa dit que tu as probablement, je cite, « quelques herbes à mâchonner si jamais l'appréhension nous rend malades ».

— Absolument.

Jess rit, mais redevint très vite sérieuse.

— Toute cette histoire autour de Grace, des bijoux et des McCaffrey n'est pas terminée. Il faudrait retrouver ces bijoux. Je peux t'aider à les chercher, si tu veux.

— Merci, Jess.

Elles bavardèrent encore quelques minutes. Après le départ de sa sœur, Olivia sortit promener Buster.

— Ce serait bien si tu retrouvais les bijoux Ashworth ! lança-t-elle à son chien.

Une réflexion que Mark avait faite en passant chez Olivia trottait dans la tête de Jess, et elle lui posa la question qui la démangeait en le rejoignant près du petit lac, devant la vieille scierie.

— Tu as *déjà* été fiancé ?

Il la regarda droit dans les yeux puis baissa la tête.

— J'avais vingt-deux ans. Cela n'a pas marché. Nous nous connaissions seulement depuis deux mois.

— Pourquoi ne me l'as-tu jamais dit ?

Il haussa les épaules.

— Je n'y attache pas d'importance. Toi, je te connais du plus loin que je me rappelle. Nous sautions ensemble dans cet étang quand nous étions enfants, tu te souviens ?

— Oui. Tu as même essayé de me noyer.

— Toi et tes mélodrames !

Il rit en la serrant dans ses bras.

— Jess, je t'aime. Tu es une romantique dans l'âme. Moi... j'ai parfois la tête dure comme du caillou.

— Moi aussi, crois-moi. De ce côté-là, nous nous ressemblons assez.

Il rit de nouveau et sortit un petit écrin bleu marine de la poche de sa veste. Il l'ouvrit pour dévoiler un diamant étincelant et mit un genou en terre.

— Jessica Frost, je t'aime et je veux t'épouser. J'ai envie de vivre avec toi jusqu'à la fin de mes jours.

Il lui prit la main.

— Jess, veux-tu être ma femme ?

— Oh ! Mark, fit-elle, les yeux écarquillés de surprise. Oui, oui, oui ! Je t'aime tant.

Il glissa la bague à son doigt et se releva pour la soulever dans ses bras. Il avait les billets pour Paris, les réservations d'hôtel et quelques aventures en réserve pour l'avenir.

Comme les parents de Jess arrivaient, elle et Mark s'avancèrent à leur rencontre pour leur annoncer la nouvelle. Quand Jess leur montra sa bague, sa mère la serra dans ses bras.

— Je suis si heureuse pour toi, Jess... pour vous deux, toi et Mark.

Son père soupira.

— Enfin ! Je me demandais si j'allais devoir sortir mon fusil de chasse.

Jess roula des yeux.

— Franchement, papa ! protesta-t-elle en riant.

Puis elle recouvra son sérieux.

— Vous partez vraiment pour la Californie, tous les deux ?

— Evidemment, affirma sa mère avec le plus grand naturel.

Leurs filles avaient besoin d'eux, songea Randy Frost en même temps que sa femme. Tout excitée à l'idée de son mariage, Jess commencerait à songer aux préparatifs. Et Olivia... Randy fit la grimace. Sa fille aînée était préoccupée par un vol de bijoux et son riche Californien, et elle n'avait guère d'argent sur son compte en banque.

Louise, qui étudiait pour la millième fois la carte de Californie épinglée au mur se tourna vers son mari.

— Jess et Olivia se passeront de nous. C'est parfois difficile à croire, mais elles sont toutes les deux adultes, maintenant.

Elle parlait calmement et pas très fort, comme si elle répétait des paroles davantage pour s'en persuader que parce qu'elle y croyait vraiment.

— Ce n'est ni l'avion ni la voiture qui pose problème, déclara Randy. Ce n'est pas non plus d'avoir des petits dans le nid. C'est parce qu'on s'inquiète toujours pour ses enfants, même une fois adultes.

— Je dois me rappeler que la feuille est très grande.

Louise ferma un instant les paupières, comme pour mieux imaginer ses points colorés, puis elle sourit à Randy.

— Il y a assez de place pour que nous vivions chacun une existence séparée tout en restant tous unis.

Randy passa un bras autour des épaules de sa femme. Elle avait rajouté deux punaises sur la carte pour marquer les endroits où ils s'arrêteraient.

— Jess et Olivia habitent à Knights Bridge parce qu'elles s'y plaisent. Si un jour elles ont envie de bouger, elles s'en iront. Elles sont ici parce qu'elles en ont envie, pas parce que tu les as retenues.

— Elles sont indépendantes. Je n'ai jamais cherché à les étouffer.

— Bien sûr. Je les ai peut-être surprotégées... toi aussi d'ailleurs, mais pas suffisamment pour leur faire du tort.

Il s'interrompit pour se gratter la gorge.

— Moi, je t'ai peut-être étouffée, à force de vouloir te protéger, justement.

— Tu es mon roc, Randy.

— Oui, mais pas parce que tu es faible. Si tu l'étais, je t'écraserais.

Il la serra dans ses bras en poussant un grognement.

— Mon Dieu ! Je commence à parler comme si je voyais un thérapeute !

— Tu aurais mon assentiment et mon soutien, si c'était le cas. C'est une bonne chose, Randy.

A en juger par les progrès de Louise, il ne pouvait qu'être d'accord.

— Liv et Jess n'ont pas besoin de déménager à deux mille kilomètres pour être indépendantes, reprit-il. Cela ne signifie pas non plus que notre présence les gêne. Et si c'est le cas, tant pis pour elles, car nous n'avons pas l'intention de bouger. Sauf pour aller en Californie bien sûr !

— Si tu savais comme j'ai hâte ! s'écria Louise.

— Moi aussi ! Nos deux richissimes nouveaux amis nous envoient une limousine à l'aéroport et nous ont réservé les deux premières nuits dans un palace de Beverly Hills, le temps de nous remettre du décalage horaire.

— Tu parles de Dylan McCaffrey ?

— Lui et Noah Kendrick.

Louise écarquilla les yeux.

— Tu les as contactés ?

— Oui.

Randy était ravi de pouvoir encore surprendre sa femme de temps en temps. A la pensée de partir en voyage avec elle, et de revenir ensuite chez eux, ensemble, il se sentit le plus heureux des hommes.

29

Dylan, qui regardait San Diego par la fenêtre de son bureau, sentit la présence de Noah derrière lui.

— Olivia adorerait San Diego, dit son ami. Je l'imagine tout à fait dans ta maison de Coronado. Elle repeindrait les murs pour égayer ta déco un peu trop terne.

— Elle a horreur de l'avion.

— Moi aussi. Et je le prends tout le temps.

— Cela aide d'avoir son jet privé.

— Ce qui aide surtout, c'est d'avoir une bonne bouteille de scotch à portée de main, tu veux dire !

Noah exagérait. Même s'il n'aimait pas trop voyager, c'était pour lui comme une seconde nature, une chose qu'il faisait sans même y penser.

— Je ne sais pas du tout ce qui va se passer, Noah.

— Ton père t'a singulièrement compliqué la vie en achetant cette maison, mais sa vie n'était pas simple non plus. J'ai dîné avec ton avocate pour éclaircir la situation.

— En tant que patron.

— Je n'ai jamais été ton patron, Dylan, tu le sais très bien. Nous sommes associés d'affaires. Et surtout amis. Et donc, je me suis renseigné en tant qu'ami.

— Ne me dis pas que Loretta et mon père...

— Je ne te dis rien du tout. Ton père était un aventurier,

incapable de se fixer quelque part, même s'il l'avait voulu. Qu'aurait-il fait de ces bijoux, s'il les avait retrouvés ?

— Je n'en sais rien.

— Mais si, tu sais. Il n'était pas commode, mais il était honnête.

Noah se tut un moment. Il portait une chemise et un jean noirs, comme pour signaler un jour exceptionnel.

— Nous venons de vivre quelques mois intenses, Dylan. Tu m'as beaucoup aidé, comme toujours.

— Si tu as besoin de moi, je serai toujours là.

— Je sais. C'est réciproque. Le moment est venu pour nous d'investir en capital-risque. Mon rôle change, dans l'entreprise. De toute façon, nous en reparlerons bientôt. Pour le moment, une autre aventure t'attend. Ton avion aussi. Le mien, en l'occurrence. Vas-y, pars.

Dylan haussa les sourcils.

— Noah, qu'as-tu manigancé ?

J'ai rendez-vous avec Louise et Randy Frost à Beverly Hills. Je veux être sûr que tu seras entre de bonnes mains avec ces gens. En plus, j'ai une commande à leur passer pour mes chais.

Noah bascula sur ses talons, un peu tendu mais très content de lui.

— J'aurai toujours besoin de compter sur toi, Dylan.

— Pas de problème. Noah...

— Va-t'en vite, tu veux bien ? Fais tes bagages, ferme ta porte à clé et envole-toi.

Dylan s'exécuta. Sur le pas de sa porte, il trouva Loretta, qui leva la main immédiatement sans lui laisser dire un mot.

— J'adorais ton père, mais je savais à quoi m'en tenir. J'ai découvert qu'on l'avait adopté. Il s'en doutait, mais sans en avoir la certitude. Ses parents ne le lui ont jamais dit, ce qui n'était pas aussi rare à l'époque que cela l'est devenu. Il a trouvé la coupure de journal, celle dont tu m'as parlé, dans les papiers de sa mère quand elle est morte. Elle l'avait probablement gardée à son intention, pour le laisser libre de poursuivre l'enquête ou d'abandonner.

— C'est elle qui a déchiré l'article ?

— Oui. Ce n'est pas l'écriture de Grace Webster, dans la marge, mais celle de ta grand-mère McCaffrey. Peut-être a-t-elle vaguement soupçonné Isaiah Webster d'avoir volé les bijoux. Personnellement, je crois plutôt qu'elle avait établi un lien entre le voleur et le père biologique de son fils. Ton père a fourré ce papier dans sa malle et n'y a plus songé pendant des années. Et tout d'un coup, il y a deux ans, il s'est mis en tête de se pencher sur cette histoire, pensant probablement que toutes les personnes concernées étaient mortes.

— Mais Grace, sa mère de naissance, était bel et bien en vie.

— Exactement. Et ton père ne voulait pas la perturber ou faire quoi que ce soit qui aurait trahi son secret. Pour rien au monde, Dylan. Je m'en rends compte seulement maintenant. J'ai essayé de l'oublier. J'aurais pu t'épargner beaucoup de souffrances.

— Des souffrances ? Non, Loretta. Cela a été une sacrée aventure, au contraire. Une vraie chasse au trésor comme il les aimait.

Elle parut soulagée.

— Je suis désolée de ne pas t'en avoir parlé plus tôt.

— Non, ne regrette rien. Tu as fait ce que tu lui avais promis. C'est très bien ainsi. Et maintenant, excuse-moi mais...

— Vas-y, je t'en prie, dit Loretta avec un sourire. La chasse au trésor n'est pas terminée.

Il rentra chez lui en riant et se dépêcha de faire sa valise avant de s'envoler vers l'est.

Grace demanda à voir Olivia d'urgence à Rivendell et la reçut dans la serre, seule, enveloppée dans un grand châle, debout devant la fenêtre.

— J'ai vérifié les exemplaires de mon livre. Ils sortaient de chez l'imprimeur quand Duncan McCaffrey a visité la maison.

Elle s'interrompit, les yeux fixés sur Quabbin, à l'horizon.

— L'un d'entre eux a de légères traces de doigts. Manifestement, quelqu'un l'a emprunté, lu et remis en place.

— Duncan ?

— Ce brigand ! Je me souviens bien, maintenant, où était la pile de livres. J'ai vieilli, Olivia. Jamais je ne me suis fait rouler par un élève, quand j'étais jeune. Duncan...

— Malgré tout, vous êtes contente.

— Oui, il a eu l'occasion de le lire avant de mourir.

Grace détourna les yeux et continua à parler sans regarder Olivia.

— Il y avait un puits creusé derrière le cabanon. Il s'est peut-être effondré depuis. J'avais toujours peur que des feuilles le recouvrent et que quelqu'un tombe dedans. Je le mentionne en passant, dans mon livre.

Un puits. Olivia scruta l'expression de la vieille dame.

— Grace... avez-vous parlé de ce puits à Dylan ?

Elle sourit, une étincelle malicieuse au fond des yeux.

— Il y a juste une demi-heure.

— Dylan est ici ? A Knights Bridge ?

Olivia avait du mal à cacher sa surprise.

— Il est déjà parti à l'étang de Carriage Hill ?

Grace s'assit tranquillement dans son fauteuil en arrangeant son châle autour d'elle. Puis elle leva ses jumelles.

— Regarde, Olivia, une mésange.

Olivia trouva Dylan au bord de l'étang, en train de lancer un bout de bois dans l'eau. Grace, dans ces lointaines années, avait-elle éprouvé la même certitude éblouissante à la vue de son amoureux, le sentiment qu'il était le seul homme auprès duquel elle aurait jamais envie d'être ?

Il lui sourit.

— Tu croyais me surprendre en flagrant délit, avec des millions en bijoux dans les mains ?

Olivia se fraya un chemin jusqu'à lui à travers les fougères.

— Je ne savais pas que tu étais de retour.

— Je suis arrivé ce matin. Il fallait que j'en termine avec cette affaire avant de te voir.

— Trouver le puits de Grace... Ton père tenait probablement d'elle son amour de l'aventure !

Une brise bienvenue, rafraîchissante, se mit à souffler. Olivia réprima un frisson d'inquiétude.

— Avant de commencer notre chasse au trésor, j'ai quelque chose à te raconter, dit-elle.

Il se hissa sur le rocher de Grace.

— D'accord. Je t'écoute.

Olivia se plaça face à l'eau pour ne pas être distraite par le trouble qu'elle éprouvait toujours devant lui.

— Ma sœur et moi avons eu un accident de voiture quand nous étions plus jeunes. C'est moi qui conduisais. Nous étions parties cueillir des crosses de fougère.

Comme Dylan s'apprêtait à poser une question, elle donna tout de suite l'explication.

— On les mange. Cela ressemble aux asperges sauvages. Nous étions sur une petite route à une voie qui se termine en cul-de-sac à la limite de Quabbin, un peu comme la nôtre. Il n'y circule jamais personne.

— Sauf ce jour-là, souffla-t-il.

Olivia hocha la tête.

— Une voiture a surgi de nulle part, roulant beaucoup trop vite. J'ai fait une embardée et quitté la chaussée.

— L'autre voiture ?

— Le conducteur n'a même pas dû se rendre compte que j'avais perdu le contrôle de mon véhicule. Je me souviens de Jess qui criait « La voiture, la voiture »... Nous sommes passées entre deux arbres, avons dévalé une pente et fini par nous encastrer dans un mur de pierre. Nous avons eu de la chance de nous en sortir sans blessures graves, juste quelques bosses et des égratignures. Nous n'avons pas perdu connaissance, mais nous ne pouvions pas sortir.

Olivia marqua une pause pour écouter le bruissement des feuilles et humer l'odeur de terre mouillée. Finalement, elle reprit :

— Nous étions coincées à l'intérieur. Il était impossible d'ouvrir les portières. Nous ne pouvions pas non plus nous glisser dehors par l'arrière. En fait nous pouvions à peine bouger. Je me souviens...

Elle aspira une goulée d'air.

— Je croyais que nous allions mourir de soif.

— Comment vous en êtes-vous sorties ?

— C'est ma mère qui nous a trouvées. Mon père et elle nous cherchaient partout, chacun dans leur voiture. Elle a remarqué une trace de pneu qui partait vers le bas-côté et l'a suivie. En voyant notre voiture, elle a cru que nous étions mortes. Elle s'est précipitée en bas de la pente...

Olivia se força à respirer calmement avant de poursuivre :

— Je ne l'ai jamais vue aussi pâle. Elle n'a pas pleuré ni crié quand elle a pris conscience que nous étions vivantes. Mais elle n'a rien pu faire non plus pour nous délivrer. Il a fallu attendre que papa arrive avec les pompiers.

— Cela a dû être très dur pour tout le monde.

— Pourtant, nous n'avions rien. La chance était vraiment avec nous. Ma mère, qui avait toujours été une grande anxieuse, a traversé une période difficile après cet accident. Au bout d'un certain temps, son état a semblé s'améliorer. En réalité, je me rends compte maintenant que nous avons inconsciemment adapté notre comportement pour lui éviter toute inquiétude.

Dylan poussa un caillou dans l'eau du bout du pied.

— Et, depuis ce temps-là, tu n'aimes pas te sentir prise au piège.

— Comme en avion. J'ai beau me dire que tout s'est bien

terminé ce jour-là, cela ne change rien. L'accident s'est bel et bien produit. J'ai été coincée pendant des heures dans cette maudite voiture avec ma sœur, qui pleurait à côté de moi, et en sachant que mes parents se rongeaient d'inquiétude. Même si je ne rejoue plus l'épisode dans ma tête aussi souvent qu'avant, cela s'est transformé en phobie de l'avion.

— C'était soit aller dans le fossé, soit heurter l'autre véhicule de plein fouet ?

Olivia acquiesça.

— Les habitudes de penser ou de réagir sont parfois difficiles à modifier. Mais tu as eu les bons réflexes, Olivia. Vous vous en êtes sorties indemnes.

— Jess dit que nous avons été traumatisées. Moi, je dis que nous avons eu de la chance.

— Vous avez peut-être raison toutes les deux. Un gars que je connais a pris un mauvais coup pendant un match de hockey et est resté handicapé. Il a eu de la « chance » de ne pas être paralysé, mais il boitera toute sa vie, et ses espoirs de jouer un jour dans la NHL se sont effondrés à cause d'un geste qui n'était pas mal intentionné mais qui a mal tourné. Je n'étais pas impliqué, mais j'ai été témoin. J'étais sûr qu'il ne pourrait plus jamais remarcher. Heureusement, je me trompais, mais pendant plusieurs minutes je me suis retrouvé complètement perdu, quasiment hors jeu. J'ai dû faire un énorme effort sur moi-même pour me remettre dans la partie.

— Ta famille assistait aux matchs ?

— Parfois. Ça dépend. Ils n'étaient pas toujours disponibles.

— Mais tu te sentais soutenu ?

Dylan eut tout à coup un de ces sourires sexy et charmeurs qui illuminaient son visage.

— Complètement.

Olivia lui rendit son sourire.

— On part à la chasse au trésor ?

Ils trouvèrent le puits près d'un vieux mur de pierre, derrière l'ancien emplacement du cabanon de Grace. L'ouverture était recouverte par un amas de branches cassées et de feuilles humides, à moitié pourries. Un scarabée fila entre les pieds de Dylan, qui aperçut une grosse limace rampant sur la boue.

— La limace n'est pas mon animal préféré, marmonna-t-il. En plus, j'ai l'habitude d'un climat sec.

— Elles sont un peu dégoûtantes, je te l'accorde, mais totalement inoffensives, fit Olivia tout en s'avançant.

Il se mit à quatre pattes au bord du puits et la regarda par en dessous.

— Tu veux creuser la première ?

— Certainement pas. A toi l'honneur. Ce qui se trouve dans ce puits n'a rien à voir avec moi. Grace, Philip Rankin, ton père... C'est ta famille, Dylan.

Il attrapa une poignée de feuilles détrempées et la jeta par terre à côté de lui.

— Tu as raison. Ma famille, oui.

Olivia s'agenouilla de l'autre côté. Si elle avait su, elle aurait apporté des gants en caoutchouc ! Elle creusa dans l'humus avec lui. En quelques minutes, ils mirent au jour l'ouverture d'un puits maçonné de grosses pierres.

Dylan lui lança un regard interrogateur.

— Tu n'as pas très envie de plonger la main là-dedans non plus, j'imagine ?

— Non. C'est toi le fils du chasseur de trésors. Vas-y.

Dylan s'exécuta avec une grimace et se pencha pour enfoncer le bras jusqu'au coude dans la fange.

— On n'a guère de chances de retrouver les bijoux après tant d'années, déclara Olivia, malgré tout prête à se mettre à fouiller elle aussi.

Trente secondes plus tard, Dylan extirpait une boîte en fer toute rouillée et cabossée, noire de crasse.

— Elle était coincée entre deux pierres, à une trentaine de centimètres du bord. Ce n'était pas la peine de chercher bien loin, finalement.

Il la posa sur le sol, puis essuya son bras maculé de boue.

Sans grand résultat. Il avait le visage tout éclaboussé et le jean trempé. Olivia n'était pas mieux.

— C'est une boîte à biscuits, dit-elle en examinant leur découverte. Anglaise.

Dylan réussit à ouvrir le couvercle avec un grincement.

— A l'intérieur se trouvait un petit paquet enveloppé dans un morceau de toile cirée. Il le prit et le déposa sur un rocher pour le dérouler précautionneusement, et découvrit un sachet de velours rouge élimé, fermé par un cordon.

Il le tendit à Olivia.

— Ouvre-le.

— Dylan...

— Pour Grace. Tu la connais depuis toujours.

Olivia hocha la tête. Elle desserra la cordelette dorée et vida le contenu sur la toile cirée.

Trois bagues et un collier, en parfait état, jetèrent leurs feux sous le soleil qui brillait à travers les arbres.

Elle s'assit sur les talons.

— Grace savait que la boîte était dans le puits. A-t-elle caché les bijoux elle-même ?

— J'imagine, oui.

— Philip parti, dépossédée de son bébé, elle n'avait plus aucun moyen de prouver comment ces bijoux étaient tombés entre ses mains et elle n'était pas capable non plus d'innocenter Philip. Elle les a donc laissés ici, sans jamais revenir.

Olivia en avait les larmes aux yeux.

— Que d'années ont passé, depuis... Dire qu'elle a gardé ses secrets pendant tout ce temps !

— Ils n'appartenaient qu'à elle.

Brusquement, Dylan fronça les sourcils en examinant quelque chose au fond de la boîte.

— Attends.

Entre le pouce et l'index, il saisit délicatement la réplique minuscule d'une épée qui aurait pu être celle de d'Artagnan ou de tout autre mousquetaire peuplant les romans d'aventures rangés dans la bibliothèque de Grace.

Dylan se mit à rire.

— Ça alors !

Complètement stupéfaite, Olivia secoua lentement la tête.

— Ton père est passé ici avant nous...

— Duncan McCaffrey n'était pas n'importe qui. Un chasseur de trésors hors pair, fit Dylan avec une lueur malicieuse dans le regard.

— Grace le soupçonne d'avoir emprunté subrepticement un exemplaire de son livre.

Dylan leva la petite épée à la lumière.

— Il a dû dévorer son livre jusque tard dans la nuit. Même si elle ne raconte pas explicitement où les bijoux étaient cachés, il a tout deviné.

Olivia rangea soigneusement le trésor dans le sachet de velours, puis replia la toile cirée et tendit le paquet à Dylan, qui le replaça dans la boîte avec la petite épée. Ensuite, il se leva.

Elle fit de même en s'essuyant les mains sur son jean.

Sans dire un mot, Dylan se dirigea vers le bois. Au bout d'un moment, Olivia s'engagea à sa suite et le trouva debout sur le rocher où ils avaient découvert Grace avec la saga du *Mouron Rouge*.

Plus de soixante-dix ans plus tôt, la jeune Grace Webster avait rencontré là, à Carriage Hill Pond, un mousquetaire des temps modernes qui avait marqué sa vie pour toujours.

Olivia s'approcha tout près du bord, devant les eaux claires et transparentes.

— Tu sais ce que tu as à faire.

Il hocha la tête.

— Oui.

Elle vainquit d'un sourire l'anxiété qui lui noua l'estomac.

— Rien de tel qu'un jet privé à votre disposition pour passer des bijoux en contrebande.

Il lui fit un clin d'œil, et ils regagnèrent ensemble la barrière où ils s'étaient garés. Olivia regarda Dylan monter dans sa luxueuse voiture de location. D'abord Duncan McCaffrey, puis Dylan McCaffrey... La présence de ces deux hommes avait changé à jamais la vie paisible de sa petite ville natale.

Et moi aussi, songea-t-elle en s'installant au volant de sa Subaru cabossée.

Elle essuya ses mains pleines de boue avec un chiffon, ouvrit la vitre pour se débarrasser d'un moustique qui avait pénétré à l'intérieur et envoya un baiser à Dylan.

L'homme qu'elle aimait lui renvoya un baiser puis, avec un sourire, s'éloigna sur la petite route de campagne, pour mener à bien la mission que son grand-père avait entreprise si longtemps auparavant.

30

— Je ne raffole pas de Beverly Hills, déclara Randy Frost à sa fille aînée.

C'était son premier coup de téléphone depuis qu'il était parti pour l'aéroport avec la femme qui partageait son existence depuis plus de trente ans.

— Nous sommes passés en voiture devant l'endroit où on a filmé le début de la série *The Beverly Hillbillies*. Nous allons prendre un brunch dans un club de polo.

— Fantastique ! s'exclama Olivia en posant son pinceau. Elle était dans son atelier en train de peindre les dernières chaises récupérées à droite et à gauche.

— Comment va maman ?

— Elle regrette de ne pas s'être enfuie de chez elle à dix-huit ans.

Olivia rit.

— C'est comme une seconde lune de miel.

— La première, tu veux dire. On a juste passé un week-end à Cape Cod, pour notre mariage. Et toi, comment vas-tu, ma fille ?

— Je me prépare à partir pour l'Angleterre, annonça-t-elle sur le ton de la confidence. Ne dis rien à maman. Je ne veux pas qu'elle s'inquiète.

— Je ne joue plus à ce petit jeu, Liv. Elle s'inquiète pour toi, tu as peur de l'inquiéter, blablabla, blablabla… On en arrive à s'enfermer dans des cachotteries à n'en plus finir. J'en ai la tête qui tourne. Va à Londres si cela te chante. J'imagine que cela a un rapport avec Dylan et cette histoire de bijoux. Amuse-toi bien.

— Quand quittez-vous Beverly Hills, maman et toi ?

— Nous partons demain pour entamer notre périple en voiture le long de la côte. Ta mère a tout prévu. Et toi, combien de temps resteras-tu à Londres ?

— Très franchement, je ne sais pas, répondit Olivia.

Elle ne pensait à rien d'autre que rejoindre Dylan...

— Jess et Mark tiendront bon tous les deux, ajouta-t-elle.

— Parfait. Normalement, nous rentrons dans quinze jours, mais on ne sait jamais.

Un léger voile d'inquiétude passa dans les yeux de Louise, puis se dissipa rapidement. Confortablement installée dans un fauteuil de leur suite luxueuse, elle sourit à Randy. Noah Kendrick, l'ami de Dylan, s'était très bien occupé d'eux. Il était spécial, mais Randy l'aimait bien.

Louise se leva pour prendre la main de son mari.

— Je suis contente d'être enfin partie en voyage avec toi, mon chéri.

Il poussa une sorte de grognement.

— Il valait tout de même mieux ne pas attendre d'être veuve.

Elle éclata d'un rire joyeux, authentique, comme il n'en avait pas entendu chez elle depuis longtemps. Vraiment heureuse et enfin détendue, elle vivait sans doute l'expérience la plus excitante de son existence.

— Tout se déroule merveilleusement, ajouta-t-il. Tout me plaît. L'hôtel, le paysage, les visites... Tu as magnifiquement préparé ces vacances. Malgré tout, il y a une seule chose au monde que j'aime par-dessus tout, Louise, c'est être avec toi.

— Randy…

Il l’enlaça tendrement par les épaules.

— Je veux être le point final sur cette maudite page, auprès de toi.

31

Olivia vérifia deux fois le contenu de son sac de voyage pour s'assurer qu'elle avait bien mis les flacons sous plastique transparent et qu'elle n'avait pas d'objets interdits. Elle tenait à réussir son voyage sans fausse note. Il ne manquerait plus qu'on refuse d'enregistrer ses bagages ! Cela lui fournirait une trop bonne excuse pour rebrousser chemin et rentrer à Knights Bridge...

Il fallait agir vite, sans se donner le temps de changer d'avis. Elle mit sa fiole de gouttes aux herbes calmantes dans un sachet en plastique, rajouta un collyre et de la crème pour les mains, et rien d'autre, parce qu'elle n'avait pas envie de passer pour une folle, accro à ses médicaments. Quoique les agents de la sécurité aient probablement d'autres chats à fouetter. Elle vérifia encore la contenance des produits liquides, au-dessous de cent millilitres.

Dylan reviendrait à Knights Bridge. Mais ce ne serait pas pareil si elle ne faisait pas ce voyage. Elle devait le faire pour elle. Et seule.

Jess passa lui dire au revoir à Carriage Hill.

— Tu pars seule pour Londres en avion, déclara-t-elle comme si elle n'arrivait pas à y croire.

Olivia mit son sac dans le coffre de sa voiture.

— J'ai mémorisé l'aéroport et fait mon itinéraire. Logan

est grand mais j'y suis allée assez souvent pour accueillir et déposer des amis.

— Je peux t'y conduire.

— Non. Je dois faire tout toute seule. Du début à la fin.

— Tu es sûre que Dylan est là-bas et qu'il n'est pas retourné à San Diego ?

— Comme si nous n'avions jamais existé ? Impossible, Jess.

Sa confiance en son propre jugement et plus généralement en elle-même était remontée à son niveau le plus haut. Elle disposait d'un peu de temps avant que l'activité de Carriage Hill batte son plein. Elle engagerait du personnel. Elle était prête à prendre des risques. Pour avoir plus de temps pour elle, se sentir libre.

Pour passer du temps avec Dylan, corrigea-t-elle intérieurement.

Elle s'installa au volant, démarra et agita la main pour dire au revoir à sa sœur.

Elle avait déjà imprimé sa carte d'embarquement. Elle arriva à Logan sans incident, gara sa voiture au parking et passa les contrôles de sécurité sans problème.

Elle avait choisi un siège près du hublot, le plus à l'avant possible. Elle voulait regarder le paysage, même s'il n'y avait rien d'autre à voir que la nuit ou les nuages, et surtout elle voulait sortir le plus vite possible à l'arrivée, juste après la première classe. Elle avait mis tous les atouts de son côté pour prévenir une crise d'angoisse.

Elle boucla sa ceinture de sécurité. Elle devrait peut-être avertir l'hôtesse de ses appréhensions ? Oh ! et puis non, finalement.

Un homme d'affaires s'assit à côté d'elle. Apparemment un voyageur blasé, habitué à prendre l'avion. *Parfait*, se dit Olivia. Il déplia sa couverture avec un bâillement.

— Quelle est votre destination ? demanda-t-il.

— Je vais voir un ami dans les environs de Londres. Et vous ?

— Je passe quelques jours à Londres avant de gagner la Suisse.

— La Suisse ? J'aimerais tant y aller, dit Olivia avec un enthousiasme de petite fille.

Elle se détendit avec un sourire.

— Je n'ai jamais survolé l'océan en avion.

— Ah !

— Cela se passera bien. Soyez tranquille, je ne vais pas vous embêter, précisa-t-elle sur-le-champ.

— Tant mieux, répondit-il en riant. D'où êtes-vous ?

— D'une petite ville près de Quabbin Reservoir. Vous avez entendu parler de Quabbin ?

— C'est de là que vient notre eau, non ?

— Oui. Le barrage a été construit dans les années 1930. Quatre villes...

Elle s'interrompit.

— Je ne vais pas parler pendant tout le voyage. Promis.

— Cela ne me dérange pas. Je prends si souvent l'avion que j'ai oublié l'appréhension des premières fois. Nerveuse ?

— Excitée comme une enfant. Et, si je me sens gagnée par l'anxiété, j'ai un endroit secret où me réfugier.

— Où cela ?

— Je ferme les yeux et je m'évade dans les bois, le long d'un torrent, par un beau jour d'été. Je saute de rocher en rocher.

Elle ne le dit pas, bien sûr, mais Dylan McCaffrey était avec elle.

— C'est un endroit agréable.

— Et vous ? Votre refuge ?

— Je n'y ai jamais pensé. En tout cas, ce ne serait pas dans les bois. Plutôt un terrain de golf. Oui, l'idée me plaît bien.

Olivia s'endormit après le dîner. Elle n'avait pas envie de lire ni de regarder un film. Elle mit un masque sur ses yeux et brancha son iPod, avec les morceaux de musique qu'elle avait choisis pour se relaxer.

Quelle aventurière ! songea-t-elle avec un sourire.

Le vol se déroula sans encombre et ne fut pas du tout interminable comme elle s'y attendait. Dès qu'on ralluma les lumières, l'hôtesse leur servit un jus d'orange avec du thé et des scones, et ce fut le moment d'atterrir.

Olivia avait prévu de l'argent pour un taxi. Ce serait trop compliqué de louer une voiture et de conduire dans une capitale inconnue. Elle avait réservé une chambre d'hôtel dans le quartier de Mayfair et y arriva de bonne heure. Après s'être douchée et changée, elle prit un solide petit déjeuner et se rendit à pied jusqu'à une adresse qu'elle avait trouvée en effectuant des recherches sur Philip Rankin.

C'était une boutique tenue par une jeune styliste, Alexandra Rankin Hunt. Alexandra, une séduisante jeune femme qui approchait de la trentaine, très mince, presque anguleuse, était l'arrière-petite-fille de lady Helena Ashworth et Philip Rankin, le voleur de bijoux de Grace Webster.

Alexandra accueillit Olivia avec un sourire chaleureux.

— Vous êtes Olivia Frost.

Devant la surprise d'Olivia, elle ajouta :

— Dylan McCaffrey m'a déjà rendu visite. Il est parti voir ma mère et ma grand-mère. Je vais vous y emmener.

— Je ne veux pas vous importuner.

— Pas du tout. Quand Dylan m'a annoncé votre arrivée, je lui ai moi-même proposé de vous accompagner. Je suis absolument ravie de faire votre connaissance.

Dylan avait annoncé son arrivée ? Il ne doutait de rien ! songea Olivia avec un plaisir teinté d'amusement. Il avait deviné tout seul qu'elle prendrait son courage à deux mains pour venir à Londres.

Elles montèrent en voiture. Alexandra sortit de la ville et emprunta une jolie petite route tortueuse, pour arriver enfin devant une élégante demeure de brique, perdue dans la verte campagne anglaise. Alexandra, la petite-fille de la demi-sœur de Duncan McCaffrey, précéda Olivia à l'arrière de la maison, dans un jardin somptueusement fleuri, l'un des plus beaux qu'Olivia ait jamais vu. Dylan se trouvait là, avec Philippa Rankin Hunt et sa fille Elizabeth.

Philippa avait gardé de son père le souvenir d'un pilote de guerre et d'un héros. Au début de la guerre, elle était partie vivre chez les Ashworth, la famille de sa mère, bien qu'elle n'aimât guère son oncle Charles. Olivia avait du mal à imaginer quels projets Philip Rankin avait formés, quels espoirs il nourrissait à cette époque lointaine. Il avait aussi probablement eu peur de mourir à la guerre. Rêvait-il d'amener Grace en Angleterre ? Ou de partir avec sa fille s'installer aux Etats-Unis ?

— Je n'avais que trois ans, mais je me souviens parfaitement du jour où mon père est revenu d'Amérique. Ma tante disait toujours qu'il n'était plus le même. Maintenant, je me rends compte que sa tristesse l'avait quitté.

Philippa sourit à travers les larmes qui noyaient ses beaux yeux bleus.

— Il était amoureux.

A ce moment-là, Dylan sortit un petit sac en velours rouge d'une poche de sa veste et le posa sur la table, à côté du service à thé en argent. Lady Helena avait hérité ces bijoux de sa grand-mère, et ils auraient dû revenir à sa fille. Sachant cela, ravagé par le chagrin et la colère, Philip avait agi en son âme et conscience, en ce mois de septembre 1938, afin de rétablir le cours du destin.

Il appartenait à présent à Philippa Rankin Hunt de dénouer les derniers fils de l'histoire, avec l'aide de sa fille et de sa petite-fille.

Après avoir pris le thé et longuement et agréablement bavardé, Dylan prit congé en compagnie d'Olivia. Naturellement, il avait loué une belle voiture confortable.

— Je vois que, malgré tes soigneux préparatifs, tu n'as pris aucunes dispositions pour regagner Londres.

— Je peux appeler un cab.

— Cela te coûterait une fortune. Où es-tu descendue ?

— Dans un petit hôtel charmant, que j'ai choisi sur internet. Et toi ? A Buckingham Palace ?

— Ce serait plutôt le style de Noah. Je n'ai aucun endroit où dormir ce soir. Je n'ai pas pris le temps de m'organiser.

— J'ai juste réservé pour une nuit, reprit-elle avec un grand sourire. Ensuite, je pars à l'aventure.

— Parfait. Je t'accompagne.

Le lendemain matin, comme par enchantement, Olivia se retrouva en partance avec Dylan pour un adorable cottage sur la côte des Cornouailles que Noah leur avait déniché.

— C'est tout à fait merveilleux, dit-elle, les yeux brillants.

— Olivia…

Dylan la considéra avec un étonnement indicible.

— Ma vie a tellement changé, en si peu de temps… Nous allons être très heureux ensemble, tous les deux.

Elle murmura son nom dans un souffle à peine audible.

— Noah s'en sortira très bien sans moi, reprit-il. Il n'a plus autant besoin de moi. Et il sait que je continuerai à abattre tous les dragons qui surgiraient en travers de son chemin, quoi qu'il advienne. Nous projetons de nous lancer dans des entreprises d'investissement en capital-risque, lui et moi. En attendant, j'ai envie de repeindre du vieux mobilier, de fabriquer du savon artisanal, d'entraîner une petite équipe de hockey et de créer une agence de voyage-aventure.

— Tu pourrais être heureux à Knights Bridge ?

Il n'hésita pas une seconde.

— Oui. J'ai commencé à discuter avec Mark pour voir de quelle façon nous pourrions réunir nos deux propriétés…

Il s'interrompit en remarquant le sourire malicieux d'Olivia.

— Qu'y a-t-il ?

— Moi aussi, j'ai parlé à Mark.

— Knights Bridge n'attend que moi depuis plusieurs années et je l'ignorais !

— Dylan… Je déménagerais volontiers à San Diego, en Angleterre ou au bout du monde pour être avec toi.

— Je le sais.

— Tu es vraiment sûr de toi !

Elle lui prit la main.

— Le soir où je t'ai vu sous cette pluie glaciale avec Buster...

— Je croyais qu'il allait m'arracher la jambe. Où est-il ?

— Chez Jess. Dylan...

— Moi d'abord, la coupa-t-il en serrant ses doigts entre les siens. Je t'aime, Olivia. Je t'aime telle que tu es et je te suivrais n'importe où.

— C'est exactement ce que j'allais dire.

Elle lui sourit.

— J'ai un peu de mal à cause du décalage horaire, mais je vais essayer de répéter sans bredouiller. Je t'aime, Dylan. Je t'aime tel que tu es et je te suivrais n'importe où.

Il la souleva dans ses bras.

— Sais-tu où tu es en ce moment ?

— En Angleterre.

— Olivia...

Elle rejeta la tête en arrière avec un grand éclat de rire.

— Je suis dans tes bras et je ne peux pas rêver plus bel endroit au monde.

32

Par un beau matin d'été, Grace Webster était assise dans son fauteuil préféré, dans la serre, et écoutait les oiseaux pépier derrière la moustiquaire. Elle venait de recevoir une invitation, dessinée par Olivia, pour le mariage de sa sœur Jessica et Mark Flanagan, à l'automne.

Selon Audrey, celui d'Olivia et Dylan aurait lieu à Noël.

Dylan... mon petit-fils...

Audrey et tous les autres résidents de Rivendell étaient encore sous le choc de cette révélation. Un sourire se dessina sur les lèvres de Grace. Ils lui avaient aussi témoigné beaucoup d'affection. Elle se sentait bien entourée. *A chacun ses secrets*, songea-t-elle.

Louise et Randy Frost projetaient un voyage en Toscane pour le printemps, après les mariages.

Grace avait passé depuis longtemps l'âge de voyager, sauf dans les livres. Olivia et son amie Maggie O'Dunn lui avaient demandé, ainsi qu'à Audrey, de leur confier toutes leurs vieilles recettes de bonnes femmes, en particulier la fabrication du savon. Elles avaient d'abord trouvé l'idée saugrenue, mais s'étaient finalement prises au jeu.

Une douce brise pénétra dans la serre, apportant des odeurs de foin coupé et de fleurs d'été. Grace sortit un calepin de papier jaune et son beau stylo à plume et commença à écrire, d'une écriture légèrement tremblante mais très claire :

Au moment où j'écris ces lignes, je suis habillée pour assister à la fête que Jessica Frost donne à Carriage Hill pour enterrer sa vie de jeune fille. Je prends quelques instants pour ajouter une postface à mon livre. Ces temps-ci, je rêve toutes les nuits de ce lointain été où j'ai perdu mon village, ma vallée, ma maison, et où j'ai bien failli me perdre moi-même... en tombant amoureuse pour la première et la seule fois de ma longue existence.

Si Philip était revenu vers moi, je l'aurais suivi n'importe où. Je le sais. Nous aurions élevé ensemble sa fille et notre fils. Mais il n'est jamais revenu, et je suis restée sur le chemin sur lequel je me trouvais... Je suis devenue professeur, et mon destin n'a pas été de me marier, mais ma vie a été bel et bien remplie, et j'ai jalousement veillé sur mes secrets.

Pendant toutes ces années, j'ai cru, à tort, que j'avais perdu mon fils. Il suivait son propre chemin et, à la fin, il nous a ramené Dylan à Knights Bridge.

Mon petit-fils est un vrai mousquetaire, dans son genre. Lui et Olivia sont très amoureux.

Mon histoire est la leur, maintenant.

Ah, je vois un aigle très haut dans le ciel au-dessus de Quabbin. Je vais reposer mon stylo et remonter loin en arrière, au temps où j'étais une petite fille, en train d'équeuter des haricots sous le vieil érable avec ma grand-mère, au temps où je rêvais d'histoires d'amour et d'aventures.

Note de l'autrice

Merci d'avoir parcouru avec moi ces souvenirs d'un été lointain. J'espère que l'histoire vous a plu. Knights Bridge et les Webster appartiennent au domaine de la fiction, mais la Swift River Valley est bien réelle. C'est dans ce bel endroit que j'ai grandi, dans le centre-ouest du Massachusetts. Ma maison familiale, un ancien relais de poste du XVIIIe siècle, se situe sur le bord occidental de Quabbin Reservoir. Nul doute que la proximité de cette vaste étendue sauvage et « interdite » ait nourri mon imagination de conteuse.

Pour l'aide qu'elles m'ont apportée dans mon travail de documentation, je tiens à remercier ma mère, M. Florine Neggers et ses amies du musée Stone House à Belchertown, Massachusetts. C'est une visite à ne pas manquer si vous séjournez dans la région, tout comme l'Association des Amis de l'Histoire de la Swift River Valley à New Salem et l'Office de tourisme de Quabbin. Au cours des recherches que j'ai effectuées pour ce livre, j'ai aimé revoir et explorer un grand nombre de sentiers et de vieilles routes de la région ouvertes au public.

J'ai également été sensible à l'intérêt de plusieurs ouvrages : les histoires fascinantes et détaillées de J.R. Greene sur Quabbin ; *Quabbin : a History and Explorers Guide* de Michael Tougias ; *Quabbin Valley People and Places* d'Elizabeth Peirce. De nombreux sites web présentent des photographies et des renseignements sur Quabbin. L'art du photographe Lee Campbell a ouvert mes yeux d'adolescente sur la beauté de la région qui se trouvait juste à ma porte ; son travail et son talent sont toujours aussi extraordinaires.

Je veux rendre hommage aux personnes que ma famille et moi-même avons connues et qui ont été privées de leurs maisons et de leurs moyens d'existence pour fournir de l'eau pure et potable à des millions de gens. Je me souviens particulièrement d'Eleanor Griswold Schmidt, dont la ville natale de Prescott a disparu. Une citation d'elle, que l'on se répète souvent par ici, résume tout :

« Maintenant, je possède deux beautés ; l'une dans mon souvenir et l'autre à contempler au présent. »

Pour de plus amples informations, je vous engage à visiter mon site web www.carlaneggers.com.

Merci encore, et bonne lecture !